U0457181

Pearl S. Buck

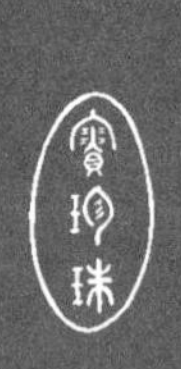

中国赛珍珠研究丛书

Chinese Pearl S. Buck Studies Series

丛书主编 姚君伟

丛书副主编 张雁凌

“大地”的风情

赛珍珠皖北叙事研究

张雁凌 赵丽莉

赵 莺 郑科研

曹 飞 宋 皓 著

镇 江

图书在版编目(CIP)数据

“大地”的风情:赛珍珠皖北叙事研究 / 张雁凌等著. -- 镇江 : 江苏大学出版社, 2023.12
(中国赛珍珠研究丛书 / 姚君伟主编)
ISBN 978-7-5684-2120-1

Ⅰ. ①大… Ⅱ. ①张… Ⅲ. ①赛珍珠(Buck, Pearl 1892-1973)—文学研究 Ⅳ. ①I712.065

中国国家版本馆 CIP 数据核字(2023)第 245715 号

“大地”的风情——赛珍珠皖北叙事研究
“Dadi” de Fengqing——Sai Zhenzhu Wanbei Xushi Yanjiu

丛书主编/姚君伟
著　　者/张雁凌　赵丽莉　赵　莺　郑科研　曹　飞　宋　皓
责任编辑/米小鸽
出版发行/江苏大学出版社
地　　址/江苏省镇江市京口区学府路 301 号(邮编: 212013)
电　　话/0511-84446464(传真)
网　　址/http://press.ujs.edu.cn
排　　版/镇江文苑制版印刷有限责任公司
印　　刷/镇江文苑制版印刷有限责任公司
开　　本/718 mm×1 000 mm　1/16
印　　张/17.75
字　　数/268 千字
版　　次/2023 年 12 月第 1 版
印　　次/2023 年 12 月第 1 次印刷
书　　号/ISBN 978-7-5684-2120-1
定　　价/69.00 元

总 序

中国的赛珍珠研究已然成为一门显学。当然，这一研究并非始于今天，事实上，早在20世纪30年代，国内就发表过关于赛珍珠作品的评论，三四十年代是这一研究的第一个重要阶段，不仅有报刊上发表的研究成果，而且有以译本序跋形式出现的批评文字；但到了60年代，由于历史的原因，赛珍珠成了“美国反动文人”“猫头鹰”“美帝国主义文化侵略急先锋”，她的书一时成为禁书，直到改革开放以后，国人才重新客观评价赛珍珠。1991年1月，赛珍珠的“中国故乡”镇江发起召开全国首次“赛珍珠文学创作讨论会”，“历史终于消除了误解”（董乐山语）。此后，赛珍珠研究得以健康地展开。

应该说，中国赛珍珠研究目前正处于一个良好的氛围之中，发展势头强劲。已成立的赛珍珠研究所就多达四家，出版的专著已达20余部，《镇江师专学报（社会科学版）》1996年第4期开辟“赛珍珠研究”专栏，2001年该专栏移至《江苏大学学报（社会科学版）》，并一直坚持至今，发表相关文章百余篇。更可喜的是，新版《辞海》撤销了关于赛珍珠“歪曲中国人民形象”的定评，添加了褒扬文字，认为她“同情并支持中国人民的抗日战争”；新版《中国大百科全书》之“外国文学”卷也对“赛珍珠”条目做了较大的修改，删除了第一版中对赛珍珠带有政治烙印式的表述文字；与此同时，中国学者还把赛珍珠写进了美国文学史、中国文学史和中国翻译文学史……纵观90余年的中国赛珍珠研究史，可以说，我们的研究总体上正沿着一个更客观、更深入的路径前行。

然而，众所周知，赛珍珠是一位非常特殊而复杂的美国作家。她一生写了80余部作品，包括长篇小说、传记、儿童文学、政论等，也写了许多短篇小说、广播剧和文艺评论。她在华生活的30多年间，正如彼德·康等学者所概括的那样，中国社会动荡不安，封建王朝摇摇欲坠，西方列强瓜分中国，义和团运动兴起，辛亥革命爆发，共和制建立，袁世凯称帝，张勋复辟，国共合作，蒋介石1927年背叛革命，日本入侵东三省，中华民族处于危难之中。身处这样一个国度，赛珍珠作为一个生于美国、长在中国的美国作家，不可能没有自己的思考，不可能不受到心灵上的冲击，而且她一辈子希望沟通中美文化，增进两国人民之间的相互了解，但由于其难以完全避免的文化优越感，在她的身上和作品中每每不自觉地表现出种种矛盾性。正因为如此，我始终认为，赛珍珠研究是一个跨文化的系统工程。对这样一位复杂的作家，我们理当以多种方法、从多个层面来展开研究；而且，因为她的多产，我们在研究的过程中，还需着眼于整体，顾及“全人”，避免以偏概全。

就我的观察，目前国内的赛珍珠研究还存在诸多的不足。首先，我们的研究视野还不够宽。在1991年1月的“赛珍珠文学创作讨论会”上，钱佼汝先生曾提出两个“结合”和两个“分开”。所谓两个“结合”，即指小说和非小说的结合、文学创作和社会活动的结合。后来这一意见对我们的赛珍珠研究发挥了很大的指导作用。当然，我们已有的研究对象虽然日渐扩大，但对赛珍珠后期小说创作迄今鲜有涉及，而仍过于集中在赛珍珠的几部代表小说上，尽管我们面对它们时，运用的方法较此前已有所不同；我们已然涉及赛珍珠非小说作品（特别是她对中国小说的研究和宣传的作品），不过，她的非小说作品数量众多，内容繁杂，需要我们细加考量，而非像现在这样，基本上提及的非小说作品也多属于为我们研究她的小说写作提供的支撑材料，对它们本身的研究则还是少之又少。再则，赛珍珠其他文类的作品，如诗歌、舞台剧本的研究仍几乎处于空白状态，有待我们去填补；又如对赛译《水浒传》的研究，近年国内有多位学者在这一课题上用力甚勤，拓展了赛珍珠研究的领域，令人感到欣慰，但同时，还存在诸如文本研究欠深入、对译本的阅读与传播关注不够等不足。

其次，就研究理论和方法而言，目前的研究还存在不少问题。我曾经讨论过赛珍珠研究的理论和方法，并对已有的方法，如社会—历史批评方法、读者批评方法（包括阅读史等）、女权或女性主义批评方法、后殖民主义研究方法、比较文学和比较文化研究方法等做了分析。近年来，中国学者运用这些理论和方法，对赛珍珠及其创作进行了比较深入的研究，也发表了不少有分量的成果，但是，我们也应当注意到这些方法本身可能存在的问题或者局限。一些理论若脱离了研究对象本身的具体情形，或被人为地推到极致，生拉硬扯且牵强附会，很可能就会出现问题，且也无法涵盖赛珍珠和赛珍珠研究的复杂性和特殊性。

再其次，我们在研究赛珍珠的过程中，还需要更多地了解国外的研究历史和现状，并加强与国外学者的合作研究。镇江主持召开过多次赛珍珠国际研讨会，赛珍珠工作过的南京大学（时称金陵大学）也举办过国际会议，国内外赛珍珠研究学者踊跃参加，广泛交流，取得了较好的效果。然而，我们对国外特别是美国的赛珍珠研究成果还没有深入的了解，这无疑不利于我们进行自己的研究，更妨碍我们与国际同行进行交流和对话。

我自己一直在从事赛珍珠研究工作，又因为指导研究生从事这一研究，并主持《江苏大学学报（社会科学版）》的“赛珍珠研究”专栏，所以，对国内外的相关研究比较关注。看到赛珍珠研究在顺利进行，我感到高兴，但对研究中出现和存在的问题，也颇感忧虑。在这一背景下，记得是在镇江举办的赛珍珠诞辰 120 周年纪念大会期间，我和时任江苏大学出版社总编辑芮月英女士聊起赛珍珠研究中所取得的成绩及存在的问题，最后，我们不约而同地提出可以编辑一套“中国赛珍珠研究丛书”，推出集束式研究成果。她说可以由江苏大学出版社负责出版，出版社地处赛珍珠生活和工作长达18年的镇江，很有意义。我们就此达成共识。于是，联系作者，遴选选题。在大家的积极参与下，这一计划进展顺利。

就赛珍珠研究而言，我们还有许多事情要做、可做。“中国赛珍珠研究丛书”是一套开放式丛书，我们拟收入与赛珍珠作品研究有关的成果，包括在博士论文基础上修改而成的书稿，既注重赛珍珠的小说（包括她尚无中文版的后期小说），也包括她的非小说作品；既阐释她的文学创作，又研讨她的跨文化思想；不仅分析她作品本身的价值，而且探讨她一生的跨文化写作及其包含的文化精神和文化理想，以及为当下中国文学创作提供的启示；我们还将在条件成熟时，引进国外赛珍珠学者的研究成果，以为借鉴。

赛珍珠的作品曾经是禁书，赛珍珠研究也曾因此中断过。与之形成鲜明对照的是，中国新时期，尤其是21世纪以来，这一研究呈现出一派红红火火的景象。现在，令人感到振奋的是，“中国赛珍珠研究丛书”又要新鲜出炉了！我们期待更多的国内外赛珍珠研究者加盟这套丛书，同心协力，进一步推动赛珍珠研究工作，为世人更全面地了解赛珍珠其人其作，并更好地利用赛珍珠这笔跨文化资源做出我们的贡献。

姚君伟

2014年12月9日于南京仙林

2023年10月8日修订

目 录

绪　论

国内外赛珍珠研究现状

赛珍珠这个名字，对大部分中国人来说，是既熟悉又陌生。她是一位洋生土长的美国女作家。1892 年 6 月 26 日，赛珍珠出生在美国西维吉尼亚州，刚刚 4 个月大，就跟随身为传教士的双亲来到中国，先后在清江浦（今江苏淮安）、镇江、宿州、南京、庐山等地生活和工作了近四十年。赛珍珠在镇江长大，生活了近 18 年，对镇江感情深厚，一直称之为"中国故乡"。她在美国的伦道夫—梅肯女子学院读书时，家庭所在地填的就是镇江。1917 年 5 月，赛珍珠与在庐山牯岭避暑结识的美国传教士、农学家约翰·洛辛·布克（John Lossing Buck，1890—1975）结婚，同年 8 月夫妻俩动身北上，来到布克做农业试验和研究的"安徽北面的南徐州城内"（今宿州市）。[①] 布克作为农学专家，受美国基督教北长老会教会使团委派，来到宿州开展农学研究。宿州位于安徽省北部，是典型的小麦种植区，有利于开展布克的农业实验。教会于 1915 年在宿州建立传教站，这里距离南京不太远，方便与南京的教会机构联络，而且津浦线宿州段通车，交通相对发达。至此，宿州这座偏远的皖北小城成为夫妻二人事业的发轫之地，成为赛珍珠文学生涯的起点，被她亲切地称为"北方家乡"（Northern home）[②]。

赛珍珠以皖北农村为背景、以皖北农民王龙为主人公写成巨著《大地》（*The Good Earth*），用英语向西方世界讲述了一个地道的中国农村和农民的故事。《大地》一书在西方世界引起了极大轰动，获得了美国的普利策奖。在中国抗日战争全面爆发之际，1938 年，赛珍珠凭借着包括《大地》在内的多部中国题材的小说及传记作品获得诺贝尔文学奖，获奖原因之一就是其对中国农民真实、史诗般的描述和表现超越民族、种族的伟大情感。赛珍珠是美国第一位获得诺奖的女作家，也是使诺奖和中国产生重大交集的历史人物。她第一次把中国农村和农民的故事搬到了诺奖的国际舞台，也把鲜为人知的皖北小城宿州推向了中西方文化交流的前沿阵地，使

---

① 赛珍珠：《我的中国世界》，尚营林等译，湖南文艺出版社，1991 年，第 144 页。

② 同①，第 163 页。

百年前积贫积弱的皖北大地成为世界读者心向往之的“福地”(Good Earth)。

第一节 国内外赛珍珠研究

赛珍珠的《大地》于1931年在美国出版，风靡一时，当年销量达180万册，连续22个月荣登畅销书排行榜榜首。“赛珍珠作为一个作家和个人，对美国与外国文化交往的想象力的影响之大，可以说是前无古人、后无来者的。赛珍珠整整为两代美国人塑造了中国。”① 赛珍珠继马可·波罗之后，再一次更完整地向世界介绍了中国，第一次向西方世界展示出中国农村、农民的真实面目，扭转了西方文化中对中国人的惯有认知。《大地》之所以能单枪匹马地改变西方人对中国的刻板印象，主要是通过她对皖北一户农家三代人兴衰往事的描述，展现了20世纪二三十年代中国农村的真实面貌。这部小说表现了中国农民的勤劳朴实、真诚善良，他们对土地的深沉热爱和面对天灾人祸时的坚韧不拔，感动了西方读者。赛珍珠在小说中并没有过度美化或贬低中国农村，这里既不是天使之城，也不是地狱之地。农民身上依然有不可磨灭的劣根性，如主人公王龙重男轻女、纳妾蓄婢，农村依然存在着残余的封建习俗，如裹脚、溺婴等。这本书给西方读者打开了东方古国的大门，使他们看到了真实的中国面貌，同时它兼具大部分同类作品所没有的可读性，“在她那个时代，无论是政治领袖还是办公室的清洁工，每个人都读她的小说”②。

20世纪以来，赛珍珠一直被认为是跨文化视界中的尴尬。《纽约时报》曾经说过，“赛珍珠的作品，在中国受尊崇但读不到；在美国，读得到却不被尊崇”。在她获得诺奖之时，美国主流文坛正

---

① 彼德·康：《赛珍珠传》，刘海平等译，漓江出版社，1998年，前言“拂去历史的尘埃”，第5页。

② 希拉里·斯波林：《赛珍珠在中国》，张秀旭、靳晓莲译，重庆出版社，2011年，第9页。

被民族主义和男性作家一统天下，很难欣赏她异国题材的叙事风格。有些西方人认为赛珍珠是一个所谓的“中国通”，对第三世界过于感情用事，完全站在落后国家的立场说话，显得不够理智，不屑与之为伍。事实上，除了荣获诺奖前后的短暂时期，赛珍珠在美国文坛和公众视野一直不处于中心位置，还一度被大家遗忘了。斯波林指出，赛珍珠在女权运动中没有位置，她的作品在美国文学地图中也被刻意略去。在中国大陆，虽然她的小说真实地描述了中国农村底层劳动人民的苦难生活，但是同时代中国作家并不看重这种题材，也不完全认同她的中国书写。新中国成立后，赛珍珠的作品还一度被列为禁书。① 彼德·康在著作中表示，赛珍珠如今从美国文化背景中消失，单单从赛珍珠本身来看，已是无法解释清楚了。②

20 世纪三四十年代，赛珍珠在中国的知识分子中颇具盛名，特别是她获得诺奖之后，赛珍珠和她的长篇小说《大地》在中国很受重视。1933 年，胡仲持首次把《大地上的房子》第一部译成中文，即《大地》，这个书名后来一直被沿用为三部曲的总称。之后，国内陆续有人翻译《大地》。从 1932 年到 1949 年，中国出现了赛珍珠十八部小说或短篇小说集的中译本，总计三十八版次，其中《大地》有六种不同的译本。③ 由于翻译版本的良莠不齐，国内读者对赛珍珠作品的内涵和意义并不能全面地把握。与此同时，国内众多刊物开始介绍赛珍珠及其作品，文学批评多集中在对其中国书写真实性的考查上。总体来说，这一时期对赛珍珠的介绍与评论是基本客观的。

新中国成立后，中美关系进入冷战对峙时期，文化交流出现了中断。我国的文学批评受苏联意识形态“左”的影响，加上当时

① 希拉里·斯波林：《赛珍珠在中国》，张秀旭、靳晓莲译，重庆出版社，2011 年，第 9 页。

② 彼德·康：《赛珍珠传》，刘海平等译，漓江出版社，1998 年，前言“拂去历史的尘埃”，第 3 页。

③ 姚君伟：《我们怎样接受一个外国作家：赛珍珠在当代中国的命运》，《外国文学》，1994 年第 3 期，第 86 页。

特殊的客观环境的影响，赛珍珠研究越来越偏离文艺批评的道路。同时，美国国内反华形势严峻，麦卡锡主义盛行，赛珍珠出于隔离或自保等种种原因，在一些后期作品中对新生的社会主义中国有一些过激言论，随即遭到国内学术界的猛烈批驳，60 年代出现了《赛珍珠：美帝国主义文化侵略的急先锋》[①]、《猫头鹰的诅咒：斥赛珍珠的〈北京来信〉》[②] 等文章。这一时期，对赛珍珠的批评受到国内外政治环境的影响，赛珍珠中国书写作品与时代背景和社会环境格格不入，中国的赛珍珠研究和赛珍珠作品的译介活动逐渐消失。

国内对赛珍珠的非议一直持续到 80 年代初。在 1982 年出版的《中国大百科全书·外国文学》卷里，有关赛珍珠的条目仍然存在着误解，认为《大地》三部曲所描绘的中国社会并不是真实的，也没能反映出中国人民的真正命运。[③] 80 年代后期，随着改革开放的进一步扩大与国内外交流的进一步增加，国内的外国文学批评出现了新气象，赛珍珠研究也逐步开始解冻。1988 年，漓江出版社组织学者将《大地》三部曲全部译出并出版，这一版本是目前国内传阅面最广、流传度最高的版本。2023 年是这套新中国汉语首译全套《大地》三部曲出版 35 周年、再版重印 25 周年的大喜之年。这套译作还附上了译者精心准备的前言和 1938 年赛珍珠获诺贝尔文学奖的授奖词、受奖演说及演讲译文《中国小说》，使中国读者开始真正了解这位伟大的作家。由王逢振等多位译者完成的《大地》三部曲使赛珍珠和她的作品传播到更为广阔的读者群体。

作为《大地》最权威的译者，王逢振在翻译第一部时，恰好暂居美国加州湾区。他调研了赛珍珠作品在美国当地民众中的接受

---

① 徐育新：《赛珍珠：美帝国主义文化侵略的急先锋》，《文学评论》，1960 年第 5 期，第 100-107 页。

② 思慕：《猫头鹰的诅咒：斥赛珍珠的〈北京来信〉》，《世界文学》，1960 年第 9 期，第 129-135 页。

③ 郭英剑：《赛珍珠评论集》，漓江出版社，1999 年，第 326 页。

情况，并在当地图书馆里翻阅了大量的研究资料，撰写成文，这才有了这篇在国内具有历史意义的文章——《历史地看待赛珍珠和她的〈大地〉三部曲》。王逢振在文章中对赛珍珠的作品和地位给出了客观的评价，揭开了赛珍珠研究在中国的新篇章。对于赛珍珠本人和作品的评价，王逢振建议我们应该秉持辩证唯物主义和历史唯物主义相结合的态度，因为赛珍珠早期的作品非常同情中国人民，很有人情味。她创作《大地》三部曲时，基本上秉持着人道主义，她的作品总体的基调是比较真实的。后期国内外有一些关于她的中国书写大多数不够真实的言论，有些时候是进行了恶意的歪曲。[①] 赛珍珠回美国后，曾出现极端反共情绪。这主要开始于麦卡锡主义时期，应该历史地分析和看待她的这种变化。后来，陈思和率先发表文章，质疑对赛珍珠作品的指责，认为从《大地》本身，看不出这些指责究竟有什么具体依据。首先，什么是中国社会的真实面貌。这个问题在过去的某些时期被教条主义搞得混乱不清，“它被荒谬地理解为一种对政治教科书的图解，以致使一切描绘中国社会历史的文艺作品都纳入到政治宣传的体制”[②]。1991 年，赛珍珠的中国故乡镇江召开了“赛珍珠文学创作讨论会”。作家徐迟提出：“她的局限可以批评，当然应当是善意的批评。不应当作出恶意的中伤，或者说至少应当避免给她以中伤的。全面地来看这三部书，它们是成功地写出了旧中国那个时期的生活风貌来的。”[③] 赛珍珠研究在全国蓬勃发展的新篇章至此开启。1992 年，时任镇江师范学校教师刘龙主编的《赛珍珠研究》在云南人民出版社出版，这是真正意义上的国内第一部运用历史唯物主义观点研究赛珍珠的学术著作。该书收录了刘龙撰写的多篇具有开拓意义的赛珍珠研究文章，如《赛珍珠与中国镇江》《〈大地〉和中国镇江》等，还收录了徐迟、王逢振、姚锡佩、张子清等著名学者的研究文章及镇江赛珍珠研究的珍贵史料和图片。1999 年，郭英剑编的《赛珍

---

① 郭英剑：《赛珍珠评论集》，漓江出版社，1999 年，第 151–153 页。

② 同①，第 326 页。

③ 同①，第 155 页。

珠评论集》由漓江出版社出版。这是国内学者第一次较完整地收录了国内外赛珍珠研究文章，对当时及后来的赛珍珠研究极具参考价值。如序言所示，本文集的一大特点是客观和公正，“不但收录了对赛珍珠其人其作品作了充分肯定的文章，也同样收录了对之彻底否定、大张挞伐的两篇论文”①，帮助我们全面了解赛珍珠其人其文的复杂性。

世纪之交的赛珍珠研究领域出现了更高层次的研究者和研究成果，最具代表性的是三篇有开拓意义的赛珍珠研究主题的博士论文。第一篇是南京大学徐清博士的论文《跨文化视界中的尴尬：赛珍珠和中国》②，文章运用比较文学和比较文化的系统方法和研究视角，把赛珍珠作为有效的参照系统去观照同时代背景下的中国作家们在创作风格、写作目的和价值观念上的种种差别，为中国现当代文学的研究领域提供了异域“他者”的视角，打破了以往的研究视野和传统的思维方式，也点明了赛珍珠中国书写在多元文化时代的文化意义和实践价值。随着比较文学的形象学研究在国内逐渐兴起，北京大学顾钧博士师从形象学研究先驱孟华女士，撰写了博士论文《在中美之间：对赛珍珠小说的形象学解读》③，从形象学的理论视角深刻分析了赛珍珠中国书写中的中国形象，把赛珍珠研究推上了新的台阶。姚君伟完成了博士论文《文化相对主义：赛珍珠的中西文化观》④，从文化相对主义的理论视角对赛珍珠的跨文化创作、学术研究及社会活动进行了全面而深入的探讨。

进入新世纪以后，赛珍珠研究在全国遍地开花，形成了百花齐放的可喜局面。大部分研究者和研究机构来自赛珍珠在中国留下生

① 郭英剑：《赛珍珠评论集》，漓江出版社，1999 年，序，第 3 页。

② 徐清：《跨文化视界中的尴尬：赛珍珠和中国》，博士学位论文，南京大学，1999 年。

③ 顾钧：《在中美之间：对赛珍珠小说的形象学解读》，博士学位论文，北京大学，2001 年。

④ 姚君伟：《文化相对主义：赛珍珠的中西文化观》，博士学位论文，上海外国语大学，2000 年。

活印记和旅行足迹的城市或地区，如赛珍珠的中国故乡镇江。以镇江市赛珍珠研究会、江苏大学、江苏科技大学、镇江高专为主体的研究群体是中国目前最具影响力的一支赛珍珠研究队伍；赛珍珠多次旅居过的上海，代表学者有华东师范大学的朱希祥、复旦大学的段怀清、上海海洋大学的朱骅等；赛珍珠工作过的南京，早期有南京大学的刘海平、张子清等，还有南京师范大学的姚君伟和魏兰、姚望等青年学者；赛珍珠婚后侨居过的皖北宿州，以宿州学院的邵体忠、鄢化志为代表的文学与传媒学院的老师们。研究方法和批评视角也非常多元，如社会历史、文化学、读者视角、比较文学、女性主义、后殖民主义、文化相对主义、新历史主义、东方主义、文化人类学等。姚君伟早在2000年的文章中就建议，我们未来还可以从跨文化交际学、宗教学、生态学、翻译学、成才学、社会学、传记学的角度来研究赛珍珠本人，也可以从文艺学、语言学、文体学、叙述学等角度解读赛珍珠的作品。他还提到了作为研究之研究——文献计量学的方法，也可以用来做赛珍珠的小说创作和她本人的研究。到目前为止，上述的多种研究方法和视角已落地实现，产出了不少研究成果，推动着国内赛珍珠研究持续步入新阶段。

作为诺贝尔文学奖的获得者，也是同时获得普利策奖和诺奖的第一位女作家，赛珍珠的作品被译成德语、法语、荷兰语、瑞典语、丹麦语、韩语、日语等一百多种不同的语言。她成为作品流传语种最多的美国作家，理所当然地引起了国外学术界的关注。国外对于赛珍珠的研究，主要集中在美国、韩国、德国、意大利、英国等国家。既有学者研究其作品，也有机构参与更广范围的研究。

美国的赛珍珠研究机构主要是美国赛珍珠国际基金会（Pearl S. Buck International）和西弗吉尼亚大学。赛珍珠国际基金会在全球范围内享有盛誉，被广泛认为是推广赛珍珠理念和促进文化交流的重要机构。他们的工作对于促进东西方文化的相互理解和尊重，以及推动世界和平与发展具有重要意义。赛珍珠国际前任总裁珍妮特·明泽（Janet Minzter）和安娜·卡茨（Anna Katz），以及现任总裁克里斯蒂·霍兰德（Christy Holland）均致力于传承赛珍珠在人道主义援助、跨文化教育、国际文化交流、民间文化交流等方面做出的卓越贡献。西弗吉尼亚大学于2016年和2018年连续举办了两届赛珍珠国际研讨会，这对于美国研究赛珍珠作品的学者及对中国文化感兴趣的美国人来说是一个重要的交流平台。它有助于进一步挖掘赛珍珠的作品，理解她的观点和见解，了解她所生活的那个时代的社会背景。代表性学者美国圣约翰大学耿志慧教授认为赛珍珠作为小说家取得的巨大成功印证了中国小说的价值，因为中国小说的写作传统是赛珍珠创作风格中不可或缺的一部分。美国加州大学洛杉矶分校凯瑟·比克教授（Kathy Bick）认为美国文坛对赛珍珠的冷落原因是多方面的，比较主要的是她写的不是美国本土的故事，她的绝大多数作品都与中国有关。

韩国在2006年成立了富川赛珍珠纪念馆并在2017年成立韩国赛珍珠研究会。韩国富川举办过两次国际研讨会，代表学者是韩国首尔大学崔钟库教授（Choi Chongko）。他通过对赛珍珠作品的细致解读，揭示了其深层的文化内涵和社会意义。同时，他还运用心理学的方法，对赛珍珠的创作心理进行了深入的分析，揭示了其创作的内在动因。

德国汉学家沃尔夫冈·顾彬（Wolfgang Kubin）是一位在德国乃至国际汉学界具有重要影响力的学者，他的赛珍珠研究为人们深入了解这位诺奖作家提供了宝贵的学术资源。他认为赛珍珠的创作手法，使人联想到小说家狄更斯——用意外巧合事件，让主人公的命运发生巨变，他从多个角度全面评价了赛珍珠的文学成就和影响。

2016年米兰国立大学孔子学院举办首届意大利赛珍珠国际学术研讨会。2018年11月，意大利米兰国立大学孔子学院和贝尔加莫大学联合召开了以“跨文化观点与翻译实践：赛珍珠和二十世纪中国的其他声音”为主题的国际学术研讨会。这些学术研讨会的举办不仅有助于推动意大利学者对赛珍珠作品的研究和认识，同时也为中西方文化交流搭建了一个重要的平台。意大利赛珍珠研究的代表学者有阿莱桑德拉·拉瓦尼诺、瓦莱里娅·根纳罗等。

希拉里·斯波林（Hilary Spurling）是一位英国传记作家和文学评论家，撰写了赛珍珠传记——《赛珍珠在中国》。书中，斯波林详细地探讨了赛珍珠的一生及其作品，对赛珍珠的成长背景、创作经历和作品风格进行了深入的研究。她认为赛珍珠的作品不仅表现了中国社会的变迁和人民的苦难，同时也反映了人类的普遍情感和价值观。因此，赛珍珠的作品对于了解中国历史和文化具有重要的价值，同时也是对人类文明的宝贵贡献。

总之，国外学者从不同的角度解读赛珍珠作品的主题、人物和语言特色。有的从文化背景的角度对赛珍珠作品进行研究，有的从女性主义和多元文化的角度出发，探讨了赛珍珠如何在作品中挑战性别与种族的刻板印象，以及如何揭示这些问题对社会的影响。不过赛珍珠的作品虽广受欢迎，但在文学史上，她的地位一直备受争议。国外学者对赛珍珠的文学地位也进行了深入的探讨，认为她是一位具有独特风格的作家，她的作品深刻地影响了后世的文学创作。

国外对赛珍珠的研究已经取得了一定的成果，但仍然存在一些问题。例如，对赛珍珠作品的深度解读不够，对其文学地位的评价也存在争议。越来越多的国际学者将从多元角度对赛珍珠作品进行解读，以期更加全面地理解赛珍珠及其作品在文学史上的地位，将赛珍珠的研究继续深化。

第二节　皖北的赛珍珠研究

姚君伟在《文化相对主义：赛珍珠的中西文化观》里提到，为了让西方人消除笼罩在中国人身上的神秘感，“赛珍珠认为完全有必要让西方人熟悉他们不熟悉的中国文化，这样才能让他们在心里建立起一个认识框架，或者是向他们提供一种文化环境，而正是这样一个特定的文化环境造就了中国人"①。中国是个地大物博和人口众多的统一的多民族国家，不同地区分布着迥然各异的地域文化，不同的风土人情又孕育着不同的文化习俗。中国人就是在这样不同的文化背景和地理环境中成长、工作和生活的，这一文化氛围和地貌特征必然有特定的具体性。中国人肯定不同于西方人，不同地区的中国人也有诸多差异。百年前，赛珍珠曾短暂寓居的皖北大地就是这样特殊的区域之一。

赛珍珠在自传中提到，她对和布克缔结的第一次婚姻毫无兴趣，却非常清晰地记得那次婚姻将她带去的那个世界——皖北大地，一切好像都刚刚发生似的。赛珍珠清楚地意识到皖北大地的生活与她一向生活其中的江南地区是截然不同的，这里"好像往后倒退了千百年"，是一个"中国农民的世界"。② 赛珍珠在童年和青少年时期一直生活在相对来说气候湿润、景色宜人、经济发达的江南一带，很难有机会接触到生活在水深火热中的旧中国最底层的农民阶级。1917 年，与布克成婚后来到宿州，她才真正接触到生活在最底层的中国农民阶级，亲身经历和感受到旧中国农民的心酸和血泪。民国时期的皖北地区，军阀混战、匪患成灾、苛捐杂税、水旱瘟疫等天灾人祸一股脑全压在农民身上。如赛珍珠所言："穷人们承受着生活的重压，钱挣得最少，活干得最多。他们活得最真实，最接近土地，最接近生和死，最接近欢笑和泪水。走访农家成了我自己寻找生活真实的途径。在农民当中，我找到了人类最纯真的感情。他们并非都善良，并非都诚实。"③ 赛珍珠离开宿州，随丈夫赴南京任教后，怀着对皖北农民的朴素情感和为中国农民发声的简单愿望，仅用三个月时间就完成了农民史诗巨著《大地》。众所周知，赛珍珠的国际声誉主要来自于其流传度甚广的《大地》，

---

① 姚君伟：《文化相对主义：赛珍珠的中西文化观》，东南大学出版社，2001 年，第 70 页。

② 赛珍珠：《我的中国世界》，尚营林等译，湖南文艺出版社，1991 年，第 141 页。

③ 同②，第 156 页。

这部作品里她饱含深情描绘的中国农民带给了她意想不到的文学成就和名望。如果我们想要更加深入地了解赛珍珠和她的作品，就应该首先去了解她在中国农村所经历过的种种生活，也就是百年前她在皖北农村的所见所闻。

一、皖北地理位置

皖北地区一般指安徽省淮河以北及沿淮的广大地区，包括现今的阜阳、亳州、宿州、淮北、淮南、蚌埠六市，以及六安、滁州所属的部分县市。民国时期的皖北主要指安徽境内的淮河中游地区，包括宿州、灵璧、五河、阜阳、亳州、涡阳、凤台、怀远、凤阳、寿县、霍邱等20个州县。现在，皖北不仅指涉地理概念，还暗含对经济和社会发展水平的隐喻。在地理位置上，皖北地处安徽北部，始终包括安徽淮河以北地区和淮河沿岸地区，地形主要是平原，地势西高东低，毗邻苏、鲁、豫三省，是典型的中原腹心。但在经济和社会发展水平上，这里是安徽较贫穷落后的一个地区，素有经济洼地、谷底之称。

皖北位于安徽境内的淮河中游，淮河横贯整个皖北地区，是皖北大地的母亲河。淮河流经苏、鲁、豫、皖四省，在安徽省境内约400公里，流域面积约为7万平方公里。淮河在安徽省境内河床平缓，支流众多，南北两岸支流呈不对称分布。淮河是中国第三大水系，古老而又独具地域特色，历史上曾与长江、黄河、济水齐名，并称“四渎”。习惯上，我们把秦岭—淮河一线作为我国南北方的地理分界线和南北气候的分界线，秦岭淮河以北称为北方，秦岭淮河以南称为南方。而“橘生淮南则为橘，生于淮北则为枳”，体现了淮河南北明显的气候差异。地理位置上，淮河位于我国中部，处在黄河和长江两大水系之间，一般以淮河为界，以北称黄淮地区，以南称江淮地区。

从世界历史来看，文化的形成、发展与河流有着密切的关系，中华文明就是世界上典型的大河文明之一。一般认为，中华文明由北方黄河流域文化和南方长江流域文化两大板块组成，但南北方两大文化板块之间并不是彼此隔绝、互不联系的，而是不断冲撞、对抗、相互影响的。自20世纪80年代至今，许多学者都在探讨、寻觅着淮河文明的渊源、流变、形态特征等，应该说，已经形成了基本的共识。苏秉琦提出不应该把黄河流域和长江流域的范围扩大到淮河流域来，在这个地区很可能存在着一个或多个重要的原始文化。① 卫康叔、闰华芳等的研究证实了考古发现和古史传说，在黄河和长江两大流域之间，存在一个有本土文化特征和文化发展道路、相对独立的淮夷文化体系。淮河流域正处于黄河、长江两大流域之间，过渡地带的特征在地理上自成一个单元，发挥着沟通南北文化交流的桥梁和纽带作用。② 淮河流域原住民的分布、历史的衍化及人文环境变迁等因素，造就了淮河流域特有的文化。这种文化既不完全等同于黄河流域文化，也不完全等同于长江流域文化。淮河流域过渡性地带的优势使它成为南北方文化对抗、冲撞、交流、融合、渗透、补充的前哨阵地。“淮河本地文化不断受到来自南方文化和来自北方文化的双重影响，形成了既独具淮河地方特色又兼收并蓄南北方文化精髓的淮河地缘文化。”③

淮河流域地处我国东部中心，北连齐鲁中原、南接荆楚吴越，域内与南北接壤地区出现文化大融合，形成了古文化丰富多元的地域特色。陈琳、陈丽丽认为，商周时代的东夷文化、涡淮两岸的老庄文化、先秦时期的荆楚文化、吴越文化及两汉和北宋之后南移的中原文化、明清之际兴起的淮扬文化均囊括在淮河文化体系内。④ 因此，淮河文化的定义应是以流域内自然地理环境为界线，在淮河的主干流地区，以楚明文化为底蕴，兼容中原文化而形成的区域文

---

① 苏秉琦：《略谈我国东南沿海地区的新石器时代考古：在长江下游新石器时代文化考古学术讨论会上的一次发言提纲》，《文物》，1978年第3期，第41页。

② 卫康叔、闰华芳、陈帮干等：《双墩大墓：掀开淮河文明的面纱》，《中华遗产》，2008年第11期，第98-115页。

③ 高时阔：《分野与交融：安徽淮河地缘文化解读》，《淮南师范学院学报》，2003年第6期，第15页。

④ 陈琳、陈丽丽：《淮河文化的成因与特色》，《江苏地方志》，2007年第1期，第45页。

化。陈立柱、洪永平也认为，淮河文化即淮河流域居民上古以来创造的历史文化。淮河流域地理上平旷开阔，连南接北，族群上夷夏交互，战争融合，早期形成以道、儒两家为代表的学术流派。淮河文化重视和合，富有总结、反省与融通精神，尚德轻智，以做人、治世、养生为要义，构成中国历史文化的基本层面，影响中国社会、历史与生活各方面。[①] 陆勤毅、朱华东指出淮河流域是探索中华文明起源的核心地域之一，在中华文明起源的过程中发挥了重要的作用。[②] 虽然淮河流域的地理面积与黄河流域和长江流域相比是相对有限的，但其所处的地域位于中原腹地及其周缘地带，自史前就是沟通南北方的重要区域。因此，淮河流域可谓经济发展，文化繁荣，文化风格多样，积淀深厚。淮河流域文化因地理位置独特受多元文化影响，自成一体，独具特色。皖北是淮河文化的重要组成部分，也是最能体现淮河文化内涵的典型区域。

赛珍珠曾感慨，“我一生最大的幸运，是我生而逢时。没有哪个时代——在读历史时我有这种感觉——比我目睹的时代更为动荡不安、更具启蒙意义的了”[③]。确实如此，更幸运的是，赛珍珠从江南地区迁居到了皖北这块文化沃土，这里是极具中国文化特色的福地。赛珍珠初到皖北宿州，对这里的一切都极不适应。她自幼年起一直生活在山清水秀的江南地区，从未踏足过一望无垠的淮北平原，对这里的自然景色十分陌生。宿州城外高高的河堤岸上屹立着威严的城墙，墙下流淌着一条护城河，城墙和护城河外，便是一望无际的原野，原野上还点缀着一座座土丘似的村庄。当地人居住的农舍也是用田里的浅沙泥土堆砌而成。和江南相比，这里最让赛珍珠难以接受的是看不到一丝丝绿色的冬天。所有的土地和房屋都是一种灰蒙蒙的颜色，连生活其中的人也是灰头土脸的，脸色和衣服

---

① 陈立柱、洪永平：《淮河文化概念之界说》，《安徽史学》，2008 年第 3 期，第 100 页。

② 陆勤毅、朱华东：《淮河文化对中华文明起源的贡献》，《学术界》，2015 年第 9 期，第 194 页。

③ 赛珍珠：《我的中国世界》，尚营林等译，湖南文艺出版社，1991 年，第 2 页。

都是灰土色的。除此之外，脏乱的生活环境、愚昧落后的生活方式和无知无畏的普通民众，以及土匪和游兵散勇的侵扰和袭击，都对刚刚接触旧中国农村现实的赛珍珠造成了极大的心理冲击。然而，赛珍珠既未像她的其他同胞对中国人敬而远之，躲避不及，也未像同行的传教士们仓皇而逃，迫不及待地退回到西方世界的舒适环境。相反，赛珍珠很快便克服了种种不适应，融入了皖北农村，从这里开始真正认识了一个伟大群体——中国农民。赛珍珠经常陪伴不会说汉语的丈夫走村串户，深入田间地头，与村妇农夫交往，得以了解到中国农民的喜怒哀乐。因此，美国学者彼德·康在《赛珍珠传》里指出，“布克夫妇在宿州只过了两年半，时间不长，但对赛珍珠的写作生涯有决定性的影响。她声称她一直就知道自己会写作，她在伦道夫—梅肯学院的文章和故事也曾得过奖。然而，是宿州给她提供了素材，提供了使《大地》广为流传的人物和他们的活动背景”①。遗憾的是，国内外对赛珍珠及其作品的研究虽然已蓬勃发展，取得了可观的成果，但是对于赛珍珠与皖北宿州的关联，关注太少。“若不具体考察他们的事业成果与宿州人文风貌的深层关联，就难以追本溯源地切中赛珍珠、布克研究的某些关键要素。”②

二、宿州赛珍珠研究

赛珍珠自其作品问世以来，在国内外引起了不小的轰动。“身为赛珍珠布克回报‘鸽心’的当事之地宿州及‘事主’宿州人，却是出乎意料地淡然甚至冷漠：除了流传于口头的令人啼笑皆非的街议巷语、乡曲琐谈，在文字反响上，则几乎见不到宿州人的只言片语。”③ 这与宿州当时的社会、经济、文化状况息息相关。一百年前，皖北大地正处在军阀混战、灾祸频仍、民不聊生的动荡时

① 彼德·康：《赛珍珠传》，刘海平等译，漓江出版社，1998年，第75页。

② 鄢化志等：《赛珍珠、布克与宿州：皖北大地中美文化交流的百年印记》，合肥工业大学出版社，2017年，序言，第1页。

③ 同②，前言，第2页。

期。在当时半殖民地半封建社会的黑暗现实中，皖北人民正挣扎在反对“三座大山”的生死斗争中，实在没有条件和能力回应这一国际友人的善举。百年后的今天，这块苦难的土地上已发生了翻天覆地的变化，有条件回过头来审视赛珍珠的皖北书写了，也是时候“明确意识到身为大地主人应有的姿态和回声的话语权”。

近几年，国内陆续有相关文章进行赛珍珠研究现状的文献分析。江苏大学王珏[①]、邵澍赟[②]的硕士论文分别探讨了赛珍珠研究文献作者的学术关系和比较研究了中美赛珍珠主题硕博学位论文。周金元、王珏等人的文章以图书情报学领域常用的文献计量学方法和可视化呈现手段，从赛珍珠研究的主题分布、研究人员分布、研究机构分布等方面梳理了国内的赛珍珠研究现状。[③] 卢章平、邵澍赟对中美赛珍珠主题硕博学位论文进行比较，发现时间分布上美国起步较早，但发展缓慢，后劲不足；中国早期文献产量低，但上升速度快，文献产量高，后来居上。[④] 张媛、穆坤坤利用“中国知网”等三个国内数据库平台，从定量和定性两个角度，对中国大陆学界 1978—2017 年赛珍珠研究的数量、质量情况进行梳理、归纳和分析。[⑤] 整体而言，目前赛珍珠研究主题的学位论文主要集中在《大地》三部曲和《水浒传》译本的分析上；赛珍珠研究的期刊文章主题众多，并随着时间的推进日趋多元。如表 1 所示，在赛珍珠研究主题的期刊论文的高频关键词及其词频中，利用共词分析、结合因子分析等方法，可将赛珍珠研究领域的主题分成六类：“《水浒传》译本”“《大地》评析”“跨文化视角”“赛珍珠与中

---

① 王珏：《我国赛珍珠研究文献作者学术关系研究》，硕士学位论文，江苏大学，2017 年。

② 邵澍赟：《赛珍珠主题中美硕博士学位论文比较研究》，硕士学位论文，江苏大学，2017 年。

③ 周金元、王珏、邵澍赟等：《基于文献的我国赛珍珠研究现状分析》，《江苏大学学报（社会科学版）》，2017 年第 1 期，第 51 页。

④ 卢章平、邵澍赟：《中美赛珍珠主题硕博学位论文本体构建及比较研究》，《图书情报研究》，2018 年第 3 期，第 55 页。

⑤ 张媛、穆坤坤：《基于数据库平台的赛珍珠研究综述（1978—2017）》，《江苏科技大学学报（社会科学版）》，2018 年第 3 期，第 36 页。

国”“女性形象、女性主义”“中国他者形象”。①

表 1　赛珍珠主题期刊论文高频关键词及其词频

关键词	词频	关键词	词频	关键词	词频
《大地》	114	水浒传	14	《龙子》	11
《水浒传》	52	赛珍珠研究	14	《母亲》	11
阿兰	32	翻译策略	14	中国	11
翻译	23	女性形象	13	土地	10
女性主义	22	《大地》三部曲	13	生态女性主义	10
大地	20	诺贝尔文学奖	12	他者	10
中国形象	20	女性意识	12	主体性	9
《群芳亭》	17	小说	12	跨文化	9
中国文化	16	文化	11	中西文化	9
林语堂	14	文化身份	11	后殖民主义	9

以上成果，对皖北赛珍珠研究的成果提及较少或根本没涉及。改革开放后，以宿州学院为中心的皖北赛珍珠研究的确取得了一些成果，但和其他地方相比，仍有诸多不足。在中国知网的主题栏搜索“赛珍珠”词条的文献资料，时间截至 2023 年 9 月，共出现 2144 条，发表时间段为 1912—2023 年。早期年发表文量较少，从 1993 年开始才突破个位数。2010 年至 2016 年，年发文量均突破三位数，此后，略有下降。由此可见，改革开放后全国范围内赛珍珠研究十分火热，成果众多，尤其是赛珍珠成长地——镇江、主要工作地——南京，起步早、发展快，是全国赛珍珠研究的两个主要中心。随后搜索“赛珍珠”加其他词条的文献资料，可见赛珍珠与皖北大地的研究起步晚，成果数量极其有限，如表 2 所示。

① 王珏：《我国赛珍珠研究文献作者学术关系研究》，硕士学位论文，江苏大学，2017 年，第 18 页。

表 2　中国知网的“赛珍珠”加其他词条信息

主题	条数	发表时间
赛珍珠+土地	513	1989—2023
赛珍珠+王龙	522	1960—2023
赛珍珠+上海	475	1960—2023
赛珍珠+南京	342	1960—2023
赛珍珠+镇江	185	1992—2023
赛珍珠+宿州	43	1995—2023
赛珍珠+皖北	20	2006—2018

皖北地区是赛珍珠《大地》《母亲》等农村题材作品的背景地，从 1995 年起，就有当地学者开始了赛珍珠与宿州关联的研究。宿州学院作为皖北赛珍珠研究的根据地，其研究人员和研究成果在国内赛珍珠研究领域有一定的影响力，如表 3 所示，时间截至 2023 年 9 月。

表 3　赛珍珠主题期刊论文发文量位居前五名的机构

机构	发文量	机构	发文量
南京师范大学	104	宿州学院	54
江苏科技大学	88	南京大学	50
江苏大学	77		

国内期刊为赛珍珠研究提供了很好的平台，刊发全国各地学者的研究论文，尤其是《宿州学院学报》开设了赛珍珠研究特色栏目，刊发了多篇高质量研究论文，如图 1 所示。

赛珍珠作为一名美国作家，是以英语形式发表大部分作品的，英文读者应该是其最大的受众群体，但是国内对赛珍珠研究英文学术成果的关注并不太多。这两年，这一方面的研究趋势逐步显现，相关成果陆续出现。刘竟、崔欣卉、卢章平运用信息可视化与内容

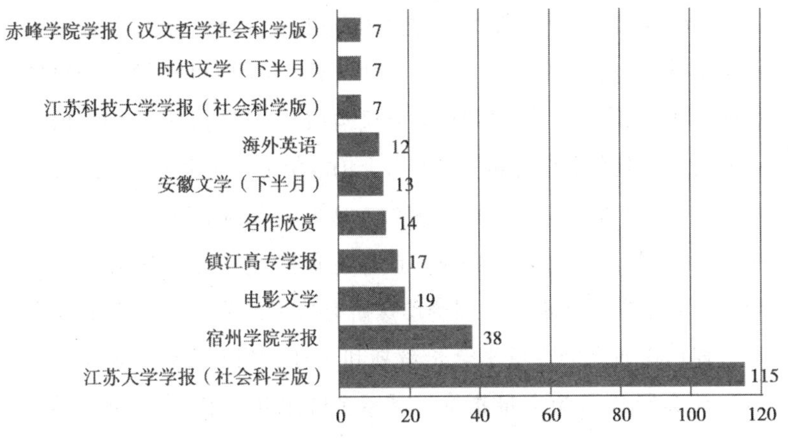

图 1　刊文量位居前十的来源期刊①

分析方法分析赛珍珠研究的英文学术成果，并对赛珍珠学术传播的传播要素和传播内容进行分析和挖掘。② 2022 年，江苏大学发布了中英文版的《全球赛珍珠研究指数报告》，课题组组长张晓阳教授还在同年举办的韩国赛珍珠国际研讨会上发表了英文版报告，引起了韩国学者的极大兴趣。报告检索了国内外期刊数据库的论文数据，运用科学计量指标分析撰写国内外的赛珍珠研究成果，希望引起社会各界对赛珍珠研究学者和研究机构的关注，扩大国内外研究者的交流合作，进一步提升赛珍珠研究的影响力。报告提到了中国赛珍珠研究机构的产出力排名，其中南京师范大学、江苏大学和江苏科技大学就发文数量而言排名前三，宿州学院、镇江高等专科学校、河南师范大学、南京大学等紧随其后。以“被引频次”为参考依据来观察中国赛珍珠研究机构的影响力，排名最高、引用最多的是南京师范大学、河南师范大学与江苏大学，继而是南京大学、南开大学、河北大学、福建师范大学、江苏科技大学等，宿州学院排在第 17 名；以“论文量比值”为参考依据来总结中国赛珍珠研

① 王珏：《我国赛珍珠研究文献作者学术关系研究》，硕士学位论文，江苏大学，2017 年，第 31 页。

② 刘竟、崔欣卉、卢章平：《基于英文文献的赛珍珠研究学术传播模式与区域特色分析》，《江苏大学学报（社会科学版）》，2021 年第 3 期，第 55 页。

究机构的发展力排名，论文量比值最高的是江苏科技大学、深圳职业技术学院和上海外国语大学。由此可见，宿州学院的论文产出数量还是非常可观的，在赛珍珠研究机构和发文机构的排名中，均有一席之地，但在影响力和发展潜力上仍需努力。这来之不易的成果和地位看似平常，实则凝聚着无数人从无到有的不懈探索和努力。2021 年 12 月，全英文《中国赛珍珠论集》由江苏大学出版社出版，开启了向国际输出中国赛珍珠研究成果的先河。论文集由镇江市赛珍珠研究会卢章平会长策划和主持，“以学者的学术影响力和社会影响力为衡量指标，荟萃了陈思和、王守仁、汪应果、陆行良、姚锡佩、刘海平、姚君伟、郭英剑、段怀清、徐清、顾钧、朱骅、董琇等国内一流的老中青三代‘赛研’专家的优秀学术成果”①。

20 世纪 30 年代，赛珍珠作品刚被译介到中国时，其独特的中国书写视角和内容引起国内学者的热烈讨论。遗憾的是，彼时这一文化盛事在皖北大地并未激起任何波澜。皖北民众正处在“三座大山”的黑暗统治下，一直挣扎在水深火热和生死存亡中，没有条件和能力发出应有的声音。一百年后的今天，皖北的赛珍珠研究发出了自己的声音，并且愈发响亮。目前，国内的赛珍珠研究重心在江苏的镇江和南京等地。这是赛珍珠难忘的“中国故乡”和工作地，是国内赛珍珠研究的发起地，起步早，发展快，研究者众多，研究成果突出。改革开放以后，皖北大地发生了巨变，皖北的赛珍珠研究也在努力推进。作为“大地故乡”的皖北宿州为此做出了不懈的尝试与努力。宿州市委、市政府、人大、政协等相关政府部门的领导高度重视和支持赛珍珠研究工作，先后成立了宿州市赛珍珠研究会和宿州学院赛珍珠研究所。

宿州学院历任领导也重视和支持赛珍珠研究活动。2003 年，宿州师专赛珍珠研究所成立，在文传学院、外国语学院及相关部门

---

① 顾正彤：《跨文化研究：东西方学术话语交流的一座桥梁——评〈中国赛珍珠论集〉》，《学术评论》，2021 年第 6 期，第 67 页。

领导与师生的共同合作下，有组织、有计划地开展了赛珍珠研究的宣传研讨、文献征集、学术交流工作。宿州学院赛珍珠研究所内工作与研究人员达30余人，收藏了各种文字版本的赛珍珠作品、传记和研究专著、论文集、相关报刊等珍贵文献资料，抢救和挖掘了赛珍珠、布克与宿州的资料，以及宿州地方文化的方志、论著、手稿，纸质文献近5000册。宿州学院设立了《宿州学院学报》上的“赛珍珠研究专栏”，定期刊发国内外学者的赛珍珠研究主题的论文。学校还建立了“赛珍珠研究”网站，聘请国内外赛珍珠研究学者进行学术交流，并在文传学院设置“赛珍珠研究”选修课，组织师生申报省、地、校级的赛珍珠研究项目，鼓励和支持师生们在全国各报刊上发表赛珍珠研究相关学术论文。2010年，宿州学院在大学文化和大学精神建设进程中，建成了独具“大地故乡”特色的赛珍珠纪念馆，召开了包括美国及我国台湾地区在内的赛珍珠研究学者们参加的赛珍珠—布克国际学术研讨会。2014年，文传学院汇集已发表的学术成果，编印了《大地的回声：赛珍珠研究论文集》，集中展示了20世纪末以来宿州学院赛珍珠研究学术团队的研究成果。2017年上半年，宿州、镇江两市人大、政协、赛珍珠研究会协同江苏大学，在宿州学院成功举办了“赛珍珠主题书画巡回展·宿州站”的展出。同年，由宿州赛珍珠和布克研究学者共同编撰的带有图片说明的《赛珍珠、布克与宿州：皖北大地中美文化交流的百年印记》一书，公开出版发行，首次向国内外展示出赛珍珠、布克二人在皖北宿州的活动轨迹，阐述了宿州作为二人事业腾飞始点的渊源。该书还通过数百幅老照片等展示了宿州大地自清末民初百年来的历史变迁和社会面貌。

在宿州学院的赛珍珠研究队伍里，文传学院中文专业教师是绝对的中坚力量。就贡献而言，首推原宿州师专中文系的邵体忠老师，他秉承家学渊源，最早研究赛珍珠、《大地》与宿州的关联，在中国知网可检索到文章4篇（1994，2004，2007，2007），开启了宿州学院赛珍珠研究的先河。原宿州学院赛珍珠研究所所长、文传学院鄢化志教授发文7篇（2008，2010，2010，2011，2012，

2012，2014)，他从细节入手挖掘赛珍珠与宿州文化的渊源，研究具有历史考证和现实指导的双重价值，如考查了赛珍珠名字的由来、还原了布克 1916 年拍摄的老照片细节，为宿州学院赛珍珠研究做出了极大贡献。文传学院教师张桂玲在《宿州学院学报》和其他刊物共发赛珍珠研究文章 6 篇（2007，2010，2011，2013，2013，2014)，均为独撰和第一作者，解读了赛珍珠作品中的女性意识，阐述了赛珍珠中国题材小说的传奇性和赛珍珠小说中西合璧的特征，强调了赛珍珠书写的异质文化交流和文化身份。文传学院教师姚慧卿发文 5 篇（2007，2010，2010，2010，2010)，其中 3 篇为第一作者，她的研究视角是从赛珍珠与中国文化的隔膜及与中外作家作品的对比入手。另外，还有韩传喜、赵东等学者发表了多篇极具影响力的文章，发出了皖北宿州赛珍珠研究者响亮的声音。无论是就发文数量而言，还是就研究成果的影响而言，毋庸置疑，宿州学院赛珍珠研究的骨干力量是中文教师，正是他们的积极探索和不懈努力，开启和开拓了皖北赛珍珠研究的新局面。

2022 年江苏大学发布的中英文版《全球赛珍珠研究指数报告》显示，《江苏大学学报》是赛珍珠研究文章收录量第一位的期刊来源，共收录了相关文献 108 篇，排第二的便是《宿州学院学报》和《高校教育管理》，均收录了相关文献 36 篇。赛珍珠研究收录期刊论文下载量排名前三的是《江苏大学学报》《高校教育管理》《河南师范大学学报》，下载量分别是 41340 次、10915 次、9103 次。《宿州学院学报》《中国翻译》《中国比较文学》《外国语文》《名作欣赏》的下载量较高，都在 5000 次以上。总体来说，赛珍珠研究期刊论文数、期刊被引量、期刊论文下载量排名比较靠前的期刊分别是《江苏大学学报》《高校教育管理》《宿州学院学报》《河南师范大学学报》《镇江高专学报》《江苏科技大学学报》《当代外国文学》《鲁迅研究月刊》《安徽文学》，它们是中国赛珍珠研究成果的主要刊发地。报告还指出，论文发文量、论文被引数、论文下载量均排名前 10 位的学者分别是姚君伟、郭英剑、徐清、梁志芳、张春蕾、孙宗广、顾钧、董琇、钟再强、朱希祥、尚营林，说明在国内赛珍珠研究的核心作者群体里，皖北地区的研究者在论文的数量、影响力、重要性等方面还需要继续努力，争取为国内赛珍珠研究贡献更强更多的力量。

作为“大地故乡”，皖北宿州在赛珍珠研究的人员、规模、成果等方面，与江南赛珍珠研究存在巨大的差距。目前皖北的赛珍珠研究在队伍建设上有明显不足，缺乏民间学术团体、英语学人、宗教人士、农学专家、历史专家等群体的加入。进入 90 年代，国内诸多领域的学术研究队伍发生了重大变化，不少民间学术研究团体成立。民间学术研究者的加入，为学院派的学术研究注入了新活力。皖北的赛珍珠研究自然也不能局限在各大高校里，因赛珍珠和布克在宿州的生活足迹曾遍布民间大地，尤其是轶闻趣事、人际交往等部分，急需民间学术团体的加入，共同拓展皖北赛珍珠研究的深度和广度。

2019 年 6 月 29 日，宿州市赛珍珠研究会成立，成为全国范围内继镇江赛珍珠研究会之后第二个市级地方性的赛珍珠研究机构，致力发掘、整理、保存赛珍珠和布克在宿州的历史文化遗存，在宿州组织、举办关于赛珍珠和布克的各类学术研究活动，进一步加强赛珍珠、布克及其作品与宿州联系的研究。为发展宿州的文化、艺术、教育、科研、宗教、侨务、外事、旅游、经济和文化产业、社会事业服务，研究会利用各种途径加强宿州的对外文化交流，提高宿州的国内和国际知名度，定期举办赛珍珠、布克研究的学术会议，开展各类赛珍珠、布克研究的学术交流活动，组织赛珍珠和布克学术研究成果和相关文化产业、社会事业开发成果的鉴定与推广，编辑出版赛珍珠和布克研究的书刊和资料，组织培训、讲习、研讨活动，组织赛珍珠和布克研究成果的评估评奖活动，开展与国（境）内外赛珍珠、布克研究团体和专家学者的学术交流与合作。宿州学院作为宿州赛珍珠研究的中心，也做出了不懈努力。宿州学院打造了校级的科研平台——赛珍珠与皖北文化研究中心。该中心成立于 2022 年 1 月，联合宿州市赛珍珠研究会，以宿州学院科研资源为优势，打造皖北赛珍珠文化与文学研究的品牌。中心以赛珍珠文学研究为切入点，以皖北文化为主要研究对象，探讨赛珍珠与皖北文化的渊源及影响，以期对赛珍珠研究起到很好的补充作用。

目前，皖北赛珍珠研究已进入新的历史时期，面临着前所未有的挑战，在宿州学院外国语学院张雁凌教授的带领下，开启了赛珍珠、布克在宿州新的研究之路。宿州学院举办了“云都外语讲坛”专家系列讲座，开局便是 2021 年 11 月 10 日张雁凌教授为外国语学院师生介绍目前赛珍珠研究的地域分布及前沿动态。张雁凌教授从赛珍珠的个人经历、文学创作、国内外研究动态等多个方面为外国语学院教师未来的赛珍珠研究指出了切实可行的方向和路径。2023 年 4 月 20 日，外国语学院举办了第六场“云都外语讲坛”之院外专家系列讲座，邀请国内著名的赛珍珠研究专家——南京师范大学姚君伟教授，为外国语学院文学文化科研团队、赛珍珠与皖北文化研究中心全体成员及外国语学院全体教师剖析了赛珍珠与中国文化“走出去”的紧密联系。针对赛珍珠研究未来的方向，姚君伟教授进一步阐释了形象学角度、历史学角度、哲学角度等跨学科研究的可能性。5 月 18 日下午，镇江市赛珍珠研究会会长卢章平和江苏大学图书馆副馆长、研究馆员张晓阳教授应邀来宿州学院开展“云都外语讲坛”专家系列讲座。江苏大学图书馆文化传播与发展中心主任助理刘琼、江苏大学图书馆特色资源建设中心副编审顾正彤及宿州学院师生代表一百余人聆听讲座。会后，卢章平一行同宿州学院赛珍珠与皖北文化研究中心教师进行了交流。

除了举办专门“请进来”的专家学术讲座外，宿州学院还积极参加国内外赛珍珠学术研讨会。为纪念赛珍珠诞辰 130 周年，2022 年 10 月 27 日，韩国富川市政府、富川文化财团与富川赛珍珠纪念馆共同主办了以“赛珍珠与文化多样性”为主题的赛珍珠国际研讨会，宿州学院外国语学院与镇江市赛珍珠研究会分别设立分会场，来自国内外高校与研究机构的专家学者在云端参加了会议。外国语学院张雁凌教授及师生代表 40 余人参加了此次国际会议。2022 年 12 月 24 日，2022 赛珍珠—布克国际学术研讨会在宿州学院举行。此次会议主题为“大地融通共生”，由宿州学院、淮北师范大学共同主办，宿州学院外国语学院承办，上海外语教育出版社、镇江市赛珍珠研究会、宿州市赛珍珠研究会协办。全球500多位学者和赛珍珠作品爱好者在云端参会，并围绕会议主题展开了深入交流，互学互鉴。在研讨会上，宿州学院鄢化志教授、淮北师范大学李书影教授、蚌埠学院赵丽莉老师分别做了主旨报告，发出了皖北赛珍珠研究和布克研究的声音。安徽教育网、中安教育网、现代快报网、宿州市人民政府官网、扬子晚报官方微博、腾讯新闻、宿州学院、蚌埠学院、镇江市赛珍珠研究会等多家媒体和单位都报道了宿州学院举办2022赛珍珠—布克国际学术研讨会这一盛事，极大地提升了皖北宿州赛珍珠研究的知名度和关注度。宿州学院的赛珍珠、布克研究活动和学术成果将在促进地方文化建设、旅游经济发展和对外文化交流等方面起到重要作用。

第三节　皖北地域文化视角

目前学界十分关注赛珍珠的跨文化书写。2017年9月镇江召开了第9次赛珍珠国际研讨会，会后姚君伟发文指出：“我们要继续研究赛珍珠前期的跨文化创作，进一步探讨它们再现的中国人的生活情形、中国的本质与存在和中国人的生存哲学，特别是它们融入的中国文化元素及其意图。”[①] 赛珍珠的早期作品《东风·西风》《大地》《母亲》等都以皖北城乡地区为背景，尤其是荣获诺奖之后，赛珍珠农村题材作品在西方世界影响巨大。百年前的皖北积贫积弱，满目疮痍，天灾人祸不断。为什么彼时穷乡僻壤的皖北能成为赛珍珠笔下的“福地”，引起西方读者的共鸣？为什么普通的皖北农民王龙能成为中国数以亿计的农民的代表？赛珍珠到底在作品中介绍和传播了怎样的中国文化？宿州学院外国语学院李加强在文

---

① 姚君伟：《当下中国赛珍珠研究：对象与方法》，《江苏大学学报（社会科学版）》，2017年第6期，第49页。

章中提出号召，认为我们应该更加深入地研究赛珍珠作品中的中国地方文化，比如究竟反映了哪些方面的地域文化特性，反映的真实度和手段如何。我们不仅要研究赛珍珠作品中再现的中国地方文化内容，还要进一步去分析作者的文化身份、当时的历史文化语境及其作品的特定读者群体，尤其要探讨赛珍珠文学创作素材来源地——淮北地方文化的特殊性，这样才能对赛珍珠书写中国文化内容做出更全面和深刻的分析，从而客观公正地评价赛珍珠，建立真正意义上的跨文化接受与交流。①

赛珍珠作品在西方世界受到欢迎，使中华文明得到了广泛传播，同时也将地域文化推向世界。赛珍珠作品展现的地方文化到底是什么文化？是宿州文化、淮北文化、皖北文化？安徽省内共有三大文化圈，分别是皖南的徽州文化、皖中的皖江文化和皖北的淮河文化。皖北地区位于淮河中游，因独特的地理特质和人文环境，在历史进程中形成了内涵深厚、自成一体的区域文化带。因此，赛珍珠研究不应该局限在今宿州、淮北一带，应扩大范围，在皖北地区、淮河流域寻找其跨文化书写的深刻内涵。这便是本书诞生的真实历史文化语境。

淮河流域地处“国中”之势，加上沿淮一带适宜的气候水土条件，使得定居此地的先民很早就开始了农业生产。此地独特的地理地貌和气候条件也决定了淮河流域的农耕生产方式既不同于黄河流域，也不同于长江流域。淮河流域土壤肥沃，农业文明起源早，农作物品种多样，加上两岸支流较多，腹地平原广阔，从遥远的原始氏族社会到后来漫长的传统农业文明时期，淮河流域农业种植既有旱地作物麦黍，也有水田耕作的稻谷；既有平原的耕作方式，又兼具山地种植、水域养殖的生产形式。总之，此地的农耕生产融合了黄河流域和长江流域两种生产方式，充分展现了中国传统农业文明的耕种方式。

---

① 李加强：《接受美学视野的〈大地〉文本中皖北文化》，《宿州学院学报》，2006年第6期，第52页。

就水稻种植历史而言，人们一般认为，淮河流域的稻作农业是从长江流域传播而来的。据考古研究证明，几乎整个史前时期，在淮河流域各流域段都不同程度地发现种植水稻的迹象，甚至以水稻为唯一的农作物。以安徽境内淮河以北地区发现的双墩文化遗址为例，研究发现，在新石器时代淮河中游地区的双墩文化时期，水稻仍是当时人类种植的唯一粮食作物，其农业生产与年代更早的顺山集遗址一样，属于单一的稻作农业模式。同时，杨玉璋等对宿州杨堡遗址大汶口文化晚期遗存开展了浮选工作，发现了稻、粟和黍三种作物的炭化种子。① 分析结果显示，水稻的绝对数量和出土概率都占有优势，是主要的农作物，粟的地位仅次于稻，黍的比重则相对较低。淮河中游地区自新石器时代中期（距今 8000 年）以来一直是单一的稻作农业生产模式，直至新石器时代末期（距今 5000 年）才演变为与淮河上游地区相同的稻-旱混作农业模式，且其水稻种植的比例与粟相近或占有更高的比例。

对于皖北宿州和周边地区，传统意义上南稻北麦的农耕方式、南米北面的生活习俗都成了例外。《大地》一开头就交代了王龙娶亲的时间：正是初春时节，麦苗经过一个冬天的蛰伏，正在拼命地拔节抽穗，等待贵如油的春雨的浇灌。当阿兰生大儿子时，稻穗已经熟透，水稻可以收割了。当年夏天雨水充沛，气候温和，稻粒非常饱满。阿兰刚生过孩子的第二天就下地干活了。水稻收割完毕，农户们都在家门口的场院上打谷脱粒。王龙和阿兰一起用连枷捶打稻谷，还用大簸箕把打下来的谷粒扬进风里。饱满的谷粒落在簸箕里，杂物和稗子则随风飘去。收完水稻后，接下来田里又该种冬小麦了。王龙把耕牛牵出去，套上犁头耕地，阿兰便拿着锄头跟在后边，敲碎犁沟里翻起来的大块土疙瘩。从小说对这些农事活动的描述可以看出，皖北宿州及周边地区是典型的麦稻两季种植方式。王龙逃荒到南方后，赛珍珠也明确地提到，他们逃荒到的江苏，和王

---

① 杨玉璋、程至杰、李为亚等：《淮河上、中游地区史前稻-旱混作农业模式的形成、发展与区域差异》，《中国科学：地球科学》，2016 年第 8 期，第 1048 页。

龙的老家安徽不同。王龙老家的田地里一年总是慢腾腾地收两季，麦子和稻子，以及玉米、豆子和大蒜。皖北地区水系发达，淮河支流众多，水稻种植一直十分普遍，尤其在雨水丰沛时节，水稻的种植面积还会增加。如王龙逃荒回来后，那年雨下得及时，稻秧长得很好，收割完小麦之后，在水田里插种了稻秧，这是王龙种稻子最多的一年，因为这一年雨水多，以前的旱地也可以种稻子了。到了收获季节，王龙和老秦两人根本忙不过来，要收割的稻子太多了。

皖北地区特殊的种植方式打破了传统意义上的南稻北麦的认知，这体现了此地南北交汇带的地理特征。饮食习惯也是如此。小说中，王龙发迹前，老父亲早晨喝的是稀米粥，家道殷实后顿顿吃的是大米饭。王龙最爱吃具有北方特色的面饼蘸大蒜或卷蒜苗，而满嘴大蒜味让他在南方城市逃荒时遭到鄙视，后来也惹来小妾荷花的嫌弃。即使现在，皖北很多农户还是延续着稻麦混种的种植方式和米面共食的生活习惯。

淮河成了地理意义上黄河和长江的分界河，地处淮河中游的皖北地区就成了南北方文化的结合部。淮河与黄河之间是广袤的黄淮平原，方圆数百公里的土地上纵横着诸多淮河支流，其间还没有突出的天然屏障。所以，这是块融而不阻的中间地带，是南方长江流域文明和北方黄河流域文明的融合之处。地处黄淮平原的皖北地区在生产种植、生活习俗、风土人情、性格特征等多方面都体现了兼容并包的特点。在皖北这块大地上，既有骏马秋风的塞北景象，又有杏花春雨的江南风情，南方人说它是北方，北方人说它是南方。如陈琳、陈丽丽所言，皖北地区融合了“南米北面的生活习俗；南茶北酒的饮食习惯；圩寨与山村的居住群落；南舟北车的交通方式；南蛮北侉的方言区划。北方人的豪放刚烈，南方人的柔宛秀丽，皆能融合于淮河两岸人民的秉性之中”①。

---

① 陈琳、陈丽丽：《淮河文化的成因与特色》，《江苏地方志》，2007 年第 1 期，第 45 页。

关于赛珍珠暂居过的这座小城宿州的地理位置，相关研究文献中出现过华北、淮北、南徐州、南宿州、皖北等多种地名。华北一般指以京津冀为核心地区的秦岭淮河以北、长城以南的广大地区；广义上的淮北一般指淮河以北的地区，因淮河流经苏、鲁、豫、皖四省，淮河以北应包括皖北、苏北、豫南和鲁东的部分地区，而狭义的淮北就是指毗邻宿州的淮北市。南徐州和南宿州多出于有关赛珍珠的英文作品汉语译文中。中国人尤其是当地人显然能够区分宿州和徐州的不同。实际上，“宿州自隋至中唐属徐州郡，因位于州治徐州之南，古称‘徐南’”①。民国时期，本地已使用宿县的建制和名称。赛珍珠在1917年（民国六年）来到此地时，当地旧称为宿（xǔ）县，与徐（xú）州几乎同音。中国第二历史档案馆收藏的金陵大学农学院院长芮思娄与布克1919年的来往英文信函中，对布克当时居住地使用的Nanhsuchou，An，若为音译，便是南宿州、安徽。现在的宿州市设于1999年，管辖范围包括砀山、萧县、灵璧、泗县和埇桥区四县一区。赛珍珠当年陪伴丈夫布克做农业调查时，曾踏遍皖北大地农村的田间地头，到过现属宿州市埇桥区的符离集、现属淮北市濉溪县的口子镇、现属蚌埠市怀远县的耿家集等多地村镇，这为其农村题材作品的写作挖掘了真实素材。目前，学界对于赛珍珠的农村书写背景地，使用较多、表述较为合适的是皖北地区，也就是淮河沿岸及以北的蚌埠、宿州、淮北、阜阳、亳州等地。马俊亚更为细致地表述为“淮河中游平原，包括淮河以北的全部地区及淮河以南宽10-60公里左右的地区”②。

《全球赛珍珠研究指数报告》总结了我国1960—2021年赛珍珠研究核心主题的7个方面，最后一个也是最难以获取资料的就是地缘关系。报告中提到了诸多地缘关系，排列如下：安徽宿州、中国镇江、中华人民共和国、美利坚合众国、南京大学。和传统的文学研究主题相比，赛珍珠与中外多地的地缘关系日益引起了学界的关

① 王伟：《行游宿州》，合肥工业大学出版社，2016年，第6页。

② 马俊亚：《区域社会发展与社会冲突比较研究：以江南淮北为中心（1680—1949）》，南京大学出版社，2014年，第13页。

注。通过追随赛珍珠的历史足迹，研究者们能从一种全新的视角对赛珍珠跨文化传播路径、近现代中国地方社会环境与结构做精细化解读，对地方文化旅游发展提出新见解，助推地方文化建设和地方走出去的步伐。从报告中的排列顺序可见，皖北宿州作为赛珍珠《大地》的主要背景地，在国内外学者心目中具有重要地位。在2022年韩国举办的以“赛珍珠与文化多样性”为主题的赛珍珠国际研讨会上，最后一位做报告的是来自美国西弗吉尼亚大学（West Virginia University）的Jay Cole教授。他从比较文学的视角探讨了《大地》在美国成功的根源，认为小说虽然讲述了中国农民的故事，却印证了世界上绝大多数农村生活方式的相似性，不管是在美国的内布拉斯加州，还是在中国的安徽。他在汇报时展示了一张从网络上找到的安徽地图，试图比较2020年的安徽人口、面积和人口密度与1920年的数据差距。在宿州学院、淮北师范大学承办的2022赛珍珠—布克国际学术研讨会上，宿州学院鄢化志教授、淮北师范大学李书影教授、蚌埠学院教师赵丽莉分别发出赛珍珠研究和布克研究的皖北声音。鄢化志教授总结了宿州学院在赛珍珠、布克研究上取得的丰硕成果，李书影教授探讨了赛珍珠的文学书写与皖北民俗文化的紧密联系，赵丽莉老师通过《皖北宿州：赛珍珠的文学原乡》（*Suzhou，Northern Anhui：Pearl S. Buck's Literary Hometown*）分析了赛珍珠《大地》背景地皖北地区的地理环境特点。赛珍珠在世界范围内首次用英语讲述好了中国故事，首次把皖北大地和中国农村推向了世界舞台，对于皖北文化或淮河文化的对外传播有一定的参考价值和实践意义。地方作家作品和地理环境的互动辩证关系也是值得学界特别是皖北学者大力关注的领域，存在着很多的空白点。然而，皖北大地作为赛珍珠文学创作的主要背景地，因经济社会发展落后，一直处在被遗忘、被牺牲的角落，即使在百年后的今天，外地人依然不知道如何理解皖北，本地人也不知道如何言说自我。

第四节　皖北乡村书写

赛珍珠的代表作《大地》是以宿州周边的皖北农村为背景、以皖北农民为蓝本创作的。20 世纪 30 年代起，国内学者就开始了关于赛珍珠中国农村和农民书写真实性和客观性的讨论。90 年代以后，江南以镇江为中心、皖北以宿州为中心的赛珍珠研究活动在全国范围内发展起来。关于赛珍珠描述真实性的讨论与纷争似乎已尘埃落定，大多数都直接认定《大地》中的乡村书写就已经代表了当时中国农村和中国农民的真实面貌，并不太关注或了解赛珍珠皖北农村书写的真实语境。

在 20 世纪三四十年代，国内作家和学者囿于阶级立场和民族矛盾，一直对赛珍珠以异族语言书写中国皖北农村题材的真实性和客观性耿耿于怀。例如，鲁迅表达出对赛珍珠"女传教士"身份的芥蒂，茅盾批判了赛珍珠自以为是的客观立场，胡风认为赛珍珠没能把握住中国农村的经济结构和揭示出中国农民悲惨命运的根源，江亢虎认为赛珍珠中国题材中的人物形象不能代表典型的中国人形象。这种评论得到了大多数批评家的赞同，他们普遍认为赛珍珠过于夸大中国的贫穷现状并扭曲了中国人的形象。祝秀侠在文章中说，《大地》是专门写给西方高等白人的绅士太太们看的，"《大地》所展开的中国农村情形，并不是近代中国农村的整个状态"①。祝秀侠认为赛珍珠在书中描述的农村面貌应该是百年前的中国农村，并不能代表现在的中国农村社会，而赛珍珠是刻意为之，抹黑中国农村，用意叵测。当然，王龙这个农民典型也不能完全代表大多数的中国农民，因为进步的农民已逐步焕发了新的面貌。这些评论显然对 20 世纪二三十年代的皖北农村缺乏基本的了解。这是块被称为安徽的"西伯利亚"的偏僻蛮荒之地，一直是被牺牲、被遗忘的角落。

① 郭英剑：《赛珍珠评论集》，漓江出版社，1999 年，第 54 页。

关于赛珍珠《大地》中的皖北农村和王龙是否能代表中国农村和中国农民的问题，国内大部分学者表达了支持的态度。《大地》首译者胡仲持就认为，“《大地》的结构以农人的生涯为经，而以水旱兵匪的灾祸为纬，作者所抓住的简直是贫困的中国目前最严重的几个问题。主人公王龙可以算得占着中国人口的最大多数的农民的典型”①。毛如升也认为，“虽不敢说她对于中国能完全了解，至少，她已经能了解中国人生活的一方面，并且是很彻底的”②。毛如升特地提到赛珍珠和丈夫布克在中国北方共同生活了五年，见证了中国北方农民生活的实际情况，尤其是这块贫瘠的土地灾害丛生、匪患滋扰，民众生活艰难万分。毛如升还盛赞了《大地》最大的成功，是赛珍珠把书中的主角王龙塑造成一个典型的中国农民的人物。“正是勃克夫人从她生活丰富的经验里，所挑选出的原始农民生活的代表。他决不是勃克夫人幻想中的人物。”③主人公王龙的形象一直受到学者的关注。早期学者赵家璧将王龙定性为“初民”（Primitive man）。“许多写中国小说的人所以失败而勃克夫人的《大地》所以获得世界的——连中国的在内——赞美，就为了前者单描画得了中国人的外形，而勃克夫人已抓到了中国人一部分的灵魂。”④像王龙这样的农民，土里刨食，以种田为生，过着单纯的生活，抱着单纯的信仰，信着单纯的命数。“王龙这人决不是纯由勃克夫人理想中产生，而是由勃克夫人在中国实际社会里挑选出来最足代表的一个。”⑤

鲁迅曾批评赛珍珠自认为把中国视若祖国，然而从她的作品来看，还是站在美国女教士的立场。更有甚者，指责赛珍珠的中国书写是为了迎合西方侵略者的野心和麻醉中国被侵略的大众。鲁迅的评价一直是赛珍珠研究争论的焦点之一，引来后来者的各种解读。

---

① 郭英剑：《赛珍珠评论集》，漓江出版社，1999年，第27页。
② 同①，第46页。
③ 同①，第50页。
④ 同①，第74页。
⑤ 同①，第77页。

比较有代表性的是姚锡佩[1]、徐清[2]、郭英剑[3]、顾钧[4]等人的文章，表达了和陈辽[5]的文章完全不同的看法。姚望发文总结了关于这一争论的不同看法：这是一个非常复杂的研究课题，它牵扯着鲁迅和赛珍珠的文学创作观，以及二人对中国现代社会和现代文学等多方面的不同看法。[6] 姚锡佩建议要对这位思想复杂的异国女作家和其作品有较为客观公允的评价，她可能无法摆脱宗教化的美国立场，但她对东方人民的友好感情却是客观事实，以自己的文学创作和社会活动事业影响了西方人民。[7] 姚锡佩还认为《大地》在一定程度上真实地反映了军阀统治时期中国农村贫穷落后的面貌，以及农民特别是农妇苦难深重的命运，但是没有深刻揭露地主阶级的罪恶，从而引导读者去思索中国社会的病根。[8] 彼德·康评价《大地》描写的环境是自然主义的，个人的努力和愿望与最终结果并不匹配，这种情况在以生存为最终目的的旧中国农村非常普遍。他评价小说写得最精彩的就是饥荒描写，在大饥荒中，突如其来的干旱一直持续数月，田地里很快寸草不生，饿殍遍野，人烟荒芜。如

---

① 姚锡佩：《从赛珍珠谈鲁迅说起：兼述赛珍珠其人其书》，《鲁迅研究月刊》，1990 年第 6 期，第 38–42 页。

姚锡佩：《论赛珍珠的〈大地〉三部曲》，《当代外国文学》，1996 年第 3 期，第 88–98 页。

② 徐清：《正确认识鲁迅对赛珍珠的评价》，《鲁迅研究月刊》，1998 年第 12 期，第 58–62 页。

徐清：《试析鲁迅对赛珍珠的评价》，《镇江师专学报（社会科学版）》，1999 年第 1 期，第 89–92 页。

③ 郭英剑：《如何看待鲁迅先生对赛珍珠的评论?》，《鲁迅研究月刊》，1998 年第 6 期，第 47–51 页。

④ 顾钧：《如何理解鲁迅对赛珍珠的评价》，《鲁迅研究月刊》，2002 年第 6 期，第 15–18 页。

⑤ 陈辽：《还是鲁迅对赛珍珠〈大地〉的评价正确》，《鲁迅研究月刊》，1997 年第 6 期，第 37–39 页。

⑥ 姚望：《鲁迅的赛珍珠简评所引发的讨论：一个回顾》，《江苏大学学报（社会科学版）》，2019 年第 1 期，第 9 页。

⑦ 姚锡佩：《从赛珍珠谈鲁迅说起：兼述赛珍珠其人其书》，《鲁迅研究月刊》，1990 年第 6 期，第 38–42 页。

⑧ 姚锡佩：《赛珍珠的几个世界：文化冲突的悲剧》，《中国文化》，1989 年第 1 期，第 124–131 页。

小说中所写，王龙和邻居老秦在天灾中庄稼绝收，亲人离世，很快就一贫如洗，还差一点就被饿死。

近期对王龙人物分析较有影响的是南京师范大学姚君伟教授，他在文章中论述了王龙的负疚感，列举了王龙负疚感的表现。这说明赛珍珠对大多数中国农民是全面了解的，知道他们身上既有好的、值得推崇的一面，又有坏的、不良的一面。“赛珍珠婚后随美国农学家布克博士在华北农村生活了五年，真正进入中国农民的生活空间。”① 后来又出现了一些文章，赞扬王龙的勤劳朴实、朴素的道德观、恻隐的人性光辉。② 李婷为王龙“正名”，通过例证分析了王龙对待阿兰的前后态度，说明在当时的男权社会环境下，王龙基本尽到了做丈夫的责任，其后期行为有可理解之处。③ 徐瑞芳用福柯的话语权力理论分析王龙的性格特征，从性别话语权力、传统道德话语权力、阶级话语权力和知识话语权力四个方面剖析了王龙性格中自私、懦弱、自卑和愚昧的阴暗面。④ 王爽比较了王龙和古希腊神话人物安泰的相似点，认为他们品行有好与坏，但都与大地有密不可分的联系。⑤

《大地》中王龙是以一皖北王姓农民为模本塑造的，“此人原名王景合，本是布克的农场雇工兼农业技术学徒。布克做了不少思想工作，使他同意让赛珍珠把他的名字和事迹安排在小说主人公王龙身上”⑥，他与王龙在长相、性格等方面极其相似。不管《大

---

① 姚君伟、张丹丽：《论赛珍珠笔下的王龙的负疚感：〈大地〉人物论之二》，《镇江师专学报（社会科学版）》，1999 年第 1 期，第 56-60 页。

② 尤志心：《如闪光的人性：〈大地〉中王龙形象探析》，《江苏教育学院学报（社会科学）》，2010 年第 7 期，第 111-113 页。

③ 李婷：《为王龙“正名”：评析〈大地〉中的王龙形象》，《读与写（教育教学刊）》，2008 年第 12 期，第 162 页。

④ 徐瑞芳：《话语权力视角下〈大地〉中的王龙形象解读》，《宿州学院学报》，2016 年第 9 期，第 76 页。

⑤ 王爽：《从赛珍珠〈大地〉中看安泰式人物形象：王龙的人物形象分析》，《北方文学》，2017 年第 36 期，第 86、88 页。

⑥ 鄢化志等：《赛珍珠、布克与宿州：皖北大地中美文化交流的百年印记》，合肥工业大学出版社，2017 年，第 141 页。

地》中的王龙到底有无生活中的原型，都不影响王龙人物形象塑造的成功。凭着勤劳朴实、仁义厚德的品格，他以一人之力改变了西方世界对中国人由来已久的偏见。赛珍珠成功塑造的王龙不仅是旧中国大多数农民的代表，而且是百年前皖北地区普通农民的缩影。

对赛珍珠《大地》中皖北民俗的讨论开始较早，如留美学者江亢虎就愤然指责赛珍珠在描述皖北地区喝茶、殡葬仪式、生子习俗等方面上出现了错误和偏差，尤其喝茶时，先倒水，后放茶叶，简直是犯了生活中常识性的错误。对于江亢虎的指责，除赛珍珠直面应答，发文回击外，另一有力的证据是镇江赛珍珠研究专家刘龙亲自考察，撰文反驳。"笔者曾向赛珍珠生活过多年的淮北宿县作过调查，当地师专一位 76 岁的副教授十分肯定地说，赛珍珠在《大地》中所写农民饮茶的方式习惯，不仅符合当地当时民俗，而且时隔半个多世纪，现在宿县仍有尚未完全脱贫的若干农民还保持着这种'先倒水，后放茶叶'的习俗。"① 他认为赛珍珠不仅给我们描绘了民国初的"婚嫁、神祇习俗和岁时节日，再现了那时代中国社会各阶层人士的服饰文化和居室文化特征"，还为我们展现了"那时代一幅幅风俗民情图、一幅幅灾民流徙图"。② 这与赛珍珠在中国故乡镇江的成长、皖北农村五年的暂居和南京大学数十年的任教生活有直接关系。小说中赛珍珠对 20 世纪中国淮北农村的虫灾、水灾等灾害的描写也是相当真实、相当成功的。王龙长子去读书一事，反映了她对皖北乡镇私塾的情况也相当了解。追本溯源，"作者皖北实地生活的见闻与体验，是直接的成因"③。

进入 21 世纪以后，许多学者陆续开展了对《大地》中民俗文化的研究。汪应果认为，"赛珍珠从宿州最落后封闭的农村现实出

---

① 刘龙：《〈大地〉中的茶俗描写：评留美学者蒋康户教授对〈大地〉的指责》，《河南师范大学学报（哲学社会科学版）》，1994 年第 2 期，第 75 页。

② 刘龙主编：《赛珍珠研究》，云南人民出版社，1992 年，第 227 页。

③ 同②，第 230 页。

发，为我们保存了一个完整的中国宗法制农民‘民俗生态学’的原型”[①]。朱希祥用审美的眼光和视角挖掘与表现中国民俗中的美的特质，认为赛珍珠的作品非常客观地表现了中国的民俗生活和具有审美意义的民俗文化。如服饰民俗，王龙大儿子一个耳朵上戴了个耳环，王龙孙子裹着大红缎袄，戴着绣着金菩萨的小帽，这穿戴包含了避邪、重男轻女、崇信、儿童衣着美观等内涵。“赛珍珠花大力气、大篇幅描述中国民俗，也就是试图通过民俗这一能体现民众真实生存方式和文化基础的形态，表现‘艺术的真实’和显出主体的灵魂——民族的精神与灵魂。”[②] 毛知砺认为《大地》三部曲描绘了中国丰富多样的生育文化、生育礼仪与习俗，如：生子不举、溺弃女婴；偏好男嗣、重男轻女；崇尚生育、多子多孙；祈求神明、得子添孙；等等。赛珍珠观察入微，掌握了普遍关键的信息，“而先秦以来所重视的孕妇胎教，则只字未提；至于常见于民间社会的新生婴儿生命礼仪，除穿戴新衣鞋帽，办弥月酒宴外，还有如三朝、三腊、百日、周岁等庆典，亦未出现，或许并非赛珍珠小说所关切的重点”[③]。梁志芳从文学人类学的视角分析了《大地》中的民俗文化，认为其包含了具有“普适性”的人类学元素，如产妇喝红糖水、生子分送红鸡蛋、办满月酒等极具中国农村特色的生育习俗，是弥足珍贵的原生态的人类学素材。[④]《大地》为我们提供了一幅20世纪初中国（主要是安徽、江苏）农村生活的全景图，为我们了解当时农民生活的方方面面及农村的全貌提供了鲜活的第一手资料。李家富等从文学人类学角度解读了小说中的生育、

---

① 汪应果：《关于赛珍珠研究的几个有待深入的问题》，《江苏大学学报（社会科学版）》，2003年第1期，第67页。

② 朱希祥、李晓华：《赛珍珠作品的中国民俗审美特质》，《江苏大学学报（社会科学版）》，2007年第5期，第46页。

③ 毛知砺：《生命的关照：赛珍珠与中国生育文化》，《江苏大学学报（社会科学版）》，2005年第5期，第45页。

④ 梁志芳：《中国农村生活的史诗：赛珍珠小说〈大地〉的文学人类学解读》，《江苏大学学报（社会科学版）》，2011年第2期，第26-31页。

丧葬、春节等民俗生态文化。[1]这些“民俗生态学”的原型为我们生动形象地展示了中国几千年社会发展运动的“生命密码”，这“生命密码”在今天看来同样具有人类学的价值和意义。

赛珍珠在《大地》中描述的民风民俗除具有民俗学的审美意蕴、人类学的共同价值等意义外，更展现了皖北地区复杂的地理地貌特征，饱含皖北劳动人民的生活经验和集体智慧，浸润着皖北特色的地域文化。俗话说：百里不同风，千里不同俗。如生子时用新剥的苇篾来割断脐带、分发红鸡蛋，这些生育民俗在不同地方会有不一样的表现形式，并不是固定不变的。赵丽莉曾撰文解读了《大地》中皖北特色的生子俗仪，特别是赠送红鸡蛋的数量和时机。[2]总之，恰如鲁迅颇具争议的说法，赛珍珠以传教士之女的身份来讲述中国故事，可能会只得浮面，不得要义。那么解读《大地》中的民风民俗，如果割裂赛珍珠作品与皖北地域文化的本质联系，单纯地探讨这些民俗仪式的文化意蕴、审美特质，或许无法触及赛珍珠真正的创作意图和作品内涵。要想深入研究赛珍珠跨文化书写的内涵和意义，应该把它放置在地域环境的大背景和框架下，多角度挖掘其书写的文化内涵。以民俗文化为例，学界早就开始关注赛珍珠作品中的民俗文化书写。汪应果盛赞赛珍珠为我们保留了完整的中国农村民俗生态学的原型，后有学者以审美的眼光审视赛珍珠民俗书写美的特质，从人类学的视角解析《大地》中生育、丧葬、春节等民俗生态文化，但这都或多或少地缺失了赛珍珠民俗书写与皖北地域文化的关联。刘龙以乡土小说为例论证了赛珍珠的乡村书写体现了一定的“本土化”特征，认为她描绘了一幅从辛亥革命到抗日战争时期的宏大历史画卷，为我们认识了解当时

---

① 李家富、陈俐：《文学人类学视域下〈大地〉的“民俗生态学”解读》，《学理论》，2014年第16期，第170-171页。

② 赵丽莉：《皖北“大地”上的原生态画卷：赛珍珠〈大地〉中的生子习俗》，《阜阳师范学院学报（社会科学版）》，2017年第1期，第16-20页。

中国的历史面貌、民俗风情和心理状态提供了真实而生动的文学资料。①

皖北地域文化是淮河文化的重要组成部分，目前淮河文化研究已在全国有一定规模和影响。学界基本认定，在黄河文化和长江文化带之间还有一个特殊的区域文化存在。“考古发现和古史传说都证明，在黄河和长江两大文明之外，在淮河流域确实存在一个自有源头、自有文化特征、自有文化发展道路、相对独立的淮夷族群和淮文化大系。”② 安徽的淮河文化研究方兴未艾，在各地形成了文化热潮，多所高校和科研机构建立了相关的研究中心。在对区域文化的研究中，高校正在发挥自身优势，尤其是那些办学定位为“地方性、应用型”的高校。目前，安徽高校的地方文化研究机构有安徽省社会科学院历史研究所的“淮河文化研究中心”、安徽大学的“淮河流域环境与经济社会发展研究中心”、安徽财经大学的“淮河生态经济带（蚌埠）研究中心”（蚌埠市重点智库）、阜阳师范大学的“皖北文化研究中心”（安徽省高校人文社会科学重点研究基地）、淮北师范大学的“皖北经济与社会发展研究中心”、淮南师范学院的“淮河文化研究中心”、宿州学院的“大学文化研究中心”、蚌埠学院的“淮河文化研究中心”、亳州学院的“亳文化研究中心”等。戴定华建议，安徽淮河流域的地方高校要发挥对外开放中的教育引领作用，尤其要扮演好“领头羊”和“试验田”的角色。高校应深入研究“一带一路”沿线的各国语言文化，主动思考如何提高淮河流域文化的国际影响力，积极寻求对外交流合作的机会，搭建起国际文化交流合作的平台，主动承担起对外传播文化的责任与使命，推动对外文化交流合作，促进安徽淮河流域

① 刘龙：《〈大地〉中的茶俗描写：评留美学者蒋康户教授对〈大地〉的指责》，《河南师范大学学报（哲学社会科学版）》，1994年第2期，第75-77页。

② 卫康叔、闰华芳、陈帮干等：《双墩大墓：掀开淮河文明的面纱》，《中华遗产》，2008年第11期，第112页。

文化传播和助力经济社会发展。① 此外，地域文化宣传与高校对学生人文素质的培养是紧密相连的。张苗等以宿州学院为例论证了区域文化与思政教育之间的紧密联系和辩证关系。在皖北区域文化建设上，宿州学院除建有大学文化研究中心外，还建有孟二冬纪念馆、赛珍珠纪念馆、革命传统教育馆，以及孟二冬精神及传统文化研究所、赛珍珠研究所、布克研究所和大学生创业园，可以挖掘和传播底蕴厚重的皖北文化，凝练和弘扬皖北历史人物身上的优秀品质，传播适应社会和时代发展的价值观念，从而改变当代大学生的行为认知，促使他们的行为发生改变，实现皖北文化与皖北高校大学生思想政治教育二者双赢的发展局面。② 在目前的高等教育大众化背景下，地方高校被赋予了越来越多的社会责任，既是高等教育机构，也是区域文化中心，在地方经济、政治、文化等建设和发展中也有着不可替代的作用。这是时代赋予地方高校的新的历史使命。③ 地方高校是地域文化的载体，聚集着高层次的文化人才，因为地缘优势，他们很容易与地域文化形成良好的互动和影响，从而成为能引领地域文化发展的专家或学者。

淮河文化本身就受到来自北方的黄河文化和南方的长江文化的双重影响，形成了既有淮河流域地方特色又兼容并包南北方文化精髓的特征。这正是赛珍珠挑选背景地的巧合或成功之处，她虽然只选取了百年前地瘠民贫的皖北农村，却真实地再现了整个中国旧社会农村的全貌，以皖北农民王龙一人的形象展现了中国农民的精神风貌。赛珍珠在自传中说："我一生最大的幸运，是我生而逢时。没有哪个时代——在读历史时我有这种感觉——比我目睹的时代更

① 戴定华：《汉语国际教育视域下安徽淮河文化的对外传播策略》，《新闻世界》，2019 年第 8 期，第 80 页。

② 张苗、李月云、蒋月侠：《传播学视角下皖北文化与皖北高校思政教育互动发展模式构建》，《蚌埠学院学报》，2016 年第 6 期，第 151-155 页。

③ 赵军：《地方大学引领区域文化发展的路径选择》，《三峡大学学报（人文社会科学版）》，2009 年第 1 期，第 102 页。

为动荡不安、更具启蒙意义的了。"[①] 她不仅是"生而逢时"，而且是"生逢其地"。近代中国遭受内忧外患、天灾人祸的多重打击，皖北大地恰如20世纪初中国半殖民地半封建社会的缩影。此地有着连年不断的旱涝兵匪、勤劳朴实的皖北农民、春耕秋收的农业生态，承载着深厚的历史文化积淀。宿州赛珍珠研究前辈邵体忠老师感叹，如果赛珍珠没有来过宿州，没有结识到一批皖北贫困农友，没有和皖北大地结缘的这一契机，只是一直生活在江南鱼米之乡，足迹只限于南北方大城市的话，即使她再有文学的天分，再富有写作的灵感，再具有同情心，"恐怕也难以撰写出她不熟悉的以贫苦农民为题材，像《大地》这样的大部头作品，更难以在作品中既能如实言其心声，又能摄取其音容笑貌"[②]。

作为"大地故乡"的皖北地区，更应该充分发挥自己的地缘优势，"通过皖北地区的文化现实和赛珍珠创作之间的比较，发掘相同与相异的风俗民风，从中西方文化的互动中看待赛珍珠笔下的跨文化交流"[③]。这能拓展赛珍珠研究的文化内涵，突破传统宏观文化和整体研究的壁垒，使微观文化和局部研究相结合、地域文化和民族文化相结合，从而进一步客观、公正地评价赛珍珠的跨文化书写和文化传播交流。同时，皖北的赛珍珠研究也是历史时代赋予的重任。如前辈学者所言，"由于意识形态的原因，我们在很长的时间里，一直没下大力气去搜集有关赛珍珠生前在中国生活与活动的资料，如今，当我们想起来时，我们已经丧失了最宝贵的时机——与赛珍珠同时代的人都已故去"[④]。因此，加强赛珍珠在宿州的资料搜集、整理与研究刻不容缓。

---

① 赛珍珠：《我的中国世界》，尚营林等译，湖南文艺出版社，1991年，第2页。

② 邵体忠：《赛珍珠与宿州五题》，《宿州学院学报》，2007年第1期，第82页。

③ 李加强：《接受美学视野的〈大地〉文本中皖北文化》，《宿州学院学报》，2006年第6期，第52页。

④ 汪应果：《关于赛珍珠研究的几个有待深入的问题》，《江苏大学学报（社会科学版）》，2003年第1期，第67页。

在新的历史时期，如何更好地挖掘赛珍珠皖北书写的文化内涵、打造“大地故乡”的文化名片、发出作为“大地”主人应有的回声，让全国乃至全世界听到我们的声音，这是值得所有宿州人、皖北人、安徽人思考的问题，也是时代赋予我们的历史重任。

第一章

赛珍珠的皖北渊源

从地域上看，皖北包括安徽长江北部的淮河两岸，其地貌、风俗、语言和经济形态都与皖南有很大的不同。但是，在实际的研究中，学界却常常依据研究需求对皖北地域进行划分，例如：闵宗殿在进行清朝蝗虫灾害研究时，依据清朝的政区划分，将皖北划定为长江北部江苏、安徽和河南一带；张德生在对安徽进行区域经济地理学研究时，将淮河南部的淮南、蚌埠等城市按其经济形态特点划分为皖北。目前，人们普遍使用的是《中国自然资源丛书·安徽卷》进行的分类：以淮河为其天然地理界线，地处淮河中游，以安徽省为辖区，其北为安徽省部分地区，东连山东省，北连江苏省，西连河南省，包括宿州、蚌埠、淮南、淮北、阜阳、六安、霍邱、寿县、凤阳、嘉山地区等29个县（市）。

学术界对赛珍珠的研究近期主要分为南北两派：其一是以镇江、南京、上海为中心，以姚君伟、段怀清等为主的杰出江南学者；其二是以宿州、阜阳为中心的皖北派别。其中，以阜阳师范大学的皖北文化研究中心，以及宿州学院的赛珍珠研究所、赛珍珠—布克研究中心为代表，涌现了其家族与赛珍珠有着“世交之谊”的学者，如邵体忠、周治杰、鄢化志等。他们组建了皖北的赛珍珠纪念馆，对赛珍珠夫妇在宿州与《大地》创作相关的历史文献、图片资料进行了抢救性挖掘、搜集，积极参加有关赛珍珠研究的交流、研讨、宣传工作，使得皖北的“赛学研究”登上了央视和省、市多家电视台、报刊等媒体，登上了美国的赛珍珠国际组织网站。

关于赛珍珠与《大地》三部曲创作的背景地皖北方面的研究，主要集中在皖北地区的专家学者，尤以高校教师为主的成果中。李加强（2006）、周勇（2017）从美学角度对文本中的皖北文化进行了研究；张苗（2016）、赵丽莉（2021）从传播学跨文化视角进行了研究；王飒（2019）、王小燕（2023）从比较文学角度对比了《大地》三部曲和其他小说中的皖北形象；赵丽莉（2019）从民俗学视角分析了作品中的皖北民俗。值得一提的是，宿州学院赛珍珠研究中心的教师们依托地域优势，对赛珍珠与宿州、赛珍珠与中国文化和中国友人的关系，以及布克都进行了深入的研究，尤其是文学与传媒学院的邵体忠老师，由于其父与赛珍珠同在当时的宿州启秀女校执教，获得了第一手资料，得以熟知很多赛女士的轶事趣事，具体可参看宿州学院文学与传媒学院孟方、鄢化志主编的《大地的回声：赛珍珠、布克研究》。

第一节　初识：赛珍珠初识宿州

赛珍珠的父亲赛兆祥（Absalom Andrew Sydenstricker）是美国长老会传教士。他和妻子凯丽（Caroline Maude Stulting）结婚后不久，于1880年到中国进行传教活动。赛珍珠出生以前，她父母在中国已经生了4个孩子（2男2女），其中3个死于热带病（tropical disease），只有长子艾德加（Edgar Sydenstricker）幸存下来，后来成为一名经济学家和统计学家。1892年，赛兆祥夫妇回美休假，生下赛珍珠。

在赛珍珠仅4个月大的时候，全家就从美国返回中国。最初一家人住在淮安，1896年又举家迁往镇江。她有一个英文名，叫Pearl Comfort Sydenstricker（玻尔·康福·赛登斯特里克）。父亲赛兆祥来到中国后，为自己取了中文姓氏“赛”，她就沿用了父亲的姓氏“赛”。“珍珠”为英文意译。由于已经夭折了3个孩子，这个幸存下来的孩子自然被当成“掌上明珠”，这点也体现在父母为她取的中间名“comfort”（安慰）中，即她的出生是父母极大的“安慰”。基于此，就有了今天这个脍炙人口、中西合璧的名字——赛珍珠。[①] 有传闻称赛珍珠是以清末民初名妓赛金花为自己取名的，但以赛珍珠深厚的中国文化素养，此说无疑并不可取。

赛珍珠的父母很开明，允许她从小与中国孩子玩耍。10岁时，她承教于私塾孔先生，学习中国传统文化。13岁那年，孔先生因

① 许晓霞、芮月英主编：《赛珍珠研究文集》（第3辑），江苏大学出版社，2013年，第190页。

病去世，她就读于镇江女子学堂及后来的镇江崇实女子学校。所以，赛珍珠首先会说的是汉语，直到她汉语说得差不多的时候，母亲才肯教她英文。她写的是中国字，读的是四书五经，听的是保姆给她讲的各种民间传说和厨师讲的《三国》《水浒》故事。从幼年起，她就在鼓励中开始写作。

一、缘起

1910年，年仅18岁的赛珍珠离开中国前往美国伦道夫—梅肯女子学院攻读心理学。1914年赛珍珠取得心理学学士学位，并留校任教。在听闻母亲生病的消息后，她于当年11月返回到中国镇江，接替母亲负责的教会工作，并且在润州中学及崇实女中兼职英文教育的工作。1916年，她遇见了一位来自康奈尔大学的年轻毕业生，农业经济学家约翰·洛辛·布克。

布克1890年出生于美国纽约，父亲为本地长老教会的长老，母亲也是非常虔诚的基督徒。布克对农业与宗教的兴趣，和其家庭有非常密切的关系。通过常年翻看父亲订阅的农业报刊，他对科学农业与改良物种产生了兴趣。1914年布克毕业于康奈尔大学农学院，而且在学习期间由于对中国问题极为感兴趣，他加入了“中国研究俱乐部”，认为中国人民更需要了解科学的农业。

他于1915年12月来到安徽宿州，以基督教传教士的身份从事农业试验和推广工作，接着又到南京接受几个月的语言培训，然后重返宿州，任职于美国基督教北长老会在宿州建立的“农业科学试验部”（简称“农事部”），是农事部最早的一位负责人。农事部位于宿州南关郊区（今市委党校），他本人住在福音堂大院里的单人职工宿舍。1916年夏天，布克去庐山北境的避暑胜地——牯岭度假。赛珍珠的父亲是第一批在庐山买地建房的外国人，每年夏天，赛兆祥一家都会去庐山避暑。就这样，“万里姻缘一线牵”，两个年轻人在异国他乡相遇了。布克后来在家书中写道：“我被赛珍珠邀请到她家里，愉快地共进晚餐。在我心目中，赛珍珠是理想意中人，我已堕入情网。”① 时年赛珍珠23岁，正是情窦初开的年纪，她也被当时丰神俊逸、才华横溢的帅小伙布克所吸引。两人相见恨晚，迅速坠入了爱河。1916年9月中旬，度假结束，布克按计划返回宿州，赛珍珠也离开了庐山，回到镇江的家中。两人分别后，热恋中的布克难以抑制心中的思念，又南下见她一次，并商定了婚期。1917年2月，赛珍珠与布克订婚，同年5月30日，他们在镇江女方家庭的小花园里举行了简单的婚礼。这一年夏天，他们到两人初次定情之地——牯岭度过了蜜月时光。随后，二人一同来了皖北宿州。

二、扎根

1917年，赛珍珠与布克结婚，婚后定居宿州。最初对于宿州的印象和看法，夫妇俩有着截然不同的态度。布克对宿州这个地方很满意，他在1915年12月14日的家信中写道："展望我在此地的工作，从各方面来看都非常好！这里完全是一个农业社会。"②

从小生活在江南鱼米之乡的赛珍珠的感受则完全不同。皖北平原贫瘠落后，房屋大多低矮破败，萧瑟荒凉，和小桥流水、花红柳绿的镇江有着天壤之别。皖北原始式的荒凉，平淡无奇的贫瘠土地，一直到天边，不断刮起的尘土到处都是，将小镇和人们都变得灰头土脸。③ 除去自然环境之外，还有一点和镇江不同的是，宿州由于地域的原因，水、旱、蝗、雹等灾害常年不断。清代乾隆年间一位诗人作诗描写宿州说："蕞尔符离郡，频年困水乡；四邻惊浩淼，十室九流亡。"即是当时情况的生动反映。1921年初夏，在赛珍珠初到宿州期间，宿州发生了较大水灾。阴雨连绵不绝，持续了

---

① 孟方、鄢化志：《大地的回声：赛珍珠、布克研究》，宿州学院赛珍珠研究所学术交流资料，2014年，第204页。

② 鄢化志、陈艳梅：《布克与赛珍珠视域中的宿州古城与"大地"：对布克1916年拍摄〈宿州城墙：护城河与守望塔楼〉照片的考释与解读》，《宿州学院学报》，2010年第12期，第44页。

③ 赛珍珠：《我的中国世界》，尚营林等译，湖南文艺出版社，1991年，第143-163页。

几十天。无数良田被淹，百姓流离失所。赛珍珠还亲历过宿州大旱、蝗灾。土地干裂，千里荒芜，蝗虫飞到哪里，哪里的田禾就被吃光。宿州东关有一座“蚂蚱庙”（宿州管蝗虫叫“蚂蚱”），她很怜悯和同情那些将蝗虫奉为“神虫”的乡下人。除此之外，宿州的人祸也不少。宿州由于地处苏、鲁、豫、皖四省交界，历来为兵家必争之地。赛珍珠初到宿州，恰逢袁世凯称帝失败、军阀混战。1918 年，以“老洋人”张庆为首的几百名土匪，从河南东部流窜到宿州，与官兵发生了战斗，她和布克一起跑到房间躲避。所幸后来有惊无险，来了外援，赶走了土匪。类似交火事件时有发生，打打停停，到后来赛珍珠已经见怪不怪了。① 这些在后来赛珍珠所创作的长篇小说《大地》中都得到了大量体现。因此，对比安宁富饶的镇江，初到宿州的赛珍珠心里的落差可想而知。

因教堂内职工住房狭小，教会遂为他们另择教堂稍西、大河南街路北、临近南小隅口的一所教会租赁的职工大院里的四间中式平房，作为新婚燕尔的栖息地。这处房子灰砖青瓦，之前是王氏公祠和当铺，西边临靠南门大街的几间房屋则是基督教的布道所，房子带一个大院子，教会的工作人员多数也住在此处。赛珍珠来宿州后任教的启秀女校就在这条街的西边。这所学校为教会所办，从住处步行几百米即可到达，当时只有小学的四个班级。农村女孩不受重视，接受教育较晚，入学年龄偏大。赛珍珠作为老师非常敬业，宽严并济，学习上严格要求，认真批改作业；生活上关怀备至，课间和孩子们一起做游戏、做手工；带领师生去牧师家里过圣诞节，唱圣诞歌，分发圣诞礼物……

婚后，布克整日骑一辆被当地人称为“洋驴子”的脚踏车，去城外的农事部上班。为了能找寻抗灾能力强、成熟期短的小麦良种，帮助饱受自然灾害之苦的穷苦农民，他花费大量时间，进行多种品种小麦试验并整日到十里八村走访四乡农户。由于布克汉语培

① 孟方、鄢化志：《大地的回声：赛珍珠、布克研究》，宿州学院赛珍珠研究所学术交流资料，2014 年，第 5 页。

训时间较短，常有语言不通的情况发生，这时“洋生土长”的赛珍珠就充当了翻译的角色。布克骑“洋驴子”，她就坐轿子。轿子由两人抬，每当停下来时，她这张异国面孔总会引得村民驻足观看。赛珍珠开始时极不适应，慢慢地也就习惯了。随着沟通交流的深入，她和当地村民变成了无话不谈的朋友。① 直到此时，赛珍珠才逐渐认识到：宿州尽管从表面来看非常蛮荒与僻野，实质上却是富有炽诚爱心、蕴含独特魅力的“Good Earth”。

赛珍珠和布克的新婚生活非常幸福快乐，邻居们常常能听到从他们住处传出的欢声笑语。赛珍珠为人热情善良，有时左邻右舍发生口角纠纷，她还会去劝架。那变了味的宿州话一出口，常常会把吵架的人逗得哈哈大笑，便也就此忘了吵架这事了。赛珍珠交友广泛，无论是城里大户人家的媳妇还是乡下的农妇，赛珍珠都能与之很好地对话、沟通。西邻的张周氏、近邻的吴太太，这两位好友还出现在她晚年的自传里。尤其是在目不识丁的农民中间，自幼在中国生活多年的经历，使得她比旁人能更深层地理解中国农民的生活，感受到中国最底层百姓的苦楚与欢乐。如她在书中所说，他们承担着生活的重负，做得最多，挣得最少。他们与大地最亲近，无论是生是死，都是最真实的。②

1921 年春天，含美小学从关帝庙迁到南小隅口东北角的教会职工大院，也就是赛珍珠夫妇来宿后所居住之处，原住的平房拆除。过了一段时间，夫妇俩迁往城南郊的芦家庄，即当时教会农事部大院内新建的两层西式简易楼房，位于今宿州市东昌路市委党校。这座房子有光线充足的宽大的玻璃窗，如茵的院内草坪，条件比之前的住所要好。更让赛珍珠喜出望外的是，墙外是一望无际的农田和稀疏的村舍，这就使她离她的农民朋友更近了。

在这段时间里，布克忙着田野试验、写农业相关书籍，赛珍珠

---

① 孟方、鄢化志：《大地的回声：赛珍珠、布克研究》，宿州学院赛珍珠研究所学术交流资料，2014 年，第 2 页。

② 赛珍珠：《我的中国世界》，尚营林等译，湖南文艺出版社，1991 年，第 156 页。

也帮着他做田野调查。这让她对中国的农民有更深入、更完整的认识。布克记录下皖北农村生活的点点滴滴：住房、燃料、物价、饮食、娱乐、婚丧嫁娶等。当时，在这样一个80%的人口都是农民的国家，还不太有人这样系统地搜集这些材料。

布克最后将这些材料结集成书，20世纪30年代，出版了在当时被认为是研究中国农业的有重要影响的前沿著作——《中国农家经济》(1936) 和《中国土地利用》(1937)。其在学界不但开创了中国现代农业经济最完备的研究成果，而且对中国农业经济问题的见解，至今仍对后世学人产生着深远的影响。由此，布克也被认为是中国农村经济研究最杰出和最具权威的学者之一。

《中国农家经济》一书接近尾声的很多章节都引用了皖北的谚语，如"读书学不会插秧，只跟邻居学样""隔开种高粱，中间牛能躺"……布克在乡间田野中和男人们聊天，赛珍珠就和女人们一起待在屋里，询问她们平时的生活，和她们共话家常。她的妹妹格蕾丝曾对一名传记作家说，她非常深入地参与到那个项目中，而且做了很多编辑工作。[①] 布克成书后不久，赛珍珠花三个月的时间写出了《大地》。

三、留痕

由于当时政治制度腐败，布克在宿州先后近五年，工作虽尽心尽力，收效却不大。宿州农民长期遭受天灾人祸之苦，长年累月在死亡线上挣扎，即使获得小麦良种，也绝难达到增产致富的目的；而且当地农户长期靠千百年祖先的耕作经验，不愿接受新思想，对于这位远道而来的"洋人"的指导，不是敷衍应付就是置若罔闻；再加上他向差会（麦迪逊教会）提出增加经费用于推广改良农业设备的要求屡次落空，这一切使得布克心灰意冷。此时恰逢在南京金陵大学农学院负责的朋友邀请他去该校任教，且赛珍珠在镇江患病的母亲病情愈加严重，几经考虑，1921年春夏之交，布克离开

① 彼德·康：《赛珍珠传》，刘海平等译，漓江出版社，1998年，第215页。

宿州去金陵大学农科，设立了农业经济系，想用间接的办法培养出新型农业科技人才，让自己的理想和心愿由学生来实现。如他所愿，他培育出不少农业技术专家。新中国成立前后，他们大多数都成了举足轻重的农业专家，如大豆专家丁震亚等。虽然人已不在宿州，但布克仍忘不了皖北农民。1924 年，他从南京重回宿州，在教会的农事部里筹建“林墅职业学校”，地点在今市立医院以北华夏商场东侧葛家园一带，忙里偷闲，定期去宿州讲学。虽然由于种种客观原因，学校只办一学期就停办了，但布克不远万里为促进宿州农业生产所付出的精力、心血，以及他与宿州父老乡亲的真挚友情，将永载中美农业交流史册。①

赛珍珠夫妇在宿州居住的时间虽不算长（1917—1921），但是这一段与当地贫苦大众近距离接触的经历，对夫妇二人的事业都起到了决定性作用。

和丈夫布克一样，即使在离开宿州之后，赛珍珠对于这片土地上的人依然充满了牵挂。王景合，一位在她家做工多年的宿州农民，以及张妈妈、张开明，都和她关系很好。从宿州离开之后，她将张开明接到了南京。此外，在南京期间，她还收留了一位给她当过园丁的芦姓农户的老婆芦妈。芦妈因为饥荒和怀孕，被迫逃往南京，在分娩前和分娩期间都受到了赛珍珠的照料。不久，芦妈的老公也逃往南京。赛珍珠推荐他去金陵的农业学院做工，使一家人得以重新团圆。

赛珍珠曾在回忆录《我的中国世界》中说道：“由于我嫁给了一位年轻的美国人……严格地讲，他不是传教士，因为在我看来，他并不信教，但他是作为农业专家受雇于长老会传教使团的。……那次婚姻将我带入的那个世界……好像往后倒退了千百年。那是一个中国农民的世界。”② 恰恰是距今一个世纪生活极度贫穷落后、

① 孟方、鄢化志：《大地的回声：赛珍珠、布克研究》，宿州学院赛珍珠研究所学术交流资料，2014 年，第 205 页。

② 赛珍珠：《我的中国世界》，尚营林等译，湖南文艺出版社，1991 年，第 141 页。

性格却淳朴善良的“农民世界”，成为她文学生涯的发轫地，给她提供了《大地》的灵感及素材来源。农民占中国人口的最大多数，他们虽穷苦却坚韧，虽处于弱势却蕴含巨大潜力，若时机成熟加以组织领导，必锐不可当。选择他们做题材，足可见她对中国农民认识的深刻程度。不难想象，如果赛珍珠不是来到了皖北宿州，而是继续留在山清水秀的富庶江南，或是徜徉在歌舞升平的十里洋场，是断然不会接触到中国的底层百姓，窥见最真实残酷得令人垂泪却也淳朴善良得令人动容的人与人之间的感情，写出《大地》这一史诗般的巨著的。

据可靠史料记载，1938 年诺贝尔文学奖在评选时，对于《大地》曾有过争议。反对者认为：这部书无论是写作技巧还是艺术特色都平平无奇，乏善可陈，不具备夺冠资格。但众多支持的专家学者认为，这部小说题材新颖，内容宏大，揭开了古老东方占世界人口四分之一的中国农民这个特殊群体的面纱，使世界得以了解中国，东西方文化得以沟通。可见，赛珍珠能获得诺贝尔文学奖，除了本人无可争议的创作才华和天赋外，皖北这块热土，以及这块土地上生活的芸芸众生，也功不可没。没有他们，就没有这部巨著《大地》。

宿州，这个名不见经传的皖北小城，是布克两部农业巨著的调查地，也是赛珍珠魂牵梦绕的“北方家乡”。赛珍珠在自传《我的中国世界》中，已对《大地》的背景有了明确的交代。她说：“正是为自己直到今天仍热爱和景仰的中国农民和普通百姓而积郁的愤慨，驱使我写下了这个故事。我没让故事发生在富庶的南方城市——南京，而是把故事的背景放在了北方，这样，素材随手可取，人物都是我极为熟悉的。”① 对“北方家乡”的热爱，对皖北农民的独特情感，以及与宿州农村的亲密关系，为她创作《大地》三部曲的中国农村生活积累了极为宝贵的材料。这是她创作中国农

① 赛珍珠：《我的中国世界》，尚营林等译，湖南文艺出版社，1991 年，第 280 页。

村生活的重要体验。

《大地》三部曲主要情节中涉及兴衰变化的王、黄二家，在现实中也是可以找到原型的。宿州城内，当时确实有位黄大户，良田百顷，家产无数，是宿州三大户之一。赛珍珠暂居宿州时，见证了黄家不肖子孙挥霍败家以致家道中落的过程。书中所描绘的自然风光、民俗习惯、历史更迭也是当时皖北平原的真实再现。

赛珍珠在小说中所刻画的王龙勤劳朴素的个性和阿兰温和内敛的个性，都展现出中国农民的特征。特别是对于阿兰这个人物的描写，十分成功。她不爱说话，顺从她的老公王龙；她能吃苦，能忍受苦难，有着顽强的求生意志。事实上，阿兰在小说中既表现出宿州乡村女性的个性，又表现出旧中国广大乡村女性共有的个性。若没有居住宿州的经历，实在难以想象，赛珍珠竟能将描写中国农村和农民的《大地》三部曲写得如此成功。

作为灵感来源的宿州，不仅影响了《大地》三部曲的创作，也为赛珍珠其他文学作品的创作提供了源源不断的素材。例如，赛珍珠 1942 年发表的支持中国抗战的作品《龙子》，就基于其对宿州农民机智勇敢、百折不挠的品质的了解，在很多美国人都不相信中国能战胜日本侵略者的情况下，提出了中国必胜。这一点也可以从 1941 年珍珠港事件爆发后不久，赛珍珠发表的《对中国人民的广播演讲》中看出。她指出："我必须告诉你们的是当时我见了我第二祖国的中国，单独勇猛抵抗日本，不免自喜。美国人知道当时中国并没有充足的军事准备。他们觉得与日本相对敌，中国是支持不久的，是必会投降的。但我以为这是不会有的事，中国绝对不会屈服日本。因为我不能想象到我们认识的那些健壮实在的农民，那些稳健的中产商人，那些勤苦的劳工，以及那些奋勇热心的学界领袖被日本降服的。所以在言论上，在著作上，我曾大胆地发表我的自信。我说，中国人是不会投降的。日本人也不能征服他们。"

赛珍珠暂居宿州时，周围的女性朋友给她留下了深刻印象。这也体现在她对众多女性的描写中。例如，《母亲》中农妇的原型就是芦妈。《群芳亭》的女主人公吴爱莲，就是她暂居宿州时的三位邻居的集中体现：西邻阅历丰富、善解人意的张周氏，近邻聪明能干、善管家事的吴太太，住在她隔壁的求知若渴、积极进取的同岁少妇密友。赛珍珠用“杂取种种人，合成一个”的方法，塑造出了小说中我们看到的东方女性。《发妻和其他故事》《梁太太的三个女儿》《愤怒的妻子》……这些作品中善良、坚毅、勤劳、智慧的宿州女性的身影也不时闪现。

在宿州寓居的时间里，赛珍珠跟随丈夫村前社尾的实地考察，与底层百姓的直接交流，激发了她与生俱来的悲悯情怀，也磨炼出她敏锐的观察力，让她看到绝大部分中国人与大地之间的联系，从而感觉到人生的脉动，对中国的农民、对整个中国的理解也越来越深。中国的农民在地球上是最典型的，最具代表性的。后来，在写作的时候，“大地”这两个字成为她最著名的作品的名字，她意识到自己的生活和中国的这片土地有着千丝万缕的关系。

第二节　磨合：从边缘人到文化认同

赛珍珠，作为一位洋生土长的异乡人，她把美国看作“motherland”，把中国看作“fatherland”，这种独特的双语背景及跨文化经历给了她两种思维方式和民族感情，注定了她的成长过程中要历经如何寻求异质文化之间的平等对话及融合，也注定了作为一位作家，异质文化的交流和冲突会在她的作品中大量体现。纵观赛珍珠的成长历程，不难看出赛珍珠真正地从一个“边缘人”状态转变为一个对中国传统文化高度认同的“混血儿”相当程度上得益于其皖北生活的经历。

一、边缘人

“边缘”指的是外围和周边，与中心相反。“边缘人”指的是不包含“在内”的少数群体。“文化边缘者”是处于两个文化群体之间，由两个文化群体碰撞而产生的一类人。他们具有多元化的价值观念，以不同的角度来审视生活，品味生活。而他们的窘境就是文化归属不明，无法完全被两种文化所接纳。

在中国生活的赛珍珠，是家中仅有的一位在中国长大的子女，当她回忆起自己是如何到达中国、如何适应当地文化之时，说："我在很小的时候，被放在一只篮子里带到了中国去，以后就在非常窄狭而不很和睦的传道者社会中生长起来……当我逐渐长大起来，在那篮子里容纳不下时，我自然而然地学习讲话了，但我所讲的却是中国语。我的舌头和嘴唇最初是照着中国话的音韵卷动的，我最初所讲的话都是中国的习语。结果使我后来在描写中国人的时候，纯用中文来组成，那在我的脑海中形成的故事，我不得不再把它们逐句译成英文。……在许多时候，我甚至于不知道自己所写的究竟是不是精通的英文。"① 整个童年时期，赛珍珠都生活在两个不同的世界里，一个是母亲的美国小教堂，一个是中国的大世界。后者虽然不太整洁，但到处都是欢乐。

小时候，赛珍珠并不觉得中国是她的家乡，尽管她跟中国朋友们关系很好，但她总觉得自己与他们有一段距离。父母的家，本该是一个充满温情与和谐的避风港，但是作为传教士的父亲，只把上帝看成自己的唯一，根本不懂、不尊重女性，把妻子看成工具人、能理家的传教必需品，对女儿更是毫不在乎。从某种程度上说，赛珍珠是一个被抛弃了的人。

她并不只是在中国有这样的感觉，在美国也是这样。因为长期居住在中国，所以她对中国的传统文化与风俗习惯保持着认同的态度。长大后到美国伦道夫—梅肯女子学校学习时，她虽然在学业与社交上都获得了很大的成就，也获得了同龄人的承认，但在学校中，她始终感到自己是个局外人。正如她的传记作家彼德·康说的那样："她在性格形成期间的所有岁月几乎都是在一片遥远的土地上度过的，她的男女同胞们觉得她所吸收的文化陌生而疏远。仅仅是通过意志的力量，她取得了一定的地位，但她从未在新环境中觉得完全

---

① 赛珍珠：《忠告尚未诞生的小说家》，天虹译，《世界文学》，1935 年第 5 期，第 660-663 页。

舒服过。别人对她这个'会讲中国话的怪人'感到好奇。……赛珍珠还给一种意识困扰着，觉得自己是一个处在遥远异乡的外人，尤其是处在文化边缘上。她的不安在余生中一直追随着她。"①

赛珍珠的《东风·西风》就体现了中国与西方之间的不同。这部作品从桂兰诉说有关婚事的烦恼出发，叙述了她与父母、兄长、丈夫及美国嫂子玛丽之间发生的种种矛盾与误会。桂兰的兄长和丈夫都有常年旅居国外的生活经历，嫂子玛丽又是地地道道的美国人。可想而知，这样一群语言习惯、思想观念、文化传统、情感认同都大相径庭的人生活在一起，会产生怎样的文化冲突。

桂兰在娘胎里的时候，就被她的父亲指腹为婚给了她丈夫。在她出嫁的前一天，她的母亲教育她要听话。谨记教诲的桂兰在洞房花烛之日便被老公的"一视同仁"言语搞糊涂了："我将平等地待你。我不会强迫你做任何事情。"② 自那以后，丈夫以美国式的自由、平等、文明来帮助桂兰反抗封建、愚昧、迷信。他鼓励桂兰放足，捍卫自己的权利，反对封建家长制。后来，桂兰从祖屋搬进了自己设计的洋屋。

桂兰对外国人的长相和说话方式都觉得古怪异常，她那产生于封闭、单一的环境中的观点和思考模式，与丈夫美国式的自由、平等、文明思想也产生了不可避免的矛盾。

固然中西方文化差异巨大，存在理念不合、文化冲突不奇怪，但即使在同一种文化之中，这种差异也是显而易见的。

赛珍珠就是在这样一种文化背景之下进入中国，在成长中与中国社会进行全方位接触的。她在 1913 年 3 月写道："就凭我对这些人的了解，即使把中国看做是个半文明化的国家也会使我一头恼火。"③ 无须避讳，赛珍珠初次从风景秀丽的江苏镇江来到落后贫瘠的安徽宿州时，对周围的一切也存在不加掩饰的轻蔑：人们生活极端贫困、没有起码的卫生观念、普遍无知愚昧……中国农民传统

---

① 彼德·康：《赛珍珠传》，刘海平等译，漓江出版社，1998 年，第 55 页。
② 赛珍珠：《东风·西风》，林三等译，漓江出版社，1998 年，第 405 页。
③ 同①，第 72 页。

的信仰和实践，在那时的她看来，不过是一堆迷信的东西。有时她甚至气愤地评论："这些人的无知和迷信真是没个边。"她在给友人的信中抱怨"不断在和一群异教徒的堕落与邪恶打交道"，认为面临的主要困难与问题，即需要时刻"处理着、目睹着、了解着各种可怕的罪恶"①。她宣称中国人把人命看得一钱不值，沉浸在恶习之中。

同时，赛珍珠的作品也传达出了一种中西文化交融的理念。当桂兰能够站在他人的角度来审视中西两种文化的差异时，她的思维方式的变化是显而易见的。母亲面对哥哥的异族婚姻，极力反对，桂兰看到从国外回来的哥哥娶了个美国老婆，一开始也帮着父母骂哥哥不孝顺，后来通过跟嫂子玛丽接触，才知道她很讨人喜欢，开始为两人真心相爱而开心，转而劝说母亲。别人拿玛丽开玩笑，桂兰生气地予以反击。桂兰接触到了西洋的科技，才知道，世界上并不只有中国一个古老的国家，而且，他们也有自己的文化，并不是真正的野人。在丈夫的熏陶下，她最终摒弃了过去那些陈旧的观念，能够以一种公正的眼光来审视各国之间的差别。虽然桂兰的头脑里充满了封建观念，但在西洋文化的熏陶下，她逐渐体会到科学与平等的魅力，最后实现了身体与精神上的自由。她主动为中西文明的融合而奋斗，从而活出了一个崭新的自己。

和《东风·西风》中的桂兰一样，赛珍珠也有多元化的文化观念。她从母亲那里知道美国的幻想，从保姆王妈那里知道中国的繁华，从孔老师那里学到中国的传统文化。在她的身上，既有中国的传统文化，也有西方的价值观，但她既不能完全认可，也不能在这两种价值观之中游走。在她的处女作《东风·西风》中，桂兰的话语可以很好地诠释这个"文化边缘者"所面临的困境：他（婴儿）将要创造自己的世界。他既不纯粹属于西方，也不纯粹属于东方，他不会被双方接受，因为没有人理解他。可我认为，如果

---

① 彼德·康：《赛珍珠传》，刘海平等译，漓江出版社，1998年，第72页。

他拥有他父母的力量，他就会理解两个世界，并且克服这个障碍。[①] 或许，自从她意识到了自己的独特地位，并且拥有了将自己的思想用语言文字表达出来并让大家都知道的想法时，她就已经不把自己的国籍限定在中国或者美国了，而应该说，她已经把自己当成了一个“世界公民”。这对于她来说，无疑是一个巨大的跨越。

二、多元人生

在皖北生活的经历使赛珍珠对中国传统落后的农村生活有了很深的了解，加之她所生活的特殊年代，因此赛珍珠所面临的文化冲突是由不同文化间的碰撞造成的。

两种不同文明的碰撞，深深刻在了她的文化基因里，她曾经在传记里这样写道：“我在一个双重世界长大——一个是父母的美国人长老会世界、一个小而干净的白人世界；另一个是忠实可爱的中国人世界——两者间隔着一堵墙。在中国人世界里，我说话、做事、吃饭都和中国人一个样，思想感情也与其息息相通；身处美国人世界时，我就关上了通向另一世界的门。”[②] 不同文化背景导致了不同的价值观，赛珍珠虽然觉得自己处于两个不同的世界，但对于中国人来说，她却成了一个具有侵略性和“外国佬”色彩的符号。

赛珍珠是一个融合了多种不同文化的综合体。赛珍珠生长于一个健全的西方人信仰之家，又在美国读完了本科及研究生，所以她的信仰及价值观具有一定的美国性。问题的复杂之处在于，她有近四十年的居留中国的经历，和那些留在中国的西方人士最大的区别，就是她从小和中国人一起长大。她不但可以自如地穿梭于两种语言的国家之间，更难得的是，从小就受到了正宗的中国文化的熏陶，并且花了很长时间去研读中国古典文学。在中国人看来，赛珍

---

① 赛珍珠：《东风·西风》，林三等译，漓江出版社，1998 年，第 522 页。

② 赛珍珠：《我的中国世界》，尚营林等译，湖南文艺出版社，1991 年，第 9 页。

珠是一个奇怪的异乡人，她的行为举止，她的语言，甚至她的食物，无不带有浓重的中国味。她对中国人的性格、思想和情感了如指掌。在这个意义上，她和中国人在心灵上是一致的。当然，《大地》是一位西方作家写的，不可避免地带有西方的视角，因此，她的作品不可避免地带有一种异国情调，让人有一种雾里看花的感觉。但是，《大地》所表现出的中国人民的生命和灵魂，却是如此接近于中国人民最原始的生命本质，因此，它对中国文化的传播有着极大的艺术感染力。

赛珍珠也很喜欢中国的民间传说。中西两种民间传说虽然给普通人以非凡的体验，但是中国的民间传说在描写女性时，却很少关注女性的自主，也不注重女性的性格发展与表达。例如，花木兰是因为孝顺父亲才加入军队的，并非出于个人动机。赛珍珠笔下的"妇女神话"则为妇女们注入了一种独特的妇女意识。《游击队的母亲》中的主人公钱氏自幼感受到了男性统治下的压迫，因此她对自身品质的提高有着强烈的自觉。她悄悄学会了读书，并且贪婪地看着各种各样的书籍，其中就有一些是关于军事方面的。在一场大战中，一家老小都在逃难，而她没有，她有着自己的思想，用自己的聪明才智和对国家的热爱，得到了士兵的尊重与信任，与士兵并肩作战，将日本军队打退。她以自己为中心，以实际行动来捍卫民族的自尊，体现了女性自身的强大与自主。或许有些人会觉得这本书很奇怪，为什么一名富家小姐会离开自己的家人，带着一队逃跑的将士去和日本人战斗。事实上，这就是赛珍珠将中西两种小说的"传奇性"融合在一起而产生的一种艺术效应，即作家在作品中将自己作为"女性"来张扬自己的个性和独立意识的产物。她不仅继承了中国神话贴近真实的一面，也吸收了西方神话张扬个性的罗曼蒂克与热情，将中西两种神话精神编织融合于创作之中。这使得她的创作熠熠生辉。

其实，赛珍珠十几岁的时候，除了中国经典以外，西洋书籍也看得很多。赛珍珠父母家的图书馆里，就有一套狄更斯的作品，一套萨克雷、乔治·艾略特与瓦尔特·司各特的书，一套完整的莎士比亚全集。赛珍珠从小就在中西两个不同的文艺天地里游走。值得一提的是，赛珍珠非常喜欢狄更斯的小说，不管去哪里都会随身携带狄更斯的故事。狄更斯的作品中既有现实元素又有浪漫色彩，这在相当程度上深深地影响着她。

由于皖北文化对她的思想和生活产生了很大的冲击，而她的母亲向她灌输了许多美国的文化，要求她过着美国人的生活，也要求她认同美国人的价值观，因此她难免会遭遇一些冲突。赛珍珠在两个不同的社会中，都属于“异乡人”和“边缘人”。由于中西两种不同的文明难以相互渗透，难以紧密融合，因此，我们只能置身于两种文明的边界，体验一种支离破碎的漂流。在她的作品中，“放逐”与“迁徙”的双重文化认同，是两个不同的文化系统相互交融的结果，因而表现出了鲜明的矛盾。赛珍珠在文化价值观念上所表现出来的种种悖论性，恰恰反映出了其在中西文化交融的进程中所承受的痛苦。这两种截然不同的社会背景对她的价值观念产生了一定的影响，从而导致了她的多元与矛盾。

赛珍珠依照自己对于皖北生活经历的理解，而表现出的这种注重文化自主性、提倡多元文化共存的价值观仍然有着一定的现实意义。对于不断发展壮大的中国来说，坚守本民族文化的精髓，在吸收其他文化优点的同时，绝不能迷失自我，全面否定传统文化，而是要在民族传统文化中发掘“宝藏”，树立理性的文化自信，这才是一个民族生存、延续和发展的根基所在。

三、和而不同

赛珍珠的中西文明共生思想，即中国的传统文化和西方的开明文化并存的思想，集中体现在她在皖北的生活体验上。在赛珍珠的文化基因里，有着多重的文化印记，而这一多样性又是一种独立的存在。价值观的重叠，在许多层面上呈现出不同的形式。用赛珍珠自己的话来说，两个不同的空间被“一堵墙”隔开，在这个天然的文化壁垒下，不可避免地产生一股强大的整合自觉，破除障碍，寻求心灵的交融，是很正常的一件事。赛珍珠一生的写作与社会实践都致力于促进东西方文明的沟通与了解，而这正是赛珍珠中西文明共生思想的核心。

由于文化的差异，各种文化之间也有相互补充的现象。赛珍珠对中西两种不同的文明有了更为深入的理解，因此，寻求中西两种文化的相互补充，是探索中西两种文化融合的一个重大问题。赛珍珠认为，中西两种文化之间存在着很大的互补性，中国完善的伦理体系有助于改变西方家庭情感淡薄、晚年生活空虚的状况，而中国所迫切需要的是科学、技术、民主、自由。正因为如此，赛珍珠才有了这样的看法："东西方是相互依存的。"赛珍珠之所以能意识到中西两种文化的相互补充性，是因为她意识到了中西两种不同文明并存的可能性与必然性。

赛珍珠是一位伟大的女性作家，她对宿州社会中的贫困人群有着特殊的关怀。在《我的中国世界》里，她多次提到，每次跟丈夫到澥溪、符离集等村庄时，就跟女人开玩笑，用从小学到的汉语，分享她们的喜怒哀乐。张太太、吴太太、李家媳妇、王妈、芦妈，都是她的闺中好友。赛珍珠通过对女性生产过程中遭遇的种种危险、溺子、裹足、悲恸甚至自杀等事件的描写，对宿州女性生存状况进行了细致的描写。赛珍珠曾经亲手帮助那些难产的女人，亲眼看到那些死去的孩子。有一次，她在宿州跟十几个女性朋友谈到溺水的婴儿时，哭得稀里哗啦。赛珍珠年轻的邻家女孩聪明、感性，却在三从四德的约束下上吊自杀，赛珍珠想给她进行心肺复苏也被拒。还有一位被称为刘嫂的女子，她的"没出息的老公"到法国打工，回到宿州，没挣到一分钱，反而把一位法国姑娘给娶了回来，还埋怨刘嫂的做饭手艺不符合法国女性的胃口。[①]《大地》是那个年代宿州女性生存状况的集中反映。

赛珍珠除了"哀其不幸"外，还赞美了宿州女性的善良、坚强、勤劳和智慧：失聪的王妈靠做针线活换取一份生计，是"最

---

① 孟方、鄢化志：《大地的回声：赛珍珠、布克研究》，宿州学院赛珍珠研究所学术交流资料，2014 年，第 17 页。

惨的遗孀”，但她桌上的破酒瓶，却整整一个夏季，都放满了她自己也不知道从哪里采来的野花。“当我硬是送她一个碧绿的小花瓶时，她竟高兴得流出了眼泪。”① 丫鬟芦妈是芦家庄人，性格单纯，甚至有些无知。但在战乱中，她却奋不顾身地保护了赛珍珠和她的亲人朋友。赛珍珠把她称为“女英雄”，并在她的小屋门前拍摄了一张“合家欢照”，希望后人能记住中国农民的高尚品德。

赛珍珠立足于皖北地区的生存经验，结合对中国传统文化的了解，认为只有从不同的角度来审视彼此的不同，才能消除自身的文化歧视，才能实现互补。就赛珍珠而言，身为美国人，她从小就受到了西方文化的熏陶。她自己的文化特征很鲜明，但是，因为经历了两个不同的社会环境，所以她可以把自己代入另一个国家。赛珍珠曾经说过：“我感兴趣的是人类的心灵和行为，而不是哪一个国家的人的心灵。”她批判了当时的传教士们的强势与傲慢，但也赞赏自由主义；她既崇尚儒教，又批评某些中国传统。从一定意义上说，这更能反映出她对中西文明平等对待的客观立场。②

赛珍珠在批判和反省西方文明的同时，也十分重视孔子的思想。在当时“西学东渐”浪潮的影响下，许多中国人对中国文化持否认态度，但身为美国人的赛珍珠却相信，中国的文明是世界上最悠久的。其原因在于，她对文化作为一个复杂而又深厚的价值系统有着敏锐的意识，知道并不能简单地以国家实力来判断文化好坏。而文化整合的核心在于心灵的沟通与交融，这也是赛珍珠始终以一种平等与包容的态度来审视中国的文化的原因。

她在《我所知道的中国》（*China As I See It*）中表明：“以土地为根的中国人是强大的，他们精力充沛，实事求是，没有什么可以将他们摧毁。只有没有思想的人才会无视他们，只有愚昧无知的人

---

① 赛珍珠：《我的中国世界》，尚营林等译，湖南文艺出版社，1991 年，第 190 页。

② 张春蕾：《赛珍珠与狄更斯创作中的基督教精神》，《苏州大学学报（哲学社会科学版）》，2005 年第 5 期，第 71 页。

才会蔑视他们。”①

她具有包容一切的精神，打破了“西化”的桎梏，对中国古代经典进行了高度评价，并在获得诺贝尔文学奖的颁奖词中说道：“我无法想象，有哪一部西方文学能与之匹敌。”她不仅将中国的小说放进了国际学界的研究范围，还将中国古代的叙述方式与各种不同的艺术手法结合起来。她曾经说过，我是美国人，但是真正影响我写作的，并非美国的，而是中国的小说。我对虚构世界的最初认识，即如何讲故事，如何写作，都来自中国。②

赛珍珠的很多作品，包括《龙子》《生命的旅途》《爱国者》《帝国女人》，都受到中国小说的“神话”样式的深刻影响，具有浓厚的民俗色彩。她在写作过程中，有意识地以中国古代的神话故事为原型，将自己视为讲故事者，基本上遵循了中国讲故事者的习惯：既要有具有传奇色彩的故事，又要有引人入胜的剧情，特别要有个性鲜明、形象鲜明的角色。赛珍珠认为，小说写作就像写作“故事”一样，而赛珍珠就是用中国人讲神话的方法，创作出了自己十分精彩的作品。赛珍珠的文艺思想和美学理念受中国传奇小说长久的塑造，形成了丰厚的文化底蕴，这就不可避免地对赛珍珠的写作和美学抉择造成了深刻的影响。

赛珍珠认可中国古典小说，但这并不等于她放弃了自己的民族传统。她在继承中国神话的基础上，又对西方的神话故事进行了借鉴和融合。

赛珍珠的小说深受欧美传奇故事的影响，尤其是在描写中国的奇谈怪论时，中国民间传说里的侠盗传说、侠女救难与西部传说里的悍匪传说等情节完美融合，形成了一个令读者为之倾倒的神话般的艺术世界。此外，女性参与战争的传说在中国并不少见，在花木兰、穆桂英、冯婉贞等人身上都可以看到女性参与战争的影子。赛珍珠的其他作品也都有类似的传说，比如《龙子》里的农夫挖掘

① Pearl S. Buck. *China As I See It*. The John Day Company，1970，P9.
② 刘龙主编：《赛珍珠研究》，云南人民出版社，1992 年，第 65 页。

黄金和白银，《大地》里的主角偶然发现了宝藏。这些都带有西方寻宝传说的色彩。赛珍珠利用东方和西方的神话原型，表现出“中西结合”的特点。赛珍珠对于两种不同的文化都有着深入的认识，并且有着丰富的经验和深厚的情感。她并不拒绝其中某种文化，总是满怀热情地去欣赏，去模仿，去创造。

赛珍珠在中国皖北乡村的长期生存体验，使她的中西文明共生思想十分重视发掘差异性，而“求同”则要求对两种文化进行全面的认识。在研究中，我们不仅要找到二者的共性，而且要看到不同文化间的互补关系。文明共处的先决条件应当是相互需要，而非相互改变。不同的文化可以通过相互利用和吸收有益的要素而得以发展。

第三节　相知：情系皖北“大地”

赛珍珠享誉中外的描写皖北农民的史诗巨著《大地》，原本的名字叫《王龙》，后接受编辑的意见修改成现在的名字。修改原因已无从考证，可能是“龙”这一动物中西方形象差异过大。不同于东方的神圣威严，“龙”在西方是邪恶凶残的代名词。修改过后的小说名字非常贴切、大气，高度概括了中国农民对土地难以割舍的情感。自古以来，土地都是中国农民赖以生存的唯一途径。土地，不仅是农民的命根，也是农民精神的寄托。

20世纪二三十年代，旧中国几乎是纯粹的农业国，春耕，夏忙，秋收，冬藏。在广袤土地上，人们日出而作、日入而息。如果风调雨顺，庄稼丰收，人们丰衣足食，欢天喜地。一旦发生洪涝或旱灾，作物歉收，人们便会遭受饥荒，流离失所。农家的拮据或富有，一靠天，二靠地。因此，人们对土地的敬畏和依恋也就不难理解了。它也并不仅仅存在于中国社会、中国的神话传说及文学作品中，在西方社会及西方文学尤其是英美文学中也得到了大量体现，比如莎士比亚的《皆大欢喜》，英国盛极一时的田园文学，以及美国文学名著《飘》《愤怒的葡萄》《我的安东妮亚》等。

在诺贝尔文学奖评委眼中，尽管《大地》的叙事技巧及语言描写并无太多出彩之处，但它“赋予了西方人某种中国精神”，这种精神即人类共同的“恋土情结”。它为异质文化的交融提供了可能性，是中西方文明联系的纽带。

一、地母形象：土地的“普适性”

赛珍珠从小接受中、西两种不同文化的熏陶，对土地有着深刻的认识，她的文学，无论从哪个角度来看，都是从中国的土壤里生长出来的。① 赛珍珠近五年皖北农村地区的亲身体验为其提供了丰富的积淀和灵感，她深刻感受到中国传统农村对于土地的执念，进而在之后的作品中对不同人物关于土地的感受进行了意象化，将自己在这里生活积累的感情反映在作品的人物角色之中。从 20 世纪 20 年代到 40 年代，她以自己独特的视角围绕中国乡村问题进行了大量的写作。她以农民为中国形象的代言，刻画他们的生活状态与意识形态，从而折射出中国的发展态势与历史演变趋势。

赛珍珠通过《大地》三部曲、《母亲》等乡村题材作品，对中国农村的发展进行了叙述。赛珍珠所完成的中国叙述，必然要有客体的意识形态，而意识形态诞生与成型的主要原因，即生产、生活与生存方式等多个因素所产生的综合影响。土地与中国农民之间的紧密联系，不仅反映了中国社会的生产状况，也反映了赛珍珠对中国人民、中国文化的认识，从而实现了对“中国是什么”这一问题的反思。

中国农民在获取其生存所需的物质资源的过程中，产生了自身的“土地信仰”，即“根”“归处”“价值”，也可以说，“土地信仰”是一种尊敬与膜拜，是一种秩序与准则，是一种传承与坚持。经历了漫长的岁月的冲刷，人们对土地的信念逐渐凝结成“土地情结”，成为人们的下意识心理。不仅如此，尚营林与郭英剑更是

---

① 赛珍珠：《龙子》，丁国华等译，漓江出版社，1998 年，分序“赛珍珠的跨文化创作与跨文化比较”，第 44 页。

把“农”与“田”的血肉相连、同生共死的感情称为“土地情结”。正是在这样的认知基础上，赛珍珠以农村生活为中心创作的现实主义文学作品重新焕发出一种人文关怀精神。由此，在广袤的大地意象等辅助意象的影响下，具有“普适性”的土地要素，促使赛珍珠和其作品中的主人公融合，并顺利地完成了中西民族的文化心态的交流。通过对现代中国乡村生活的描写，赛珍珠以一种宏大而又写实的方式，向西方读者清楚地展示了这幅新的乡村图景。

在人类早期的思维意识中，土地与女性在生殖与繁衍方面的共同传统，就源于土地与母亲的关联。《易经》记载：“乾，天也，故称乎父；坤，地也，故称乎母。”① 《独异志》记载：“昔宇宙初开之时，只有女娲兄妹二人在昆仑山，而天下未有人民，议以为夫妇，又自羞耻。兄即与妹上昆仑山，咒曰：‘天若遣我兄妹二人为夫妇而烟悉合，若不使，烟散。’于烟即合。”②

大地之母是许多文化中的重要神祇，代表着生命与死亡的轮回、自然界的循环、土地与生态系统的平衡、土地的肥沃和农业丰收、人类共同体等。各地对于大地之母的传说都有着独特的解读和故事。在很多文化中，大地之母是一位女神，同时也是最古老的神祇之一，如希腊神话中的大地之母盖亚（Gaia），北欧的耶梦加得，印第安的乌克，亚洲的绿度母，以及中国的女娲。她们是无限生命和无限仁慈的象征，使我们的生命得以存在，赐予我们生命力量。

镇江市赛珍珠研究会创会会长许晓霞也指出：“在赛珍珠的笔下，母亲和大地均是她创作的原型，两者贯通融会，血脉相连。所以母亲的原型和原型的母亲都是以大地为载体和表象。”③ 因此，我们可以在赛珍珠很多作品中看到土地的“人性升华”。

赛珍珠在1934年出版的《母亲》中塑造了一个具有地母精神的英雄人物，她没有名字，赛珍珠用“母亲”指代她。母亲已经

---

① 于春海：《易经》，吉林文史出版社，2010年，第215页。

② 李冗：《独异志》，中华书局，1983年，第79页。

③ 赛珍珠：《母亲》，万绮年原译，夏尚澄编译，东方出版中心，2010年，序一，第2页。

内化为其存在的意义和价值。这位默默无闻的“母亲”既勤劳坚韧，又有不输男人的勇气和担当。当厄运降临时，她一个人扛起了贫穷的家庭。她的母性体现在对家庭成员的照顾中。在孩子面前，她温柔善良，散发着母性光辉。在“母亲”眼中，婆婆是她的另一个孩子，在丈夫离家出走后仍然对婆婆照顾周到，盼望着婆婆长命百岁，能活到孙女长大。对丈夫，她更是充满了爱和宽容。甚至对家里的牲畜，她都饱含母性之爱和宽容之心。《大地》里的阿兰，也是大地之母的化身。她方脸，鼻子扁而平，嘴巴大而厚，具有非常明显的原型意蕴，性格也如同大地之母般包容奉献、勤劳隐忍，默默承受着所有的劳作和苦难。在田里和王龙一块辛苦锄地时，从王龙的视角看过去：“她满头大汗，一脸泥土。她像个土人，浑身成了和土地一模一样的褐色。她的湿透了的、被泥土染黑了的衣服紧贴到她宽而结实的身上。”① 此时的阿兰让地母形象有了形象具体的直观表现。

大地之母孕育了万物生灵，具有旺盛的繁衍和哺育能力。小说中阿兰结婚第一年就生下一个白白胖胖的儿子，随后又接连诞下一个儿子、两个女儿和一对双胞胎，在地里给孩子哺乳时，“为了不把衣服弄脏，她撩起上衣让奶水流到地上；奶水渗入土里，形成一小块柔软、黑色的沃土”。“女人和孩子晒成了土壤那样的褐色，他们坐在那里就像是两个泥塑的人。”② 阿兰此刻与大地融为一体，默默哺育着怀中的生命。阿兰虽然大多数时候都是沉默寡言、任劳任怨的，但遇到大事时临危不惧、有勇有谋。当全家面临饥荒，王龙优柔寡断时，只有阿兰有勇气杀了牛，使全家人不至于饿死；当乡民们因为饥饿来家里进行抢劫时，是阿兰拦下了这场浩劫；甚至连王龙发家的第一桶金，都来自于阿兰在败落的城中富人家找到的珠宝。

与“地母”阿兰相对应的就是“大地之子”王龙。当终于结

---

① 赛珍珠：《〈大地〉三部曲》，王逢振等译，北京联合出版出公司，2019年，第27-28页。

② 同①，第38页。

束逃荒生活返回自己的土地时，他更加卖力地劳作。“他甚至连回家吃饭睡觉的时间都搭了进去……如果白天干得实在太累了，他就躺下来睡在垄沟里，他的肉贴着他自己的土地，感到暖洋洋的。”① 他还把意外之财全部换成田地。可一有了钱，他便开始嫌弃阿兰。“王龙看她时，就像看一张桌子或一把椅子，或者像看院子里的一棵树那样。他对她毫不注意，甚至不如对一头垂下头的牛或不进食的猪那么关心。”② 他还经常对阿兰大发脾气，衣着粗糙、手脚粗大、吃苦耐劳，这些曾经的优点，如今统统成了“原罪”。王龙抱怨阿兰与地主妻子身份不相配，于是把妓女荷花纳为小妾，整日养在后院里。与土地分裂的结果便是“远离土地的王龙成了一个有欲无情、有肉无灵的‘肉人’，迷失了自我，生命呈一种异化状态”③。让王龙从迷失状态中解脱出来的还是回到土地上。必须基于和土地的密切关系，他才可获得成就感与归属感，获得来自于内心的平和与安宁。至此，王龙的哲学警戒就是：“人”不能背叛“大地”。④

赛珍珠作品中阿兰和“母亲”这两个农村母亲形象，体现了大地之母的属性。她们性格内敛，却有着顽强的求生意志和高超的生活技能。她们以宽广的胸怀照顾家人，直至牺牲自己的一切，其生命存在的意义就是奉献。

约翰·斯坦贝克的长篇小说《愤怒的葡萄》（*The Grapes of Wrath*，1939）中的乔德妈，在作者的笔下，也是地母类的人物。她是乔德一家人的精神支柱，也是在各个方面都表现出博大母爱的角色。她一方面是拥有坚强朴实、善良勤劳等优秀品质的劳动妇女，另一方面还是有怜悯之心的圣母。她是作者描绘中的理想母

---

① 赛珍珠：《〈大地〉三部曲》，王逢振等译，北京联合出版出公司，2019年，第130-131页。

② 同①，第221页。

③ 肖惠荣：《赛珍珠笔下的“恋土情结”》，《抚州师专学报》，2003年第4期，第66页。

④ 魏兰：《赛珍珠作品土地主题研究》，江苏大学出版社，2015年，第105页。

亲，为了维持家庭，以无私奉献的品质，勇于和男权社会抗争，替代父亲担负起领导家庭的重要责任。她坚贞不屈，努力和命运斗争，蕴含着极为强大的力量。《愤怒的葡萄》是美国现代农民的血泪史，它的隐含主题便是土地。对乔德一家来说，丧失农场土地之后的生活毫无意义。人和土地的关系产生异化，最终造成的恶劣结果即离散和放逐。

二、殊途同归：中西方“恋土情结”

中国与西方所诞生的集体无意识的原始意象，多数来自于各民族的神话传说，在这点上，中西方的“恋土情结”“土地崇拜”是相似的。中国神话传说中关于人类起源，就有“盘古开天地”及“女娲造人”之说。《太平御览》引《风俗通义》：“俗说天地开辟，未有人民，女娲抟黄土做人。剧务，力不暇供，乃引绳于絙泥中，举以为人。故富贵者，黄土人也；贫贱凡庸者，絙人也。”① 其中，不仅对人类的诞生而且对阶级的产生做了朴素的阐述。这不禁让我们想到古希腊神话中人类的起源：普罗米修斯知道“天神的种子”埋在泥土里，便用泥土按天神的样子造了人。《圣经》中也记载了上帝造人的故事：“上帝用地上的泥土造人，将生气吹在他的鼻孔里，他就成了有灵的活人，名叫亚当。”② 上帝还对亚当说：“你本是泥土，仍要归于泥土。”中国文化传统中，素来也有“入土为安”之说。生命消逝后，躯体埋进土里，与大地融为一体，是对逝者最大的慰藉。死亡，不是一件悲伤的事情，是另一种回家，是去了另一个世界与亲人团聚。对基于土地崇拜诞生的丧葬文化，《赛珍珠在中国》这本书中曾有如下表述：“在赛珍珠童年生活的这个国度里，祖宗和棺材是人们生命中重要的组成部分。她伙伴的家中停放着厚重的寿棺，它们已经打好，只等主人享用。”③

---

① 李昉等：《太平御览》，中华书局，1995 年，第 365 页。

② 《圣经·创世纪》，第二章第七节。

③ 希拉里·斯波林：《赛珍珠在中国》，张秀旭、靳晓莲译，重庆出版社，2011 年，第 4 页。

小说中阿兰在弥留之际，看到病床前王龙出于愧疚之心而花大价钱购买的上好棺木，精神立马振作了许多，像被注入了生气。在《大地》中，赛珍珠也借王龙之口表达了对死亡的理解："他们的房子有一天也会变成泥土，他们的肉体也会埋进土里。在这块土地上，每个人都有轮到自己的时候。"①

费孝通提出："从基层上看去，中国社会是乡土性的。"② 国人以乡土为自身诞生与成长的根源，中华民族以"农民本位"为整个文化与思想体系的重要传承，以农民文化所区分的"农民性"，则在一定程度上与"国民性"具有共通性。农业的特点与儒学的道德规范相融合，构成了中国独特的历史文化。原始的农耕社会，与世隔绝的生活方式，以及中原农耕技术领先于周边偏远部落的优势，让中国人扎根在这片土地上，并将自己的优越感发挥到了极致。土地对于中国的农户而言，更是关系到生死存亡。

赛珍珠说过："我厌恶所有把中国人写成古怪和粗野的人的作品，而我最大的愿望是尽我所能的把中国如实的写在我的书里。"③在皖北大地与农民近距离生活近五个年头的赛珍珠，能用比较意识和双焦透视，在跨文化语境下客观地看待理解中国人的"土地崇拜"，没有把中国农民妖魔化、污名化，是非常难能可贵的。

中西方文化中的"地母"形象，也有异曲同工之处。希腊神话中的大地女神盖亚，是众神之母，第一位超原始神明。她的出现标志着万物开始产生，混沌开始从无序转为有序。她和海神波塞冬所生的儿子叫安泰，拥有超人的力量与速度，无人可与之抗衡。安泰的超能力源于他对母亲盖亚有一种特殊的依恋。当他和别人搏斗时，只要一贴近大地——往母亲身上一靠，就会获得无穷无尽的力量。这个秘密被同样神勇无比的海格力斯获悉，于是在一次格斗中，他把安泰高高举过头顶，在空中将安泰掐死。母亲大地是安泰

① 赛珍珠：《〈大地〉三部曲》，王逢振等译，北京联合出版出公司，2019年，第27页。

② 费孝通：《乡土中国》，北京出版社，2011年，第1页。

③ 刘龙主编：《赛珍珠研究》，云南人民出版社，1992年，第6页。

力量的源泉，离开了大地他也就失去了力量。发表于 1936 年的美国作家玛格丽特·米切尔的《飘》，在这点上，可以说是古希腊神话的现代解读。小说通过男主人公瑞德的话表明了女主人公郝思嘉对土地的依恋："她像那神话里的巨人安替厄斯，碰一碰大地母亲就会强壮起来的。思嘉不能跟她心爱的那一带红泥离开得太久。"①

小说《大地》中王龙与大地的关系，在某种程度上是安泰与大地之母盖亚的关系折射。小说中王龙对大地的情感并不是固定的，事实上它经过了融合—分裂—再融合的复杂演变过程。王龙受父亲的影响，最初对土地的感情是热恋的。他前半生勤勤恳恳地在土地上劳作目的就是挣钱购买更多的土地，土地是他的追求和梦想。即使逃荒到富庶的江南，他心心念念的仍是北方的家园。离开土地后在南方卖苦力过活的王龙好像失去了活力，每天都像行尸走肉一样。终于在机缘巧合下，他成了坐拥良田千顷的富甲一方的地主。此时，他对土地的感情发生了变化。他身上穿的绫罗绸缎已经不适合下田劳作，每日与新纳的小妾荷花厮混，也使他没有时间精力去亲近土地。但这样的日子没过多久，他就感觉到精神的空虚和迷惘。这时，"一个比爱情更深沉的声音在他心中为土地发出了呼唤。他觉得这声音比他生活中的一切其他声音都响亮"②。即使后来王龙一家进了城搬进了黄家大院，但垂暮之年他依然坚持回到自己乡下的土坯房子。现在，"他只想土地本身……他有时弯下身，从地里抓些土放在手里。他握着土，感到心满意足。他想着土地，想着他绝好的棺材。仁慈的土地不慌不忙地等着他，一直等到他应该回到土里的时候"③。对土地的热爱使死亡也不再令人恐惧，"我们从庄稼地来……一定要回到庄稼去"④。土地是生命的轮回，自然的归宿。在王龙充满传奇色彩的一生中，不管主动还是被逼无

---

① 马格丽泰·密西尔：《飘》，傅东华译，浙江文艺出版社，1988 年，第 1175 页。

② 赛珍珠：《大地三部曲》，王逢振等译，人民文学出版社，2009 年，第 126 页。

③ 同②，第 209–210 页。

④ 同②，第 210 页。

奈，每次离开土地，其生理和心理必将遭到异化，只有回归土地才能使他身心满足，本性恢复。

土地不仅是王龙的生存之本，也是他的精神家园，回归的终点，同时也是中西方文化中永恒的主题，这点我们也可以从比《大地》出版晚五年的《飘》里窥见一斑。同样是出自美国女作家之手，同样于20世纪30年代出版，同样是土地主题，不同的是背景换到了19世纪60年代的美国南北战争，但其中女主人公郝思嘉对土地——塔拉庄园的感情变化和王龙有惊人的相似之处。郝思嘉从父亲处不仅继承了他的爱尔兰血统，同时也继承了对土地的热爱，只不过这种热爱潜藏在内心深处，她自己都浑然不觉。当战争爆发时，郝思嘉才猛然醒悟，意识到塔拉的珍贵。身在亚特兰大的她只有一个信念：回到塔拉。为了保住庄园，她不惜利用各种手段，即使出卖爱情也在所不惜。她坚信："世界上惟有土地这东西是天长地久的……惟有土地这东西是值得忙碌的，值得战斗的，值得拼死的。"① 与《大地》中的王龙一样，郝思嘉的生活也充满了挫折打击，但无论是战争的肆虐，还是人性的恐怖，抑或爱情的磨难，都无法阻挡她勇敢生活下去的决心，因为只要"回到家乡那种幽静的境界，见到那种碧绿的棉花地，她的种种烦恼就会立刻消散，而紊乱的思想会重新走上轨道的"②。

《大地》和《飘》的问世恰逢美国经济大萧条，王龙和郝思嘉两位小说主人公身上表现出的坚强勇敢、执着奋进、对土地的挚爱是经济危机过后人们渴望重建家园的精神映射，给饱受工业文明创伤的人们提供了一种信念和支持，能帮助他们冲破迷惘和恐惧。

《大地》三部曲中王龙等人对土地的眷恋超越了地域和时代。这个家族的恋土之情源于王龙的爷爷。王龙终其一生生活的土房，被他的儿子嫌弃至极，却被他的孙子王源所钟爱。王源留洋学农回来，必将回归土地并继续开拓。

---

① 马格丽泰·密西尔：《飘》，傅东华译，浙江文艺出版社，1988年，第533页。

② 同①，第1174页。

《大地》三部曲、《母亲》的故事背景虽然发生在中国，但其中的“土地情结”却具有普遍性，适用于世界上各种文化。如果了解赛珍珠的家族史，就能理解《大地》的创作也有美国生活的印迹。赛珍珠的祖父是一个同王龙一样视土地为生命的人，一生养育了七个儿子。“就为了多买几亩地，他没让家里人少过苦日子。这也就无意间替他的每个儿子形成了对土地的深仇大恨，以致没哪个肯步他的后尘，将来想去务农。”小说中王龙在遭遇饥荒、全家都快要被饿死时，面对前来买地的人：“跳起来，像狗扑向敌人那样扑向那些人：‘我的地永远不卖！’他冲他们喊道，‘我要把地一点一点挖起来，把泥土喂给孩子们吃，他们死了以后就把他们埋在地里，还有我、我老婆和我的老爹，都宁愿死在这块地上！’”①

由于七个儿子并无接手土地的意愿，因此在赛珍珠祖父身故后，他所置下的“老屋和土地，都以很低价钱卖掉了，钱在七子两女中平分，每个人都只摊得可怜的一点点”②。类似的情节让读者感到似曾相识。王龙还未去世时，大儿子、二儿子就盘算着卖掉土地，三儿子王虎更是对父亲留下的土地恨之入骨。在王虎眼里，这些土地只有换成钱变成“军饷”才对他有点用处，否则便一文不值。赛珍珠祖父对土地的深刻眷恋之情，还有身故之后的田地遭遇，共同组成《大地》的故事结构。而赛珍珠在创作的过程中，源自于美国家庭的特殊叙事结构和皖北农村的特殊生活样态非常接近。土地意象串联起相同的土地情结，中国农民家庭与土地的故事在全世界各地的种田人家里都发生着。人类普遍的生活态度、生活方式，让东西方两个世界不再遥不可及。因此，在诺贝尔文学奖颁奖典礼上，瑞典学院给予赛珍珠高度评价：“你赋予了我们西方人某种中国精神，使我们认识和感受到那些弥足珍贵的思想和情感……才把我们大家作为人类在这地球上连接在一起。”③

---

① 赛珍珠：《大地三部曲》，王逢振等译，人民文学出版社，2009年，第52页。

② 赛珍珠：《东风·西风》，林三等译，漓江出版社，1998年，第263页。

③ 同①，“赛珍珠和中国（序）”，第1页。

第四节 相守：连接中西方的文化桥梁

在所有影响美中两国文化史的人物里，赛珍珠的成就有目共睹，但也饱受争议，同时也是被人们研究追忆得极少的一个。她随传教士双亲来华，却从未向中国输出西方教义，反而向西方重新描绘中国。正因为她的文字，西方开始重新认识中国。美国前总统老布什在访华时说："我当初对中国的了解，以至后来对中国产生爱慕之情，就是赛珍珠的影响，是从读她的小说开始的。"① 赛珍珠的《大地》，将中国皖北古老而又神秘的民俗风情带向世人，被誉为"自13世纪的马可·波罗以来描写中国的最具影响的西方作家"。她既是作家，又是中国现代文明变迁的珍贵记录人。1931年，《大地》于美国问世，仅仅过了一年便摘得普利策奖。1938年，赛珍珠又凭借该作品斩获诺贝尔文学奖，其本人也成为美国历史上首位女性诺贝尔文学奖得主，也是第一个以实际生活经历为素材而创作中国题材小说的西方作家。

《大地》拥有撼动心灵的巨大力量，激发了西方民众对中国的关注与同情。《续西行漫记》的作者海伦·斯诺表示，自己在阅读《大地》之后才决意前往中国；抗战时期，美国募捐委员会主席写信感谢赛珍珠，表示有很多募捐者是在阅读《大地》之后才认识到中国的实际情况，进而对中国的抗战事业提供支持的。1997年6月，图书管理员玛丽前往天津儿童福利院领养孤女，并且说明自己决定领养的渊源是在12岁之时阅读过《大地》。

一、沟通桥梁

赛珍珠，作为一位享誉世界的著名女作家，从一出生她的命运就与中国紧紧联系在一起。她四个月大时，就随当传教士的父母远

---

① 桂莅鑫：《感受善良和智慧完美统一的灵魂：赛珍珠故居行》，《宿州学院学报》，2009年第5期，第63页。

涉重洋来到中国，在镇江度过了童年，学会一口流利的汉语，并受过中国古典文化的教育。由于在中国生活了近四十年，她对中国的风土人情、历史、文化都有一定的了解，对中国人民怀有很深的感情。在 1938 年获得诺贝尔文学奖时，她曾说过："当我生活在中国人民当中时，是中国人民给了我最大的愉快和兴趣。"

她原本的职责是作为传教士来华宣传基督教教义，但在 1932 年一场主办方请她"讲述四十年来身为传教士的后代、老师的感受"的演讲中，她却反其道而行之，做了一场题为《海外传教有无必要?》的演说。她说："我认为传教士心胸狭隘、不知感恩、缺乏同情心，而且很无知……他们对应该救助的人缺少爱心；除了他们自己的文明之外，他们看不上其他任何文明。他们相互之间很刻薄，在一群敏感、有教养的人中间，他们显得多么迟钝和粗俗，以至于我都为他们感到羞耻。我从来没有停止向中国人民表示歉意，因为我们以基督的名义给他们的国家派来了这样的人。"① 演说的讲稿很快被杂志刊登，一时引发了舆论界、宗教界的强烈震荡，之后赛珍珠索性辞去了传教士的工作。

赛珍珠对海外传教事业的反感与"背叛"，早就有迹可循。1927 年，她在《外国传教有无地位?》一文中指出：基督徒对中国哲学和文化的无知和敌视，使得传教士处在一个尴尬的位置。"我们有意或者无意踏上异国他乡的土地，我们在心中说着要无私地奉献一切。我们没有……尝试着去理解我们与之打交道的文明……我们内心很厌恶，但表面上还装作喜欢的样子。"② 这点在她的文学作品创作中也随处可见。1931 年，赛珍珠出版了令她蜚声世界文坛的小说《大地》。在这部小说中，对于海外传教，赛珍珠的态度是嗤之以鼻的。在《大地》第一部第十四章里，赛珍珠描写了王龙一家由于家乡皖北大旱逃难到南京时发生的故事。对于洋人传教士散发的传单上印的"耶稣受难图"，从王龙的视角看非常滑稽，

---

① 希拉里·斯波林：《赛珍珠在中国》，张秀旭、靳晓莲译，重庆出版社，2011 年，第 164 页。

② 同①，第 163 页。

一家人都看不懂，他垂暮之年的老父亲则断定这是个坏人，不然不会被吊起来。最后，这张传单的命运是被妻子阿兰纳进了鞋底。这充分说明了当时传教士那种高傲冷漠、敷衍专横的“文化输出主义”是不被中国老百姓接受的。

在《大地》三部曲的第三部《分家》中，王龙的孙子王源因为参加革命党被追捕出国避难时，到教堂听到了一位刚从中国返回的传教士的演讲。他把中国描绘成了人间炼狱，房子低矮，街道狭窄，到处都是穷人、乞丐、麻风病人、腹中空空却肚皮膨胀的孩子、一出生就被溺死的女婴……这个所谓的“传道士视角”无疑是对中国社会的极度夸张和抹黑，其背后的目的也昭然若揭：“现在你们明白了，在这块可悲的大陆上，我们的福音书是多么不可缺少。”① 他所描述的中国是西方人想让大家知道的中国，目的就是用“西方先进文化”救赎“东方落后世界”。在小说中，赛珍珠借王源之口进行了激烈反驳：“这人说的话和他放的电影都是谎言！……我国有许多像我家一样的房子……我们不需要这个人，也不需要你们的钱！我们不需要从你们那儿得到任何东西！”②

20世纪二三十年代，由于傅满洲小说系列和美国电影对中国及中国人的歪曲描绘，在大部分美国人眼中，中国俨然成为罪恶渊薮、“黄祸”（yellow peril）。陶乐赛·琼斯曾指出：“在早期的故事片中，美国荧幕上经常描写的是比较下流的中国人的生活——鸦片烟馆、赌窟、拷问室等等——而被描写的中国人物，主要是神秘和刁钻的坏蛋角色，经常把他们描写成想要消灭西方人或全部白种人。在二十年代里，出现了一系列以美国大城市的唐人街为背景的谋杀闹剧。”③

赛珍珠的《大地》就是在这样的背景下进入美国人的视野的。

---

① 赛珍珠：《〈大地〉三部曲》，王逢振等译，北京联合出版出公司，2019年，第172页。

② 同①，第173页。

③ 陶乐赛·琼斯：《美国银幕上的中国和中国人（1896—1955）》，邢祖文、刘宗锟译，中国电影出版社，1963年，第85页。

小说的主人公王龙勤劳朴实、吃苦耐劳、扶危济困，他忍受着饥饿、贫穷和屈辱，同天灾人祸等各类外部威胁积极抗争，慢慢摆脱寄人篱下的困境。该小说的前半段，诉说了王龙为买地所付出的努力与辛苦。逃荒到城里后的土地梦想，购买到土地后的兴奋之情，耕耘过程中所得到的满足之感，获得丰收之时的欣喜之情，遭遇灾害之后所面临的悲哀之情……这些认为“一切好的东西都来自土地”的、对于土地的执念，不禁令人想到《飘》里郝思嘉和她的父亲对于塔拉庄园的深切情感。可见，无论是东方还是西方，人们的土地情结都如出一辙。王龙一家为躲避旱灾从皖北逃荒到南方的场景，让人看到了《愤怒的葡萄》中由于经济危机乔德一家从东往西寻找新的机会的影子。王龙一家在土地上艰难挣扎却坚韧顽强的故事，很容易引起20世纪30年代经历经济大萧条、干旱沙暴、背井离乡的美国人的共鸣。“表面上小说（《大地》）是写外国的事，不过说到底，它讲的是土地。对此美国人并不陌生。”① 由小说改编的同名电影同样也在美国激起了强烈反响，“《大地》是一部严肃的电影，它是好莱坞历史上第一部用现实手法认真描写中国的重要影片，也是中美文化交流的一次有益尝试”②。

《大地》的出版，使王龙、阿兰勤劳坚韧的中国农民形象深入美国人的心中，对于美国人的中国观产生了极为巨大的影响。胡仲持在1933年《大地》译本“序”中写道：“《大地》这小说多少转变了欧美人对于我国的观感，那实际的影响是值得注意的。一九三一年秋，正是《大地》在美国风行的时候，我国发生了严重的大水灾。在政府所受到的从国外汇来的赈款中，美国人所募捐的占着大部分。那原因，据美国红十字会会长写给作者的信中所说，就由于王龙一家人遭遇旱荒的故事，深切地感动了美国人这缘故。”③《大地》之后，在美国民众心中，中国人不再是抽象的存在，而是

---

① 彼德·康：《赛珍珠传》，刘海平等译，漓江出版社，1998年，第149页。

② 张伟：《赛珍珠：〈大地〉、中国》，《大众电影》，2004年第15期，第44页。

③ 赛珍珠：《大地》，胡仲持译，开明书店，1933年，序。

拥有了具体生动的形象。1931 年《大地》刊行，这和日本大举入侵中国的时间节点一致。即便该作品并未对这场战争进行描绘，日军也并未直接进攻皖北，但是美国人知道，日本摧毁的是王龙和阿兰的土地，杀死的是他们的子孙。

当然，赛珍珠没有回避中国的很多社会问题，并没有把王龙、阿兰塑造成完美的人。在皖北这片大地上，匪盗横行，水、旱、蝗、雹等灾害常年不断，由此造成的贫穷饥饿常令人做出一些可怕的事情，如杀死自己的孩子。

之前很多西方作者常拿此事大做文章，以宣扬中国人的“残忍邪恶”。赛珍珠并未回避这些问题的实际存在，而是通过真实的笔触表达了中国农民所遭遇的无奈境地。《大地》详细介绍了阿兰迫不得已杀死第四个孩子的背景：大旱之年，赤地千里，人们饿得几个月都没东西吃，尸横遍野，在草根树皮都被啃光之后，全家决定去南方逃难，阿兰却在这时临产。万般无奈之下，她只有亲手扼杀了这个先天不良、生不逢时的奄奄一息的小生命。这样的描述，让读者明白：在那样的环境下，是贫困，而不是辛苦怀胎十月的母亲亲手掐死了自己的孩子。读者感受到的只有同情与心酸，而不是中国人的所谓“残忍”。

贫苦与痛苦不是赛珍珠表达的重点，更多的时候，《大地》所呈现的是皖北的静谧的田园风光。在这片土地上勤勤恳恳生活的男男女女，他们过着传统的大家庭生活：“田里的麦种发芽了，在湿润的褐色土地上拱出了柔嫩的新绿。在这样的时候，人们就互相串门，因为每个农民都觉得，只要老天爷下雨，他们的庄稼就能得到灌溉，他们就不必用扁担挑水，一趟趟来来去去把腰累弯。他们上午聚在这家或那家，在这里或那里吃茶，光着脚，打着油纸伞，穿过田间小路，一家家走来串去。勤俭的女人们就待在家里，做鞋或缝补衣服，考虑为过新年做些准备。”①

① 赛珍珠：《〈大地〉三部曲》，王逢振等译，北京联合出版出公司，2019 年，第 41 页。

赛珍珠的《大地》不仅生动塑造了王龙与阿兰的形象，而且浓墨重彩地描绘了皖北农村的风土人情，尤其是对各类民俗有非常生动形象的表述。赛珍珠长期生活在宿州民间，熟知不少民间的风俗习惯，如小说中的婚丧嫁娶节日礼仪、民间的烧香磕头、鬼神祭祀，家里添丁进口后要给亲戚朋友分发红鸡蛋、办满月酒时请吃长寿面、小孩穿老虎鞋和老虎帽以避邪等。赛珍珠以小说为载体，向世人描绘了一幅幅生动的皖北人文画卷。民俗是民间文化的主体，蕴藏有民族的集体无意识。对民俗开展非常具体的描写，显然有利于展现民族的物质与精神生活的基本特质。

《大地》描绘的中国和传教士预设的出入很大。中国不再被妖魔化，并非是廉价和肮脏的苦力，也并非是信奉“异教”的野蛮人或威胁巨大的“黄祸”。他们中有落后愚昧、懒惰狡诈之人，但也有如王龙般勤劳淳朴、阿兰般坚强勇敢、王源般有理想有信仰之人。美国的读者可能难以理解中国人的思维，例如为何会选择在遭遇饥荒的时候，将最好的食物留给老人而非孩子；也不理解阿兰为何可以忍受王龙另寻新欢，而不进行反抗。但读完《大地》，他们能够深刻认识到，中国人并不存在神秘或者特殊之处，他们和千千万万个美国人一样，是生活在大千世界的普罗众生，都心怀对美好生活的梦想，而且也会对死亡、对厄运产生恐惧之感。他们和自己是差不多的人，既不更好，也不更坏。赛珍珠不是高高在上地俯视，而是采用自然主义、写实主义的创作手法，平等对话，从而体现了她文化多元主义的思想。

《大地》不仅改变了美国人的中国观，也改变了中国人在其他国家和人民心中的形象。联合国教科文组织 1970 年的一份调查表明，赛珍珠的作品曾被译为 145 种不同的语言。美国历史学家詹姆斯·汤姆森认为，赛珍珠是“自 13 世纪的马可·波罗以来描写中国的最有影响的西方作家”。这并非过誉之辞。

1934 年，赛珍珠离开中国到美国定居，但就像她自传中所写的那样：“我一生到老，从童稚到少女到成年，都属于中国！”她人虽已离开，但心始终与中国人民在一起。1937 年 7 月 7 日，中国抗日战争全面爆发。赛珍珠对日本帝国主义的侵略行径十分痛恨，对英勇的中国人民的抗日斗争给予真诚的同情与支持。她发表了《对中国人民的广播演讲》，认为：现在中国正进行着一切斗争中最为伟大的斗争，即争取自由的斗争，她相信有这种为自由而奋斗的决心，最后胜利必属于中国。1938 年，在中国抗日前线进行考察的英国诗人奥登用英国式的幽默，在报道中称他所看到的中国为“The Bad Earth”，遭致赛珍珠的强烈反击。1941 年赛珍珠正式创立“东西方协会”，希望通过该组织来促进中西方文化之间的深入交流。1949 年赛珍珠创立“欢迎之家”，这是美国历史上首家跨国界、跨种族的收容机构，通过该机构收容美军在海外的非婚生弃儿。此外，她还联合第二任丈夫沃尔什共同号召废除排华方案。

赛珍珠的整个创作生涯，总计创作了 80 余部作品，其中大多是中国题材作品。赛珍珠让很多西方人了解了中国。她的作品对避免种族歧视及转变中国的世界形象产生了重大影响。正如哈罗德·伊萨克斯指出的那样：“在所有喜爱中国人、视图为美国人描述并解释中国人的人当中，没有一个人能够做得像赛珍珠那样卓有成效。没有一本关于中国的书比她那著名的小说《大地》具有最强大的影响力。几乎可以说，她为一整代的美国人‘制造’了中国人，就像狄更斯为我们许多人‘创造’出生活在维多利亚时代英格兰的贫民窟中的人们那样。”①

1973 年 3 月 26 日，美国总统尼克松在赛珍珠去世的声明中称她是“一座沟通东西方文明的人桥，一位伟大的艺术家，一位敏感而又富于同情心的人”。

二、教育卫生传播

赛珍珠对宿州的文化教育及医疗卫生，做出了不容小觑的贡献。初到宿州时，赛珍珠住在教会安排的职工大院里。由于她为人

---

① 哈罗德·伊萨克斯：《美国的中国形象》，于殿利、陆日宇译，时事出版社，1999 年，第 212 页。

热情真诚，睦邻友好，所以朋友众多。

赛珍珠隔壁同岁密友的姓名无文字资料可查。她略识文字，聪明伶俐，上进心强，赛珍珠和她一见如故，无话不谈。然而这位女士婚后生活并不幸福，她想继续读书深造，却不被婆家支持。整日愁苦郁闷的她有一天悬梁自缢，在花样年华结束了自己短暂的一生。赛珍珠闻此噩耗赶去她家时，她被放在外房的砖地上，手犹温热。见此情景，赛珍珠要对她做人工呼吸进行抢救，但被其婆婆拒绝，因为超度亡魂的僧人已到，不能误了时辰。

赛珍珠在晚年的自传中回忆起这位不幸的宿州邻友，字里行间流露出她对旧时代中国妇女悲惨遭遇的深切同情。不久，她就向教会建议，不仅要建立招收未婚少女的中小学，还应为有强烈求知欲的已婚妇女创办可供读书学习的地方。教会接受她的建议，在教堂东北角的女客厅内创立启德女学，招收对象大多数是有上进心的少妇。上学有助于她们开阔视野，增长见识，不囿于婆媳不和的家庭琐事，避免类似的悲剧再次发生。

有一年秋天，赛珍珠同布克到宿州濉溪口去调查。濉溪口，就是现在的淮北市濉溪县濉溪镇，当地人称“口子”，是古宿州的三大镇之一，因产口子酒而闻名遐迩。教堂附近，有一条石板古街，今称“濉溪老街”。街上住着一户姓李的财主，家境殷实，在当地很有名望。

李家婆媳都是基督教徒，在做礼拜时结识了赛珍珠。一日，李家媳妇偷偷邀请赛珍珠到家中做客，共话家常。从李家媳妇那里，赛珍珠得知作为嫁过来两年的新媳妇，有外人的时候，李家媳妇不能和男人讲话，碰到公公只能低头走，不能说话，就连笑都不能露牙，见了长辈也不能先开口，只能等到熬成婆婆……对此，赛珍珠十分惊讶。而当李家儿媳妇从赛珍珠那儿知道，赛珍珠从未见过公婆，和布克是自由恋爱时，顿时羡慕不已。[①]

---

① 孟方、鄢化志：《大地的回声：赛珍珠、布克研究》，宿州学院赛珍珠研究所学术交流资料，2014 年，第 207 页。

在跟随布克做田野调查的过程中，赛珍珠还亲眼看到当时宿州农村跳大神驱鬼、祭拜神灵、为孩子叫魂等封建迷信活动。孩子们卫生习惯极差，满身污垢。新生儿的接生方式也堪忧。皖北地区普遍用剥去外皮的苇篾或芦叶来切断脐带，易导致婴儿脐带感染，引发“十日风”，即出生十余日即夭折。

赛珍珠深刻了解到当时皖北妇女儿童的凄惨现状，产生了要帮助他们的强烈愿望。居住宿州之初，在一个寒冷的冬夜，赛珍珠帮助一位美国医生，既做翻译，又做护士，去抢救一位难产的少妇。两人经过不懈努力，终于把这位产妇从鬼门关拉了回来。后来，为了降低新生儿夭折率，赛珍珠耗费大量的时间精力，教导当地的接生人员积极学习最新的医疗技术，使用正确的方法，包括为接生用具进行精细的消毒等。

赛珍珠曾担任启秀女校的英文教员，也曾一度担任该女校校长。她爱岗敬业，每天总是按时到校，认真批改作业。课间像孩子一样，和学生打成一片，踢毽子做游戏，教学生做针织。邻居张太太在赛珍珠的影响下，也投身于女子教育的事业，创办了女子学校。

赛珍珠在宿州任教期间，培养桃李无数，她们中很多人都成为各界精英，为社会做出了很大贡献。冯玉淑（1902—1976），自幼聪慧好学，性情豪爽，在启秀女校读书期间，学业成绩优秀，受到赛珍珠的青睐。在赛珍珠的鼓励下，她毕业后考入基督教会办的南京汇文女中，后又进入金陵神学院（Nanking Theological Seminary）深造。大革命时期，她返回宿州，任教于启秀女校。1941 年太平洋战争爆发后，启秀女校被日伪强占，智勇双全的她带头顽强抵抗日伪官员侵占教会办的民爱医院（今天的宿州市立医院），终于把医院从日伪手中抢夺了回来，后出任该院副院长。她把赛珍珠乐善好施的善举传递了下去，宿州南关郊区有很多贫苦女孩在她的周济下得以入学。

岳继先（1897—1988），家境贫寒，赛珍珠也经常接济她。从启秀女校毕业后，赛珍珠鼓励她继续深造，并介绍她考入基督教会建立的南京明德女中，后考入北平女子文理学院（北京师范大学前身之一）攻读数学，也成为桃李满天下的名师。赛珍珠还劝幼时体质较弱的她锻炼身体。她接受赛珍珠的建议，身体转弱为强，还成为田径健将，曾被选入国家大学生田径队，远征东南亚，为国争光，在菲律宾夺得一枚银牌。

汪培珍（1895—1987），由于勤奋好学，深得赛珍珠关心爱护。从启秀女校毕业后，赛珍珠针对宿州当时产妇生产困难，新生儿易夭折的严峻现状，鼓励她报考南京中华妇产科专业学校。1930年左右，她与同是医生的丈夫一起返回宿州，在当地设立“福民医院”，造福皖北的父老乡亲。①

除此之外，赛珍珠对皖北的农村、农业、农民事业也做出了独特贡献。赛珍珠和布克携手共同走访农家，整理调查资料。她不仅亲自踏足宿州的田间地头，并且承担翻译工作，事无巨细，在布克和工作对象之间架起一座沟通的桥梁。赛珍珠参与了布克所著的《中国农家经济》中关于宿州土地、人口、经济与饮食等上百张表格的细节调查，仅宿州下面的一个小乡村符离集就详细收集和统计了286户家庭的经济数据，为研究宿州农民的生活状况提供了丰富而翔实的第一手材料。这本书成为当时国内唯一的中国农村经济专著。她在自传《我的中国世界》中写道：“走访农家成了我自己寻找生活真实的途径。”布克在《中国农家经济》的序言中写道：“对于内子之赞助编辑，亦具十分的铭感。”

另一本在赛珍珠和布克共同调研基础上完成的学术著作是《中国农业管理》。赛珍珠不但为该书提供了关于宿州地区的大量珍贵照片，还详细记录了宿州的古老风貌和农民的日常生活，为我们了解那个时代宿州地区的社会和文化提供了宝贵的第一手资料。无疑，这些图文资料和《大地》这部作品共同构成了赛珍珠对宿州地区做出的独特而深远的贡献。

---

① 孟方、郾化志：《大地的回声：赛珍珠、布克研究》，宿州学院赛珍珠研究所学术交流资料，2014年，第13页。

本章试图从赛珍珠依据皖北生活素材所创作的作品角度来阐述赛珍珠与皖北之间的渊源，其中土地主题贯穿于其农村题材各部作品之间，包括《大地》三部曲、《母亲》、《龙子》等。不同的作品之间或多或少地映射着土地元素，也在不同程度上描述了赛珍珠在不同时期对土地的认识。从第一节赛珍珠暂居皖北宿州的经历，不难看出宿州生活经历与赛珍珠后续作品中的土地认识有着至关重要的联系。第二节和第三节描写了中外文化的交织，导致赛珍珠早期处在一个相对矛盾的状态，后续逐渐转变为两种文化相融合的状态。其中，她对于中国传统文化、宗教的认识主要来源于皖北生活的见闻。第四节描写了赛珍珠在皖北居住时，对当地的文化教育及医疗卫生所做出的重要但尚未被充分认识的贡献。她以《大地》三部曲为载体，向全世界传播了包含皖北文化在内的中华传统文化；同时作为东西方两种文化交流的桥梁和纽带，坚定地认为中国传统文化不是落后、退步的，而是值得全世界学习、借鉴的。众生平等，无论人种，无论民族，其生命都是神圣的，心灵都是丰富的。“四海之内皆兄弟也。”赛珍珠沟通了中西方文化，促进了中西方的相互了解，传播范围及影响具有世界性。

第二章

皖北平原地带农民的形象及其土地意识

20世纪二三十年代，赛珍珠书写了中国农民史诗巨作《大地》，将中国的传统文化与民俗文化展示给世界，1938年她也主要因此成为美国第一位获诺贝尔文学奖的女性作家。赛珍珠将自己的中国经验和个人体验融于笔尖，利用其独特的视角向全世界介绍中国文化，积极促进中西文化交流，“寻找沟通之路、沟通之桥”。在《大地》等作品中，赛珍珠为读者描绘出中国传统农业文明下的农民生活。在绵延数千年的农业农耕文化中，中国农民培养起与众不同的精神品质，对土地的深沉情感和依存关系就是其中最特殊的一点。

第一节　中国20世纪二三十年代乡土小说中的农民形象及其土地意识书写

在中国现当代文学研究中，“乡土文学”内涵宽泛，不同时期也有着不同的范畴。它大致包含以下层面：题材选取的地域范围通常是“乡土”，反映的是地域文化与相对应的乡土精神。“乡土”是相对于“城市”而言的地域范围，这也是乡土小说叙事中相对稳定的核心要素。20世纪前30年，中国文学界涌现出“乡土文学”“乡土艺术”“农民艺术”“农民文艺”“农民文学”“乡土小说”等文学概念，但其内涵并无明显区别。① 最早倡导“乡土文学”的作家是鲁迅，他成为20年代的乡土小说作家的代表。20世纪30年代，鲁迅、茅盾、沈从文等对“乡土文学”概念的界定和使用，在文学界产生了极为深远的影响。乡土文学由鲁迅而始，在中国现代文学领域独树一帜，包含赛珍珠在内的众多作家都曾经历过这一文学发展阶段。

在中国乡土小说创作中，作家们不约而同地抓住农民形象这一要素进行了细致刻画，赋予人物丰富的精神内涵和文化意义。农民

① 丁帆、李兴阳：《中国乡土小说研究的百年流变》，《当代作家评论》，2018年第1期，第4-11页。

形象和他们对土地的意识成为乡土文学作品的重要主题。这些作品通过对农民的描绘和对土地的表达，旨在书写和比较不同农民群体的生活和价值观。当时的中国正处于动荡的社会变革时期，农村社会也经历着巨大的变化。农民作为社会的基层群体，他们的形象和土地意识对于理解当时的社会状况具有重要意义。许多文学作品通过描写农民的生活状态、思想观念和与土地的关系来反映社会的动态。中国传统社会根深蒂固的农业文化对农民产生了深刻影响，唯有统筹考虑土地问题和农业文明对农民的影响，才可以准确描述出农民与土地之间浓于血脉、无法分割的联系。

这一时期的“乡土”已经变成了国人精神上承受苦痛的区域，生活其中的农民受着沉重且无情的压迫、剥削及侮辱。这个地方充溢着无穷无尽的痛楚和死亡，成了一个“死生场”。自鲁迅开始，中国乡土作家开始关注国民品性的研究，这也是时代所赋予的责任和使命。越来越多的作品开始记录和描绘农民遭受的灾难，揭示出半殖民地半封建社会中中国农民遭受的多重压迫。鲁迅的《故乡》就从阔别故乡的游子眼中描绘出既熟悉又陌生的故乡，记忆中熟悉的家园在中年闰土怯怯的一声“老爷”中远去，转而回到现实中来。森严的封建等级制度成为童年伙伴之间一堵难以破除的高墙。

在鲁迅的作品里，他所描绘的故乡和大地，大部分反映的是他儿时记忆中的已经消逝的美丽乡土。鲁迅在中国文坛的威望，促使其对赛珍珠的评论成为中国社会对待赛珍珠的重要标杆。受到东西方文化差异的影响，同时也由于赛珍珠个人身份不可避免的局限性，赛珍珠的作品在中国受到的评价也分为多个层次。既有好评，也有非议，还存在相对中立的评判。

《大地》于1931年正式出版，1932年被译成中文，进入中国读者的视野。1933年11月15日，鲁迅在《与姚克书》中评论《大地》说：“先生要作小说，我极赞成。中国的事情，总是中国人做来，才可以见真相。即如布克夫人，上海曾大欢迎，她亦自谓视中国如祖国，然而她的作品，毕竟是一位生长在中国的美国女教士的立场而已，所以她之称许‘寄庐’也无足怪，因为她所觉得的，还不过一点浮面的情形。只有我们做起来，方能留下一个真相。”①

1933 年，赛珍珠把《水浒传》翻译成英语，并把它命名为《四海之内皆兄弟》。然而，鲁迅对此表示怀疑，认为“山泊中人，是并不将一切人们都作兄弟看的”。他在 1936 年 9 月 15 日致日本友人增田涉的信中，更直白地说出对赛珍珠能否准确评价中国古典著作的疑虑，怀疑《大地》的译者水平有限，恐怕会造成对作者的误会。

鲁迅，一位杰出的文学家和革命家，他的关注更深刻地体现在国家民族生死存亡问题、对封建制度下养成的国民性格的思索与重构等。他在捍卫中华思想文化的同时，持续观察和研究中国甚至全球的文化动向。鲁迅的评论，精辟而尖刻，批评性评价更是如此。在对赛珍珠的文学作品及文学活动的评价中，他并没有做明确的否定与指责，结合当时的社会背景及政治环境，后人推测“鲁迅对赛珍珠其人其文均无好感”，并不十分全面。王卫林在《鲁迅评议中的赛珍珠》中指出：“鲁迅对赛珍珠也并非完全否定，他也认可赛珍珠是爱中国的，承认她对中国有所了解，只是不如中国人自己了解得深刻。鲁迅对赛珍珠的微辞，也只是深刻而非对论敌式的尖刻。”②

20 世纪 30 年代，茅盾创作出了《春蚕》《秋收》《残冬》这三部以农村为主题的小说，深度描绘了农民生活的真实情况。他的文学作品主要体现了现实主义风格，真实地反映了社会生活的实际面貌。茅盾出身于知识分子家庭，家族中只有祖母曾从事过农业劳动，对于农民的认识和农村社会的了解，多来源于祖母的描述。为了更好地完成农村题材小说的创作，茅盾也曾有意识地搜集过农村素材。其作品中的农民形象也融入了作家对农民生活的期盼，是渗透着作家自我意识的农民形象。

---

① 刘龙主编：《赛珍珠研究》，云南人民出版社，1992 年，第 368 页。

② 王卫林：《鲁迅评议中的赛珍珠》，《光明日报》，2005 年 2 月 4 日。

在20世纪30年代中国棉纺织业遭受重创的现实背景下，结合祖母曾经有过的养蚕经历，茅盾创作了勤劳坚毅又保守顺从的旧式农民形象——养蚕人老通宝。老通宝保守仇洋、安于现状，认为“自己也是规矩人”，坚信依仗家里的稻田、桑田及自己的养蚕技术，是足以维持生计的。然而，农民的生活在当时的社会大背景下是不可能实现安稳的。经历了“丰收成灾”、桑蚕栽培失败等惨痛经历，老通宝仍然对来年的收获充满期待。在他看来，“只要一次好收成，乡下人就可以翻身”。由此可见，中国农民对他们所依恋的土地有一种发自内心的信任与眷恋。

相对于老通宝，多多头更“新”。他没有完全听从父亲老通宝的教诲，“像一个聋子似的不理睬老头子那早早夜夜的唠叨”。作为一个具有“朦胧的阶级意识”的青年农民，多多头目睹了农村和农民的悲惨现状，对农民产生了同情心，逐步走向反抗、觉醒的道路。在《春蚕》中，多多头生活得无忧无虑，并没有因为父亲的影响而受到太多封建传统思想的束缚。到了《秋收》中，他带领村里的年轻人“吃大户，抢米屯”，甚至还吃到了老通宝自己家里。在《残冬》中，他逐步走上了与父辈截然不同的武装斗争的道路。新、旧农民形象的展示，是作家政治思想的表达与展现，是茅盾按照自己的政治思想构思出来的农民革命的道路与方向。但无论是茅盾还是赛珍珠，在他们的笔下，农民对土地的依赖和信赖都是原始的、纯粹的，体现了中国农民对土地最深厚的感情。

叶紫是20世纪初左翼文坛代表性作家之一，著有《丰收》《星》《火》等多部作品。叶紫曾表示：“要求能够老老实实地攀住时代的轮子向前进。在时代的核心中把握到一点伟大的题材。”①他从现实主义的角度描绘了云普叔、王伯伯、曹立秋等众多农民形象，以此揭示了乡村社会中错综复杂的阶级冲突、农人的艰难生活，以及在农田之中的凄厉生活画面。鲁迅在《叶紫作〈丰收〉

① 朱晓进：《三十年代左翼农村题材小说的时代特征》，《中国社会科学》，1985年第1期，第176页。

序》中写道："文学是战斗的！"左翼作家的农村题材小说深刻地描绘了农民所遭受的封建地主阶级的压迫和剥削，展现了农民从逐渐觉醒到反抗，再到最终走向革命道路的历程，表达了对中国时代命运的担忧，对历史变革的使命感。在叶紫成名作、代表作《丰收》中，主人公云普叔忠于土地、勤劳善良，将生活的全部希望都寄托在那一方土地之上。云普叔就是被压榨的中国农民的代表，所经历的苦难难以想象。他每日在田间辛苦劳作，即便是充饥饱腹的"野草拌山芋"，也仅仅能每天吃上一顿。青黄不接时，所能吃的就只有树根、青草甚至是观音土。假设能够摆脱苦难，过上吃饱饭的日子，云普叔一家愿意倾尽所有，但他们能够做的，也只能是"多种一亩田，就多一亩田的好处"。为了"转运"，云普叔最终下定决心，抵掉仅有的屋子用来支付七亩田的佃租。让他心头滴血的是，洪水让他的希望全部落空，"粮粒黄金都化成了水"。[①]云普叔坚信人定胜天，依旧想着依靠土地实现"转运"的梦想，更执拗地认为，来年丰收后，一切的苦难都将过去。新的一年到来，为了续佃、借来口粮，他四处作揖磕头，十岁的女儿英英也被卖掉。这一年，全家老小在田地倾注了数不清的血汗，终于换来空前的大丰收，仓房里黄澄澄的稻谷堆得满满登登的。这难得的丰收，让云普叔一度拥有这样或那样的如意盘算，可现实却狠狠地打了他一棒子。地主家的帐房和堤局团丁如狼似虎地涌进云普叔的家。笔一勾，算盘珠子一拨弄，一百几十担稻谷就入了何八家、堤局的库房，就这样也不足以抵扣租债、捐税，家里还剩下的就只是"几块薄薄的仓板子"。此时，云普叔开始觉醒了，他意识到地主与官僚才是造成他们悲惨生活的根源，对奋起反抗的儿子立秋等青年一代的行为逐渐理解，并最终愤然地加入到暴动农民的行列中去了。在阶级意识的觉醒下，农民的反抗如洪流般推进，影响越来越大，最终将掀起农村革命的浪潮，改变整个社会。

---

① 鲍霁：《中国现代文学史上的一颗彗星：试论叶紫〈丰收〉等小说的成就》，《河南师大学报（哲学社会科学版）》，1979年第6期，第70-77页。

萧红的代表作《生死场》，描写的是北方农民生死线上的生活。整部小说被阴郁的氛围笼罩着，“浓烟遮住太阳，院中一霎幽暗，在空中烟和云似的。篱墙上的衣裳在滴水滴，蒸着污浊的气。全个村庄在火中窒息”①。在死气沉沉的景物的衬托下，土地显得愈发衰败。相较于赛珍珠笔下文明、礼貌和说话客客气气的农民，《生死场》里的乡民满嘴的粗话和咒骂，仿佛要将所有的悲苦借此宣泄出来。“他妈的，谁偷了羊……混账种子！”②“你发傻了吗？啊……你失掉了魂啦？我撕掉你的辫子……”③ 萧红笔下的语言确确实实是农民张口就来的话，生存环境恶劣、长年挣扎在饥饿线上的农民难免对一切都充满愤懑。农民终年劳作，却换不来一餐饱腹。“五月节”时，成业家的米缸空空如也，也买不起粮食。卑微生活的农民与沉默死去的枯树一般，不知道什么是活着的意义。

诺贝尔文学奖获得者莫言也有诸多描写中国农村社会和农民生活的作品，其代表作《红高粱家族》就通过家族的兴衰变迁，展现了农民在土地问题上的坚持和抗争。小说中的红高粱家族代表了农民阶级的集体记忆，他们通过世代相传的土地观念，保持着对土地的热爱和对自身身份的认同。

在这些作品中，农民通常被描绘为勤劳、朴实和坚韧不拔。他们劳作于田间地头，以汗水和辛勤换取丰收。他们对土地有着深厚的感情和依赖，视其为生存和发展的基石。农民与土地的紧密联系使得他们对土地产生了强烈的热爱和依赖，具有强烈的保护欲望。同时，不同农民群体的土地意识也存在差异。一些作品描绘了贫困农民对土地的渴望和追求，他们努力耕种土地，希望通过辛勤劳动改变自己的命运。富有的农民则更多地追求土地的保护和传承，注重守土有责。中国乡土作家们试图通过对农民形象和土地意识的描绘，展现当时农村社会的复杂性和多样性。不同农民群体之间的生活方式、价值观和追求都在这些作品中得到了展示。通过

---

① 萧红：《生死场》，人民文学出版社，1981 年，第 3 页。

② 同①。

③ 同①，第 20 页。

比较这些不同群体，我们可以更好地理解农民在当时社会中的地位和作用。

第二节　赛珍珠作品中的农民形象及其土地意识书写

赛珍珠的代表作《大地》出版于1931年，之后陆续出版《儿子们》《母亲》《分家》等。《大地》的故事背景是20世纪二三十年代的中国农村，这一时期也正是中国乡土作品创作的全盛时期。《赛珍珠传》写道："饱经风霜的中国老百姓一直是赛珍珠关注的焦点。"① 作为一个从小生长在中国，以汉语为第二母语，一直以来接受中国文化的熏陶的美国人，在文学作品的创作中，赛珍珠对中国、中国人的理解与其他外国作家是有着很大的区别的。尤其是对中国农民，她饱含情感，对农民与土地之间深厚的感情也是充分理解的。跟随丈夫在皖北地区生活时，赛珍珠总是置身于田地之间，和农民、妇人深入交谈。这使她在创作过程中能够细腻描摹农民、农村的生活，书写一部中国农民的史诗著作。

赛珍珠的《大地》三部曲记录了王姓农民三代人的家族兴衰，贯穿全书的主线之一即农民与土地的关系。数千年来，中国都传承着农耕文化，农民群体的辛勤劳作为社会的稳定筑牢根基。土地是农业社会最为重要的生产资料，在落后的农业劳动时期，农民的生计仅仅能够依赖于天气和土地的自然变化，命运仅仅只能接受自然的安排。因此，他们对土地怀有强烈而复杂的感情。书中，赛珍珠刻画出王家三代人的形象，他们的命运、与土地的关系在宏阔时代背景下出现大量变化，由此呈现出古老传统向现代的蝶变。在中国农村题材作品中，赛珍珠塑造了多种多样的农民形象，用跨越东西方的特有视角展现了中国农民群体像。她对农民、农村景象的描写深受其在宿州生活经历的影响，展现了皖北平原地带农民的普遍形象及其土地意识。

---

① 彼德·康：《赛珍珠传》，刘海平等译，漓江出版社，1998年，第203页。

第一代人以王龙为代表，他是典型的中国农民，勤劳且富有仁爱之心，但他也没有逃离过那份无知和逆来顺受的境地，没有太多的做出改变的意愿。他在广袤的大地上勤勉劳作，只期望能有一个丰满的收获，保障全家人有足够的粮食。然而，残酷的自然灾害使王家面临困境危局，为求得生存，王龙一家背井离乡，来到南方。虽然南方的生活环境要远远优于故乡，但王龙却依旧眷恋着故乡田园，排斥翻天覆地的革命气氛。他和妻子阿兰与贫苦大众一起分抢大地主的财富，借机改变了悲惨的流浪生活。他们利用这笔钱回归故土，买田，积累资本，成为当地乃至更大地区范围内的地主。

第二代人是王龙的三个儿子，其中的代表人物是三儿子王虎。借着父辈积攒下来的良田和金银，王大成为懒惰贪婪的地主，对待土地的态度仅仅是一味地索取。土地及田租是供养王大奢侈享受的重要来源，但王大又对土地有着莫名的憎恨情绪，认为土地是束缚自由的枷锁，更倦怠于日复一日、年复一年地管理土地和佃户，一门心思地想要去享受。为了追求享乐，他甚至竭泽而渔，不惜变卖来之不易的土地。王二成为奸诈算计的商贾，心里盘算的事无外乎就是钱生钱、利滚利。对他而言，土地也仅仅是一种商品或赚钱的手段和途径。王虎作为王龙最小的儿子，选择了征战四方的军事生涯，大脑总是在策划新的战争，想占领更多的土地。他的财富来源于父亲王龙留下的土地，维持军队所需经费都来源于此。但是，王虎缺少对土地的感情，蔑视土地的价值，认为农民职业低贱，对儿子王源向往土地和农村生活产生疑惑甚至感到羞愧。

第三代人的典型代表是王源。王源是王虎的独子，自幼就被父亲当作少将军来栽培。但因为革命潮流及其个人志向的影响，王源并未变成军人。他虽然接受过军事教育，也涉足过地下抗争，但因为行动暴露，被迫逃往海外。王源深深热爱土地，只有接触土地，才能让他觉得舒心，感到亲近。他离开祖国六年，在海外学到了许多农业知识，回国后希望能在自己的国家尽展才华，却遭到现实的重击。他在反复的探索与寻找中最终发现了心灵的归属。他向往农村和土地，但贫穷和落后的现实是他所无法忍受的，内心的撕裂感在他的成长历程中长期延续着。

一、土地依存者：王龙

《大地》以小说主人公王龙人生中的一个重要日子——结婚开始。这天清晨，王龙想不出“这天和往日有什么不同”①，虽然他“不好意思大声说在这个日子房子要弄得整洁一些”②，但是，当他感受到微风、联想到下雨和小麦的生长状态时，不禁发出的感慨是“大地就要结果实了”。对于他来说，人生中的大喜事——结婚，或许是羞于表露喜悦，但是大地“结果实”却是足以体现内心喜悦的最佳表达方式。土地是农民赖以生存的基础，农民的喜怒哀乐与之休戚相关。

王龙第一次来到黄家大院接素未蒙面的新娘时，面对看门人的问话，吃力地进行自我介绍：“我是王龙，种田的。”③ 除了名字，认定其身份就是“种田”这个职业，它体现了人类与自然的紧密联系，以及人类对土地的依赖和利用。纵观王龙的一生，靠着脚下的土地从贫穷到富有，成为大地主，极尽享乐后终究还是要回归土地。“他脱下长衫，脱去丝绒鞋和白色的长筒袜，将裤管挽到膝盖，热切而有力地走了出去，他大声喊道：‘锄头在哪里？犁呐？麦种在哪里？喂，老秦，我的朋友——来呀——把人都叫来。我要到地里去！’”④ 从贫瘠到富有，从奢侈放荡的生活到再拿起锄头劳作，王龙的一生与土地紧密地联系在一起。土地是他的命根子，是他物质生活与精神生活共同的依附对象。

王龙娶妻之后，阿兰把家里操持得很好，以致王龙感觉自己好几个月以来除了看自己的女人，什么都没干。不仅如此，似乎家务和做饭是不够阿兰忙的，所以有一天她又扛着锄头出现在麦垄中间，两人第一次一起在地里劳作。“他们把自己这块地对着太阳翻

---

① 赛珍珠：《大地三部曲》，王逢振等译，人民文学出版社，2009 年，第 3 页。
② 同①。
③ 同①，第 9 页。
④ 同①，第 126 页。

了又翻——正是这块地，建成了他们的家，为他们提供食物，塑成了他们的神像。土地肥沃得发黑，在他们的锄头下轻轻地松散开来。”① 两人默契地干着活，为了共同的目标“一起让土地结出果实”。这里的“果实”既是土地里种着的小麦，也是两个人努力奋斗的生活目标。王龙曾把结婚这件大喜事比作大地结果实，这一次，对婚后生活的满足与期待又一次被倾注在大地果实之中。也就是在这一天的劳作结束以后，王龙看着他满头大汗、一脸泥土的女人，觉得她像一个“土人”。这时阿兰告诉他自己怀了孩子，王龙心情激动地意识到，“轮到他们在这块土地上传宗接代了”②。

第一个孩子出生以后，王龙买下了黄家大户的一块肥沃的土地。尽管花光了土墙上那个洞里所有的银元，但是在王龙和阿兰的辛苦耕耘下，又是一个丰收年。在买来的那块土地上他收获了原本自己土地收成两倍之多的稻子，卖粮的银钱又藏在了土墙里。他们的第三个孩子出生了，是个女孩，阿兰说：“想不到这次是个丫头——不值得再说了。”③ 王龙也是“一动不动地站着”，心中有一种不祥的预感。打发走来借钱的叔叔，王龙在田地里劳作到傍晚怒气才消去。想起自己辛辛苦苦攒下的银钱，想起家里新添的女儿，灰暗的天空下，他的心里充满不幸之感，“仰天呼号”。这还不是最糟糕的，土地才是足以压垮他的重担。本应下雨的初夏时节，烈阳整日暴晒，麦苗停止生长、枯黄而死，最终颗粒无收。紧接着，种下的稻秧也全都干死了，只有从黄家买来的那块地还有收成。王龙立刻卖掉粮食，换来银钱。他用累断了腰、流尽了汗换来的银钱买下来黄家又一块的土地，认为这是他想要做的事，是他心里的愿望。然而，即便又到了秋天，仍是没有下雨，天灾一直持续着。他们吃了家里的老牛，又被受到叔叔蛊惑的村里人抢砸了家。这一刻，王龙的心里却生出来一股温暖的想法：“他们无法从我这里把土地拿去。我的辛苦，田里的收成，现在都已变成了无法拿走的东西。要

① 赛珍珠：《大地三部曲》，王逢振等译，人民文学出版社，2009 年，第 18 页。
② 同①，第 19 页。
③ 同①，第 39 页。

是我留着钱，他们早已拿走了。要是我用钱买了粮食，他们也会全部拿走。可是我现在还有地，地是我的。”① 又是土地，是土地给予了他黑暗中的光亮、寒冷中的温暖。

天灾已经让这一家人无法再在这片土地上生存了，王龙决定带着全家到南方去。阿兰不得已溺死了刚刚出生的第四个孩子，这样才有可能带着老人和三个孩子一起上路。叔叔又来了，带来的人要买王龙家的地，王龙说：“我的地永远不卖。”他用家里的桌椅、床、被褥，甚至还有灶台上的铁锅换了两块银钱后，一遍又一遍地对自己说：“我还有土地——我留下了土地。”② 对于王龙来说，桌、椅、床、褥这些生活用品可以舍弃，留下的耙子、锄和犁等劳动工具是未来生活不可缺少的要素，因为有土地，他的土地依然在，这就是他心里最坚实的生存基础。

在南方漂泊、流浪的日子里，家人沿街讨饭，王龙卖苦力。当他做了一天比在田里收割还苦的工，却仅仅挣到了一个铜钱时，他对土地的思念像洪水般涌入心里。想着他的土地在遥远的地方等着他——他自己的土地，他心里便平静不下来。他明白这里是江苏，这里和他从小生活到大的安徽是不一样的。语言是不一样的，土地里种出来的果实也是不一样的。他的生活永远不会成为这个城市的一部分，也不会成为城外乡村的一部分。当发现二儿子有偷窃行为的时候，他打心底里厌恶。他狠狠地打了孩子一顿，对自己说：“我们要回到自己的土地上去。”③ 在这个最为普通的农民的心里，他认为坏毛病的生成是因为离开了土地。土地不仅是生存的基础，也是道德的基础。

王龙无时无刻不期盼着能够返回自己的土地。恰巧，一个意外的机会，他随着众人闯入了高墙另一边的大户人家中。原本木讷、无措的王龙在听到“钱”这个字时，内心的声音告诉他：“钱——

① 赛珍珠：《大地三部曲》，王逢振等译，人民文学出版社，2009 年，第 45 页。
② 同①，第 53 页。
③ 同①，第 81 页。

可以救孩子——还有土地!”[①] 他突然用一种从未有过的粗蛮嗓音喊道:“那么,给我钱!”[②] 为了儿子偷来的一块肉,他狠狠地打过孩子一顿,现在,为了回到他的土地上,他抢了别人的金子,还用“像是别人的声音似的怪声”喊道:“再拿些出来。”这里,从未有过的“嗓音”和像是别人的“声音”,都是他内心对土地的期盼与眷恋,足以让他忘却现实中的怯懦与道德。

凭借抢来的金子,他们一家重新回到了自己的土地上。“在最初的好长一段时间里,王龙不想见任何人,只想一个人待在自己的土地上。”[③] “如果白天活干得实在太累了,他就躺下来睡在垄沟里,他的肉贴着他自己的土地,感到暖洋洋的。”[④] 看到阿兰偷偷藏在怀里的珠宝,王龙下定决心,说:“我们不能这样保存这些珠宝。把珠宝卖掉变成保险的东西——买地,只有土地最保险。”[⑤] 他用珠宝换来了更多的土地,同时,他也感慨黄家大院的没落是他们放弃了一直以来赖以生存的田地的结果,他决心教导他的两个儿子,让他们下地干活,让他们从骨子里记住脚下的土地。在那之后,一切又都好起来了。王龙买了更多的土地、雇佣了越来越多的工人,甚至专门建造了房屋来储存粮食。他要积累他的家产,要把家产搞得厚厚的,为的是再遇到荒年,可以不离开土地。在王龙看来,虽然自然世界带来的灾难不可阻挡,但是,只要自己把根扎在土地上,扎得足够深、足够牢,他就可以依靠土地,减轻灾难所带来的损失。

正如王龙所料,七年后,一次特别大的水灾袭来,大片大片的土地淹没在水下。靠着殷实的家境,王龙一家较为轻松地度过了这场灾难。但是,不用辛苦劳作有钱财在身的王龙走向了“茶馆妓院”,走向了新的追求——爱情。娶了妓女荷花做小妾之后,他沉

① 赛珍珠:《大地三部曲》,王逢振等译,人民文学出版社,2009 年,第 81 页。
② 同①。
③ 同①,第 83 页。
④ 同①,第 84 页。
⑤ 同①,第 87 页。

迷了一段时间，忘却了土地，忘却了陪伴他一起在土地里劳作的阿兰，甚至还抢走了阿兰在恳求下才得以珍藏的两颗珍珠。而唤醒他的，只能是土地。

“夏季结束的一天来到了，早晨的天空像洗过一样，又蓝，又爽朗，宛如无边的海水。一阵清新的秋风从田野吹过，王龙好像从睡梦中清醒过来。他走到家门口，眺望自己的土地。”①

“这时，一个声音在他的心里呼唤着——一个比爱情更深沉的声音在他心中为土地发出了呼唤。他觉得这声音比他生活中的一切其他声音都响亮。”②

相较于荷花向王龙无休止的索取，阿兰的付出使王龙的内心经历着煎熬。洪水退去，王龙内心抗争的重点也由自己、荷花和阿兰的情感纠结转向享乐和土地。王龙对土地的热爱、向往及父亲的谆谆教诲，使得他最终摆脱与堕落享乐的抗争，回归土地，其中的精神内核就是中国农民朴素的土地情结。

王龙对土地的依附，是事关生存的，能否活下去、能否过上富足的生活，都依赖于土地；王龙对土地的依附，也是指导思想的，是安分守己、勤劳本分，抑或促生恶习、沉沦没落，都与土地紧密地联系在一起。王龙终其一生都被困在土地上，无论生或者死，都是如此，这也是中国数千年来传统农民的本质特征，是农业文明的生动刻画。农耕文明在王龙身上留下深刻的烙印。③

王龙是中国传统农民的代表。中国农民对于土地有着非同寻常的强烈情感，很多研究将之称为“恋土情结”。“恋土情结”指农民与土地之间血脉相连的情感联系。作为农耕文明的代表性国度，中国的农耕文化源远流长。一方面，土地被中国人视作个人和家庭生活生存的最关键、最核心的生产资料，一切财富的积累都离不开土地。假若遭逢天灾、人祸的打击，土地减产或绝收，农民也必然

---

① 赛珍珠：《大地三部曲》，王逢振等译，人民文学出版社，2009 年，第 126 页。

② 同①。

③ 王娟：《赛珍珠〈大地三部曲〉中农民与土地关系的变迁》，硕士学位论文，湖南师范大学，2012 年，第 17 页。

面临破产甚至生死的威胁。另一方面，土地丰收能够使农民一点一滴地积淀财富，这是农民摆脱贫困的唯一路径。诸如前述因素的影响，都使得土地成为农耕文明的核心，不可动摇。人们对土地的顶礼膜拜，成就了恋土情结。

二、土地抗争者：王龙的儿子们

《儿子们》的开篇是王龙的生命走到了最后——死亡与葬礼。他终其一生奋斗得来的土地，最终都成为儿子们的财产，只有那个他自己选择的小墓地成为他最后的安息之所。

儿子们对待土地，是和父亲完全不同的。在他们的眼中，土地代表的是财富，是权力，是实现个人理想生活的手段。儿子们对土地并没有像父辈那样执着。为了过上自己的理想生活，他们能够毫不犹豫地卖掉土地。老大贪图享受，也不愿意吃苦，即便是去丈量土地，也是骑着毛驴走一圈，索性把部分土地卖给老二，自己当了地主，从此过上寄生生活。老二生性吝啬，精于算计，人称“王掌柜”“常有理”。父亲去世后，他急着出售部分土地换取现金，旨在扩大粮食生意，后来更是将土地当作投资的手段，依靠借贷生息为生。唯一相同的是，长子和次子都默默地不再去父亲曾在农村居住过的老房子，甚至不敢接近大树下的小土坡，也就是父亲安葬的地方。很明显，土地深藏的权威象征仍在张扬其影响力，让人感到敬畏。

老三王虎是《儿子们》中的主要角色，从王龙的葬礼当天开始入场，高大魁梧，带着持枪的士兵，一登场便震慑住了吵闹的葬礼现场。他四处拉帮结派，父亲去世后即变卖土地换取扩充地盘的军饷。和两个哥哥不同，王虎视土屋为桎梏自己的牢笼，仇恨土地……他从来没爱过这座土屋，这曾被他视为牢笼，甚至以为自己永远也飞不出这个牢笼。在王虎眼中，承载万物的土地就是看不见的牢笼，是父亲给予他的牢笼，禁锢了他的自由和追求。

王龙的丧礼办完以后，三个儿子都等着分家产，其中最重要的部分就是土地——足足有八百顷之多，余下的还有两院房子和钱财。主持分家的刘掌柜原本是要将土地、房产和银子分成四份的，王家三个儿子中当家的老大分两份，老二和老三各一份。但是，老三直言："我不要房产也不要地！"① 他希望能够将自己的份额折成银子，或者把自己的房产和地卖给两位哥哥。老大和老二对这个说法都不赞同，认为银子是不禁花的，只有房子和地才能算作财产。而对于死去的王龙而言，"只有那一小块坟地是属于他的"，"在大地的深处，他仍然有自己的那份份额，这是谁也夺不走的"。② 老秀才的儿子为王龙的牌位题词，说"王龙，其肉体与灵魂之财富均属于土地的人"，认为这就是王龙的实质。

王大总想着寻欢作乐，而土地是支撑他花天酒地的基础。王大娶了两房媳妇，还养着一个难缠的歌女，整日里大吃大喝，开销巨大，不断地靠卖地来获取现金。王大是王家的长子，嫡长制是传统社会伦理纲常的核心，但王大却辜负了王龙的期望，非但未能光耀门楣，反而纵情享乐，完全是吸食王家土地财富的寄生虫。王大年轻时放浪成性，勾引父亲的妾室荷花，因此被暴怒的王龙赶出家门。在外漂泊时，他并没有吃多少苦头，母亲阿兰给他送去不少钱财，使他能继续过着安逸享乐的生活。王大返乡送终，迎娶镇上刘掌柜的女儿。但成家立业的王大恶习不改，甚至变本加厉，一门心思地吃喝玩乐，终日流连于酒店、茶馆妓院。对于王大而言，随心所欲地享乐就是他最大的事业，处理土地问题总是使他烦恼苦闷。

分家后，王大宛如脱缰的野马，愈发放肆。没多长时间，就新纳了一个小妾，仅仅是因为路过女孩家时不经意瞥了两眼，被女孩漂亮的容貌所吸引。女孩的家人也非常愿意和这样的有钱人家结亲，认为这样就有了依靠，于是立马答应了。王大还在外面纵情享乐，贪恋女色，完全不在乎个人名誉。他的荒淫形象广为人知，就连亲弟弟王二都嘲笑他说："王大的女人情事没有不知道的。"但是，这样一个无所顾忌的人在正室面前却没法抬起头，仅仅是因为

---

① 赛珍珠:《大地三部曲》，王逢振等译，人民文学出版社，2009年，第231页。

② 同①，第232页。

妻子见多识广，而他自己出身农家，总觉得在妻子面前不够看。他只好时时听从妻子的意见，在遇到问题的时候总要咨询她。他的妻子看上去更像是这个家庭的“大当家”，发生任何不确定的事情，王大都会征询妻子的意见。在他的父亲王龙靠着时运和聪明才智在城内置地、进行产业升级之前，他只是个乡下孩子，在广阔的乡野和村庄中长大。在他寻求妻子的建议时，妻子的反应让他感到寒冷，仿佛由于他对此或彼的无知，总是有些轻视他。然而，她的回复总是极其详尽，因为她并不愿在这所住宅公然出洋相。由此，我们也能看出王大的无力感。除了享受，他再无其他追求。

继承大量田产的王大过着逍遥自在的地主生活，一丝丝也不曾关心土地的收成。他自幼就过着富贵的生活，毫不眷念这片土地，对年景收成、农民生活漠不关心，唯一关注的就是地租能否满足自己骄奢淫逸的享受。

王二年轻时被父亲王龙送到镇上的商场当学徒。在这个体验过程中，他具有敏锐的观察力，并且乐于接受各种新的信息。因此，他快速掌握了商业操作的技能，并了解了商人利益优先的原理。结束学徒生涯之后，王二运用所学知识去协助父亲王龙处理家庭土地的事务。在父亲在世的时候，所有涉及土地租赁的事宜都由他来负责，因此对于家族土地和资金状况，他有着深入的了解。在分配家产的时候，他已经有了自己的策划，希望获得更多的资产，然后扩大粮食的交易领域，从而获取更多的利润。王二具有敏锐的商业思维和雄心壮志，甚至在父亲去世的悼念期间，也在思考未来的业务计划。他敏感地发现刘掌柜的儿子对经商兴趣寥寥，而是酷爱读书，因此推断这是一个难得的机遇，顺势取代了刘掌柜的商场地位和市场份额，进一步大规模拓展市场。对王二来说，他每天都沉浸在商业策略中，对于租佃自家土地耕种的农民也严厉要求。他不仅处心积虑地算计这些贫困的人，还对他们心生蔑视。虽然他是城里人，但他做地主的方式却比哥哥还要严厉。他在庄稼还没有最终成熟的时候，就对产量有了信心，误差只在十斤左右。如果租户在称重时有作弊行为，如踩砣、在稻谷中加水或让麦子发芽，他总是能够察觉到。经营了数载，他对农夫如何欺诈商界与城里人非常熟悉，这两者自然形成了对立面。王二的行事方式让农民恐惧并怨恨他，私下里叫他“老对头”。王二意识到农民对其充满仇恨，然而，他并不将此放在眼里。因为手头有钱，所以他神态傲然，不怕这些贫穷的人。王二总是能够准确把握入场时机，赚取大量银钱，积累起丰厚的财富。凭借商业上的精明，王二囤积了大量粮食，然后在社会动荡及谷物产量减少之时以高价卖出。他一心只念利益，即使看到普通人生活艰难也从不出手相助。这种投机行为使得他愈发重财轻义，拥有的财产早已远超父亲王龙，成为当地屈指可数的豪绅。

王二对待农民尖酸刻薄，对待亲人同样也是满腹心机、算计良多。兄弟分家时，王二强烈反对王三要钱不要地的财产划分建议。他担心的是一旦王三破产，由于无田产以确保生存，可能需要归乡依附两个兄长。这个尚未确定的潜在危险可能给他们增添不必要的压力。从此事可以明显观察到王二的以自我为中心和精明，他的所有动机都集中于如何从他人那里获取利益。

王二对待另一个兄弟也是如此。由于对于土地管理的烦琐日益产生厌倦，他的哥哥王大计划将土地出售，并寻找王二来协助。表面看起来，王二答应帮助，但实质上，他的行为牵扯到自己的个人利益。他将王大的破旧田地转手给了他人，同时悄无声息地买下了王大肥沃的田地。他趁王大喝酒时与之谈论土地买卖的事宜，在王大不十分清醒的状态下，让其签下买卖的契约。因此，父辈积攒下的良田被王二逐步蚕食，最终都置换到自己的名下。王虎在后期最困苦的一段时光，为了王源，被迫向哥哥王二借款。王二保留了这些借条，以备日后对王源施加压力。王源在归乡探望王虎之时，才得知其父竟然向二叔借了一笔数额颇大的钱，甚至超出了他自身的偿债能力。王二答应借钱给王虎，并非出于他的慈爱之心，也非源于他对兄弟的关怀，而是基于他作为商人的长远财务计划。王二的看法是，王源受过优秀的教育，还有海外学习的经历。他觉得王源凭借自己的实力和资历，将在新政权中获得足够的权力与地位。等到自己年老时，王源同样能够运用权力为自己和自己的儿子们提供支持。王二将自己所做的一切定义为长远的投资，并不在乎何谓亲情。

在王龙的三个儿子中，一生更贴近土地的应该是王二，但是王二对土地的感情与父亲又是截然不同的。对他来说，土地不过是一个获取收入的途径，没有其他深层的含义。他主要通过占有、出租和扩张土地获得利润，这与他的父亲王龙对土地深沉的情感有着很大的距离。他的生计依赖于土地，但并未理解土地的真谛，也并未因此对土地产生任何细腻的情愫。由于王二并不亲自下田耕作，因此未有机会深入理解农民与土地之间的深厚情感。他总是想着如何挖掘手中土地的价值，赚取最大利润。作为老练且精明的商人，王二总能准确预测每一块土地的产值，因而倾向于对租户进行高额的索取，这导致其与租户的关系极差。事实上，他在背后遭受了诸多的抱怨和唾骂。尽管梨花曾希望王二能对租户更加宽容，但他仅给予微笑作为回应。拥有土地并拥有财富的他无所畏惧，人们对他的评价根本不是他所关心的。他只将土地视为抽取农民财富的工具，那些言辞并不能比金钱更有价值。王二的这种态度也引发了许多矛盾。

三儿子王虎憎恨土地。他从小就恨父亲，原因是“他父亲一定要他守住他那点地”。他是王龙的小儿子，同时也是最有反叛性格的孩子。王龙对其三个儿子的未来都制定了详细的规划。他让长子王大进书院求学，寄望他能在未来有所作为，光耀门楣。王二则被安排进入商店学习经商，以便于他在未来掌管家里的生意。小儿子王虎被安排在家中劳作，以备未来接管家中的土地。可是，这个安排并未得到王虎的接受。他和母亲阿兰一样都具有坚强的性格和平静的外貌，一般不会轻易表露自己的内心感受。王龙始终对他的小儿子不闻不问，未曾向他表示过任何关爱和照料，坚信给他设定生活轨道是作为父亲的自己应该做的，而父亲所设定的生活轨道也是王虎作为儿子应该遵循的道路。王龙认为，小儿子在家务农，才可以看好家里的土地。父亲的偏执让王虎的生活被死死地捆绑在庄稼地里。王虎也愈发沉默，在家里的位置可有可无，直到父亲纳梨花为妾。

梨花是王龙家的女佣，王龙晚年时纳她为妾。出乎王龙意料的是，小儿子王虎居然一直默默地喜欢梨花，其长期被压抑的爱意在王龙纳妾后完全爆发出来。王虎来到父亲王龙的房间，面上满满都是失去爱情的极度痛苦。“突然，他的小儿子站在了他的面前，就像是黑洞洞的院子里蹦出来的一样，谁都没有看见他进来。他用一种奇特的低首屈背的姿势站在那里。王龙来不及思索，刹那间想起，他有一次曾见过村里有人从深山里抓了一头小虎回来，那虎被捆绑着，蹲在地下，就像要猛扑过来；它的眼里闪着凶光。现在，他儿子的眼里也闪着凶光，盯在他父亲的脸上。他那副又黑又浓的眉毛，在他眼睛上面拴着。他就那样站着，终于用低沉的声音说：‘我要去当兵——我要去当兵——’他没有看那丫头，却只是看着他的父亲。王龙一点儿也不怕他的大儿子和二儿子，可是现在他突然害怕起小儿子来。”[①] 心爱的女人转眼间成为父亲的房中人，沉重的情感挫败让血性少年王虎再也难以忍受这种压抑，最终离家出走，奔走他乡。

王虎对未来充满了期待，他的梦想不断推动他离开故土，寻找更广阔的天地。然而，他的出身和乡土背景就像他家的土房一样，成了他年轻时的限制，遏制了他的壮志。王虎决定离开家乡，一路向南，最后开启了军旅生涯。由于内敛直接，不畏前行，他很快获得了上级的赏识，一路高升，不久就升任为连长。在父亲王龙去世后，王虎赶回家中处理后事。父亲的离世让王虎有了获得大笔遗产的机会，这是王虎期盼已久的时刻。王虎在军旅生涯中，对上级的满足现状、过于享乐的态度感到不满，一直梦想建立自己的部队，成为有影响力的军人。然而现实困阻在前，那就是资金短缺。军阀相争的时代，要想拥有自己的地盘就必须有充足的军力，而要招兵买马就要拥有足够的金钱。得知王龙去世的消息后，他立即带着亲

---

① 赛珍珠：《大地三部曲》，王逢振等译，人民文学出版社，2009年，第203页。

信回到了故乡，等着分家。每个兄弟在分家时都有自己的想法，但王虎却只想要现金，这使得所有人都觉得困惑。然而只有王虎自己知道，这一切都是为了他能早一天建立自己的武装力量。因为王二的阻挠，王虎未能一次性将自己所有的地产售出，而是将其委托给了兄长王二，由他每月收取租金赚取现款。每当资金准备就绪，王虎就会派遣信任的豁嘴回到老家取钱。利用这些资金，王虎建立起自己的武装力量，成为真正的地方军阀。他的两个兄弟最初还在观望，但当看到他的成功时，立马转变态度支持他，不断地协助王虎售卖、租借土地，并试图尽可能地向他借款，期望他扩大自己的势力范围，使整个家族受益。

王虎功成业就后，返乡祭奠父亲王龙，在当年居住过的土屋前踌躇良久。“王虎从小就恨他父亲，因为他父亲一定要他守住他那点地，而王虎从小就对地有一种仇恨。至今他仍然仇恨土地，他快走到那座属于他的土屋了，他也恨这座土屋，尽管这是他童年时代的家。他从来没有爱过这座土屋，因为这曾经是他的牢笼，他从前还以为他永远也飞不出这个牢笼呢！”① 他在父亲王龙的墓地前，看见曾经爱慕的女人梨花悲痛欲绝，悼念王龙，内心十分痛苦，愤然而去。那个时代，家庭、家族观念根深蒂固，儿子对父亲要做到绝对服从，婚姻也是如此。虽然王虎对梨花有着发自内心的喜爱，却未能宣之于口。乡土社会也不允许他们自由恋爱。失败的爱情严重挫伤了王虎的情感世界，他开始厌烦和抵触周围的一切，希望离开土地。对此刻的王虎而言，土地、土房、梨花、田园，都已经成为不堪回首的过去，是牢笼，也是枷锁。

王虎离开时对土地的态度是轻视、对抗的，未表露出任何的尊重。他也从未真正重视和尊重过农业。他认为农民的职业价值是微不足道的，对乡村的生活方式充满鄙夷，更是厌恶曾经束缚他二十余年的农耕文化。他深信强大的自我力量和足够的努力能够改变命运，并为此付诸行动。王虎对独生子王源倾注了全部的期待，期望

① 赛珍珠：《大地三部曲》，王逢振等译，人民文学出版社，2009 年，第 297 页。

王源可以接手自己的事业并发扬光大。当发现王源出乎意料地喜爱土地和农村生活时，王虎再也无法掩饰自己的失望。在哥哥家，王虎看到兴奋得无法入眠的王源。王源问父亲："爹，那儿也是我爷爷的房子吗?"王虎奇怪地答道："当然，我小时候就住在那儿，后来这房子盖了才都搬过来。"① 那孩子眼朝上看，头枕在手上，急切地看着父亲，热切地说："我喜欢那房子，我愿意住盖在田里的房子，就像那间土坯房一样，那么安静，有树，还有牛。"② 王虎不耐烦地答道："你都说了些什么呀！我小时候就在那儿，每天都那么无聊，我时刻都想着离开那儿。"③

王虎虽然从年少时就被父亲认定为土地的继承人，期望他接管家中的土地事务，但是他发自内心地憎恶土地。逃离土地的王虎，生活发生了翻天覆地的变化，成为执掌军政大权的地方军阀。作为军阀，他的成长过程充满了中国传统英雄式的传奇色彩。出生于农家，倔强不屈，不愿意将自己的青年时光献给一个无能的老将军，因此他开始刻苦努力，等待机会。尽管王虎渴望摆脱农村，但他与土地的关联却是紧密的，土地实际上成为他成功的关键因素。在军阀混战中，王虎需要有强大的军队来维护自身的实力，而所有的军费都来自土地。军队初建时，大部分费用是由他的哥哥王大继承的土地承担的。随着军队规模的扩大，王虎的需求也逐渐增长。他自己的土地已无法支撑军队的开销，于是王虎一边带领士兵占领新领土，争夺资源，一边在家人的理解和支持下获得援助。在县城稳固了地位后，他开始向农民收税，农民的土地为王虎供应着资源。尽管王虎讨厌农村、逃避农村，但他始终离不开土地。只有拥有土地，他才能实现他的事业，土地成为他实现目标的基础。在晚年的时候，王虎的势力开始走下坡路，周围的人都选择背离他。他一手一脚打造的权力王朝也随之崩溃。根基动摇的王虎最终在土匪的袭击中身受重伤，不久便不治身亡。书中的"王老虎"成也土地，

---

① 赛珍珠：《大地三部曲》，王逢振等译，人民文学出版社，2009年，第457页。

② 同①。

③ 同①。

败也土地。失去土地的支持，王虎就变成了无法做出任何改变的孤独老者。

三、土地回归者：王龙的孙子

《分家》中的王源是王虎唯一的儿子，军阀父亲对他的成长关注备至。王源自幼就在父亲身边长大，父亲希望他成长为优秀的接班人，继承自己的地盘和军队。因此，青少年时期的王源就进入军队接受专门的军事教育，这也为他顺利进入广东军事学校深造打下坚实的基础。王虎为王源的成长规划好每一个步骤，王源接受的教育也是为成为一名合格军人、优秀将领做铺垫。但事与愿违，王源最终没有走上父亲期望的道路。他从内心深处抵触杀戮，也不认为自己能够成为一名优秀的军人。反而，他更多地向往田园生活，亲近土地、土屋和庄稼等，尽管他从未真正意义上地接触过土地及其上生长的一切。

王源自幼就不喜欢打打杀杀的行伍生活，更喜欢做田野放牛的少年。跟随父亲观看士兵操演时，王虎“发现儿子根本没注意那些当兵的，他目光远离了操场，盯着远处的田野”①。“我想当那个男孩，躺在水牛背上。”② 王虎认为这是一种平庸、低微的愿望，并为之感到不快，严厉地训斥了他一番。等王源再长大一些，他很顺从他的父亲，做事不紧不慢，常常会独自离开，到城外的田里走走。他告诉父亲：“那儿安静，果树都开花了，很好看。我有时爱和农夫谈谈，听他们讲讲怎么种田。”③ 这令父亲十分诧异，不知道说什么好。

站在祖父王龙的旧居前，王源不自觉地涌现出“一种稀奇古怪的感觉，仿佛一些古老而顽强的生命依然在这儿生存着”。因此，在情绪低落的时刻，王源总是不自觉地来到祖父的土坯房前，以期获得精神层面的慰藉。“在那间老房子的深深的寂静之中，他

---

① 赛珍珠：《大地三部曲》，王逢振等译，人民文学出版社，2009 年，第 427 页。

② 同①。

③ 同①，第 446 页。

几乎立刻就睡着了。”①

在革命受挫失败，被营救出狱后，王源梦到“豌豆正在结荚，长着绿芒的大麦正在灌浆，那位呵呵大笑的老农夫正在邻近的、他自己的那块地里劳动”②。

在广东学习军事期间，王源被革命的时代浪潮所号召，参加革命，反对军阀。但父亲本身就是革命所讨伐的地方军阀，王源终究对抗不了父亲。他狼狈不堪地逃离革命的圣地，离开朝夕相处的战友，又回到父亲身边。即便如此，王源的选择依旧未能获得父亲的理解，在越来越多的争吵后，失落的王源逃离了这个让他窒息的家。黎明前朝阳照映着苍白的天空，王源却感觉再也无力应对这些让他彷徨不知所措的内心斗争。他想要逃离现在的一切，抛弃所拥有的一切事业。但究竟可以去向哪里，这是他所不知道的。压抑的父爱为他编织了一张无形的巨网，他想不起有哪位朋友可以去投奔，更无处逃遁。直到某一刻，他突然想起一个最宁静的处所，可以让他暂时摆脱那些争斗及有关争斗的讨论。

王源的父亲找到他时，他已经在土屋里住了六天。对他来说，这六天是有生以来最愉快的日子。他既不缅怀过去，也不瞻望将来，只想着眼前的每一天。他没有到镇上去过，甚至也没有到那所大宅子里去看一下伯父。每晚天一擦黑他就上床睡觉，清晨则在明亮的冬日阳光下早早地起身。吃早饭前，他总要站在门口，眺望一下那片如今已泛出浅绿色的冬麦田。土地在他面前延伸开去，辽远、光滑而平坦，然而，在平坦的地面上，他也可以看到一些小小的蓝点，那是正在田里为即将来临的春播做准备的男男女女，或是正在乡间小路上行走，准备到城里或镇上去的人。每天早晨，他构思诗篇，回忆远山的每一处风景。他发现了家乡的美。“他可以一直望到天地相接的远方，可以看到原野上东一个西一个绿树环绕的小村庄；朝西边望去，远远还可以看到乌黑的、锯齿似的城墙衬着

① 赛珍珠：《大地三部曲》，王逢振等译，人民文学出版社，2009年，第484页。

② 同①，第567页。

青瓷一般的天空。就这样，他每天都可以自由自在地或向远处眺望，或去阡陌间散步、骑马。他想，如今他才懂得了‘家乡’的含义。这一片田野，这泥土，这天空，以及那灰蒙蒙的、可爱的荒山，就是他的家乡。”①

展现在王源面前的土地，祥和、平静、包容，每一天都充满难以言喻的美。清晨冉冉升起的太阳，从云彩中透射而出的炙热光芒，广袤又孕育着生机的大地，乃至于忙于耕种和收获的男男女女，所有的一切，都是美的。这种美丽与安宁，让王源疲惫不堪的身心获得丝丝慰藉和满足。紧张、热烈的军旅生涯并未使王源明确未来的人生方向，一切选择权都被父亲所掌控。当军人无法使自己感受到快乐，成为植根于土地的农民才可以获得心灵的安慰。土地对王源的吸引力超乎想象，他真切地感受到自己属于大地。这种吸引力也深刻影响到他的人生选择。

返回父亲身边时，出于王源意料之外，王虎已经开始为他谋求一场政治婚姻了。王源愤然出走，在大城市和继母、妹妹一同生活，白天学习，晚上社交。令他失望的是，大城市里的年轻人对政治、民生毫无关心，只顾着跳舞、打麻将，夜夜笙歌，他们所追求的快乐与自己所理解的快乐丝毫没有相通之处。王源对未来几近于感到绝望，不知道前途命运究竟往何处去。王源的一位叫作孟的堂兄是革命党，倡导革旧鼎新，主张武力革命，时常试探王源对待革命的态度，但王源认为孟的爱恨过于强烈偏执，伟大的事业不应该从杀戮开始，更何况自己的兴趣更多地源自农学，因此往往以不同的借口逃避孟的追问，又或是默不作声。“他如饥似渴地学习着世界历史、外国小说和诗歌，以及兽类肌肉研究等课程。他最喜欢研究植物的叶子、种子和根的内部构造，了解雨水和阳光如何对土壤产生影响，学习各种不同的作物该什么时候下种，怎样挑选种子以及怎样增加收成。”②

---

① 赛珍珠：《大地三部曲》，王逢振等译，人民文学出版社，2009年，第488页。

② 同①，第522页。

王源始终对革命抱着回避、中立的态度，但在父亲反复的逼迫下，最终通过堂兄孟的引荐，参加了革命。地下革命失败后，他流亡美国。告别祖国的最后一天的深夜，他思绪纷飞。面对土地，他认为："在我归来之日，那块地还会在那儿——那块地会永远在那儿。"虽然，这不同于祖父王龙被迫离开土地后对土地的期许与思念，也不同于王龙从沉迷爱情到回归土地的深刻感悟，但是，这也是一种回归。这种回归更难以解释，仅仅是一种发自内心的感想而已。① 在逃亡的路上，王源依旧惦念着土地，这是能使他感受片刻幸福和安宁的根。区别于家族创业一代的祖父王龙，王源从小吃穿不愁、生活优渥，从来没有下地干活甚至接触土地的机会，却莫名地亲近土地甚至对土地产生一种强烈的爱。祖父王龙则是从土里刨食、经历过饥荒的一代人，他对待土地的情感甚至超越了血缘。王龙清楚地知晓，没有土地，就无所谓生活，更谈不上家庭生存和家族延续，因此至死都眷念着他的土地。富贵家庭出身的王源从小不用下田劳作，也不需要为了生计奔波劳碌，父亲王虎为他规划好了通畅顺遂的人生道路。但当王源看到土地及土地上劳作、繁衍的一切时，奔涌而出的却是热爱。

远离土地的王源，赴美深造六年，回国后遭受诸多打击，但最终找寻到自己的目标，不再浮躁叛逆。更多地接触土地后，王源真切地感受到自己对土地的莫名的爱。土地使他获得深沉的归属感，使他从内心深处感受到安静祥和。历经思想斗争，王源最终下定决心，学以致用，用农学科技知识来发展脚下古老大地的传统农业，报效祖国。王源选择的科技兴农道路，事实上就是赛珍珠对中国农村发展的美好期望。

小说结尾，穿着中式长袍的王源和情人梅琳一起为缠绵病榻的父亲守夜，梅琳对他的印象也发生了巨大的改变，认为此刻的王源才是心中挚爱。王源的回归，似乎是土地对他的召唤，也似乎是祖

① 王娟：《赛珍珠〈大地三部曲〉中农民与土地关系的变迁》，硕士学位论文，湖南师范大学，2012 年，第 42 页。

辈们对他的期盼。[①]《大地》三部曲以王氏家族三代人对土地的感情变化为情感主线，尤其是生动刻画出王龙对土地的深沉情感。小说中三代人的生活变迁也暗暗契合农民与土地关系的变迁。

第三节　赛珍珠与中国乡土作家书写差异原因探究

20世纪二三十年代，中国社会正经历着重大的社会变革。赛珍珠和中国乡土作家生活在共同的大环境中，诸多的亲身经历及耳闻目睹，为其作品创作提供了现实基础。

20世纪三四十年代，学界对赛珍珠的理解总体上可以分为三派。第一派的主要代表有鲁迅、胡风、祝秀侠和江亢虎等，他们认为赛珍珠的中国描绘仅停留在表面层次，存在很多的认识误区，并且这些错误和简单的描绘掩盖了赛珍珠的欧美中心观。第二派的代表人物是赛珍珠、林语堂及海伦·斯诺等人，他们认为中国的知识阶层有意隐藏国家的落后和无知，显得极其虚假。他们强调，能够真正代表中国的是那些普通的工作者，知识阶层不应人为地与普通中国民众脱离。第三派的代表人士是黄峰和毛如升等，他们相比于前两派更为中立。他们不拘于前两派的论战，试图从作品本身理解赛珍珠及其作品的本质。他们指出赛珍珠的作品大部分采用了白描技巧，文字虽然简单却可以深深地打动人心，从小说的角度看是优质的作品。然而，关于描绘的内容是否真实，毛如升和黄峰的立场并不一致。毛如升主张不应过分强调小说的真实性，黄峰主张赛珍珠的作品也需要承载起时代的责任，因此要侧重于社会生活纪录的真实性，但遗憾的是赛珍珠未能真切地意识到这一点。

关于话语权的掌控与“写我所见”的叙事策略，毛如升在评点赛珍珠的文学创作时做出了较为公允、权威的论断。他认为，“莎士比亚的伟大史剧《凯撒》（Julius Caesar）谁也知道里面有多少地方是不符事实的，何况这本《大地》并不是一部历史小说，

---

① 魏兰：《赛珍珠作品土地主题研究》，江苏大学出版社，2015年，第71页。

风格等忠实与否不是她的责任，她的责任只是把赤裸裸的农民生活，真挚地表现在她所特取的美的风格形式之中"①。毛如升将注意力更多地放在了小说本身，认为我们无须过分在意这部作品是否为西方提供了一幅真实的中国画面，而是要回归到它作为一部小说的裁判标准。他相信《大地》富于文学价值，凝聚着作者赛珍珠在华近四十年的生活阅历。这样的经历比那些不了解中国、没有见到过真实的中国的作品更具有说服力。

1988 年，王逢振为《大地》作序，就主张文学评论家和读者应以新历史主义的眼光再度审视赛珍珠的作品，期望能摆脱对文化阶级差异的成见，公平地在其历史背景中对她的作品进行评价。他视通俗文学为文学的一支，认为不应对其进行轻视，这与毛如升的见解非常相似。总的来说，《大地》是小说作品而非介绍中国乡土社会的社情书，因此争论其是否完全真实毫无价值。值得一提的是，尽管王逢振从历史的角度替赛珍珠澄清误会，但我们必须理解，当时中西方的交流渠道还不够广泛，一旦产生错误解读，很难迅速纠正。而西方人看待《大地》的态度又不一样，他们将之视作 20 世纪的《马可 · 波罗游记》而非一部小说，甚至认为是对中国文明的一段宝贵记录。因此，赛珍珠无形中被赋予了向西方社会展示战乱时代的中国的时代责任。遗憾的是，她本人却未能深刻感受到这一点，以致在语言表达的掌控上有欠审慎。

在战乱年代，人民生活水平低下。不稳定的状态使得人们忙于维持生活，甚至还面临生命威胁。占据人口大多数的贫困人口，实际上代表了中国。尽管有许多知识精英受过民主理念的熏陶，出国留学寻找救国之道，但最终未能救亡图存。大清帝国的覆灭彻底终结了中华民族的美梦。东西方文明之间的巨大差异全然无遗地呈现出来，让这些知识精英更加清晰地感受到国家的耻辱。在民族自尊和残酷现实的双重压力下，不少知识精英毫无遮掩地攻击赛珍珠和她的作品。

---

① 郭英剑：《赛珍珠评论集》，漓江出版社，1999 年，第 50 页。

在全国人民积极行动、救亡图存的时刻，一部分先锋者将文学启蒙、唤醒民众作为目标，以笔作枪，期待通过革命的形式开创新的时代、新的中国。《大地》等仅仅描述中国传统乡土社会和人民宝贵品质的作品，必然无法获得主流文学的认可。为数不少的左翼文人对赛珍珠的作品更是嗤之以鼻。之所以出现如此猛烈的争论，自然有其时代背景的影响。

赛珍珠是一个通俗作家，其作品无异于为文学研究开辟了一扇新的大门。T. S. 艾略特指出，通俗文学不是真正的文学。推而广之，畅销书作家也并非真正的作家。西方文学理论认为，真正的文学必然是小众的，其阅读过程应当是作者与读者之间脑力的反复博弈。《大地》白描式的写法，几乎等同于中国古代小说的英语版。英文版《大地》为 20 世纪 30 年代的美国读者带来了些许异域体验，特别是人道主义的写作立场契合西方标榜的人权、自由和基督教信仰，因此获得不少美国读者的青睐和追捧，但文学传统对赛珍珠的看法并未因此有所改观。①

赛珍珠的文学立场是坚定的。她认为中国的作家有崇洋媚外的心态，也身体力行地向美国读者传递她认为真实的中国社会的信息。她始终将人道主义精神作为创作的出发点，但从萨义德的观点进行分析，其行为依旧存在浓重的说教意味，带着西方的高傲和优越感。《大地》中王源留学归国时，河岸如火如荼建设的建筑工地寓意着新兴国家的崛起，这一参考模板毫无疑问就脱胎自美国。在赛珍珠眼中，中国的未来就是走美国道路，这无异于向贫穷落后的中国人宣讲“美国梦”。《群芳亭》也有类似的表达。作品中的安德鲁被描绘成道德完备且自由成长的人格象征，反之，庭院的女主人却一直受制于封建道德，失去了真正的自由。这背后存在一个假设，即西方是比东方更为优秀的存在，东方的发展要跟着西方的步伐亦步亦趋。此种观念来自赛珍珠对东西方文明发展程度的观察比

① 李冠雄：《赛珍珠的东方意识与叙事策略》，硕士学位论文，中南民族大学，2016 年，第 40 页。

较。无论是在美国读大学的经历还是母亲对故乡的描述，都和晚清、民国初年落后的中国社会有着巨大落差，这使得赛珍珠坚信西方优于东方。

重新审视鲁迅对赛珍珠的评价，这个认识似乎依旧成立。赛珍珠没有逃避中国的责任问题和西方优越等敏感话题。作为饱受宗教熏陶的文学创作者，她的《大地》最为人所称道的就是人道主义价值。目睹教会诸多有悖教义的不当行径后，赛珍珠开始重新思考基督教的海外传教活动，认为人道主义精神是超越国别、超越种族的，也是最能够获得东方人认可与接纳的元素。

同样是乡土小说的书写，赛珍珠与中国乡土作家有着不一样的观察视角和价值取向，同样也有着不同的写作目的。虽然都是描绘20世纪30年代中国大地上的农民形象与农村生活状态，却也存在着较多的写作差异。

一、创作角度

以农民对土地的依赖、游子对故土的怀恋等为主题的乡土小说离不开对土地的描写，因为不管是乡里的气息，抑或地域的色彩，都是和某地土地息息相关的。可见，土地是乡土小说创作的基础。

赛珍珠的中国题材小说有着浓浓的恋土情结。在她的小说中，人物与土地之间有着内在的联系。透过人与土地的各种相互作用，赛珍珠描绘了人在土地上的命运起落。土地是农人生活的基础，也是中国社会问题的核心。赛珍珠洞察并强调了中国人与土地之间的密切关系，进而以此建立起土地的神圣性。对农民而言，土地已超越生存根基的层次，甚至形成了一种信仰。① 在《大地》一书中，土地的价值得到了强调。遇到饥荒的年头，阿兰和王龙唯一守住的就是土地。在城市逃亡期间，王龙内心的挂念仍然是自家的土地，

① 周玲丽：《赛珍珠笔下中国形象的诗意化呈现：与中国二三十年代乡土小说比较》，《大众文艺》，2018年第8期，第24-25页。

并始终坚信自己会重归大地。一笔意外之财让王龙有了换取土地的能力，他看轻手中的宝石，只想把它们转化为土地。尽管王龙的生活步入顺境，变为地主，和小妾荷花享受着名利，但他依然受到土地的召唤，“一个声音在他的心里呼唤着——一个比爱情更深沉的声音在他心中为土地发出了呼唤。他觉得这声音比他生活中的一切其他声音都响亮”①。正是大地的征召使“大地之子”王龙从迷乱的爱情中醒来，重归土地。

赛珍珠的《大地》三部曲中，对于土地的执着追求是恒常的主题，特别是在最后一部《分家》中，年轻一代的中国知识群体寓含了中国的未来。赛珍珠对王源独具期待。在经历了其父王虎对土地的背离之后，他再次顺从于大地之爱。当王源必须前往美国深造时，他在心底默念：“在我归来之日，那块地还会在那儿——那块地会永远在那儿——”这里的土地不仅仅代表了王源自己的那片小试验田，更象征着对于中国土地的信仰。赵梅在一篇评论中指出，赛珍珠所关注的首要对象是农民，这不能不说明赛珍珠切入中国人生活的角度是独特的、准确的、深刻的。②

20世纪二三十年代，中国乡土小说是中国文坛的重要组成部分。在中国作家的笔下，尤其是左翼文坛作家的作品中，土地是社会经济的重要来源，是引起社会政治环境动荡的重要因素。在鲁迅笔下，土地是深深眷恋的故乡，尽管多是黯然无色的，有时却也有灿烂的色彩、繁多的蔬果与悦耳的虫鸣；在《春蚕》《秋收》中，只有离开曾经辛苦劳作的土地，才能获得生存的希望；在《丰收》中，土地凝结了中国农民的血泪，是无尽的深渊。丰收成灾、水患、匪患……中国作家更倾向于展示人祸。农民的觉醒与反抗，是中国革命文学的开端。

无论是成长于农村家庭，还是出身于知识分子家庭，不同背景的作家们都试图通过理解农村和农民，去展现不同年龄阶段的农民

① 赛珍珠：《大地三部曲》，王逢振等译，人民文学出版社，2009年，第126页。
② 赵梅：《赛珍珠笔下的中国农民》，《美国研究》，1993年第1期，第139页。

对农村生活的情绪、愿望和精神认识。诸多作品都写到的农民运动是农民革命的开端，也是中国革命的导火索。

二、思想内涵

比起本土作家对中国乡土的态度，赛珍珠对中国乡土的描绘更带有浪漫的诗意色彩。在她的描绘下，中国人民深深扎根于这片大地，朴素真诚。她将被封建社会压迫的土地视为神圣之地，赋予土地和劳动一种宗教般的敬仰……这些年来中华民族为追求解放而奋斗的景象在她的作品中几乎看不到，即使是微小的现象也未被触及。确切地说，赛珍珠对中国乡土的描绘仿佛穿越时空，常驻于古朴的农耕文化中，像一首流动的田园诗，在传统的边缘上循环往复。这里的人们幸免于现代文明的侵扰，过着满足而完整的生活。万物在这里运转而又仿佛静止，淡化了所有繁琐的关系，仅剩下简朴的人与自然的对抗。“人由泥土做成，人的生命源于大地，最终还要归于大地。”①

赛珍珠所处的时期，中国的国际影响力微小，加之西方媒体的曲解，导致西方民众对中国存在着大量的误解，将中国视作一个落后、贫穷且不堪的国家。与此同时，华人在美国遭受困苦，唐人街一度成为娼妓、赌博和暴力的同义词。置身于两种截然不同的文化之间，赛珍珠体察到了这样的现状，觉得自己应承担起向美国人展示真实中国的责任。基于此种心态，赛珍珠最终创作出深刻解析中国农民生活的经典著作《大地》三部曲。

但是，在美国，也有人对赛珍珠及其作品持指责态度。赛珍珠获得诺贝尔文学奖，是美国文学界所未意料到的。固然有不少文学评论家给予赛珍珠及其作品极高赞誉，但持质疑甚至否定态度的人也不在少数。威廉·福克纳直言，宁愿放弃诺贝尔文学奖也不想和赛珍珠站在同一水平线上。赛珍珠之所以面临种种质疑，原因很多。首先，她的著作主要关注中国农民和农村问题，这与美国主流

① 赵梅：《赛珍珠笔下的中国农民》，《美国研究》，1993年第1期，第139页。

文学热衷的主题显著不符，因此许多自视甚高的美国文学家不认同她的作品。另外，与赛珍珠相比，福克纳、福斯特等作家在文学界的影响力较大。其次，赛珍珠在中国的成长经历和熏陶，使得她的作品以简洁的白描为主，这与西方文学界所推崇的多元化创作手法相违，因此无法得到美国文艺界的认同。最后，作为长期生活于中国的女性作家，赛珍珠因为性别、经历、文学思维等因素，并没有在美国文学界获得与其创作成就相对等的地位，长期游离于美国文学界的边缘。

尽管赛珍珠生活在中国，但她对中国乡土生活的描写并未受中国的宗族体系等传统社会结构的限制，也未能深入感受中国知识分子接触到西方现代文明后，对于自我社会落后、被压迫的心酸。在《大地》三部曲中，外在力量的侵入是存在的，但主要影响的似乎只是中国的沿海大城市，如王龙般的大多数农民依旧可以在自我的小天地中过宁静的生活。赛珍珠似乎期望中国能维持其数千年的农耕文明，维护那种被看作落后封闭的传统生活习俗。我们可能会认为这样的生活方式是愚昧的，但这恰是赛珍珠所珍视的。美国读者在阅读《大地》时，似乎也有类似的感受。《大地》受欢迎的程度超出想象，可能一定程度上源于西方人对于“原始环境中人类”的迷恋。①

三、审美意蕴

赛珍珠的作品同样以农民及其土地意识为主题，强调土地在塑造个人和社会命运中的重要性。她的故事来自于个人在中国北方安徽省农村的生活经历，依托皖北平原地区的农民生活图，生动地描绘了农民所面临的困难，以及他们与他们辛勤耕作的土地之间的深厚联系。通过对人物命运的叙述，赛珍珠展现了农业生活的本质和那些依靠土地生存的人的韧性。

---

① 周玲丽：《赛珍珠笔下中国形象的诗意化呈现：与中国二三十年代乡土小说比较》，《大众文艺》，2018 年第 8 期，第 25 页。

赛珍珠在中国度过了相当长的岁月，受到了中国文化的熏陶。对于这里的每一物每一景，她都充满热情和爱意。为了能更好地在此地传播基督教，她的父母选择和中国的普通民众居住在一起，这就意味着他们要与中国的普通民众做邻居。在这样独特的环境下，赛珍珠与中国的孩子们一同度过了美好的童年。她用英汉双语交流，家里的中国佣工经常向她讲述中国的民间故事，这些故事使她自幼便深深地热爱中国文化。为便于中文交流和增进关于中国文化的理解，父母延请当地的一位孔姓秀才为她讲授中国传统文化。这些对于赛珍珠的成长产生了极为深远的影响，培养了她亲近中国文化和中国人民的深刻情感。她在诺贝尔文学奖颁奖典礼上说："虽然我生来是美国人……但恰恰是中国小说而不是美国小说决定了我的写作上的成就。我最早的小说知识，关于怎样叙述故事和怎样写故事，都是在中国学到的。今天不承认这点，在我来说就是忘恩负义。"① 赛珍珠尤为推崇中国传统文化，向友人推荐过多部中国经典小说，有译著《水浒传》等。

赛珍珠曾深入田间地头，她通过与村庄的妇人、生活中的邻居和好友的交谈，较为全面、细致地了解了皖北地区农民的生存状态和思想意识。赛珍珠深刻地洞察了人类与土地的深厚关系，并将之提升为人性的永久追求。她对中国传统社会制度的理解和对中国乡土的描绘，与中国知识分子对乡土人性的想象有所不同。

第四节　赛珍珠与中国乡土作家的依存与互补

《大地》充满了浪漫主义色彩，甚至一定程度上掩饰了中国农村社会中的严峻现实，使中国农人对土地的情感，以及他们和自然的关联，与世界普遍存在的土地情感产生了沟通与共鸣。不同观念的人都能从中寻得广泛的共识，它成为某种西方现代社会冲击下的精神支撑。中国乡土作家对土地的书写则注重暴露时代的矛盾点，

① 郭英剑：《赛珍珠评论集》，漓江出版社，1999 年，第 407 页。

反映这一时期中国社会的动荡。

一、彼此包容

赛珍珠为改变西方长久以来对中国人所持有的负面形象做出了突出贡献，在《大地》等一系列作品中弘扬了中国人勤奋和善良的品质。这更接近她追求的“自然”，同样也更注重从主观角度去“写我所见”。赛珍珠好像在尽力把她在中国的见闻和思考全部记录下来，让她对于中国的理解得到充分表达和全面呈现。

从中国城市的商业港口到乡村的田野，赛珍珠的脚步踏遍。她亲身体验并见证历史的演变，通过父母的传教士身份接触并认识了日本人、印度人、法国人和意大利人。此外，受过西方高等教育的她对东西方的文化了解深入。因此，当她对比东西方文化时，能够察觉许多常人看不到的差异，并对居住在当地的人有更深刻的理解。她自称是“中国人”，公开地称中国是她的“故乡”，经历过洪水与战争，她的著作仿佛成了她所在的中国近代史的描写，但她并未尝试深度探索自我。

赛珍珠出生不久便随父母漂洋过海来到苏北清江浦。在人生的大约前四十年里，除短暂地返美进入大学深造学习以外，赛珍珠的全部时光都在中国度过，在镇江居住的时间尤其长。在美取得学位后，赛珍珠返回中国并进入某教会学校任教，不久嫁给农学家布克。因为丈夫工作的原因，赛珍珠随同布克前往安徽北部的宿州生活。那里土地贫瘠，物质生活贫乏，布克运用其专业所学指导农民进行农业生产。在宿州，赛珍珠与中国农民有了更多更直接的接触，从他们口中了解到中国乡土社会里的真实故事、生活经验，对中国底层人民的生活和宝贵朴素的道德品质有了愈发真切的感受。在《大地》三部曲中，宿州的生活经历演化成极为难得的写作素材。赛珍珠作为亲近中国底层人民的外国友人，在与中国农民交往时善于发现普通农民的人性闪光点，对动荡年代农民贫穷、悲苦生活的原因进行着思考与揣摩。在与中国农村、农民的近距离接触中，赛珍珠从人文视角对中国乡土社会的认知体会和感受体验不断积淀，这些在《大地》三部曲中都有着不同程度的体现。1919 年，赛珍珠夫妇被金陵大学聘任为教师。任教期间，赛珍珠创作出一批集中审视、描述中国传统乡土社会的佳作，其中的代表作即《大地》三部曲。《大地》于 1931 年在美刊印，获得西方社会的极大关注。

长年的动荡局势，让百姓只能忙于维持生存。一些先进知识分子希望用文学来唤醒国人的灵魂，将文学作为武器。20 世纪 30 年代，左翼文艺运动崛起，是时鲁迅也开始研读思考马克思主义文艺理论。中国作家逐渐倾向于从政治、社会制度等维度讨论社会生活，文学的功利性和对社会问题的关注较以往任何时代都更加突出。

也是从 20 世纪 30 年代起，文学界兴起启蒙大众、鼓吹革命的大众化运动。进入全面抗战时期，抗战文艺进一步推动中国文学趋向于民间、趋向于通俗，文学创作的民族性和普及性大大增强，精英文学创作的影响力被大大削弱。

赛珍珠的作品与前述主题的关联性寥寥无几，读者基本从中感受不到"谷贱伤农"的时代烙印，其原因就在于她对中国农民生活的解读区别于同时代的中国作家。赛珍珠夫妇在宿州接触了为数众多的目不识丁、不了解西方甚至从未见过洋人的农民，亲眼看到落后封闭的乡村里农民怎样奋力与困苦生活和天灾人祸抗争，也因此感动于中国农民纯朴、善良和顽强的宝贵品质，认为这才是中华民族的民族基因。为此，赛珍珠执笔创作，以自己独有的视角记录下他们生活的艰辛、理想与追求乡土生活的经验，描绘出中国宗法制下的农民生态。

落后的旧中国被西方人所歧视、鄙夷。西方人或是偏执地认为中国就是"猪尾巴"的国度，或是对中国一无所知，所知所见都源自于电影和别人的讲述或臆测。即便在中国国内，也弥漫着对古老乡土社会的失望情绪，相当一部分的先进知识分子不遗余力地批判和打击封建文化。

赛珍珠在《大地》三部曲中使用简洁明了的语言，像农民一样叙述着他们的生活。在这种纯真无华的文风下，中国乡村的原生态更加鲜明地呈现在读者面前，构成了带有忧郁色彩与作者深情的人物肖像。与中国现代左翼文学常有的对阶级矛盾和阶级斗争的描绘不同，赛珍珠在写作《大地》三部曲时更关注农民的日常生活。

二、互相交流

赛珍珠是一个在跨文化双语背景下成长的异乡人，在中国的生活参与塑造了她的知识体系和人生观念。实际上，作为在全球范围内享有盛誉的作家，她的写作成就和职业生活的各个方面深受中西方文化的影响。

她在自传中回忆道："我在两个不同的世界里成长——一个属于我父母，狭小的、白人的、清洁的、长老会的美国人世界；另一个是广大的、温馨的、欢乐的、不太干净的中国人世界。两者之间并不相通。在中国人的世界里，我说中国话，举止像中国人，和他们吃一样的东西，分享他们的思想感情。"①

赛珍珠的父母为传教来到中国，选择居住在平民社区而非白人保护区。赛珍珠的童年伙伴以中国孩子居多，因此她通晓地方方言，能够切实体验中国平民的生活。遵照基督教教义，赛珍珠的父母对中国佣人给予尊重。这也使得赛珍珠与家中的佣人建立起深厚的友谊。从保姆、厨子的口中，她知道了很多中国古老神话、寓言故事，对很多地方的民俗风情也有所了解。这在一定程度上塑造了她的作家生涯，使她的童年与鲁迅的童年有许多相似的巧合。不止于此，赛珍珠也接触到了中国传统的儒家文化。尽管她未曾去过私塾，但家中特地请来了姓孔的先生作为她的导师，为她详细讲解了中国的文学经典，赛珍珠因而得以深入了解孔孟学说和几千年的中国历史。

赛珍珠回归美国后，晚年一直专注于亚洲，特别是中国改革事

---

① 赛珍珠：《大地三部曲》，王逢振等译，人民文学出版社，2009 年，"赛珍珠与中国（序）"，第 3 页。

务，积极参与并推广各种前沿的思想观念。赛珍珠确实“见”到了中国人的某方面的特性，甚至可以说最大的特点，但是，如果西方读者就此做出对中国人的判断，也是过于狭隘的。许多西方读者确实是通过《大地》来认识中国的，但任何一部或者一系列的作品所展示出来的也仅仅只是泱泱中华的一角。赛珍珠自然不能完全洞察中国的全貌，东西方只能在彼此的误会和澄清中逐步理解对方。赛珍珠看到的中国，尽管观感更新鲜，但仍无法摆脱那种落后的印象，她所描绘的中国人身上具有接近西方文明的文化特征。她仍然没有完全脱离东方主义的论述范式，但与赛义德的极端东方主义不同。赛珍珠的观点更为温和。东方可能滞后，但绝对不是野蛮，她塑造的东方形象是善良的，能够忍受痛苦的，有耐心的。她对东方有着深深的同情，并以此为契机，重塑了中国形象。

在 1938 年诺贝尔文学奖颁奖典礼晚宴中，瑞典学院的主持人是这样介绍赛珍珠的：“赛珍珠女士，你通过那些具有高超艺术品质的文学著作，使西方世界对于人类伟大而重要的组成部分——中国人民有了更多的理解和认同。你用你的作品，使我们懂得如何在人口众多的中国人中看到个人，并向我们展示了家庭的兴衰变迁，也展示了土地乃是家庭建构的基础。由此，你赋予了我们西方人某种中国精神，使我们认识和感受到那些弥足珍贵的思想和感情，而正是这样的思想情感，才把我们大家作为人类在这地球上连接在一起。”①

① 赛珍珠：《大地三部曲》，王逢振等译，人民文学出版社，2009 年，“赛珍珠与中国（序）”，第 1 页。

第三章

赛珍珠作品皖北风土人情书写

赛珍珠的作品充满浓郁的地方文化和乡土色彩，从不同的层面反映了赛珍珠的中国生活经历，尤其是以皖北地区的风土人情、乡风民俗和文化风尚成书的《大地》三部曲，更是成为我们了解20世纪二三十年代皖北民俗文化的宝贵资料。皖北地区相对偏僻，有着深厚的历史文化底蕴。赛珍珠通过对皖北民俗风情的描写渲染了乡土色彩，增强了小说的艺术感染力，深化了作品的主题。

第一节　赛珍珠文学创作中的皖北民俗生活相

民俗起源于人类社会群体生活的需要，在特定的民族、时代和地域中不断形成、扩大和演变，为民众的日常生活服务。① 赛珍珠作品中的农民生活多以皖北地区为原型，因此皖北民俗生活在其作品中扮演了重要角色。民俗生活繁杂，从社会基础的经济活动，到相应的社会关系，再到上层建筑的各种制度和意识形态，大都和民俗行为及心理活动有关。本章聚焦社会生活，以赛珍珠作品为蓝本，以人生礼仪为主线，探究皖北民俗生活的文化内涵。

一、生育习俗

生育指的是生与育，在此过程中，古人根据生命的降生与成长，在生养的实践经验和对生命的美好祈愿中，逐渐沉淀出一套程式化的模式，即与之相配的礼仪习俗，包括求子、孕期分娩、庆贺生子等。这些习俗因地区、宗教、民族、文化和个人信仰的不同而有所不同。《大地》描绘了中国皖北大地的农村生活和人们的生育习俗，以真实的农村生活为背景，展示了当时农村社会的生育观念和习俗。

（一）求子习俗

求子习俗是生命诞生之前的求取活动的指称。而生命的诞生在现代生育知识普及之前，往往充满了神秘的色彩。故而人们通常会

---

① 钟敬文：《民俗学概论》，高等教育出版社，2010年，第3页。

举行祭神仪式，祈求得到神灵的庇佑。他们相信通过祈祷和许愿，可以获得神灵的保佑和庇护，产妇能够顺利、安全地分娩。在许愿催生的仪式中，人们会点燃香烛，烧纸钱，念诵经文或祷告，表达对神灵的虔诚和希望。《大地》中有多处对新生儿降临时的祭神活动的描写，如王龙在孙子出生之前，“起身到卖香烛的铺子里买了香烛，然后来到城里的小庙”①，祈求道：“神灵啊，如果生个孙子，我要为你买件新的红色的长袍。”② 众地神之中，社神的香火最为旺盛。“社”即为地，与农民的生产和生活息息相关。土地神在传统信仰中被认为是守护土地的神灵，与农田、农作物的生长密切相关，与生育子女的联系相对较少。但是在《大地》中，王龙将土地神的庇佑与生育子女联系在一起，并将其视为增添家庭人口的神灵。除了求神之外，还会添置新物品以求吉祥，因此在等候小孙子的降生时，王龙购置了成匹的绸缎，甚至还为丫头们买来了成匹的深蓝色棉布等。求子习俗活动代表了人们对新生儿和产妇健康平安的殷切期望，也是对传统信仰的一种承袭。

（二）分娩习俗

在现代医疗体系中，通常由专业的助产士或医生负责分娩。在小说中的皖北民俗文化背景下，孕妇更多地是在家中待产，因此产妇的卧室多为产房，并且门窗要关严，忌生人和男子进入。③ 小说中阿兰生大儿子时，她说：“我要回家去。等我叫你时你再进屋。”④ 而且即使王龙回到了家里，站在了卧室的门口，妻子阿兰也并没有让丈夫进入。小说写道：他等待着，以为她会叫他把苇篾拿进去。但她没有叫他。她走到门口，从门缝里伸出手，把苇篾拿了进去。她一句话没说，但他听见她沉重地喘着气，像一个跑了很多路的动物那样喘。⑤ 不难看出，在当时的皖北地区，依然强调和

---

① 赛珍珠：《大地》，王逢振等译，漓江出版社，1988 年，第 268 页。

② 同①。

③ 赵丽莉：《皖北“大地”上的原生态画卷：赛珍珠〈大地〉中的生子习俗》，《阜阳师范学院学报（社会科学版）》，2017 年第 1 期，第 17 页。

④ 同①，第 33 页。

⑤ 同①，第 34 页。

遵守着旧时产妇分娩时的习俗，即使是丈夫也要遵循的行为准则——男性被禁止进入产房。儒家强调家庭成员之间的角色和地位，以及社会规范的遵循，这一观念在中国历史上长期存在，并延续至今。禁止男性进入产房可被视为尊重产妇隐私和文化传统的表现，反映了皖北地区普通劳动人民对礼仪和家庭内部秩序的高度重视。

“坐草”是旧时分娩习俗。在孕妇临近分娩时，家庭要进行一系列的准备工作，其中之一就是在炕上铺设新鲜的秸秆、苇秆或竹篾等，以保持卫生和隔绝寒冷。按照这种方法，婴儿生在草上，所以分娩又称“落草”。分娩在一些地方又称“临盆”或“坐盆”，因为许多地方是在房内放一个大盆，让产妇坐在盆上，由妯娌或其他妇女抱腰，由接生婆为产妇接生。快到阿兰分娩的时候，王龙对她说：“到时候我们得有个人来帮忙——得有个女人……我母亲那时从村里找了个女人。我对这些事一窍不通。你在那个大户人家家里，没有跟你相处得不错的老妈子能来吗？”① 尽管最终阿兰的儿女们都是她独自一人接生的，但我们可以通过王龙之口得知，在当时的皖北大地上，产妇生子之时多会请村中有经验的老妇或产婆（又称“收生婆”“接生婆”“稳婆”等）负责接生。高丙中在《中国民俗概论》中提到产婆都必须是丈夫在世、儿女双全的人。她们（或者还要带孕妇）要给本宅灶王爷烧香，要拜催生娘娘，有的要烧催生符。一些地方的孕妇分娩时，婆婆和孕妇都要扎红腰带。一来驱邪，二来象征吉祥。②

除此之外，分娩用过的草纸沾着血，不能乱扔，有的地方要在房内当场烧掉。阿兰生子之后，王龙走进房中，“空气中仍然飘着那种破水的热乎乎的气味，但除了木盆里以外别处没有任何痕迹”③。其他孩子出生时也有类似的描写，如“她已经往木盆里倒

① 赛珍珠：《大地》，王逢振等译，漓江出版社，1988 年，第 30 页。

② 高丙中：《中国民俗概论》，北京大学出版社，2009 年，第 153 页。

③ 同①，第 35 页。

了水，把它推到了床底下，他几乎看不见什么东西”[①]。产后处理的民俗和禁忌是多元的，根植于文化和信仰体系。在皖北文化中，人们会将产妇用过的木盆和纸张清理干净，以确保没有任何痕迹。有些地区会将分娩用过的物品扔到偏远的、僻静的地方，或者将它们埋在地下。[②] 这样的做法可能与对不洁物品的恐惧或对恶鬼的信仰有关，人们害怕这些物品带来不祥。不同的做法揭示了产后处理的民俗和禁忌的多元性，反映了不同文化对于生育、健康和宗教信仰的看法。这些做法可以追溯到几百年前，甚至更早的时代，成为文化传承的一部分。

新生婴儿降生后，首要任务便是处理脐带和分离胎衣。在某些文化传统中，根据性别的不同，所用的处理脐带的工具也不尽相同。如用竹竿片分割脐带来表示对新生男婴的祝愿，寓意男孩可以做官；对新生女婴，则使用剪刀分割脐带，寓意女孩日后心灵手巧，能够量体裁衣。[③] 在《大地》中，则按照当地习俗用新剥的苇篾来割断脐带。“他望了她一会儿，然后走到远处地里的池塘旁边，挑了一根细长的绿苇子，细心地剥好，用他的镰刀劈开。”[④] 在民俗活动中，人们的行为多与自然的联系非常紧密，大多就地取材。皖北地处黄淮流域，水系发达，芦苇作为当时皖北大地上随处可见的植物，与土地有着深刻的联系，同时也是宿州最具代表性的植物之一。“鞭打芦花”的故事两千多年来一直在宿州流传，形成了宿州的孝文化。《大地》描绘的用苇篾来割断脐带的习俗深植于皖北独特的地理和气候环境，反映了当时的农民如何适应和利用当地的自然资源。

分娩后，产妇的胎盘通常会被处理掉。在中国传统文化中，胎

---

① 赛珍珠：《大地》，王逢振等译，漓江出版社，1988 年，第 35 页。

② 郑观蕾：《广西平地瑶的生育文化研究：基于富川瑶族自治县的田野调查》，《湖北民族学院学报（哲学社会科学版）》，2017 年第 4 期，第 95 页。

③ 赵丽莉：《皖北“大地”上的原生态画卷：赛珍珠〈大地〉中的生子习俗》，《阜阳师范学院学报（社会科学版）》，2017 年第 1 期，第 18 页。

④ 同①，第 33 页。

盘具有特殊的象征意义。新生儿的胎衣不可随意处置，因为人们通常认为胎盘与婴儿的命运和身体健康有关。常见的做法是将胎盘掩埋在地下。这被视为一种仪式，以确保婴儿健康成长，并与土地或祖先建立联系。《“父国”大地：“黑眼睛”和“蓝眼睛”的交会——赛珍珠中国作品“土地情结”的艺术展示》对这一情节也有提及：皖北宿州及附近地区，其地百姓在20世纪50年代之前，普遍将“生孩子”呼为“刨小孩”。尤其是面对儿童“我是从哪儿来的”这种提问，母亲们多会说：“你是刨来的，是从黄土坡里刨来的。”孩子们受了这种语式的影响，会缠着爹妈说：“再给我刨个小弟弟吧！”除了避讳的用意之外，“土里刨生”的说法在精神上是与女娲抟土造人的古老传说相呼应的。① 地域特色常常会影响当地的文化和语言，这种称呼可能是该地区独有的文化现象。

新生的婴儿剪断脐带并擦拭干净后，会被放到一块事前准备好的红布里。接生婆会小心翼翼地将婴儿包裹整齐，并用一条软带子轻轻系好，放到孕妇身边。这块红布被称为“襁褓”或“蜡烛包”。襁褓的颜色在不同地区和文化中有所不同，但通常是明亮、寓意吉祥的颜色。红色被视为吉祥和祝福的颜色，因此在许多地方，襁褓常常是红色的。有时，不同颜色的襁褓也有特殊的寓意，例如白色代表纯洁，黄色代表富贵。阿兰生子后所用的襁褓则是她按照当地的风俗，用王龙的一条旧裤子制作的，因为民间普遍觉得，采用旧衣物制作襁褓不但节省，而且比新布更加柔软，更为适合婴儿娇嫩的肌肤。我国以前很多地方都采取“面新里旧”的做法，甚至有的地区还有特殊的讲究，必须要用孩子的曾祖或祖父母辈的高寿老人的旧衣服来制作襁褓的里子。这一讲究有两层寓意，一是表示此家族后继有人，二是借老人的高寿来祈佑婴孩能茁壮成长。在一些地方，襁褓的制作和装饰方式会根据婴儿的性别而有所不同。例如，女婴的襁褓有粉色或花卉图案，而男婴的襁褓有蓝色

① 魏兰：《“父国”大地：“黑眼睛”和“蓝眼睛”的交会——赛珍珠中国作品“土地情结”的艺术展示》，《江苏大学学报（社会科学版）》，2012年第2期，第46页。

或动物图案。《皖北“大地”上的原生态画卷：赛珍珠〈大地〉中的生子习俗》也提到：“《古今图书集成》记载，生男宜用其父故衣裹之，生女宜用其母故衣裹之，皆勿用新衣帛为善。”①

（三）庆生习俗

婴儿诞生后，女婿和女婿的家人会前往娘家“报喜”，以表达对孩子的欢迎和祝福。这一传统体现了中国传统文化中重视家庭纽带和亲情关系的价值观。“报喜”一般在分娩的当天、次日或第三天。去时所带的礼物也是通信符号，生男生女一看便知。《大地》中多次提到王龙生儿子后将鸡蛋染红分发给村里人的场景。“王龙还把参加他婚宴的那些人请来，给了每人十个煮熟染红的红鸡蛋；对村里所有来向他祝贺的人，他也每人给了两个。”② 各个地区就鸡蛋个数的问题并不统一。有的地区生男孩一般是双数，如 10 个或 12 个，生女孩一般是单数，如 9 个或 11 个；有的地区则是生男孩送单数，生女孩送双数。

婴儿坠地，家族喜添人丁，自然有一番庆贺。小孩出生后长至满月，就该举行其出生以来最为隆重的一次礼仪活动——满月礼了。满月礼为中国古老的文化传统之一，有些地方称“弥月礼”。《大地》与《分家》中，都提及为孩子准备满月酒这一习俗。王龙长子“满月那天，他们曾进行庆祝，做了表示长寿的面条”③。王龙的孙子满月时“还准备了许多红鸡蛋，送给每一个客人。整个家里充满了喜庆欢乐的气氛”④。第三部中，爱兰的孩子出生之后，尽管“她已习惯于各种新习俗，可现在，她在甜蜜而颇有点羞涩的快乐中也按老风俗办了些事。她染了一些红鸡蛋，买了些银的饰物，而且已开始为办满月酒做准备”⑤。关于满月酒的规模，要看农户家里的经济情况。经济条件好规模就大一些，经济条件差规模

---

① 赵丽莉：《皖北“大地”上的原生态画卷：赛珍珠〈大地〉中的生子习俗》，《阜阳师范学院学报（社会科学版）》，2017 年第 1 期，第 18 页。

② 赛珍珠：《大地》，王逢振等译，漓江出版社，1988 年，第 40 页。

③ 同②，第 39 页。

④ 同②，第 270 页。

⑤ 同②，第 1043 页。

就小一些。一般第一胎的满月酒规模大一些，第二胎规模小一些。

生育被看作维系家族血脉和农业发展的重要因素。《大地》以其真实的叙事和描绘再现了皖北大地的农村生活，展示了当时农村社会对于生育的重视和习俗。通常来说，生育习俗具有浓厚的地域性色彩，以上所描述的生育习俗主要是通行在当时的皖北大地上，当然即使是同一地区内部也可能存在着各种名称或细节上的差异。总的来说，《大地》以细腻的笔触、精湛的文字，让读者在阅读的同时也深入了解到皖北当时当地的风俗人情。

二、婚嫁习俗

《大地》中多次出现过婚嫁场景，且作品开篇第一句便是“这天是王龙结婚的日子”①，但对于王龙与阿兰的婚礼，作者并没有浓墨重彩地进行描绘，只是用“他和父亲买了两只镀金的银戒指和一副银耳环，父亲把这些东西拿给了那个女人的主人，作为订亲的信物”②一笔带过，一句话便将两名素未谋面的男女连接到了一起。等到大儿子结婚时，王龙已经成为“土地的富翁”。这次，小说对婚礼的描述非常详细。通过第一次的简单描述与第二次的详细呈现，我们可以勾勒出当时皖北大地上的婚嫁习俗。

（一）时代特征之“父母之命”的绝对权威

《大地》的故事背景是清末民初这一中国千百年来未有之大变革时期。社会的转型，往往首先带来的是思想观念的巨大变迁。在巨大的社会变革潮流中，城市的婚姻礼俗已较以往出现了明显的变化。其主要表现是传统的婚介模式发生变化，男女自主选择婚姻的权利逐渐增大。以赛珍珠来宿州之前所居之镇江为例，1912 年 9 月 7 日《民立报》所刊登的《婚姻尚自由》记载，镇江张颂男与黄炳寰在琴园举行婚礼，来宾在场观礼者不下千人，咸拍手相贺并新乐琴歌不绝于耳，传为一时盛事。南京受上海影响较大，出现

---

① 赛珍珠：《大地》，王逢振等译，漓江出版社，1988 年，第 3 页。

② 同①，第 9 页。

"欧风渐于中国，一切趋于简易，乃有所谓'文明结婚'，不由父母、媒妁，先相结以爱情，然后订婚"① 的现象。

由此可见，清末民初的婚姻礼俗在镇江、南京这两个与赛珍珠有着密切关系的城市已经开始嬗变。但当我们将视线转回故事所发生的皖北大地时，不难发现，就婚制习俗来讲，皖北的婚礼习俗仍然保留着"父母之命"的传统。

第一次王龙本人的婚礼，基本可以概括为两个环节：一是由父亲领着王龙去黄家"定亲"，即"纳采"；二是在规定的日子里去黄家将女人接回家，即"亲迎"。虽然传统的婚姻过程一般为六礼，但清代仅重纳采、亲迎二礼。清代《通礼》记载，汉官七品以上实行议婚、纳采、纳币、请期、亲迎五礼。② 清末后，六礼演变纷繁，逐渐衰落。因此小说对于王龙的婚礼虽然只有"定亲""纳采"两个环节的简单描写，但仍然十分贴合王龙身处的清末民初皖北农村的真实现状，同时也符合当时社会对于婚礼基本环节的要求，显现出强烈的时代与地域特征。

第二次王龙儿子的婚礼，同样由"父亲"决定。"王龙在心里暗自思量……他得亲自过问儿子的婚事，替儿子找个媳妇"③，之后"王龙亲自为儿子物色起媳妇来了"。从"物色"到"选定"，基本由王龙一人决定。在王龙为儿子物色媳妇之时，王龙的儿子正在南方，在这场婚姻由选到定的过程中，这个年轻人没有任何参与，他所做的只是在成婚的前一天晚上，被家人从南方召回。成婚之前，要结亲的姑娘也不能让未来的夫婿看见。这种婚姻的缔结方式恰好印证了克洛德·莱维-斯特劳斯从文化人类学的角度强调的婚姻的实质。斯特劳斯指出构成婚姻的全部关系并非缔结于围着共同权力和义务的男女之间，而是缔结于两个男性集团之间，妇女在

① 宋立中：《清末民初江南婚姻礼俗嬗变探因》，《浙江社会科学》，2004 年第 2 期，第 167 页。

② 杨萍、马常青、刘雁：《〈林兰香〉中的婚嫁礼俗》，《长春师范学院学报（人文社会科学版）》，2009 年第 4 期，第 109-110 页。

③ 赛珍珠：《大地》，王逢振等译，漓江出版社，1988 年，第 192 页。

其中扮演的角色就像是用来交换的物品，而不是休戚相关的当事双方之一方。① 王龙二女儿的婚约也是“婚姻缔结于两个男性集团之间”的例证。在王龙与刘氏商量完二儿子的工作之后，小说用一句“你有没有儿子和我二女儿相配”引出王龙二女儿的婚事。此后不久，“他把二儿子送到城里，签好了二女儿的婚约，谈定了二女儿结婚时的衣服和首饰等嫁妆”②。可以看出，在当时的皖北大地上，父母之命在择偶标准乃至婚姻的最终促成上占据绝对的终极权威。家长不仅帮儿女操办婚姻大事，而且有权决定儿女的婚嫁。

（二）生产力落后的背景下庄稼人娶妻对劳动力的要求

在生产力落后的农耕社会中，农田的耕作和农产品的产出主要依赖庄稼人的劳动力。庄稼人在选择妻子时，会考虑妻子是否有足够的体力和劳动技能来辅助自己的工作。例如，女性需要有一定的体力，能够参与农田的耕作和收割工作。这对应小说中王龙的父亲所提到的庄稼人娶妻要“会管家，会养孩子，还得会在田里干活”③。对阿兰的能干，小说有详细的描写，可以说从屋里到屋外，从家中到田间，都有她忙碌的身影。早上她拿上竹耙和绳子到田野去捡柴火，下午她在路上捡牲口粪，晚上她把厨房里的牛喂饱饮足后再拿出破衣服缝补。对于阿兰来讲，三间屋子的家务和一天做两顿饭仍不够她忙的，于是她的身影也出现在了王龙躬身耕锄的麦垄中间。④ 妻子在农业生产中扮演着重要角色，是劳动力的供应者和助手。妻子的参与增加了家庭农作的劳动力资源，扩大了农业生产的规模和效益。她们通过参与农业劳动，提高了家庭的生活水平，并为子女的成长和教育提供了保障。在王龙土地资产的积累过程中，阿兰一直都是重要的劳动生产力。

在小说中，阿兰有强壮的身体和方正的脸庞，声音不尖、不

① 克洛德·莱维-斯特劳斯：《结构人类学》，俞宣孟等译，上海译文出版社，1999年，第195页。

② 赛珍珠：《大地》，王逢振等译，漓江出版社，1988年，第225页。

③ 同②，第9页。

④ 同②，第26-27页。

娇、朴实，脚没有缠过，长得不算漂亮。① 黄家老太太对阿兰的评价也是她会在田里很好地干活，打水和其他各种活计也都会让人如意，对阿兰的嘱托是“给他生几个儿子，多给他生几个”。

以上种种描述都指向庄稼人娶妻的要求是小农经济下劳动力的最大化，即“能干”与“多生”。能干是自身转化为劳动力，多生即为家族带来更多的劳动力。

与阿兰形成强烈对比的则是王龙的婶母。文中不止一次提到王龙婶母的懒，以至于他的叔叔悲伤地说自己的命不好，不能像王龙父亲那般，娶个能干活又能生儿子的老婆，也不像王龙的媳妇那么能干。他抱怨自己的女人除了养膘什么都不会，生孩子也是净生女的。② 在生产力相对低下的农耕社会中，庄稼人通常依赖自身和家人的劳动力来维持农业生产和家庭生活。因此，庄稼人往往对娶妻抱有较高期望，希望增加家庭的劳动力，支持农业生产的持续发展。

三、葬礼习俗

“赛珍珠从宿州最落后封闭的农村现实出发，为我们保存了一个完整的中国宗法制农民‘民俗生态学’的原型……在这里面保存着丰富的中国几千年社会运动的信息和遗传密码。”③

丧葬文化作为人类文化的组成部分，同人类文明一样古老。在中国，丧葬文化在儒、道、佛三教的共同影响下，形成了独特的习俗和仪式。传统丧葬文化是中国民俗文化遗产的重要组成部分，反映了社会的道德观念和对死者的尊重。《大地》作为一部描写 20 世纪初中国农村生活的史诗，其中包含对中国传统葬礼的多次描写，展现了当时的社会风貌和民俗民情。对蕴含于文学文本中的民俗材料进行研究分析，也是文学的重要任务之一，可以为社会学研

---

① 赛珍珠：《大地》，王逢振等译，漓江出版社，1988 年，第 17 页。

② 同①，第 56 页。

③ 许晓霞等：《赛珍珠纪念文集》，吉林文史出版社，2003 年，第 63 页。

究提供宝贵的素材和角度。

(一) 临终准备

皖北地区多流行土葬。土葬是一种传统的葬礼方式，其中棺材是非常重要的一部分。人们一般会提前准备好被称为“寿木”的棺材，以备老人离世时使用。老人看到为自己准备的“寿木”，并不会感到悲伤，反而会感到安心和踏实。

《大地》中，在阿兰去世之前，王龙去棺材店看棺材。精明的老板劝其何不为自己买一口。可见在一定的年纪之后，提前准备寿材在皖北丧葬过程中并不是冒犯之事。最终，王龙为父亲和阿兰买了两口棺材。王龙把他做的事告诉了阿兰，阿兰也非常高兴，因为他已经给自己买了棺材，为她的死做好了准备。① 因此，我们可以看到在皖北丧葬文化当中，提前准备棺材被认为是对临终之人的尊重和体贴。临终前，有些人会对死后的安排感到担心和不安，而准备好棺材意味着家人为他们考虑到了最后的事情，让他们可以放心地面对生命的结束。

除此之外，提前准备寿材也展示了子女对父母的孝，让老人感受到家人对其生命的重视和尊重，这也被视为一种传承家族价值观和孝道的方式。尽管王龙的叔叔婶婶对其进行敲诈，王龙依然在其弥留之际“买了两口木质可以说好但还不是特别好的棺材，他让人将棺材抬到他叔叔的房间里，他想，那老头看见棺材也许会舒舒服服地死去”②。在王龙临终之时，大儿子也依照旧例提前为王龙准备好了棺材。“王龙的儿子为他买的那口棺材就停在他床边，为的是让他看了舒坦些。”③ “这口棺材可真不小，是用一棵木质相当坚硬的楠树做的。棺材把那间小屋子挤得满满当当的。”④ 关于棺材的选择，确实存在一些忌讳和传统观念。在皖北文化中，人们习惯使用柏木制作棺材而不用柳木。松柏被视为长寿的象征，因为它

① 赛珍珠：《大地》，王逢振等译，漓江出版社，1988 年，第 231 页。
② 同①，第 284 页。
③ 同①，第 326 页。
④ 同①，第 326 页。

们在自然界中能够长时间存活，并且因其坚强不屈的特性而常常被人们当作品德的象征。对于一些富有的家庭来说，他们可能会选择使用楠木等珍贵材质来制作棺椁。王龙对自己临终之时儿子所准备的棺材很满意，“只要稍微觉着好受一点了，他就会伸出那只颤抖的黄手去抚摸那黑得锃亮的棺材。棺材里还套着一口内棺，光滑得跟黄绸缎似的，里外两口棺材套得那么合适，就像人的灵魂装在人的躯体里一样。真是一口谁看了都会满意的棺材”[①]。棺椁在古代又有内外之分。棺为直接装殓尸体的葬具，为区别于椁，古人又称其为“内棺”。[②] 很多地方对于棺材的颜色也非常注重，一般要漆成黑色。

除了准备好棺椁之外，王龙的儿子还提到了棺材罩。“我们还租了顶绣花棺罩，深红的底、金色的花纹，可好看了，把棺材抬着走过大街时，把罩子盖在棺材上让镇上的人都能看到！”[③] 棺材罩是一种用于覆盖棺材的布料。它通常是根据不同地区和文化的传统而制作的，在葬礼仪式上起到装饰、保护和尊重死者的作用。棺材罩的材质可以是丝绸、麻布、绣花布等，常常选择具有吉利和祥和寓意的图案和颜色。比如，在中国传统文化中，常使用红色或金色等富有喜庆意义的颜色，以及龙、凤、花鸟等瑞兽和吉祥图案。文中提到王龙葬礼上所使用的棺罩是深红色的底、金色的花纹的样式，所以，一般认为，皖北地区所使用的作为装饰性质的棺罩，是从古法丧礼的“霎”演进而来。《礼记·檀弓上》说：“有虞氏瓦棺，夏后氏塱周，殷人棺椁，周人墙置翣。”“孔子之丧，公西赤为志焉。饰棺墙，置翣设披。”[④] 这里的“墙”是指棺壁，“翣”是指棺饰。所谓“置翣”和“设披”，就是用羽毛和布帛做棺饰。在皖北葬礼的仪式中，放置棺材罩的过程要遵循特定的仪式和规

---

① 赛珍珠：《大地》，王逢振等译，漓江出版社，1988 年，第 326 页。

② 黄宛峰：《汉画像石与汉代民间丧葬观念》，中国社会科学出版社，2015 年，第 50 页。

③ 同①，第 327 页。

④ 戴圣：《礼记》，胡平生、张萌译注，中华书局，2017 年，第 105、133 页。

定，如需要家人或亲朋好友小心地覆盖在棺材之上，并且下葬之时不会随着一起埋葬。

（二）报丧、棺殓和停灵

报丧实则为人死后的首个仪式，小说虽然未对各个仪式进行直接的描写，但我们依然可以透过部分内容把握其全过程。王龙临去世之前，大儿子和二儿子便商量着，要派人到南方把弟弟叫回来。一般家里人会通过各种方式把老人逝世的消息告诉所有的亲友和村人，出门在外的子女及亲友收到报丧通知要及时奔丧、吊丧、灵前跪叩。除通过口头告知外，家中有丧事的人家会将每扇门上的红纸全都撕下来，并在通向主要街道的门前贴上白色的对联贴。[①] 宿州传统的葬礼主要色调为黄色和白色，所以丧葬又有“白事”的别称，这也与婚庆的“红事”相对应。丧事期间，死者亲属要穿孝服。孝服通常由白色的布料制成，这与西方文化中穿白色服装以示尊敬的做法有明显不同。这一中西差异，在《东风·西风》中也有诸多体现。桂兰第一次拜访丈夫的洋人朋友时，说“白色表示悲哀，所以我向孩子娘打听他是否替哪位亲戚带孝”[②]，孩子的母亲则说不是，只不过是让孩子保持清洁罢了。这一切在桂兰的眼中是那么的格格不入，因为在中国传统中，白色是悲哀的颜色，象征着哀悼和死亡。

棺殓有“大殓”和“小殓”之分。小殓是指为死者穿衣服，净身；“大殓”是指收尸入棺。为逝者净身这一过程，小说中出现过多次。阿兰去世后，王龙把婶母叫来，在葬礼前给阿兰净身。除此之外，王龙父亲去世后，也是由王龙亲自给老人洗净身子。根据中国的传统丧葬习俗，一般逝者为男性，由儿女负责为其净身，逝者为女性，则由其女儿和儿媳负责。

停灵也就是入棺后停柩待葬的过程。从死到葬，时间是很长的。据《礼记·王制》，帝王死后 7 个月而葬，诸侯 5 个月而葬，

---

① 魏娟：《宿州方言中婚丧、节令等四类词语中的地域民俗文化》，《宿州学院学报》，2016 年第 10 期，第 67 页。

② 赛珍珠：《东风·西风》，林三等译，漓江出版社，1998 年，第 441 页。

大夫、士、庶人3个月而葬。[①] 一般来讲，停灵时间长短不一。除此之外，还会让风水先生根据逝者的生辰八字，测算合适的日子举行追悼仪式。皖北民间丧葬习俗中，停灵少则三日，多则三十日，地位尊崇者还会停柩七七四十九日。在小说中，阿兰去世后，王龙找了一位风水先生，让他选择一个黄道吉日，最终确定的日期是三个月后的某一天，而王龙是死后七七四十九天才下葬。《东风·西风》中杨母去世后，杨家也请来了风水先生，算定下葬的日子。

至于停灵的场所，农村地区多选择在自家的正厅之内，因为特殊原因不能停棺柩于家中的，则在附近另外搭建小屋，或者干脆寄棺柩于寺院。[②]《东风·西风》与《大地》中，对将棺柩寄放于寺院的场景有过多次着笔，如"我们又请了道士做道场，他们身披猩红的道袍。哀乐声声，哭声阵阵，我们将她送到寺庙里，等候下葬的日子"[③]。在宗教信仰中，寺院起着重要作用，被认为是神圣的场所，因此将棺柩停放在寺院内被视为一种尊重和敬意，同时选择将棺柩停放在寺院里也包含家人让逝者灵魂得到安宁和福祉的希望，因为他们相信寺院是一个有助于灵魂超脱的地方。

（三）出殡、埋葬和守孝

出殡即将灵柩送往墓穴进行埋葬。出殡的日子往往是吉日。皖北农村地区，多会请风水先生或道士选定出殡日。[④] 王龙下葬的日子便是风水先生为其选定的。出殡的时辰，除个别地方外，一般没有严格的规定，但宿州及周边地区多为天亮之后的上午。《大地》中写道："当妈妈的催着孩子们早早地吃完早饭，免得他们磨磨蹭蹭耽误了看送葬。"[⑤] 据小说内容来看，阿兰也是在上午下葬的："这些和尚道士为这两个死者彻夜敲鼓念经。他们一旦停下来，王

---

① 张捷夫：《丧葬史话》，社会科学文献出版社，2011年，第35页。

② 刘峵：《〈大地三部曲〉中的丧葬习俗》，《社会科学论坛》，2012年第4期，第59页。

③ 赛珍珠：《东风·西风》，林三等译，漓江出版社，1998年，第511页。

④ 邓红、陈善本：《民国时期皖北农村丧葬礼俗述论》，《河北大学学报（哲学社会科学版）》，2006年第4期，第90页。

⑤ 赛珍珠：《大地》，王逢振等译，漓江出版社，1988年，第336页。

龙便往他们手里塞银钱，他们喘口气又念起来，直至天亮。”① 出殡的前一天，亲友必须前来送葬，或者诵读经文。众孝子守在灵柩旁，彻夜陪伴，俗称“坐夜”。天亮出殡的习俗也显示着对逝者的最后的尊重和追悼。早晨意味着新的一天的开始，而逝者的灵魂离开人间也代表着一种“新开始”。

接着就是出殡仪式。众亲友举行祭奠，戴孝者磕头跪拜，有些地区需要绕棺一周进行最后的告别。然后，死者的长子身背棺木大头，在众人的协助下把棺木移出灵棚，俗称“出灵”。考虑到重量和排场，加上讲究棺木出门后要一路不歇肩（路祭除外）送到坟地，通常会安排 8 人、16 人、24 人、32 人来抬，俗称 8 杠、16 杠、24 杠、32 杠。在抬起棺木之前，各地都有一定的仪式，如“摔盆”。在民间葬礼上，要求摔碎瓦盆的必须是长子，否则便是长孙，绝不能是次子或其他亲属。②

出殡正式开始，棺木抬出院门时要头在前，出了门后要脚在前，一直抬到坟地。俗信认为，死者躺在棺木中，像人站着一样，出门头向前是面向家，等于回首瞻顾家园；出门以后是面背家，等于再不往后看，直奔西天乐土。出殡队伍最前面有开路的，有抛撒纸钱的。纸钱俗称“买路钱”，用以买通沿路的鬼魂。队伍里除了棺木、孝子（拿着哭丧棒）及亲友，还有仪仗、纸扎、乐班、引魂幡。

按照传统礼仪，送葬的队伍一般按照辈分高低、年龄大小、男女性别进行排列。死者的长子走在最前面，其后为次子、孙子辈、女婿等，客人随其后。男客人走在棺木的前面。在《大地》多次对送葬队伍的描写中，男人女人皆走在棺柩的后边，如为阿兰及王龙父亲送葬时“他的轿子跟在阿兰的棺材后面，在他父亲棺材后面的是他叔叔的轿子”③，老秦的送葬队伍也是王龙“自己穿了孝

---

① 赛珍珠：《大地》，王逢振等译，漓江出版社，1988 年，第 241 页。

② 胡朴安：《中华全国风俗志 · 下篇 · 安徽卷》，上海书店影印，1986 年，第 43 页。

③ 同①，第 242 页。

服走在灵柩后面”[1]。棺材后面的女人也是按长幼顺序排列的，一般长儿媳在最前面，披麻戴孝，手拿哭丧捧紧挨棺材，民间俗称“扶棺”“扶灵”，跟随其后的是逝者的女儿、次儿媳、孙女、孙媳等。《大地》中写道：“所有跟着王龙的棺材后面的女人之中，包括王龙的姨太太、儿媳、女佣、丫环及雇来哭的人。”[2]

皖北地区丧葬习俗的另一特色便是哭丧，即在丧礼上通过哭泣来表达对逝者的哀思与不舍。通常来说，丧仪过程中，哭丧仪式最受人们所重视，哭丧必须贯穿其中。这种哭丧不是简单的嚎啕大哭，而是一边哭一边说，有时合辙押韵如同唱一般，因此也被称为“唱哭”。在出殡仪式上，应由逝者的儿女“唱哭”，否则会被认为其对亲人的离去并不悲痛，甚至会被视为不孝。此外，哭声的音量也极重要。如果逝者在走向黄泉之路上没有响彻天地的哭声相伴，那么其子孙后代会被视为不孝。

皖北地区繁琐复杂的丧葬礼仪保留了中国传统文化的精髓，是中华文化传承不断、代代相传的重要见证。通过了解皖北的丧葬习俗，我们可以感受到人们对生命的珍视和尊重，以及人们的善良、朴实、坚韧、勤劳和勇敢。这些传统礼仪也深刻地反映了中国传统的孝文化。中国自古以来就以礼仪著称，孝悌观念在中国传统文化中是最为普遍的伦理模式和最高道德价值，也是各种道德规范的基石。子女对父母“生养死葬”的态度是衡量“孝”的普遍标准之一。[3] 丧葬礼仪也彰显了中国传统文化孝亲的精神内涵。丧葬从一种仪式礼仪转变成一种思念与一种精神的寄托。

第二节　民间信仰与赛珍珠皖北小说叙事

赛珍珠的文学作品可以被看作一首歌颂地域文化和人与土地紧

---

① 赛珍珠：《大地》，王逢振等译，漓江出版社，1988 年，第 272 页。

② 同①，第 341 页。

③ 宁业高、宁业泉、宁业龙：《中国孝文化漫谈》，中央民族大学出版社，1995 年，第 10 页。

密联系的挽歌和绝唱。她的作品强调了地域文化和人与自然的深厚情感纽带。在中国农业文明中，人与土地有着紧密的关系。起初，人们通过祭祀和崇拜来表达对土地的尊重。在赛珍珠的作品中，中国农村的祭祀多以土地为主题，进而延伸到其他神灵。例如，农民祈求土地丰饶多产时，会拜祭土地神，以表达对土地之恩的敬意；期盼风调雨顺时，会拜祭天神，希望得到自然的祝福；有些农民还会前往城里的大庙拜祭，祈求得到其他神明的庇佑。农民在祭祀过程中，不是按照固定的顺序，而是根据实际需求和信仰选择性地祭拜神明的。在赛珍珠的作品中，所有的神佛都被称为“菩萨”，并且会根据人们的需要随时改变职能。显然，中国农民的宗教心理赋予了尘世功利性重要的地位。

一、土地神信仰

土地神信仰反映了皖北地区独特的土地崇拜，体现了皖北人民对土地的深厚感情和热爱。赛珍珠以皖北地区的土地崇拜为主题，通过展示带有神性和传奇色彩的土地仪式和风俗，创造了以王龙为代表的典型皖北乡民形象。农民与土地之间紧密相连的依附关系及农民对土地深切的依恋和热爱之情，呈现了人与土地之间的紧密互动性，揭示了农民强烈的恋土情结。农民将土地神视为自己命运的主宰，为土地神建造各种大小的庙宇，希望他们的虔诚信仰能换来家庭团圆、五谷丰登等好运。特别是在过年、过节、种植、秋收、嫁娶、疾病、丧事或遭受灾难时，他们都会前去烧香祷告，期待得到神明的庇佑。

（一）节庆喜事祭拜

在我国民间崇拜中，土地公与土地婆极其重要，是代表土地的社稷之神，是我国先民所崇拜的“大地之神”的具体形象。民间为土地神配有夫人，称“土地奶奶”“土地婆婆”。《大地》写道：“两尊神像是土地爷本人和土地婆。他们穿着用红纸和金纸做的衣服，土地爷还有用真毛做的稀疏下垂的胡须。每年过年时，王龙的父亲都买些红纸，细心地为这对神像剪贴新的衣服。”① 可见当时的皖北地区，春节习俗之一便是到土地庙烧香祭祀。这种春节敬土地神的活动逐渐演变成了“崇天敬地”的精神追求。在现实生活中，民众普遍希望得到自然超人力量的帮助，又惧怕自然超人力量的惩罚，所以往往采取“酬天敬地”“祈风祈雨”的祭祀行为来祈禳求福、驱邪避灾和预测灾祸，由此慢慢演绎成民间的风俗习惯。② 这些风俗习惯会对皖北民众的心理与行为产生支配作用，使他们敬畏自然。

《大地》一书中，关于土地神或土地庙的描述随处可见，甚至开篇便写道：“他要买一束香，烧给小庙里的土地爷。在这样的日子里，他会这么做的。”③ “这样的日子”是王龙结婚的日子。王龙和阿兰在回王龙家的路上经过土地庙，王龙把香插在神像前的香灰里。两人站在土地神前，这就是结婚时刻。④ 喜事祭拜的主要目的是向土地神传达家中婚嫁的消息并祈求土地神保佑婚姻幸福。王龙期望通过这一祭拜仪式来获得土地神的福祉，这也是皖北地区传统信仰和文化中的一部分。而拜土地神也成为当时皖北地区农民婚礼中是一种传统习俗。

皖北地区自古便以农业为主，而土地是农业的基础，也是家园的象征，因此土地神被视为拥有保护和祝福家庭的力量。在结婚的时候，拜土地神也被看作一种向土地神明请愿、祈求保佑的仪式。拜土地神的仪式通常在婚礼前或婚礼当天进行。新婚夫妇会在家中或其他合适的场所摆上供品，如水果、糖果、糕点等，然后向土地神像行礼，表达感谢和敬意，并祈求土地神的庇佑和保佑。同时，还会向神明烧香，献上红包等。

除了婚庆喜事之外，在家族添丁之时也会前去烧香祷告，期待

---

① 赛珍珠：《大地》，王逢振等译，漓江出版社，1988 年，第 20 页。

② 郑渺渺：《民间叙事与精神追求：闽南民间故事中的民间信仰》，《文艺争鸣》，2006 年第 5 期，第 148 页。

③ 同①，第 8 页。

④ 同①。

得到神明的庇佑。在迎来一个活泼健康的婴儿后，为了表达感激和获得更多祝福，王龙采取了一些后续行动：他迅速购买了一些香，前往土地庙焚燃。他注视着升腾的香烟，充满美好的期望，渴望继续得到神明的保佑和恩赐。在孙子出生之时，在祈祷中，王龙对土地神说："如果生的不是男孩，我就再也不供奉你们两位了。"① 虽然王龙以威胁的口吻对土地神表达了他强烈的愿望和情感，但这并不代表人们的精神信仰中断，反而进一步表明土地神信仰有着不可替代的地位，甚至成为他们日常生活的一部分。土地神信仰不仅仅是一种宗教信仰，更是文化认同的一部分。

（二）灾事祭拜

土地在许多文化中被看作一切生命和事物的根本，因为生存、发展和变化都依赖于土地。土地神信仰，从字面意义理解，是一种宗教心理和行为，以土地为基础。这种信仰在不同地区有着明显的特点，经历了各自的发展和演变。土地神信仰常与其他信仰类型如祖先崇拜、英雄崇拜、家族宗庙、自然崇拜及灵魂观念交织在一起，形成多元融合的信仰体系。这些信仰类型之间相互影响，相互渗透，表现出"你中有我，我中有你"的特点。地域环境、族群文化和社会历史在这一地域文化的形成过程中发挥了重要作用，推动了土地神信仰的不断演变和整合。② 这表明土地神信仰是一种富有多样性和灵活性的宗教体系，反映了当地社会和文化的复杂性，同时也为人们提供了一种与土地和自然界建立联系的途径。

作为地方守护神，土地神地位不高，却是民间供奉最普遍的神。关于土地庙的位置，《大地》有所交代。"他们就这样走着，一直走到了村西地边的土地庙。这座土地庙是座很小的房子，只有一个人的肩那么高。它是用灰砖造的，顶上盖了瓦片。"③ 由此可见，土地庙一般位于村民经常路过的村头地边，且建筑风格十分朴

① 赛珍珠：《大地》，王逢振等译，漓江出版社，1988 年，第 269 页。

② 杨存田：《土地情结：中国文化的一个重要原点》，《北京大学学报（哲学社会科学版）》，2001 年第 5 期，第 106 页。

③ 同①，第 19 页。

实，与自然相融合，以土砖、瓦片和木材为主要材料。土地庙的建造和存在代表了中国文化中对土地和农业的重视，以及人们对土地神的敬仰和信仰。

许愿是最能凸显个人对土地神信仰崇拜的行为方式，土地庙则是农村村民许愿的活动空间，尤其是当自然灾害出现时，人们都会选择去庙里烧香许愿。[①] 土地神被视为当地农业的守护神。人们在困难时期，如遇到干旱、洪水等，会前往土地神庙祈求保佑和支持。例如，在蝗灾来临之时，女人们哭着进城买香，到小庙的土地神面前烧香求佛。农民相信土地神能够保护他们免受自然灾害。

最具有代表性的是小说《母亲》。面对女儿的眼病，母亲祈求能够出现奇迹，所以当听到伙计所说"怕是她父母亲做了什么孽吧"[②] 时，母亲决定去庙里求神。在这个情节中，母亲试图在神像面前审视自己的内心，并借助神的力量来解除自己的罪孽。她希望能够改变女儿的不幸命运。然而，尽管她向神灵祈祷，但事情并没有好转。女儿被嫂嫂嫌弃，不得不嫁给一个痴呆的人，并且遭受了折磨，最终死亡。在面对无法抗衡的疾病与灾难之时，向神许愿代表了人们对宗教信仰和神的力量的寄托。

这一情节和之前母亲与管事的在土地庙见面的情节呼应。前文提到在土地庙中，"母亲好像沉醉在梦境，忽然吓了自己一跳，因为她昏昏迷迷地一抬头，望见庙里的三尊神像，中间的一位是个端严的土地公公，瞪眼直向前面看着，还有两个小神像，也端正地竖在两旁"[③]。土地神信仰活动中，特殊的器物、专门的语言和仪式也为土地神崇拜平添了一抹神秘。这些信仰行为元素形成了一种象征性的仪式，在庄严肃穆的氛围中对村民形成一种心灵上的威慑，让他们自发地对土地神信仰心存敬意。

---

① 刘佳：《农村居民土地神信仰行为研究：以泰州市 L 村为例》，硕士学位论文，南京农业大学，2016 年，第 27 页。

② 赛珍珠：《母亲》，万绮年原译，夏尚澄编译，东方出版中心，2010 年，第 126 页。

③ 同②，第 99 页。

土地神信仰不仅体现为对土地神的崇拜与敬畏，也体现为信守承诺。当然，还愿并不仅仅只注重形式，更多的是要求村民常存好心、常做好事，用实际行动来回报土地神赐予的恩惠。① 正是这样的威慑与敬重之心，让母亲对与管家幽会之时的自己产生深深的罪恶感，认为是自己给女儿带来不幸。为了祈求得到神灵的原谅，尤其是被自己用衣服遮蔽的土地公的原谅，当母亲发现自己怀有身孕之后，将打胎场所选定在了放纵自己的土地庙之中。在母亲心中，承受堕胎的折磨是对自己行为的赎罪。

土地神崇拜是自然崇拜极重要的组成部分。在农村，人们认为土地神无所不知，因此有权决定事情的好坏与人们的福祸。尽管现代社会充满了理性思维，但人们仍然会对最基本的善恶有报心怀敬畏。当面临困难或突如其来的幸福时，人们首先会认为这是土地神的惩罚或奖励。在土地神信仰下，人们更倾向于相信每个人都有自己的宿命。人们将忏悔和死亡视为恶报的代价，将公平和突如其来的幸福解释为福报的到来。因此，土地神信仰在一定程度上是一种人们用来减轻恶报或增加福报的行为，同时反映了人们对自然的崇拜和对土地神灵的敬畏心态。

二、宿命与因果报应下的人物命运

民间信仰是民俗的重要内核，赛珍珠作品中的民间信仰因素反映了皖北地区的宿命论。作品中的以宿命论为主线的民间信仰具有文本内外双重价值：一是渲染地方文化色彩，进一步深化作品主题，增加作品的民俗文化底蕴；二是预示人物命运，推动情节的发展。赛珍珠小说中的信仰书写不仅是展示皖北民俗文化的重要环节，也是赛珍珠小说文化审美的重要方面。

（一）悲剧起舞：女性宿命之苦

赛珍珠曾感慨：“农村妇女在家庭和社会都没有得到应有的地

① 刘佳：《农村居民土地神信仰行为研究：以泰州市 L 村为例》，硕士学位论文，南京农业大学，2016 年，第 27-29 页。

位……被她们的丈夫当作负重的牲畜，被她们的儿子当作奴仆。”①赛珍珠作品中的女性，往往是传统女性悲剧宿命的历史缩影。宿命的无形力量，借助一个个自然的、人为的要素，将女性推向人生的漩涡。因此，赛珍珠对女性的刻画常常蕴含着深沉的哀思和深刻的思考，充满丰富、深刻的悲剧性内涵。

赛珍珠的文学作品经常探讨女性在传统社会中的命运和挣扎，她以细腻的笔触刻画女性角色，呈现她们坚韧、深沉的内心世界，这也使她的作品充满了情感深度和思考价值。赛珍珠的文学作品不仅以女性为主题，还通过女性的故事探讨了更广泛的社会和人性问题，具有丰富的叙事层次。

《母亲》是赛珍珠的代表作之一，她在该小说中塑造的无名无姓的中国母亲坚韧不拔，敢于与命运抗争，可以说她的身上带有一股震撼人心的力量。母亲是伶俐的、能干的、勇敢的，但与这些美好品格相对应，我们又能看到母亲是劳作的、孤独的、凄苦的。母亲带着对未来的希望，但又遭到命运无情的捉弄。对母亲来说，她不是因为自身招灾的，而是身处一个女性命运被悲剧裹挟的时代。她先后遭遇丈夫抛弃、村民猜忌、盲女儿在他乡惨死、小儿子被枪决、媳妇多年不孕等困境。但这不仅是母亲一人的困境，书中出现的村子中的所有女性都在共同承受宿命之苦。“有些女人大声哭诉着她们的男人怎样把辛辛苦苦从田里挣来的一点钱，一下子就在赌台上输光了。”② 这是生活穷困之苦，村中的女人面对相似的命运和遭遇，有着同样的凄苦之相，生活中的辛酸和苦楚似乎在她们的一生中都无法改变，好似从她们的人生一开始就注定了不会有好的结局。长舌寡妇看似令人讨厌，但当她大声地哭喊着“看我这苦命的！我比你更可怜呀！我没儿子，一个也没有！好嫂子，我比你还要可怜！我比任何女人都可怜！我简直不曾见过世界上有像我这

① 陈薇：《赛珍珠女性主义思想探微》，《湖北开放职业学院学报》，2021 年第 24 期，第 195 页。

② 赛珍珠：《母亲》，万绮年原译，夏尚澄编译，东方出版中心，2010 年，第 25 页。

样可怜的一个人”① 之时，读者也能深切体会到作品传达的个体及女性群体的普遍困境。盲女惨死他乡进一步展现了农村女性撕心裂肺般的生存状态。她的一生是一出彻彻底底的悲剧，呈现了一个男权主导的社会中存在的不平等和家庭关系中的困境。父亲对女儿的冷漠和不关心使得女儿在家庭中无法获得足够的支持，而母亲又无法独立做出决策，只能通过强迫反复的方式来安慰自己。因此女儿的悲剧不是偶然的，是从她不健康出生的那一刻所决定的。她的安静懂事与最后的悲剧性结局，形成巨大的冲击。母亲也曾朝着这不公的命运呐喊，“我敢说，若是把我一生的安乐和痛苦衡量一下，痛苦会像石头一般重把天秤沉下去的，安乐？就像草针一般的没有一点重量，我这穷困的苦命人还有什么安乐？我眼睁睁看着我的瞎眼女儿死了，什么人能像我一样受得了！她一直到死，还是瞎眼，这种痛苦，还不够赎罪吗？我一生的痛苦，一生的穷困，难道还不够吗”②，但从来没有坏心肠，因此故事的最后，母亲在某种程度上夙愿以偿，得到了孙子。这是赛珍珠对于笔下中国女性的悲悯之情。这样一来，《母亲》的悲剧性似乎被冲淡了，但事实上小说的悲剧性已经被内化于每个女性人物的命运之中。这种悲悯式的开放结尾反而会让读者陷入更大的空洞与迷惘之中，比以死亡收束全文的传统悲剧震慑力更大、更持久。《母亲》的结尾既不是圆满式的喜剧，也不是毁灭式的悲剧，而陷入了对当下、对未来的深深怀疑。这样一种怅然若失的情绪就是对小说悲剧性审美价值的观照与注解，也是其最终的归宿。

赛珍珠笔下具有代表性的农村女性还有阿兰。③ 阿兰与《母亲》中的母亲相比似乎命运不曾那般凄苦，但当我们细细品读人物故事时，依然能察觉阿兰那倔强之下所掩盖的多重宿命之苦。

---

① 赛珍珠：《母亲》，万绮年原译，夏尚澄编译，东方出版中心，2010 年，第 112 页。

② 同①，第 200-201 页。

③ 李学晋：《解读赛珍珠〈大地〉中阿兰的悲剧意识》，《电影文学》，2012 年第 18 期，第 62 页。

第一层宿命之苦是阿兰童年充满苦难。阿兰在10岁时被卖到黄家做丫鬟，由于外貌和能力不如意，她经历了残酷的虐待，包括皮带殴打。这使她成为一个沉默的哑巴，因为她没有反抗的力量。

第二层宿命之苦是作为女性，阿兰生活在一个女性被期望多生孩子的时代，特别是男孩子，而生女儿被看作不幸和罪过。黄家女主人在阿兰离开之时，曾叮嘱她，“听他的话，给他生几个儿子，多给他生几个”①。在嫁给王龙后，无论是阿兰，还是王龙，都在期待着能为这个家庭带来好运，即生男孩。在大儿子出生时，王龙走在烈日下满是尘土的街上，觉得没有一个人像他那样交上了好运。② 二儿子出生时，他想着每年生个儿子，家里充满好运，这个女人净给他带来好运。③ 但当生女儿时，王龙一动不动地站着，一种不祥的感觉涌上心头：“一个女孩子……一个女孩子也生到了他的家里！”④ 这使他心里充满痛苦，因为在他看来，女孩子是为别人家养的。

第三层宿命之苦是夫妻感情漠然的苦。王龙也许在一开始对阿兰是欣赏的，但随着生活的富足，以及荷花的出现，他开始冷落嫌弃阿兰。阿兰意外发现的珍珠也被王龙换成了土地，因为对于王龙而言，土地和财富的重要性超过了他与妻子阿兰的感情。阿兰谦卑地请求王龙给自己留两颗，“只留两颗小的——甚至两颗小的白珍珠也行”⑤。她干了一辈子活，从没得到什么报酬。她在富人家见过别人戴珍珠，而她自己的手连摸都没有摸过。残酷的是，连这两颗小小的珍珠，最后也被王龙要走，给小妾荷花做了耳坠。她连佩戴自己找到的珠宝的权利都没有，“大颗的泪珠从她的眼里沉重地慢慢滴下”⑥。面对丈夫的突如其来的改变，阿兰的内心承受了巨大的负担。她对王龙说：“你身上有种使我想起黄家大院里一个少

---

① 赛珍珠：《大地》，王逢振等译，漓江出版社，1988年，第18页。
② 同①，第37页。
③ 同①，第52页。
④ 同①，第58页。
⑤ 同①，第131页。
⑥ 同①，第165页。

爷的东西。"① 她尝试过寻找婚姻中的温暖和关怀，却发现自己的努力最终落了空。她的心情愈发低落，内心深处的伤痕让她痛不欲生。后来，她被疾病折磨，卧床不起，忍受着极大的痛苦。这种身体和心灵上的折磨让她感到无法承受。最终，在儿子成婚的幸福日子里，这个勤劳本分、承受了无数屈辱和磨难的女人精疲力竭地离开了人世。

赛珍珠笔下的女性，时间上虽然身处新旧交替的历史时期，但空间上仍受困于传统思想。正是在这种时空中，无数女性如同阿兰，如同母亲，如同盲女，深深受困于宿命，无法自由生长，更无法自由生活。

（二）偶然与必然：善恶下的因果报应

在皖北民间传统中，一直流传着一种信仰，即"善有善报，恶有恶报""善恶到头终会报，不是不报，时辰未到"。这意味着人们坚信善行会得到回报，而恶行迟早会受到惩罚。

赛珍珠的小说中，命运通常通过多种方式呈现，有时是冷漠的自然之力，有时是人物的性格特点，但不论是什么形式，都以巧合的形式表现出来，因此相当程度上构成了宿命的代言。《大地》中，赛珍珠通过王龙一家、叔叔一家及老秦三组人物，或明或暗地展示了善恶终有报的因果主线。

叔叔一家的人生悲剧实际上是叔叔一家好吃懒做、好借钱、乐于过寄生生活所导致的家庭悲剧命运的恶性循环。小说中对叔叔的描述是人虽精神却奸猾贪嘴，婶母则是荒唐的女人，又懒又胖，经常闹着要这样那样好吃的东西。叔叔一家仿佛是恶的化身，常向王龙借钱，一次被顶撞后还打了王龙两耳光。发生饥荒了，叔叔不停地来要吃的，在一次没得逞后怂恿村里人抢劫王龙的家，并且率领一伙人前往王龙家，试图强迫他出售土地。由于阿兰的坚决拒绝，叔叔并未能如愿。这一事件直接导致王龙一家被迫南下寻找生计，叔叔则变成了"红胡子"土匪。随着时间的推移，当王龙一家发

① 赛珍珠：《大地》，王逢振等译，漓江出版社，1988 年，第 163 页。

迹返回老家之后，叔叔一家却一直赖在王龙的家中混吃混喝不愿离去。王龙因为堂弟带儿子找妓女的事情试图催促叔叔一家离开，这引发了叔叔“红胡子”土匪身份的暴露。由于对“红胡子”土匪的畏惧，王龙只能继续默许叔叔一家的无赖行径。最后，王龙忍无可忍，不得不通过让叔叔婶母吸食鸦片来让其慢性死亡。叔叔一家可以说是可怜、可悲、可恨。从叔叔一家的负面形象当中，可以看到作恶之人的人生悲剧。赛珍珠通过这一形象，更多对“恶人有恶报”发出了批判和警示。

除了叔叔一家之外，王龙身边最重要的一个人便是老秦。与叔叔贪婪、狡诈不同，老秦是一个身材矮小且沉静，除非万不得已，总是不愿意开口讲话的人。

老秦虽然曾经在饥荒年代受人蛊惑参与抢夺，但他是一个老实人，很后悔自己的行为。当阿兰急需食物来维持生命和胎儿的健康时，王龙请求老秦提供一点食物，老秦惭愧地看着他，谦恭地答道：“从那时起，我一想到你就觉得不安。是你叔叔那条狗哄了我，他说你有好年成时的粮食收藏起来。我当着这个无情的苍天对你发誓，我只有几把干的红小豆埋在门口的石板底下。这是我和我老婆放在那里的，预备我们和孩子在万不得已的最后一刻才用，好让我们死的时候肚里有点东西。不过我愿意给你一些。”[①] 阿兰靠着老秦赠送的两把豆子成功分娩。这两把豆子无疑救了她的生命，对于王龙一家来说是一笔天大的恩情。在传统伦理观念中，这种恩情不能用礼物来衡量与回报，而是要通过终身的帮助和支持来偿还。因此当王龙回到家乡看到孑然一身的老秦时，便把他从南方带来的种子分给老秦，感谢他当年的救命之恩。王龙全面地考察过老秦，发现老秦非常诚实可靠，因此便让老秦管理他的雇工和土地，给他较多的工钱。[②] 老秦的命运非常符合中国传统道德中“好人有好报”的朴素价值观，而通过王龙与老秦的进一步相处，我们可

---

① 赛珍珠：《大地》，王逢振等译，漓江出版社，1988 年，第 72 页。

② 同①，第 142 页。

以发现老秦最大的特点便是忠诚。文中曾不止一次对老秦的这一性格特点进行描述，如“因为他明白老秦是一个头脑十分简单的人。但是他知道，老秦就象狗同主人的关系一样对他十分忠诚”①，“他将冬天的农事和雇工的管理都托付给老秦，而老秦则忠心耿耿地干着”②，“老秦现在又老又弱，就象一根干草，但他仍然有着老狗那样的忠诚”③。对于如此忠诚的奴仆，赛珍珠怎能让其不幸，因此，王龙与老秦的关系由两把豆子的恩情逐渐演变成“家人之情”。④“老秦死了以后，王龙趴在他的身上失声大哭。自己父亲死的时候，他都没有这么哭过。他买了一口上好的棺材。出殡时他请了和尚，自己穿了孝服走在灵柩后面。他甚至还让大儿子腿上扎了孝带，就象死了一个亲戚似的。”⑤ 并且，他吩咐他的儿子们，在他死了以后，要把他埋在离老秦最近的地方。

赛珍珠在她描述中国皖北乡村生活的作品中，隐喻式地呈现了道德义务和情感联系下的善恶报应的价值观。她认为，在乡村社会中，人与人之间构建了一个情感和道德的共同体系，成为建立人际关系网络的基础，而这样的情感道德价值体系在某种程度上是超越血缘关系的。这也是她对传统乡村社会精神的重要阐释。

如果说叔叔是恶的，老秦是善的，那么王龙的性格则是复杂的、矛盾的，这也是赛珍珠对农民刻画的成功之处，即不再是脸谱化的善与恶。王龙身上既有善良、正直、坚强的农民本色，也有富裕之后堕落的地主习性的表露。

赛珍珠笔下以王龙为代表的皖北农民身上始终带着敬老、重情、朴实、憨厚的性格特点。作为大地之子，王龙善良、诚实、正直。与父亲二人相依为命时，王龙对父亲是极其孝顺的。“自从六年前他母亲死后，每天早晨他都要烧火。他烧火，煮开水，把水倒

① 赛珍珠：《大地》，王逢振等译，漓江出版社，1988年，第192页。

② 同①，第230页。

③ 同①，第264页。

④ 张莹：《超越“传统/现代”认知框架的话语实践：赛珍珠的“乡土中国”书写再解读》，博士学位论文，上海外国语大学，2014年，第41页。

⑤ 同①，第272页。

进碗里端到他父亲的房间。"[1] 也就是说，在赛珍珠眼中，孝是构成人物性格"善"的重要表现内容。赛珍珠曾经在自传《我的中国世界》中提过，"中国人持久的凝聚力正是来自于代与代之间的挚爱和尊敬。'孝敬父母，长命百岁'，是亚洲人的箴言和圣训"[2]。即使是面对叔叔这般的无赖，王龙仍然在履行其作为侄子的义务，将叔叔一家养在家里。

在面对旱、涝、蝗、兵、水等灾害时，王龙又是顽强的、理性的、永不放弃的。面对蝗灾，他坚定地跑到惊慌失措的村人中间高喊："为了我们的土地，我们一定要跟这些从天空中来的敌人干一仗。"[3] 即使村人自我妥协，认为这是老天爷让他们注定挨饿，不愿拼命去斗之时，王龙仍然是坚持的。他的拼力奋斗也最终得到了回报，"他的地保住了"。后来，洪灾来临，叔叔带领人来打算低价买走王龙的土地。王龙和阿兰即使是去南方逃荒要饭也坚决不卖地。"我们肯定不会卖地的，"阿兰说，"不然我们从南方回来时，我们就没有养活我们的东西了。不过我们准备卖掉我们的桌子，两张床和床上的被褥，四把椅子，甚至灶上的铁锅。但是耙子、锄和犁我们是不卖的，也决不会卖地。"[4] 最终，靠着卖掉桌椅床铺得到的钱，全家人坐上了南下的火车。在生存危机面前，王龙及其家人身上展现出了理性的、朴素的对于土地的热爱。只要有土地，他们心里就能踏实。在南方乞讨之时，王龙无法容忍儿子的偷窃行为，宁愿吃自己买的蔬菜也坚决不吃孩子偷来的肉。他不仅生气喊说"我不愿意吃这种肉，我们要吃买的或者乞讨来的肉，但不是偷来的"，而且把孩子暴打一顿，"叫你偷，叫你偷，当小偷就得挨揍"。[5] 这一事件也促使他决定，必须要回到老家去。在身如浮萍、飘摇动荡、人人自危的城市里，尽管社会默认可以讨、可以

---

① 赛珍珠：《大地》，王逢振等译，漓江出版社，1988 年，第 4 页。

② 赛珍珠：《我的中国世界》，尚营林等译，湖南文艺出版社，1991 年，第 52 页。

③ 同①，第 208 页。

④ 同①，第 78 页。

⑤ 同①，第 100-101 页。

偷，但是他的心仍坚守着自给自足的土地精神。

然而人性是复杂的，王龙善良、正直、坚强的农民本色和他富裕后堕落的地主习性形成强烈的反差。富裕之后的王龙走上了黄家人的老路，令人憎恶地嫖妓并最终把妓女荷花娶回了家。

虽然王龙表现出了堕落的劣根性，但他还是那个保持本色的农民。他仍然保留着对土地的厚爱，他那热爱土地的灵魂也终将被唤醒。在一个夏季的一天，他好像从睡梦中清醒过来，走到家门口，眺望自己的土地。一个声音在他心里呼唤着，他脱下长袍，热情而有力地说“我要到地里去”①。赛珍珠笔下的王龙最终回归土地，获得善终。

第三节　社会组织习俗下的皖北乡土组织关系

在乡土生活中，家是一个事业单位组织。② 传统农民社会是家族性社会，同一氏族聚居在同一村落里，辈分高的长者成为家族的统治者。家庭、家族和村落共同体在中国农村社会中扮演着重要的角色，有助于维护社会秩序、传承传统价值观，同时也保障着社会和经济的稳定。这些社会组织和习俗在中国传统社会中具有深远的影响，反映出人们对亲情、合作和社会共同体的重视。

一、家族共同体

费孝通在《乡土中国》提到，在缺乏变动的文化里，长幼之间发生了社会的差次，年长的对年幼的具有强制的权力，这是血缘社会的基础。而血缘的意思是人与人的权利和义务根据亲属关系来决定。③ 虽然这种以血缘为基础的家族式关系存在着一定的保守性、守旧性、非原则性，但赛珍珠却从另一个角度对中国传统的家族式关系赞赏有加。她在《我的中国世界》中说：

---

① 赛珍珠：《大地》，王逢振等译，漓江出版社，1988 年，第 188 页。

② 费孝通：《乡土中国》，北京出版社，2011 年，第 57 页。

③ 同②，第 101 页。

全家人生活在一起共享天伦……每一代人住一座平房，院子成了联系各代人的场所。这样……要靠近大家，特别是靠近与自己亲近的人。孩子们在宽松的环境下健康地成长，沐浴着几代长者的慈爱……他们没有失业的恐惧……在找到新工作之前，和家人住在一起就是了。因为各家的孩子各家照看，所以这里没有孤儿，也就不需要什么孤儿院了。老年人受到爱戴和尊敬。他们不会像美国的老年人那样被送进养老院。①

赛珍珠强调中国传统大家族的重要性，以及家庭、家族在中国文化和社会中扮演的角色。从血缘来看，赛珍珠认为中国的大家族是一个血缘共同体，依赖于亲情和血缘关系来维系。这意味着家庭成员之间的关系是非常亲密的，有着父辈和长辈对小辈的关怀，以及小辈对父辈和长辈的尊重与关爱。从家庭本位来看，中国传统文化中的家庭本位观念根植于社会和经济的需要。在农村地区，家庭是农业生产的单位，家庭成员需要团结合作来应对自然灾害、保护家人的安全。这种家庭单位也保障着社会和经济的稳定。通过建立和维护血缘关系的家庭，能够加强家族内部的团结和秩序，甚至可以在更大范围内实现社会和政治的稳定。总的来说，赛珍珠赞赏中国传统家庭和家族对社会、文化与个体生命的重要性，认可这种传统价值体系在中国文化中扮演的重要角色。

《大地》三部曲中处处强调这种基于血缘关系的中国式家庭的意义与价值。例如，王龙成为地主后，他的家庭被称为“王家大户”，这反映了他们王氏家族在当地的显赫地位。同时，为了进一步加强家族的血缘联系，他的家庭开始对祖宗进行排位，并定期举行祭拜仪式，以纪念和敬奉祖先。这种对亲族的怀念和祭奠活动有助于促使家族中分散居住的成员感受到彼此之间以血缘为纽带的紧密联系，构筑出紧密的家族血缘共同体。在这样的血缘共同体中，人们的关系不仅仅是建立在金钱或物质的基础上，更依赖于血缘和亲情。这种家族价值体系凸显了家庭在中国文化中的重要性，以及

---

① 赛珍珠：《我的中国世界》，尚营林等译，湖南文艺出版社，1991年，第42页。

家族作为一个团结的社会单元在维系亲情和血缘联系方面的作用。家族活动有助于维护家庭的凝聚力，促使家庭成员之间建立深厚的情感纽带，强化他们的共同认同感。这种传统价值观在皖北社群中仍然有所保留。

在中国传统文化中，血缘联系被认为是至关重要的。无论是亲生兄弟姐妹还是更远的亲戚，他们都被看作同一个大家庭的一部分，享有着共同的祖先和血缘联系。这种联系对于家庭成员之间的互相扶持和互助具有很大的意义。根据这一传统观念，即使是叔叔这样贪婪奸诈的一家，王龙也有责任与义务进行接纳和扶助，因为他们属于同一个大家庭，有着共同的祖先。这种责任和义务不仅包括提供住所和基本生活需求，还包括笑脸相迎，表现尊敬和亲热。“王龙愁眉苦脸，连声称是，但一点法儿也没有。因为一个人有足够的东西养活另一个人而且还有富裕的时候，把他的亲叔叔父子俩从家里赶走，是会被人耻笑的。”① 令他恼火的是，他必须要把怒气埋藏在心底，对叔叔一家笑脸相迎。

当王龙去世后，家族也有义务照顾没有子嗣的两位姨太太。根据传统观念，如果她们没有改嫁，那么家族就有责任提供她们的生活所需，包括住所、食物和衣物。这反映了家庭对于亲属的关心和支持。即使在主要家庭成员去世后，亲属之间的关系仍然得以保持。

《儿子们》中，王虎对于家族和家庭的复杂情感和责任感，可以展现出他对于家族价值观的深刻理解。首先，是亲信的选拔。当王虎计划夺回自己的地盘时，他要求哥哥们挑选各自的儿子作为他的亲信，希望能培养出一些可信赖的亲人，以支持他的事业。这显示了他希望维护家族利益，同时也表现了他对家族成员的信任和依赖。他在信中写道：“如果你们有十七岁以上的儿子，也送到我这儿来。我一定好好栽培他们……我周围要几个靠得住、信得过的自

---

① 赛珍珠：《大地》，王逢振等译，漓江出版社，1988 年，第 167 页。

己人。"[①] 其次，是结婚和延续家族。虽然王虎努力争夺地盘，但他的内心依然怀有对家庭和子嗣的向往。他渴望结婚，延续家族的血脉和事业。在这一过程中，他寻求哥哥们的帮助，反映出他视家族成员为支持和帮助自己的重要资源。最后，是王虎自身对于家族价值观的认同。尽管王虎会放任部下去抢夺百姓，但他仍会对以血缘为纽带的王氏家族共同体进行维护。他大声呵斥侄子"我王家的人难道也要学这帮粗坯去掠夺百姓"[②]，他对侄子的严格其实显示了他对于家族传统和家族价值观的尊重，他希望王家人能保持家族的尊严。他甚至感叹："除了自己的亲人，我又能信得过谁呢。"[③] 这表明在中国传统家庭中，血缘关系被视为信任和依赖的基础。血缘关系将家族成员联系在一起，家族成员之间相互信赖，形成了一种强烈的团结力。家族成员之间的亲情和血缘联系是情感的依托，也使他们感到互相支持和归属于一个大家庭。

因此，在缺乏变动的文化里，血缘关系一直以来都扮演着家族内部关系建立的最根本和最牢固的角色。这也正是赛珍珠所描述的中国乡土社会中传统大家族的精髓。这一血缘共同体将家族的各个成员联系在一起，形成一种深厚的情感联系。[④] 在这个血缘共同体中，家族成员不仅仅是个体，更是一个紧密团结的集体，享有着共同的根和身份。综上所述，血缘关系作为中国传统大家族的基石，将家族成员联系在一起，形成了坚不可摧的血缘共同体。这个共同体不仅仅是家庭的基本单元，更是一种文化传承的载体，通过代代相传的方式延续着家族的精神和传统。

二、村落共同体

从社会结构的角度看，中国社会是以乡土为基础的。[⑤] 也就是

---

① 赛珍珠：《大地》，王逢振等译，漓江出版社，1988 年，第 384 页。

② 同①，第 612 页。

③ 同①，第 474 页。

④ 张莹：《超越"传统/现代"认知框架的话语实践：赛珍珠的"乡土中国"书写再解读》，博士学位论文，上海外国语大学，2014 年，第 35 页。

⑤ 费孝通：《乡土中国》，北京出版社，2011 年，第 105 页。

说，“乡土”是中国人的生存根基。村落是中国传统社会的基本单位，农民则是村落社会的主要构成部分。农民以农业为生，通过劳动和土地的耕种来维持生计。这种生活方式塑造了农民独特的价值观和生活方式。这种农民文化同样也在中国社会的性格和发展方面发挥着至关重要的作用。

村落共同体的一个显著特征是协同性。在同一个村庄内，人们形成了互相帮助和协同合作的习惯。这种协作不仅限于劳动和农业生产，还延伸到生活的各个方面。这种协作和互助成为他们生活的重要组成部分，实现了村庄内部的统一，对所有成员都具有强大的凝聚力。例如，王龙结婚时，宴请了邻居；儿子满月之时，王龙对村里所有来向他祝贺的人分发鸡蛋；王大结婚时，王龙叮嘱杜鹃准备上好的宴席，多花些银钱也行，然后他便到村子里去请客人，男的、女的，凡是他认识的都请①。同样，当有丧事发生时，村里的人也会前去协助丧家办理葬礼事宜。王龙快要去世时，王大就曾对王龙说：“我们都会给您老人家送葬……您的儿子、孙子，都给您披麻戴孝，村里人和您的佃户们也都去。”②

这种共同体的协同性贯穿村庄生活的方方面面，不仅体现在庆典和仪式中，也在农业劳作、灾害应对等方面得以表现。《大地》中描写村民们在面对规模巨大的洪水袭击时，充分发挥了群体团结协作精神，运用应对灾害的机制，共同应对危机。“人们看到发生的这一切，立即都行动起来。他们四处奔波，为修复堤岸筹集资金。每个人都慷慨解囊，因为防止河水泛滥符合大家的利益。”③

乡村共同体依靠这种社会协作来实现群体成员的互惠，最大范围地减少风险。除了应对洪水，赛珍珠也生动地描述了王龙带领全体村民共同对抗蝗灾的群体协作。夏天来临，人们发现大片蝗虫如扇面般蔓延在空中。这引起了极大的恐惧，因为蝗虫会毁掉田地里的所有农作物。为了保护土地和庄稼，地主王龙带领村民决心与这

① 赛珍珠：《大地》，王逢振等译，漓江出版社，1988年，第235页。
② 同①，第327页。
③ 同①，第244页。

突如其来的敌人做斗争。蝗灾成为全体村民共同面对的生存危机，因此，为了共同的利益，村民们充分发挥出团结合作的精神。

村落共同体的有效运作依赖于其成员遵守村庄的共同秩序。村庄共同体极力维护其内部的一体性，并具有强烈的约束性。村落共同体往往强调维持共同的价值观和规范，以确保村落的和谐和秩序。而那些不遵循村庄共同规则、价值观或习惯的个体，可能会受到排斥。王龙的叔叔来向王龙要东西并且威胁他时，他只能勉勉强强地说“你要我做什么”①，因为王龙的叔叔一直在用一句行之有效的话来威胁王龙，那便是“我要把你的话告诉全村的人”，接着他一次又一次地重复“我要告诉全村的人——我要告诉全村的人……”②，而王龙也深知“要是这件事真的嚷遍全村的话，这会影响到他的声誉。毕竟这是他自己的骨肉至亲”③。以至于后来，王龙在面对叔叔一家时，一点办法也没有。这种约束性的特点是村落共同体维持自身秩序和稳定的重要组成部分，反映了村落共同体对共同价值观和规则的坚守。

村落共同体极力维护其一体性，具有强烈的排异性，具体表现在对外村人的排斥上。排异当然也是为了强化村落共同体的共同性。王龙在逃荒时，曾住在一个贴墙而建的窝棚小村。“贴墙而建的这个窝棚小村永远不会成为这座城市的一部分，也不会成为城外乡村的一部分。”④ 这句描述将村落共同体的排异性表现得淋漓尽致。王虎的军队路过村庄时，田里的农民会皱起眉头。听到队伍唱起战歌，百姓也会大声咒骂，甚至于村子里的狗也会狂吠着朝这伙陌生人奔来。⑤ 当然，这其中有百姓对当时军阀的憎恶之情，但也从另一个角度展示了村落共同体在面对外人时的一种排异性，因为他们不愿意任何人打破农家田园平静的氛围。

---

① 赛珍珠：《大地》，王逢振等译，漓江出版社，1988 年，第 57 页。

② 同①。

③ 同①。

④ 同①，第 96 页。

⑤ 同①，第 601 页。

村落共同体通常也强调个人与祖先的情感联系，即根源性。这种根源性强调了家族的连续性和传承性，以及对祖先的尊敬和纪念。在中国的农村社会中，这种情感联系非常重要。王虎对于自己部下对当地村民的掠夺，虽然痛恨，但很多时候也是睁一只眼闭一只眼。但是当王虎马上要到自己出生的村庄时，他说："我不想去我的那个村子，我不想打扰他们。"后来，当王虎带领部队驻扎在自己村子后面时，他悄悄地对部下说："记住，这里的乡亲全是我父亲的朋友，这是我自己的地盘，老百姓看到你们什么样就知道我是什么样的了。说话要和气，买东西要给钱。谁要是看良家妇女一眼，我就宰了他!"① 这样的情感，强调了个体对根源性的认知，以及对家乡和家族传统的尊重。王虎的行为体现了他对家乡和祖先的深刻情感，以及对村落秩序的承诺与维护。这也反映了中国乡村社会对根源性情感联系的重视，以及根源性对社会秩序和共同体和谐的积极作用。

---

① 赛珍珠：《大地》，王逢振等译，漓江出版社，1988年，第442页。

第四章
赛珍珠作品中的非人类叙事与皖北文化生活元素

赛珍珠以关注中国近代社会和文化民俗的文学作品而闻名，在中国的成长经历和对中国人的了解深深影响了她的文学创作。赛珍珠作为美国乃至全世界的知名作家，作品一问世即成为畅销书，并在1938年一举摘取为世人所瞩目的诺贝尔文学奖。由于赛珍珠的大部分作品都是以中国为题材的，所以赛珍珠研究一直是我国文艺界关注的一个焦点，她的小说一面世即被译成中文。① 赛珍珠的作品主要围绕着人类角色及其在中国社会和文化背景下的经历、情感和斗争展开。《大地》《儿子们》《分家》是赛珍珠的代表作，讲述了一个关于中国农民家庭的故事，描绘了特定社会历史背景下中国乡村的全景。

"中国赛珍珠研究已越来越走向深入，介绍性的文章已不多见，专题论文定期刊出，研究势头很旺。"② 姚君伟（1995）、周卫京（2002）、朱坤领（2003）分别从女性主义和女权主义的视角对赛珍珠笔下的女性形象进行了分析；张志强（2010）、梁志芳（2013）从翻译理论出发对赛珍珠作品的各种译本进行了对比研究；朱坤领（2006）、郭英剑（1994）从后殖民主义理论视角对赛珍珠作品进行了解读；李小倩（2023）、姚望（2023）、顾正彤（2021）、赵丽莉（2021）从跨文化书写和文化适应与认同的视角对赛珍珠的作品进行了评析。但是，从叙事学的角度对赛珍珠作品中非人类叙事和皖北文化进行研究仍存在空白。本章试图以非人类叙事的理论框架对赛珍珠作品中的叙事过程进行分析和解读，运用词频统计的方法对文本中蕴含的皖北文化生活元素进行定量研究，同时采用文献研究的方法对定量研究汇集的数据进行对比分析和阐释，从而更加全面地展示赛珍珠作品的文化内涵。

① 郭英剑：《中国二十世纪三四十年代的赛珍珠研究》，《外国文学研究》，1999年第2期，第119页。

② 姚君伟：《近年中国赛珍珠研究回眸》，《中国比较文学》，2001年第4期，第35-36页。

第一节　赛珍珠作品中的非人类叙事

随着叙事学研究的不断深入，罗菲（Roffe）和斯塔克（Stark）引领的“非人类转向”趋势启发着越来越多的研究者们认识到文学叙事的对象不仅包括人类，而且包括非人类。从理论层面上来说，巴瑟斯（Barthes）挑战了传统的作者概念，提出文本的意义是由读者而不是作者创造的，从而探索了非人类叙事的思想。赛瑞斯（Serres）通过讨论自然元素的相互联系和代理，提出了对人类与环境关系的新理解，呈现了一种非人类的叙事。海尔斯（Hayles）在数字技术和虚拟环境的背景下研究了后人类主义和非人类叙事的概念，探讨了其对文学和文化的影响。

非人类叙事是指由非人类生物或实体所进行的叙事活动。这种叙事形式可能是通过非人类生物的身体运动产生的，也可能是通过非人类实体的能力或技术进行的。非人类叙事可以是自然界中某些动物的行为，也可以是人工智能或其他虚拟实体的产物。就文学研究而言，拉图（Latour）深入探讨了包括人类和非人类的集体叙事的概念，挑战了主体和客体之间的传统区别，并提出了对代理和讲故事的更包容的理解。沃尔夫（Wolfe）对后人类主义和非人类叙事进行了全面概述，讨论了超越传统以人为中心视角的哲学、文化和技术含义。

叙事学学者弗卢德尼克（Fludernik）认为将非人类叙事纳入讨论和考察范畴，可以丰富和扩展现有的叙事理论，使之更加完整，也可以对文学史上大量存在的非人类叙事文本做出应有的批评和阐释。自然界中，一些动物展示了具有叙事特征的行为。鸟类的鸣叫、蜜蜂的舞蹈和猛兽的嘶吼可以被视为一种本能叙事形式，它们通过特定的动作和声音表达信息并展示情绪。在人工智能领域，基于大数据的计算机程序可以被编写成能够生成文本的代码与人类用户进行特定领域的语音或文字交流。这些程序可以通过学习和模仿人类的叙事样式来产生文本，如生成诗歌、故事或新闻。目前，人工智能非人类叙事的成果在一些领域已经被广泛应用。ChatGPT、百度的文心一言、阿里云的通义千问等能自动生成新闻报道、市场分析报告，谷歌词典和有道词典可进行智能翻译。非人类叙事的研究和应用领域还在不断发展中，它们可以帮助我们更好地理解非人类实体的智能和沟通方式，也可以为人类创造出更多的创意和表达方式。然而，非人类叙事也引发了一些伦理和道德问题。鲁云鹏、李春玲就质疑人工智能的创造者是否应该对其产生的文本负责，以及非人类叙事是否会取代人类的创造力和独特性。

尚必武提出非人类叙事的研究不仅有助于我们在理论层面上丰富和推进现有的叙事学，同时也为人类反思自我和完善自我提供了素材，在实践层面上成为激发人类重审自我、审视人类世界的一个动因。此后，尚必武对非人类叙事进行了分类，提出非人类叙事主要包括自然之物叙事、超自然之物叙事、人造物叙事和人造人的叙事四个类型。① 就功能而言，非人类实体“在故事层面上，他们以人物的身份出现；在话语层面上，他们以叙述者的身份出现”②。非人类叙事可以讲述事件、推动事件的发展和转换视角以重新观察事件。

从叙事学的视角来看，《大地》三部曲的叙事主要集中在主人公王龙及其身边人物的经历上。作品的主要焦点是人类角色的情感、行为和思想，以及他们在中国农村社会中的生存和发展。赛珍珠通过人类角色的视角和经历来传达故事的主题和意义。《大地》三部曲虽然描绘了农民与土地的紧密关系，但它并没有过多涉及非人类实体或非人类角色进行叙事活动的情节。因此，《大地》三部曲总体来说是以人类叙事为主体叙事类型的。然而，作品中也有少量的非人类元素在叙事中扮演重要角色，包括土地、洪水、动物和灵魂等元素。在整部小说中，土地本身被描绘成一种塑造人物生活的强大力量，成为最核心的非人类实体，有自己的叙事方式，影响

---

① 尚必武：《非人类叙事：概念、类型与功能》，《中国文学批评》，2021年第4期，第121页。

② 同①，第124页。

着人物的生活和命运。土地的富饶丰收与天灾下的饥荒残酷反映了真实人类社会中生与死的周期性。总体来说，《大地》三部曲的非人类叙事类型涵盖了自然之物叙事和超自然之物叙事的范畴。

一、土地叙事

“土地”或与其相近的词语在《大地》三部曲中共计出现了291次，特别是在《大地》一书中出现了171次。这与书名相吻合，同时也与王龙家族和土地之间的关系相契合。土地见证了王龙家族的成长。王龙基于传统的土地情结与土地建立了深深的联系和深厚的情感。一直以来，王龙都明白“正是这块地，建成了他们的家，为他们提供食物”①，即便“大户人家也是乡下来的，根是在地里”②。王龙一生跌宕起伏，但始终对土地有着深深的感情，年老之后坚持离开县城的大宅院回到紧邻土地的故居。他明白“仁慈的土地不慌不忙地等着他，一直等到他应该回到土里的时候”③。在临终之时，王龙还不断告诫自己的儿子们：“我们从庄稼地来……一定要回到庄稼去……你们守得住土地，你们就能活下去……谁也不能把你们的土地抢走……你们要卖地，那可就完了。”④ 正是这种强烈的人与土地之间的情感，使得土地在王龙的身边呈现出非人类叙事的特征。

尚必武认为，人们长久以来习惯于将自然之物看作故事世界的背景环境，忽略了它们作为叙事主体而存在的可能。旱灾来临之时，土地的旱情根本不是人力所能缓解的。大地在诉说着自然规律的冷酷：没有了神眷顾的人，总会厄运连连。初夏时节本应下雨，可是一直不下，烈日没日没夜地无情地曝晒。焦渴的土地，老天爷管不着。⑤ 洪水退去之后，土地焕发了生机，王龙看到“他的土地

---

① 赛珍珠：《大地三部曲》，王逢振等译，人民文学出版社，2009年，第18页。

② 同①，第183页。

③ 同①，第210页。

④ 同①，第210页。

⑤ 同①，第41页。

在烈日的照射下闪耀着光芒”①。王龙的土地此时展示着新的希望。

一直对土地和田园牧歌式生活有着强烈向往的王源避祸来到美国之后，认为这儿的泥土新鲜洁净，没有人类的残骸，充满野性，与哺育自己的民族的泥土相差甚远，因这新民族中，还没有足够的死者来渗透这里。② 通过生活环境的对比，王源知道在他的故乡，中国人的肉体已渗透了那片土地，而美国的土地比那些努力要占有它的人更加精壮。美国人因野蛮的土地而变得野蛮起来，他们丰衣足食的生活中带着原始的野蛮。从土地的视角，王源认为是肥沃的土地让美国富强起来的，因此也致力于农业学习和研究，渴望通过自己的方式回去改变彼时中国贫穷落后的状态。

总体来说，在《大地》三部曲登场的诸多人物之中，有些人拥有土地，有些人售卖土地，但仅有王龙和王源祖孙二人真正与土地构建了情感纽带，并因此与土地产生了沟通和共鸣。土地的自然之物叙事得以在作品中承担部分的讲述功能和观察功能，也凸显了王龙和王源与土地之间的深刻联系。

二、洪水叙事

《大地》三部曲的叙事进程也受到干旱、洪水和风暴等自然现象的影响。这些非人类元素直接影响着角色的生活，影响着他们的生计、生存和决策。这些自然事件增加了叙事的深度，突出了人类的脆弱和坚韧。陈业新通过档案统计，认为皖北地区洪涝灾害频繁，具有普遍、连年和集中的特征。连年范围广大的洪涝灾害对皖北地区的农业经济和社会发展产生了深远的负面影响。孙语圣考证了 1931 年大水灾作为民国灾荒史上一次规模空前的重大自然灾害，造成的极大的社会创伤和全方位的社会震颤。

洪水是暴雨、急剧融冰化雪、风暴潮等自然因素引起的江河湖泊水量迅速增加，或者水位迅猛上涨的自然现象，是自然灾害的一

① 赛珍珠：《大地三部曲》，王逢振等译，人民文学出版社，2009 年，第 126 页。
② 同①，第 572 页。

种。洪水在人类历史上一直存在，并且对人类社会和自然环境造成了巨大的影响。洪水不仅在现实生活中对人类社会和自然环境造成了巨大的影响，在文学中也被广泛描写和探讨。在文学中，洪水常常被用作一个象征性的意象，代表着毁灭、困难、挑战和重生。洪水描写可以体现人类对自然力量的敬畏和无力感，同时也可以展现人类的顽强和勇气。在世界文学中，洪水叙事可以追溯到古代的神话和宗教故事。大禹治水和诺亚方舟的故事就是关于洪水的著名描写。这些故事展示了古代人类对于世界的认识和面对灾难时的态度与决心。在现代文学中，洪水叙事也时有出现。美国作家马克·吐温的小说《汤姆·索亚历险记》中就有关于洪水的描写。该作品讲述了主人公汤姆和他的朋友哈克在一次洪水中的冒险经历，通过洪水叙事有力地展现了汤姆和哈克的勇气与智慧。①

龙子珮提出人类对洪水的治理和抗争从未停息，因此，洪水叙事的核心始终是人。人类在遭遇洪水时必然要面对各种复杂的问题。《大地》三部曲中共描述了三场洪水，王龙、王虎和王源三代人都各自经历了一场大洪水。“洪水”一词共计出现了 33 次。洪水意味着灾难和灾荒，每当洪水来临，底层百姓受到的损失最大，遭受的苦难也最多。在《大地》三部曲中，洪灾对于贫困的农民来说是致命的打击，对于拥有资本力量的地主阶级来说则是发家致富、扩大土地资本和财富的良机。青年时期的王龙是一个守旧而弱小的自耕农，只能靠天吃饭，逢年过节就要敬天祭神，绝不敢对神灵有半点不恭敬。富裕起来的王龙在思想上和行动上都有了很大的转变，开始自大而骄傲地对神灵不屑一顾：“我从来没有从老天爷身上得过什么好处，烧香也好，不烧香也好，他总是做缺德的事，咱们还是去看看地吧!”② 此外，他开始嫌弃不解风情的结发妻子阿兰，并花大价钱迎娶了娇媚的荷花，最终使阿兰郁郁而终。第二年的春天，河水冲破了一座又一座堤岸，一直冲得那地方的人谁也

---

① 马克·吐温：《汤姆·索亚历险记》，张友松译，人民文学出版社，2021年，第 172-183 页。

② 赛珍珠：《大地三部曲》，王逢振等译，人民文学出版社，2009 年，第 161 页。

不知道原来的河堤在什么地方。河水像海一样淹没了周围的良田，小麦和稻秧都已沉入水底。一座座村庄变成了孤岛。[①] 洪灾使那一年颗粒无收，整个皖北地区哀鸣遍野。人们因为遇上了荒年而愤恨抱怨。面对灾难，有些人去了南方逃荒乞讨，还有一些天不怕地不怕的人选择加入了乡下四处蜂起的盗伙去抢劫那些富户和地主。王龙家里积存着大量的粮食和金银，整日大门紧闭守护着自己的财富，不让他不认识的人进来。凭借叔叔与当地盗匪的关系，他家里的粮食、钱财和女人才得以在洪灾中保全。随着春天转入夏天，逃避洪灾的人们又都回来了。王龙开始放高利贷和低价购得更多的土地。有一些人不愿意卖地，但没钱买种子、耕牛和犁，便只有用自己的女儿来换钱。因为人们都说王财主有钱有势，心肠也好，所以很多人到王龙这里来，希望他能买他们的女儿。一场洪水让王龙既博得了好名声，又积累了更多的土地和财富。洪水叙事见证了自然的无情、底层百姓的无助和地主阶级的贪婪。

在《儿子们》中，已经壮大成为皖北地区实力军阀的王虎也遇到了一场洪水危机。“春季适时下了雨，可不要雨时它仍不停地下，日复一日，直至夏天还在下。地里长的麦子都烂在地里，泡在了水中，好好的农田都成了烂泥水洼。那条小河本是一股平静的溪水，现在汹涌地咆哮着，把两岸的泥土冲塌、卷走，接着又摧毁了内堤，然后一泻而下，连同泥沙一起涌入大海，沿途数十里清澈碧绿的水全被污染了。”[②] 待到水淹没了房顶，土墙坍塌下去，无助的百姓就只有挤身于船里或木盆里，或是爬到依然露在水面之上的堤坝和土丘上，甚至待在树上。天灾之下，“不光是人，连野兽和蛇都如此。那些蛇成群地爬上树，攀在树枝上，也不再怕人，在人群中乱爬，人们简直不知洪水和蛇哪样更可怕了”[③]。眼看时间一天天地过去了，洪水却没有一点退去。此时的王虎面对的最让他头疼的难题是别人只需要养活自家人，而他有大量的士兵要养。军阀

① 赛珍珠：《大地三部曲》，王逢振等译，人民文学出版社，2009 年，第 162 页。
② 同①，第 447 页。
③ 同①，第 447 页。

手下的兵痞们没有信仰，动不动就发牢骚，只有吃得好、钱拿得多才能满足，只有得了报酬才尽忠心。洪水持续了整整一个夏天，秋天颗粒无收，等冬天来时，王虎一点税收也得不到。年终时，他山穷水尽，没钱给士兵发饷。在农历新年时，为了稳定军心，王虎只得在惊恐中痛下杀手，打死了六个来请愿的士兵代表。这一幕正好被王源看到。王源惊惧于父亲的残忍和无情，从此痛恨战争和杀戮。洪水退去之后，土地又恢复生机。王虎欣喜地认为："也许是老天爷用天灾来给我算命，前些年我太舒服、太满足了。许是用这场灾来激励我，有这么一个儿子继承我的事业和财产，我该更发奋才是。"[①] 而实际上，从王源看见他杀人的那一刻起，父子关系就出现了深深的裂痕。此刻，洪水叙事诉说着军阀在利益面前的残忍无情和灾难面前普通人生命的脆弱。

《分家》一书临近尾声时，王源在新首都经历了一场大洪水。雨下了一个月还没有停的迹象，大河开始涨水，潮水流进了一些小河和运河。滚滚的洪水又来了，到处都可以看到。如果有洪水，饥荒就不远了。[②] 洪水袭来之时，革命政府的统治者已经变得沉沦、腐朽，没有承担起抗灾减灾的职责。民间充满着各种失望、怨言与不满。"今年，百年不遇的大雨下个不停，人们知道肯定要发大水，接着便是饥荒。混乱腐朽的新时代使得人们愈来愈胆大妄为，他们已顾不上什么礼仪道德了。"[③] 阴雨绵绵，王源从外国带回来的精心培育挑选的颗粒饱满的麦种同样腐烂在了泥泞的黏土中。这些象征着西方思潮的麦种曾经在中国的大地上迅速地发芽并长高，欣欣向荣。但中国的土地和天空对它们来说都是陌生的，这些麦种由于没能自然地深深扎下根去而腐烂了，被糟蹋了。同样，西方的思潮在沿海城市可以广泛地传播，但是缺乏更大的群众基础，不能被最广大的民众接受。看到外国麦种死亡，旁边的农民嘲讽地说："外国麦子不行了吧！它蹿得快，长得又高又肥，但它没有后劲！

① 赛珍珠：《大地三部曲》，王逢振等译，人民文学出版社，2009 年，第 466 页。

② 同①，第 697 页。

③ 同①，第 701 页。

当时我就说，用这种又大又白的种子真是违背天意。瞧我的麦子，泥土虽然太湿，但它却不死！"① 王源看到那些本土的矮小硬朗的麦子稳稳地在泥浆中站着，发育不良，低矮瘦小，但没有死。那些中国传统的思想和文化虽然有着种种不足，但是经历了"洪水"的洗礼依旧植根在人们的心中。第三次洪水叙事见证了西方思潮在中国的水土不服和失败，反思了那个动荡的年代之中，什么类型的文化、思想和发展方式更加适合有着悠久历史和文化又地域广大的中国。

三、动物叙事

很多文学作品中的主角身边都伴随着动物的身影，动物在故事线的发展中，尤其是在与角色的互动中，扮演着重要角色，推动着情节的发展。唐克龙认为，中国传统思想中不存在视动物为"生命主体"的逻辑发展线索，中国当代思想也没有发展出视动物为"生命主体"的伦理观。随着生态文学的兴起和生态危机的产生，国内逐渐出现了批判、否定人类中心主义立场基础上的动物伦理叙事趋势。一些文学作品中出现了视动物为伦理主体的自觉的生命意识，这一趋势经历了曲折复杂的演变过程。陈佳翼进一步对动物叙事的概念进行定义，认为动物叙事是有关动物的文学叙事。具体而言，动物在文本叙述中所处的地位并未有严格的限制，既可以是整篇叙述与倾注表达的中心，也可以只是涉及相关的动物描写，但相关描写必须与作品的主题思想有关，即文本中的动物形象要能体现出其自身与作品主旨性诉求相勾连的具体指涉意义与应有的效度空间，使之体现出叙事、象征、隐喻、拟实等重要功能，能在通篇叙述之中占据一个相对重要的篇幅空间。随着生态文学在新世纪的崛起与发展，以动物为主体的非人类叙事视角构建的小说作品不断涌现，动物叙事这一新兴的非人类叙事分支概念术语成为生态小说发展的产物之一。

---

① 赛珍珠：《大地三部曲》，王逢振等译，人民文学出版社，2009 年，第 698 页。

虽然《大地》三部曲在创作过程中没有受到生态主义和动物伦理的影响，但是赛珍珠在对中国皖北农村的日常观察中描述了许多动物，这些动物包括牛、鸡、狗、鱼、猪、鸭、乌鸦、羊和鹅。各种动物在文本中出现的频率各异。经过分析可以发现，很多动物只是日常叙事中的客体，能够有限承担非人类叙事功能的只有牛、乌鸦和狗三种动物。这三种动物在叙事过程中起到了讲述事件和转换视角的作用。

（一）耕牛叙事

谭显明发现，牛在中国古代文学里的形象往往与田园牧歌、神话传说、民间风俗、军事阵法（战国田单火牛阵）、名人沉浮、文化积淀以至作者个人遭遇紧密相连。因此，牛成为诗人、作家托物寓意的物象、抒情言志的客体和叙事写实的角色，给读者以艺术享受和思想启迪。牛在众多的文学作品中对人物性格起到了烘托、渲染或陪衬作用。文学作品的核心是表现人，抒发作者的感情，因此即使是直接以牛为叙事主体的牧牛诗和《牛赋》，其实质也是作者抒情言志的产物，借牛来表达自己的情感。韩宇芳提出牛在中国作为重要的生产生活工具，与农业和日常生活关系密切，因此人们对牛的感情深厚，其文学形象更加积极和正面。

黄交军、李国英认为，耕牛一直以来是皖北农耕文化中最为典型的动物符号。《大地》中王龙耕田的牛代表着他与大地的联系，以及他对非人类世界的依赖。耕牛是王龙家中最宝贵的财产，因此到了晚上就把它拴在厨房里面。王龙成亲的那天清晨，烧好热水后，他走进倚着住屋的一间耳房——他们的厨房，里面黑黝黝的，一头牛左右摇晃着它的脑袋，从门后近吟着招呼他。[①] 王龙家人丁稀少，自从母亲去世后只有父子二人相依为命。在这种孤独的环境中，王龙和他的耕牛在长期的农业生产中建立了深厚的情感。在迎亲的日子里，家中通常会有各路亲朋好友前来贺喜。赛珍珠在文本中以耕牛作为叙事主体第一个向王龙表达问候，进一步凸显人和牛

① 赛珍珠：《大地三部曲》，王逢振等译，人民文学出版社，2009 年，第 3 页。

之间宛如好友的亲密。这也为后来的杀牛和买牛事件进行了铺垫。有了牛，农民才可以更好地在土地上耕作。少量的以耕牛为主体的非人类叙事能够使读者深刻理解王龙对土地和农业生产的热爱。

（二）乌鸦叙事

乌鸦是一种常见的鸟类，通体黑色，叫声嘶哑。这一动物形象在文学作品、神话传说中随处可见。齐鸽研究了乌鸦象征意义的流变，认为从遥远的北欧神话到现代的“乌啼兆凶”，乌鸦大都与灾难和厄运相连。《大地》三部曲中也多次提到了乌鸦。王龙的第三个孩子降生了，得知是女孩之后，“王龙一动不动地站着。一种不祥的感觉涌上心头”①。再加上叔叔前来借钱，王龙一整天都怒气难耐。在那个男尊女卑的时代背景下，王龙一想到生了女儿就感到气闷。苍茫的黄昏，灰暗的天空中一群深黑的乌鸦大声呼叫着从王龙头顶上飞过，并在他的头顶上盘旋，发出使他生气的哑哑的叫声。最后，它们向黑暗的天边飞去，像一团云一样消失在他家周围的树林里。② 王龙立刻断定这是一个不祥的征兆。以乌鸦为主题的叙事放大了王龙心中的苦闷，也预示着新的不幸即将降临。在第二部《儿子们》中，军阀混战的时代背景下民不聊生，每天都有大量的死亡和不幸场景出现。有时候就连王虎这样的军阀也不由得感慨老天爷的狠心，看到“没东西吃的这些日子里只有吃死人肉的乌鸦在水面上来回盘旋着”③。

与大多数文学作品相似，赛珍珠把乌鸦的出现与灾难的开端连接起来。每一次以乌鸦为主体的叙事都伴随着主人公的厄运，乌鸦以观察者的身份见证了彼时的社会黑暗与主人公遭遇的各种困境。

（三）野狗叙事

狗同样是在文学中频频出现的动物，多充当修辞的工具。不同的作家笔下，狗的象征意义跨度很大，蕴含着不同时代的文化心理，也体现了作家的审美意识。李灏从跨文化交际的视角研究了狗

① 赛珍珠：《大地三部曲》，王逢振等译，人民文学出版社，2009 年，第 39 页。
② 同①，第 40 页。
③ 同①，第 451 页。

的文化符号和象征意义，认为所有动物里，狗是最具争议性的动物之一。狗既象征了忠诚、善良、报恩，又是愚昧、残忍、奸诈的化身。和平年代的狗是人道主义的温情载体，而乱世和灾患之年的野狗则让人恐惧不已。

在饥荒肆虐的日子，整个村庄的人都在挨饿，也就是在这个最为难熬的时间节点，王龙和阿兰的第四个孩子降生了。艰难生下孩子后的阿兰招呼王龙进去，进屋之后的王龙看到地下横着一具婴儿的尸体。在重度的饥饿之中，王龙甚至没有什么悲伤，就默默地用破席子包了死婴送往村子西边的小山坡上。他还没有来得及把尸体放好，一条饥饿贪婪的狗已在他的身后徘徊。这条狗已经饿极了，即便王龙用石头打在它的肋骨上也不肯跑开。[①] 王龙最终捂着脸跑开，不忍看接下来的悲惨一幕。野狗的作用和乌鸦一样，赛珍珠通过短暂的非人类叙事手法，让读者从新的视角观察到灾难的残酷无情和当时人们在灾荒面前的无力。

四、超自然之物叙事：灵魂叙事

除了自然之物叙事，赛珍珠还在《大地》三部曲中以超自然之物叙事的手法讲述了王龙对其家族的深远影响。超自然之物的叙事涵盖了以神话、传说、史诗中的神鬼、异兽，以及诸多科幻文学中的外星人为主体的叙事。克拉克（Clarke）在研究了自然历史中的各种鬼魂传说后，认为灵魂叙事更多地是一种文学和哲学概念，是用以描述个体内心体验和思想的叙述风格。庞特指出，在文学方面，灵魂叙事可以追溯到现代主义文学运动，如詹姆斯·乔伊斯的《尤利西斯》和弗吉尼亚·伍尔夫的《到灯塔去》。这些作品以意识流的方式将读者引入主人公的思想、回忆和情感世界。中国清代文学家蒲松龄的《聊斋志异》更是超自然之物叙事的典范。

尽管灵魂叙事在学术研究中的关注度相对较低，但它在文学和

---

① 赛珍珠：《大地三部曲》，王逢振等译，人民文学出版社，2009 年，第 50 页。

艺术创作中具有重要的地位。[①] 通过此种叙事手法，作品可以更加深入地探索人类情感、思想和存在的问题。在文学和电影创作里面，鬼魂叙事常见于恐怖、惊悚和神秘题材作品中。在鬼魂叙事中，故事通常以鬼魂或幽灵的视角展开，通过他们的观察和回忆来推动情节发展。鬼魂叙事的起源可以追溯到古代神话和传说，许多文化中都有关于鬼魂和幽灵的故事。在欧洲文学中，莎士比亚的《哈姆雷特》和狄更斯的《圣诞颂歌》都采用了鬼魂叙事的元素。在现代文学中，鬼魂叙事也得到了广泛的应用。例如，美国作家亨利·詹姆斯（Henry James）的小说《螺丝在拧紧》（*Turn of the Screw*）中，主人公通过与鬼魂的交流来解开谜团。英国作家露西·克拉克（Lucy Clarke）的惊悚小说《女孩中的一个》（*One of the Girls*）则以幽灵的视角讲述了一个关于家庭和记忆的故事。电影也经常使用鬼魂叙事的手法。例如，斯坦利·库布里克的电影《闪灵》中，一个鬼魂的存在推动了整个故事的发展。另外，《第六感》《阳光清晨》等电影也通过鬼魂叙事探讨了人与灵魂的关系。总的来说，鬼魂叙事是一种引人入胜的创作手法，鬼魂视角有助于探索人类的内心世界和超自然现象。它在文学和电影中都有广泛的应用，为读者和观众带来了独特的欣赏体验。

在《大地》的尾声，年迈的王龙即将走向死亡，但是王龙强健的肉体并不打算让灵魂离开自己。在肉体的无数次的坚持中，一天就这样过去了。当肉体与灵魂搏斗时，王龙感觉到了，而他害怕这场灵与肉的搏斗。王龙年轻时是一个身体强壮、精力旺盛的人，对他来说，肉体大大多于灵魂的存在。他珍惜自己的肉体，对灵魂的即将逝去感到万分恐惧。[②] 弥留之际，王龙感到极度虚弱，“似乎他的灵魂已经悄悄离开了他的躯壳”[③]。当他看见只有年轻的小妾梨花坐在自己的身边时，他感受到身体弱得自己都开始害怕了。

---

① 张婷：《基于灵魂叙事的小说艺术：评阿来的长篇小说〈云中记〉》，《绵阳师范学院学报》，2020 年第 1 期，第 113 页。

② 赛珍珠：《大地三部曲》，王逢振等译，人民文学出版社，2009 年，第 214 页。

③ 同②，第 215 页。

他一口气艰难地冒到嗓子眼，从牙缝里勉强挤了出来，声音如蚊子一般，寻求临终的安慰。王龙死得并不平静，虽然他临死前梨花在不断地安慰他，但是在灵魂即将消失的时候，他那濒死的身体跳了起来，四肢向周围胡乱地挥去。他那瘦骨嶙峋的手朝上一挥，正好打到了向他倚去的梨花。① 灵与肉的分离、死亡的降临是如此可怖。王龙一生经历了坎坷与动荡，在困境中依赖大地的力量而崛起成为皖北地区有名的财主，但人类同大地上生长的一切生物一样难逃一死。

王龙的肉体虽然逝去，但是他的影响和威望在王家依然存在。"王龙生前那么结实，他身上的七魂是不容易散去的。他的七魂似乎真的没有散，整个房子里总是听到一些稀奇古怪的声音，女仆们夜里躺在床上也会喊出声来，说是阴风抓住了她们，弄乱了她们的头发，要不就是她们听到窗格上发出格格的声音，再不就是厨子的锅会忽然失手掉在地上，丫鬟端的碗也会打翻在地。"② 家里人以种种方式感受到王龙死后的余威。直到七七四十九天之后，儿女和送葬的队伍把王龙埋葬到大地之中，"王龙的血肉之躯溶化并流入大地的深处。他儿子在大地上面为所欲为，他却躺在大地的深处，他仍然有自己的那份份额"③。王龙死后，王虎还时时能感到来自父亲的压力，于是不等过完守孝期，就带着士兵匆忙离开了故居。他对自己终于能离开这个地方感到高兴，这里似乎总有某种来自他父亲的力量压抑着他，而他却无力反抗。④

王龙的第二房小妾梨花一直对他有一种复杂而又真挚、长久的情感。虽然王龙早就死了，但对于梨花来讲，他的灵魂却一直和她在一起，从未离去。她相信，如果她真的被卖掉，王龙肯定会知道的。的确如此，不论白天还是晚上，常常会有一阵凉风向她面孔袭来，或是一阵旋风沿着路边刮过去。这种风阴阴的，人们都觉得害

---

① 赛珍珠：《大地三部曲》，王逢振等译，人民文学出版社，2009 年，第 216 页。

② 同①，第 220 页。

③ 同①，第 232 页。

④ 同①，第 234 页。

怕。据说，这是死者的灵魂刚刚从这里经过。每次有这种风吹向梨花时，她都相信这是王龙的灵魂来看她了，每次她都会抬起头来微笑着迎接这风。① 知晓儿子们开始背离土地、售卖王龙辛苦积累的土地时，梨花认为："老爷会替自己报仇的！别以为老爷离我们很远，他的魂灵就在他土地上空，他要是发现地被卖了，他一定会想办法教训那些不听话的儿子的！"② 王龙对土地的热爱不仅触及妻妾和儿子，连孙子王源也受到影响。王虎一心想把儿子培养成厉害的军阀，当王源毅然决然地拒绝了父亲时，在王虎看来，"他的父亲，那长眠地下的老人，又一次伸出他那只满是泥巴的手，搭在了他的儿子肩上"③。王虎只有怅然若失地接受王源的选择。

灵魂叙事扩展了王龙存在的空间和时间，把王龙与其家族成员的命运紧密地联系在一起。作为王家财富和土地基业的创始人，王龙对家族有着深远而巨大的影响。王龙的基因和灵魂寄居在其后代的身上：王虎痛恨土地的束缚而叛逆地成为一代军阀，王源天然地热爱土地，渴望回归土地的怀抱。王龙的灵魂见证了王家的兴旺与衰落。

非人类叙事是一个跨学科的研究领域，涉及文学、语言学、文化研究、人工智能等领域。尚必武认为，非人类叙事探讨的是非人类生物或实体进行的叙事活动，以及这些叙事活动的意义和影响。总体来说，赛珍珠的叙事以人的视角及其与周围世界的互动为中心，虽然会触及与自然和环境相关的非人类主体，但很少涉及非人类实体或非人类视角的写作活动。《大地》三部曲关注特定历史背景下中国农民出身的王龙家族的发展经历，在叙事中加入非人类元素是为了突出人类与外部世界的相互联系，强调非人类力量对彼时人类生活的影响。《大地》三部曲是以人类角色和视角为基础的，通过描述人类的经历和情感来传达故事和主题。少量的非人类叙事可以适度地转换视角，让读者更加深刻地认识和理解当时冷峻的社

① 赛珍珠：《大地三部曲》，王逢振等译，人民文学出版社，2009 年，第 274 页。

② 同①，第 276 页。

③ 同①，第 472 页。

会现实。

赛珍珠聆听到了地球上另一些人群的心声，体会到了发展中国家潜在的巨大活力。在这个意义上，赛珍珠被视为沃尔科特们这批后殖民主义作家的先驱者。① 其作品中的非人类叙事可以帮助读者理解文学叙事的目的、意义和社会背景，进一步理解作家借助作品所表达的核心意图。通过探索赛珍珠作品中的非人类叙事，可以发现不同叙事主体之间的认知和表达能力存在差异；同时，读者可以更好地理解人类与其他生物和实体之间的交流、理解及观察方式的异同，进一步拓展对信息和语境的认知，进而丰富赛珍珠研究的成果。

第二节 赛珍珠作品中的皖北文化生活元素

信息技术的飞速发展与学科融合的研究趋势对文学研究的方法和手段产生了深远的影响。20 世纪 80 年代以来，随着语言学的快速发展，语料库语言学（Corpus Linguistics）的跨学科应用前景受到越来越多的学者们的重视，语料库语言学和文体学逐渐融合形成了语料库文体学（Corpus Stylistics）。研究者开始借助语料库及其检索软件，以实证手段对语篇中的言语、写作特点和思想表达进行描述。研究者可以通过这种新的研究途径对文学文本的文体特征进行定量描写和定性分析，从而为文学作品的分析和欣赏提供一个崭新的视角，为文学批评的发展提供广阔的前景。文学创作离不开特定的时代背景，文学作品的特定词频分布研究可以很好地呈现不同时期的社会现状、文学风向及社会发展趋势。② 李菁瑶基于语料库软件对著名戏剧文学《雷雨》展开了分析；赵小克等基于词频分析法对顾城的诗歌进行了解读；夏朋飞基于词频分析法对《水浒

---

① 郭英剑：《赛珍珠：后殖民主义文学的先驱者》，《河南师范大学学报（哲学社会科学版）》，1994 年第 6 期，第 75 页。

② 李晋、郎建国：《语料库语言学视野中的外国文学研究》，《外国语（上海外国语大学学报）》，2010 年第 2 期，第 82 页。

传》进行了词频探析并解读了其文学意义。研究者认为基于词频分析法对《大地》三部曲进行分析和解读有助于丰富赛珍珠研究的成果，可以更加客观地呈现其作品中的皖北文化生活元素。

张春蕾解读了赛珍珠诺贝尔文学奖的获奖评语中“对中国农民生活史诗般的描述”，认为“史诗般的”既是就作品鸿篇巨制的规模而言，也指称作品展示的细致而包罗万象的生活场景。魏兰认为《大地》三部曲生动地刻画了皖北地区的民俗、农业、经济和文化元素。本节运用语料库文体学的方法和手段，使用语料库词频统计软件梳理了《大地》三部曲中的常见生活元素，主要包括农作物、色彩、服装质地、饰品、财富单位（金、银、铜）和动物六个系列的关键词，以统计数据为基础绘制了相关的图表进行分析和解读，较为客观地挖掘该系列作品文本所蕴藏的皖北生活元素，同时基于文献研究的方法对数据分析的合理性进行了一定的验证。

一、皖北的农作物

皖北主要涵盖淮河以北地区，包括宿州、阜阳、淮北、亳州及蚌埠、淮南等市县，以平原为主，适宜农作物生长。刘亚中认为，皖北地区自然地理条件虽不及江南，但胜于陕甘，在历史上是重要的粮仓所在。但是由于自然条件的恶化，该地区的农业经济发展在近现代发生了极大的变化。王三星、叶良均对皖北地区农业文化变迁进行了研究，指出：“皖北地处中国南北的交汇处，中国南方的水稻和北方的小麦在此地均有种植，皖北地区农业文化兼有中国南方和北方农业文化的特点。”① 因此，从位于暖温带半湿润季风气候区的皖北地区农业生产中可以观察到各种常见的农作物。在某种程度上，《大地》三部曲从文学的视角见证了皖北地区农作物种植的分布和发展。

研究者对《大地》三部曲中各种农作物出现的频率进行了统

① 王三星、叶良均：《皖北地区农业文化变迁研究：以Y村农作物、农具、节日习俗以及人际关系为例》，《农业考古》，2018年第3期，第249页。

计，如图 4-1 所示。小麦共计出现了 78 次，在所有的农作物种类中排名第一。米出现了 65 次，排名第二。此外，包括大豆、蚕豆、红豆、豌豆的关键字“豆”总计出现了 35 次。词频统计的结论与文本中的陈述也可以相互印证。《大地》中提到，王龙老家的人总显得很悠闲，一年只需应付两季，收的主要是“麦子和稻子，以及一些玉米、豆子和大蒜”①。在种子选择方面，王龙“用三块金子从南方买了些良种——颗粒饱满的小麦、稻米和玉米”②。因此，皖北地区最为核心的农作物只有小麦和水稻、玉米，其他农作物种植并不多，而在南京的粮食市场上，有各种各样的粮食，如白米、深黄和浅金色的小麦、红豆、黄色的大豆、鲜黄的小米、黑白芝麻。③

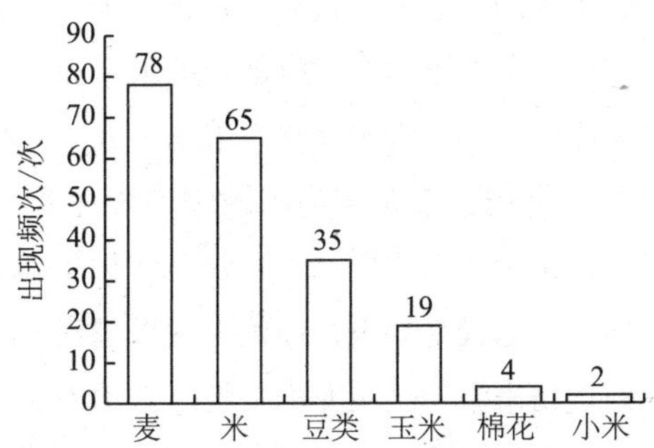

图 4-1　《大地》三部曲农作物词频统计图

皖北地区属暖温带半湿润季风气候，气候条件最为适宜小麦的生长，而且由小麦磨成的面粉制作的面食是皖北地区主要的食物类型，因此小麦是该地区种植最为广泛的农作物。作为质朴而勤奋的皖北农民，王龙每天最为关注的就是地里麦子的长势，即便新婚燕尔，王龙也没有沉迷于闺房之乐，想到的还是他的土地。王龙心中惦记的始终是他的田地。他想着田里的麦子，幻想着下雨之后会有好收成。麦子和收成也是王龙与阿兰为数不多的交流话题。当王龙

① 赛珍珠：《大地三部曲》，王逢振等译，人民文学出版社，2009 年，第 64 页。
② 同①，第 82 页。
③ 同①，第 66 页。

夸奖阿兰面条做得不错时，阿兰将其归功于辛苦劳作收获的上等麦子。

王龙家的小麦和水稻是轮番耕种的。“小麦割过以后，田里放了水插上了稻秧，现在稻子也该割了。”① 健壮的阿兰初次分娩前挺着大肚子在稻田里忙着收割。每次丰收之后，王龙都会在屋里制作用当地的苇席围成的里面装满了小麦和稻谷的粮仓，期盼着待到合适的时机把粮食高价出售给那些城里人。有了财富积累之后，王龙心中第一个强烈的欲望就是拥有更多的土地，于是用多年的积蓄从当地的大财主黄家买来一块靠近护城河便于浇水的稻田，实现了个人财富和土地资本的第一步扩张。

王龙家虽然辛辛苦苦地种植了很多小麦和水稻，但是收获的粮食在平时的年景主要用于售卖，换到的财物用于日常的开销，自己并不怎么舍不得吃。王龙家的主食以廉价的玉米和豆类为主，早饭一般都是用玉米面作粥，日常也是拌点玉米粥或做一些死面的烙饼卷蒜苗。富贵起来之后，王龙家的午饭和晚饭才有了“米饭、白菜、豆腐，还有馒头夹大蒜”②。即便成了当地的大地主，晚年的王龙和父亲一样，还是最喜欢玉米面粥。如果遇到饥荒，甚至连玉米轴都是宝贵的食物来源。当王龙准备把玉米轴扔在一边当柴烧的时候，阿兰立刻提出幼年闹饥荒时连玉米轴都可以碾碎吃掉。

皖北地区只适合一年两种，王龙家种植豆类较少。王龙在结婚当天才在外面买来一些豆腐和肉类。家中使用的豆油是从外面购买的，一般用于夜间照明。王龙家的灯是用小罐头盒做的，里面装上豆油，用棉花搓成的灯芯浸在油中即可点燃。榨油后的豆饼则用于施肥。王龙和佃户之间订立了租地条约，规定“收成的一半归王龙……王龙要提供肥料，豆饼和芝麻经过榨油之后剩下的油渣；佃户们要储存一些农作物供王龙一家享用”③。

至于别的豆类，灾年中存放在地里的红小豆是王龙和老秦一辈

---

① 赛珍珠：《大地三部曲》，王逢振等译，人民文学出版社，2009 年，第 22 页。
② 同①，第 128 页。
③ 同①，第 175 页。

子友谊的物质纽带。饥荒来临时，老秦出于过往的愧疚，把两把因沾上泥土而有些发霉的红小豆送给王龙。这少量的红小豆成了王龙一家人的救命粮食。

文本中没有具体描述棉花和小米的种植情况，只是介绍了棉花在当时的日常用途，如搓成灯芯、填充被褥和棉衣。皖北地区一般认为小米煮粥更易于消化，因此常煮小米粥来照顾病人。王龙的父亲喝得最多的便是玉米和小米熬制的黄粥。当王虎即将走到生命尽头的时候，梅琳细心地煮了小米粥喂他。虽然他一直不开口，但小米粥香甜的味道使痛苦的呻吟少多了。

赵丽莉认为，赛珍珠具备良好的语言条件和积极的交流意愿，能够依托宿州教会日常工作和个人社交能力深入鲜为人知的皖北农村社会，因此对中国农民的苦难命运有了更深的理解、认同和感悟。作为反映皖北地区农民和农业生活的现实主义叙事作品，《大地》三部曲对皖北地区的农作物种植情况进行了较为详细的描述。此外，赛珍珠的丈夫布克在当时是一位颇有声誉的农业专家①，耳濡目染之下，赛珍珠的描述具备相当的真实性和科学性，农作物名称的词频统计则可以从统计视角对当时的皖北农业种植情况进行旁证。

二、彼时皖北乡村的主色调

语言中用来描写自然界各种事物颜色的词可以传递丰富的潜层信息和心理暗示。颜色词的产生和使用与一定的民族及其历史相联系，因此文学作品的文本中往往蕴藏着丰富的颜色词。张清常认为，颜色词的产生和逐步发展丰富，是社会生产逐步发展兴旺而造成的。人们为了模拟自然色彩，便利用植物、动物、矿物以至焦炭烟灰等制造颜料。由于东西方思维相似性和差异性并存，颜色词在文本中的运用分析必须依托彼时的综合语境。陈鑫熠提出，文学作品中的颜色词不仅可以展示作家主观的色彩情感世界，还能够体现

---

① 鄢化志：《文化融合标记与个人情感心结：赛珍珠的中文姓名探微》，《宿州学院学报》，2012 年第 11 期，第 5 页。

作家的主观情绪和对世界文化的理解。蒋栋元认为，颜色是一种视觉效果，由于人类具有相同的生理机制和视觉神经系统，颜色及其语言在文化上有许多共同之处。

皖北的乡村有着丰富的色彩。逃离父亲王虎控制的王源回到了祖居地，不由得感到心情舒畅。“他可以一直望到天地相接的地方，可以看到原野上东一个西一个绿树环绕的小村庄；朝西边望去，远远还可以看到乌黑的、锯齿似的城墙衬着青瓷一般的天空。”① 王源每天去田间骑马散步，体验到了队长口中的“家乡”之含义，知道田野、泥土、天空及荒山就是家乡的一切。自然界的色彩会随着主人公的心情而变化。当王源决定离开时，看到的只是在灰暗的天空下，众多面带愁容的人目光呆滞，嘴唇上没有一丝笑意。他们的衣服是暗褐色的，行动也很迟缓。原本田地里和山坡上孩子们的红外衣及姑娘们的红裤子在灿烂的阳光下也变得不再艳丽了。色彩的转换折射出王源失望和低落的心绪。

如图 4-2 所示，《大地》三部曲中黑色出现的次数最多，构成了彼时皖北乡村的主色调，其次是红色、黄色、灰色和金色，蓝色则最少，一般用于描述普通百姓衣物。

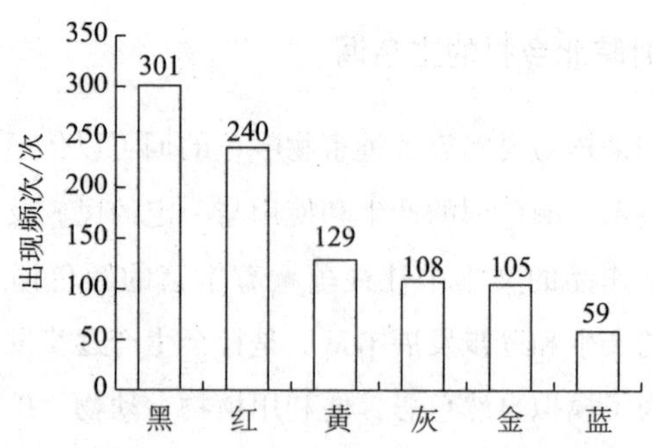

图 4-2 《大地》三部曲颜色词词频统计图

《大地》的叙事线以王龙结婚的日子为起点，以黑暗的色调为开端。文静、桑盖及温凌云等发现在隐喻意义和心理层面上，包括

① 赛珍珠：《大地三部曲》，王逢振等译，人民文学出版社，2009 年，第 488 页。

汉语、英语在内的很多语言都赋予黑色以贬义，认为黑色象征死亡、罪恶、败坏、污浊等。王龙出身于贫苦农民家庭，母亲去世后父子二人依靠土地谋生。家里床上支着的帐子黑乎乎的，被褥里面是多年来变得又黑又硬的棉絮，外面是铜色的天空。家里的厨房黑黢黢的，灶台又黑又硬。[①] 赛珍珠在短短数行中连续使用黑色调的物品以凸显王家的贫苦。

彼时民生凋敝，城里的一切显得黯淡无光，象征着旧社会、旧体制的"古老的城墙在雨中屹立着，威严、黝黑、高大"[②]。王龙走进了阴森灰暗的城门，既拥挤又凌乱的小饭馆里有肮脏的堂倌和伸着黑爪子讨钱的乞丐。前往黄家接亲时，王龙在"大木黑门"口遇到了"左脸上有颗大黑痣，长着三根长长的黑毛"的看门人，正用那双黑爪子捻搓着他黑痣上的长毛。[③] 这一天，有着黝黑的大脸膛的王龙娶了长相一般而且皮肤黝黑的阿兰。常年被烈日暴晒的黝黑肤色表明了夫妻二人穷苦百姓的身份。二人的长子因为无人照看，只能跟随父母在田野里玩耍，黑圆的小脸蛋上布满了皱纹。

同样是黑色，肥沃发黑的土地则象征着富饶和希望。王龙夫妻常年在象征着希望的黑色的沃土上辛勤劳作，有了积蓄后从黄家买了更多油黑肥沃的土地。终于，在新年来临时王龙穿上了阿兰给他做的黑棉布新大衫。阿兰则"把又黑又长的头发梳好，用他给她买的镀银的夹子挽成发髻，然后穿上她的黑棉布新袄"[④]。黑色的衣装相对于蓝色显得更加庄重。有了土地做后盾，王龙一家开始挺起腰板，梦想过上有尊严的生活。

红色在皖北文化中无疑是喜庆的象征，而金色象征着富贵和财富。王龙家附近的土地庙里有"两尊神像是土地公公和土地婆。他们披着用红纸和金纸做的衣服"[⑤]。婚礼当天，王龙家里点燃了

---

① 赛珍珠：《大地三部曲》，王逢振等译，人民文学出版社，2009 年，第 3–4 页。

② 同①，第 696 页。

③ 同①，第 9 页。

④ 同①，第 29 页。

⑤ 同①，第 13 页。

红蜡烛。生了儿子之后，王龙急着到城里去买一斤红糖照顾刚刚生育的妻子，之后又买了一大篮子鸡蛋，统统把它们染红后分给全村的人，分享有了儿子的喜悦。[①] 过年时，红色成了王龙家的主色调。王龙到城里的蜡烛店买了一些红纸方，有印着金色福字的，也有印着财字的。他十分小心地把这些红纸方贴在农具上，求的是新的一年给他带来好运。[②] 此时的阿兰想着要给儿子穿一件红袄和一条红花裤子，戴一顶缀着金色小菩萨的帽子，穿一双绣有虎头的鞋子。[③]

黑色和红色主体上象征了衰败到富贵的两极，赛珍珠还使用灰色描述了一些让人心生冷意的场面。曲春景、童云霞探究了色彩与心理之间的联系，认为黑色、灰色的背景可以营造出一种冷峻恐怖、令人毛骨悚然的环境气氛。灰色皮肤可以增添角色的冷酷阴森。这种从生理、心理而来的规定性使色彩作为表意符号在使用上具有了广泛的沟通和交流能力。进城接亲时，王龙把微薄的积蓄装在“一个油腻腻的灰布小荷包”中，穿过“灰色的城墙”。[④] 黄地主家中常年吸食鸦片的老太太，“小巧的身子穿着闪亮的灰色缎袄”[⑤]。王龙一家供奉着土地爷的土地庙是“灰砖盖的”，“庙墙外面涂了灰泥”。灾难来临前，王龙看到灰暗的天空中有一群深黑的乌鸦大声呼叫着从他头顶上飞过。饥荒中，阿兰生下女儿后，脸是紫灰色的，骨头从皮下突起。经历了多次灾难，富贵起来的王龙改变了自己服饰的颜色。“按照城里人的式样裁剪。他做了件浅灰色的绸子长衫”[⑥]，显得更加冷峻。

蓝色虽然出现的词频较低，但是在服装色彩上使用得非常频繁。张经纬指出，明清以后，长纤维的棉花取代苎麻和木棉成为世界纺织物的主要原料。此外，在人类研发的所有染料中，蓝靛对棉

① 赛珍珠：《大地三部曲》，王逢振等译，人民文学出版社，2009 年，第 24 页。
② 同①，第 28 页。
③ 同①，第 20 页。
④ 同①，第 16 页。
⑤ 同①，第 11 页。
⑥ 同①，第 109 页。

布的着色效果是显著的，也是最稳定的。蓝靛的着色效果和棉布的出现，决定了蓝染布和相关的衣料成为中国清代之后普通家庭和贫苦家庭最主要的着装色调。王龙在成亲那天早晨穿着蓝色的外裤，在腰间系紧蓝色的布腰带。准备去接阿兰时，他走近原先母亲用的箱子，取出一套新的蓝布衣服。临行前，王龙“在蓝布衣服外面，罩上一件同样布料的长衫——他唯一的一件长衫”①。阿兰在黄家大院初次出场时同样也穿着干净的蓝布衣服。阿兰总是沉默寡言，性格与沉稳安静的蓝色极为匹配。朴素而静谧的蓝布衣裤遮住了她所知道的一切。蓝色的衣装在当时非常普及，不仅是在皖北地区，连南京的警卫都穿着特殊的蓝镶红的衣服②，普通百姓，包括革命者也穿着蓝色的衣装。在南京收到的传单上，“一个像王龙那样的人，一个普通的人，又黄又瘦，长着黑头发黑眼睛，穿着破旧的蓝色衣服”③。王源在平坦的地面上可以看到“一些小小的蓝点，那是正在田里为即将来临的春播作准备的男男女女，或是正在乡间小路上行走，准备到城里或镇上去的人”④。爱屋及乌，出于对故乡和土地的热爱，王源觉得美国姑娘玛丽穿蓝色衣服时最可爱，因此有一天他微笑着告诉玛丽自己喜欢姑娘穿蓝色的衣服。玛丽听后高兴地笑了，两人朦胧而又短暂的情感在冷静的蓝色中逐渐升温。

颜色词频分析的结果表明黑色、红色、黄色、灰色、金色和蓝色共同构成了彼时皖北乡村地区的色调。作品中，众多穿着蓝色布衣的贫困百姓在黑暗的社会环境和灰色冷峻的现实中沉默地生活着，只有过年或者生子这样的喜事才给黑暗的主色调背景增添了为数不多的几抹红色与金色。在王龙的一生中，赛珍珠通过色彩的变化暗示黑色的土地能够孕育财富和希望，可以带来更多的红色和金色。王龙依托于土地逐渐发家致富，叙事的色彩也逐渐变得明快。一些浅色系的色彩开始出现在人物的衣装、房屋上，甚至对“女

---

① 赛珍珠：《大地三部曲》，王逢振等译，人民文学出版社，2009 年，第 5 页。
② 同①，第 60 页。
③ 同①，第 74 页。
④ 同①，第 487 页。

人”的希望中。

三、“王财主”家的服装质地变迁

服饰和服装质地属于某个时代，同时也超越时代。文学作品里，人物的刻画常与服饰有着密不可分的关系，人物的性格、身份、阶层、心理活动，甚至故事的发展走向，皆因服饰而凸显。①李永东沿着身体身份、民族身份、社会身份这三个维度分析了半殖民地社会背景下“假洋鬼子”的文学构型，提出了服装与人物心理、文化心态的关系。于江玲提出服装作为文学作品叙事内容的重要组成部分，来源于社会生活，不仅可以体现文学的民族文化、时代背景和生活习俗，还能影响社会生活。臧莉静等相信文学作品中的服饰描写与作品所要表现的主题和人物形象有着紧密的联系，同时也是突出主题、衬托人物命运、体现人物性格的主要方法。

在现代化纤工业出现之前，皮革的价格相对昂贵，皖北地区的服装面料以布匹和丝绸为主。如图 4-3 所示，《大地》三部曲中“布”出现了 152 次，明显高于另一种服装材质“绸”。这种差异与彼时的社会经济发展和人物命运起伏直接相关。

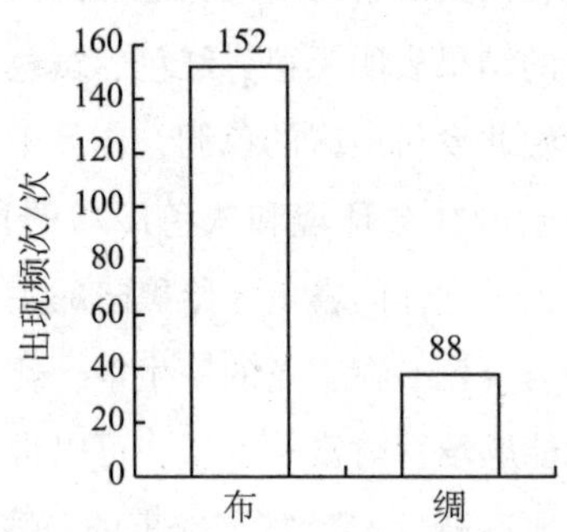

图 4-3　《大地》三部曲服装质地词频统计图

“布”主要出现在《大地》的前半部分，共计 81 次，占比达

① 吴东京：《文学里的服饰解读：两部相关研究专著介绍》，《文化创新比较研究》，2017 年第 1 期，第 35 页。

到53%，与之对应的“绸”在《大地》中出现了36次，占比41%。当时王龙家境贫寒，外裤是布质的，腰带是布的，上衣同样也是布质的。和阿兰结婚时，他穿的是崭新的蓝色布衣，外面罩上一件用同样布料做的长衫。王龙家不仅衣物以布匹为主要质地，鞋子同样也以布鞋为主。过年时，王龙一家去布店买了布料，做了黑棉布新袄。在冬日的南京，逃难的王龙深刻体验到了阶级差异：城里的富人们穿着剪裁设计过冬的厚毛皮、轻裘与豪华的礼服，而穷人们身上永远只有粗棉布包裹着。南京城里逃难的女人“把破布缝在一起，为她们接连不断生养的孩子做衣服”①。在南京避难时获得的珠宝被阿兰装在“布包”里精心地保管。返乡后日子过得越来越好，阿兰时常在家里忙家务，“她给每个人做了新衣新鞋，为每张床上做了絮着新棉花的花布被褥”②。

彼时丝绸的价格较高，王龙家由于贫穷，承担不起普通女人“金戒指、绸衣裳”的定亲礼，只能委曲求全地迎娶地主家的使唤丫头。王龙的大儿子降生后，家里高兴得想用一小块昂贵的绸子给他做个斗篷。尽管城里的绸缎行售卖着各种颜色的丝绸，富人们穿着绫罗绸缎，但这远远超出了早期王龙家庭的承受范围。有钱了之后的王龙依然保持着朴素的外表，一副乡下人的样子。在城里富丽堂皇的茶馆妓院中，王龙是唯一一个穿布衣而不穿绸衣的人。

王龙从布匹到丝绸的服装材质变化发生在认识荷花之后。王龙开始厌恶阿兰为他制作的衣服和自己乡巴佬的身份。“他把衣料拿给城里的裁缝，按照城里人的式样裁剪。他做了件浅灰色的绸子长衫，裁制得非常合身，不肥不瘦，他还做了件黑缎子马甲，用来穿在长衫外面。他甚至买了有生以来第一双不是由女人做的鞋，鞋是用丝绒面做的，就同黄家老太爷穿的那一种鞋一样。”③ 接着，王龙又花了大笔的金银给荷花赎身，许诺可以让荷花“天天穿绫罗

---

① 赛珍珠：《大地三部曲》，王逢振等译，人民文学出版社，2009年，第68页。
② 同①，第94页。
③ 同①，第109页。

绸缎，吃山珍海味”①。自此之后，“绸”在文本之中出现的频率越来越高。从“布”到“绸”的词频变化，形象地反映出王龙家的财富积累，以及王龙社会身份和阶级身份的变化过程。

四、宝贵的珍珠：《大地》三部曲中的女性饰品

包括首饰在内的各种日常女性饰品是叙事性文学作品中常见的元素。曹毕飞、窦艳提出，叙事性是女性饰品的主要功能之一。人是社会的主体，各种首饰和饰品作为人类情感与心灵的寄托，可以承载人的精神与故事。冒绮对《海上花列传》中晚清时期上海女性的首饰进行了归类研究，认为作品中的女性往往凭借首饰定义自己社会存在的方式，不同的首饰归属于不同的社会阶层。小说中的女性人物通过首饰的使用进行自我身份和自我存在的确认，同时也表达出自我意识。

如图 4-4 所示，《大地》三部曲中常见的饰品词汇中，“珍珠”出现得最多，共计 23 次；“戒指”出现了 20 次，位居第二；“耳环”排名第三，出现了 8 次。

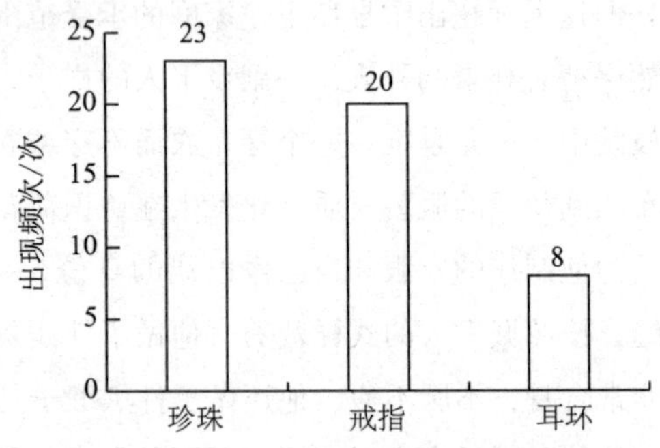

图 4-4 《大地》三部曲饰品词频统计图

潘炳炎考证了我国珍珠养殖和应用的历史，提到珍珠业系人类最古老的行业之一。早在公元前 4000 年埃及就已经有用珍珠制成的装饰品。此外，珍珠还具备美化皮肤的功效。我国对于贝类的观

① 赛珍珠：《大地三部曲》，王逢振等译，人民文学出版社，2009 年，第 115 页。

察和利用远在石器时代便已开始，在人工养殖技术出现之前，珍珠在中国历史上一直是较为稀罕的宝物。在民间，特别是在穷苦百姓之中，珍珠几乎是见不到的。在南京城里，王龙听人说高墙里面佣人吃饭用镶银的象牙筷子，使唤丫头戴玉石和珍珠耳坠，连鞋上也缀着珠子。[①] 穷人们只有在闲聊时才会提到有钱人家的金子，“他每天腰里带的银钱，他的小老婆戴的珍珠，他的大老婆戴的宝石”[②]。珍珠稀缺的属性和洁白的特征激发了阿兰内心深处对美的向往，强烈希望自己能够留下两颗小的珍珠。在获得王龙的许可后，阿兰选择了“两颗光滑的白色珍珠”，“从衣角上撕下一小块布来，把它们包好藏进了怀里；她得到了很大安慰”。[③] 这两颗珍珠是阿兰唯一的个人财富。回到家乡后，阿兰生下了双胞胎。王龙立刻把自己的后代与两颗珍珠联系了起来，阿兰也想着把珍珠打造成耳环在今后小女儿出嫁时当作嫁妆。然而富贵起来的王龙很快就开始嫌弃一直伴随自己的糟糠之妻，为了赢得妓女荷花的芳心，他强行收回了阿兰视若至宝的两颗珍珠。“戴什么珍珠耳环，皮肤黑得像泥土一样？珍珠是给好看的女人戴的。”[④] 绝望中的阿兰泪流满面，只有通过更使劲地用棒槌捣着石头上的一叠叠的衣服来表达内心的抗拒。

赛珍珠以自己的名字“珍珠”作为故事发展的重要节点：逃荒避难之时，获得的珍珠和财富是王龙发家致富的第一桶金；珍珠无疑也是王龙与阿兰夫妻关系的象征，失去宝贵珍珠的阿兰从此备受王龙的冷落。随着小妾荷花被迎娶进门，阿兰也失去了自己在家庭中的地位，从此郁郁寡欢。在《大地》三部曲之《分家》的尾声，两颗珍珠再次出现，与第一部《大地》中的珍珠形成呼应。新娘爱兰安静美丽地坐在那里。她的头在长面纱下低着，面纱由两

---

① 赛珍珠：《大地三部曲》，王逢振等译，人民文学出版社，2009 年，第 71 页。
② 同①，第 73 页。
③ 同①，第 87 页。
④ 同①，第 110 页。

颗珍珠和一圈小巧芬芳的橘花扣在头上。① 在《大地》三部曲中，赛珍珠以珍珠贯穿叙事的全过程，婚礼中珍珠的复现则预示着新的叙事即将开始。

相对于珍珠，戒指和耳环更是女性日常佩戴的饰品，材质多种多样。《大地》开篇时，王龙与父亲买了两只镀金的银戒指和一副银耳环作为订亲的信物。王龙在看到阿兰戴着自己买的耳环和戒指时产生了浓浓的幸福感。同样，戒指和耳环也是财富的象征。黄家老爷常常为“宠妾买玉耳坠，为她们的嫩手买金戒指”②。王龙为了给荷花赎身、纳荷花为妾，付出了一百块银元和一对玉坠、一只翡翠戒指、一只金戒指、两身缎子衣服、两身绸子衣服和十二双鞋。③

值得一提的是，在《大地》三部曲的叙事中，戒指和耳环如果被佩戴在男性的身上则预示着欲望、堕落和血腥。王龙为了摆脱乡巴佬的身份，也仿照城里的富人买了一个镀金的银戒指戴在手上。由此，王龙基本告别了土地和劳作，他与土地之间的情感已然被割裂。有了王龙的财富积累，王家的子孙们告别了土地。王大的儿子“身穿一件淡蓝色的长衫，就是富家子弟们都爱穿的那种孔雀颜色，鞋是进口皮子做的，手指上戴着一枚玉石的戒指，他的发型是最新的式样，往后梳得光溜溜的，还抹了喷香的头油。他的脸色很白，和别的有钱人家的少爷一样，他也不必到大太阳底下去干活，他的手和女人的手一样柔软”④。战争中王虎的两个心腹手下的手指上戴着不义之物，“老鹰硬邦邦的无名指上戴着一只大金戒，屠夫的拇指又粗又大，竟然也套着一只翡翠戒指”⑤，这些无疑是战争中的掠夺之物，背后隐藏着血腥的故事。

五、“王财主”家的财富

物质财富在不同的历史背景下有着不同的存在形式，陈建中和

---

① 赛珍珠：《大地三部曲》，王逢振等译，人民文学出版社，2009年，第637页。
② 同①，第42页。
③ 同①，第116页。
④ 同①，第293页。
⑤ 同①，第407页。

赵留彦分别梳理了晚清到民国初期中国的货币使用情况。当时银两与铜制钱并用，制钱仅用于日常零售交易，因此近代中国仍属于银本位制，白银是最为核心的货币和交易介质。段艳、陆吉康分析了清朝末年的货币本位之争，认为清末政府和民国政府迫于各种社会现实，不得不选择暂行银本位制。王龙最初只有“六块银元、两把铜板”①，后来富甲一方、金玉满堂。《大地》三部曲从王龙家族财富积累的视角介绍了彼时各种财富的存在形式。图 4-5 表明文本中“银子”和“银元”出现的频率远远高于“金子”和“铜板”，印证了白银是当时社会经济生活中最重要的交易媒介和物质财富呈现形式。②

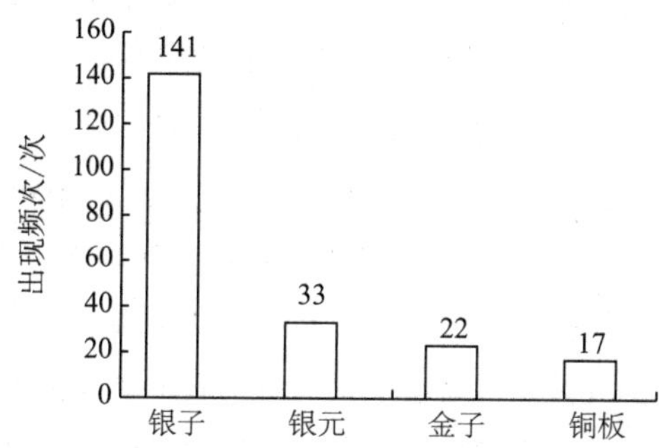

图 4-5　《大地》三部曲财富词频统计图

皖北农村的日常生活中主要涉及银元和铜板这两种制式货币。王龙娶亲之时家中全部的积蓄是“六块银元、两把铜板”，父子二人过着清苦的生活，格外节俭。彼时，两个铜钱能在城里的饭店吃上两碗面条，一个铜钱能换来一杯茶水。王龙进城迎亲前花了四个钱剃头，心痛不已，心不甘情不愿地把钱递到剃头师傅又皱又湿的大手掌里。王龙的父亲在当天多喝了一些茶叶之后不由感慨：这茶叶可贵如银子啊！③

---

①　赛珍珠：《大地三部曲》，王逢振等译，人民文学出版社，2009 年，第 6 页。

②　孙毅：《张之洞的铸币收入与币制改革》，《贵州社会科学》，2017 年第 11 期，第 156 页。

③　同①，第 4 页。

在南京逃难时，王龙靠拉车谋生。在给洋人拉车时，王龙认为外国人多给银钱并不是出于善心，理由应当是洋人们不知道银元和铜板之间的兑换行情，因此给多了工钱。惊喜之余，王龙把银币换成了二十六个铜钱，然后用几个铜钱给饿坏了的一家子买了四个小馒头，还为他的女儿买了一碗稀饭。

返回家乡之前，王龙用南京暴动中收获的三块金子从南方买了些好的粮种，后来又用五块金子买了头耕牛。回到家乡后，王龙用这笔意外之财购买了很多的土地。逐渐富裕起来的王龙开始谋划隐蔽地储藏自己的财富，"最后他女人在床后面的内墙上巧妙地挖了个小洞，王龙把那些银钱塞进这个洞里"[①]。随着财富不断地积累，王龙开始把"一些银子藏在儿子和儿媳妇那间房子的墙缝里……有些银子和金子埋在靠近他那块庄稼地的湖底"[②]。

富贵起来的王龙开始嫌弃沉闷而缺乏姿色的阿兰，还试图摆脱"种田的王龙"这一令他苦恼的身份。他在城里的茶馆妓院迷恋上了娇媚的荷花，财富给了王龙选择荷花的勇气。当杜鹃提出"看中谁，随你挑，把钱给我，我就把她领到你面前"[③]时，王龙立刻试图展示自己的气派。他骄傲地认为自己有足够的银子、金子及土地，能够像城里的富人那样花天酒地。他把手伸进腰里，抓了满满的一把银子出来炫耀自己的富有。之后，王龙愈发地迷恋荷花，并且萌生了纳妾的念头。最终，王龙如愿以偿，以一百块银元为荷花赎身，纳妾的彩礼包括一对玉坠、一只翡翠戒指、一只金戒指、两身缎子衣服、两身绸子衣服和十二双鞋及床上的两条丝棉被子。[④]这与王龙迎娶阿兰时寒酸的彩礼形成了鲜明的对比。

随着拥有的土地越来越多，王龙的财富也在不断地增长。王龙一家在城里购入新的宅院后开销也越来越大，花起钱来也愈发地豪爽。为了麻醉叔叔一家，王龙以一盎司一块大洋的价格为他们购入

---

① 赛珍珠：《大地三部曲》，王逢振等译，人民文学出版社，2009年，第26-27页。
② 同①，第163页。
③ 同①，第104页。
④ 同①，第116页。

鸦片。王龙的儿子们为王龙的棺材花了六百两银子。王龙死后，他的两个小妾住在原先的院子里，每月可以得到二十两银子，而当时“好多人家全家一月的开销也不过二十两”①。在后续的篇章中，王家的儿子对待财富的态度也发生了很大的变化，他们开始享受财富带来的荣耀和权力。王虎在自己的营地发给每个士兵银元以示奖赏。为了赢得手下的忠心，王虎“慷慨解囊，除了用酒肉慰劳、分赏银元之外，还发给大家一些日用必需品”②。《大地》三部曲中描述了皖北地区举行的多场婚礼。王龙和阿兰的婚礼寒酸而简单，仅花费了几个银元和铜板。王虎在家乡迎娶两位夫人的婚礼花费不菲，传统而正规。爱兰在海滨城市大饭店举办的西式婚礼耗资惊人，“无疑爱兰和她的爱人的婚礼是最新式的。那天他们租了许多西洋乐器，到处摆满了鲜花，仅这些就花了几百银元”③。当王源在海滨城市被捕入狱后，为了让儿子出狱，王虎付出了大量的钱财。为了承担王源出国留学六年的花费及太太一家在海滨城市的奢华生活，王虎只有从二哥那里不断借债，欠款高达一万二千五百一十七块银元。

“银子”和“银元”这两个关键词在《大地》三部曲中总计出现了 174 次，而在《大地》中出现了 32 次；“铜板”总计出现了 17 次，全部集中在《大地》之中。从六块银元到家资巨万，赛珍珠的《大地》三部曲中财富名词出现频率变化真实而生动地叙述了王龙家族依靠土地而崛起的全过程，同时也真实地反映了彼时的社会现实和经济状况。

六、皖北地域的动物

皖北大地上生活着各种家畜和家禽。高永艳提出，隐喻和动物隐喻在历来作家的文学写作中都有着非常深刻的含义和影响，文学作品中的动物描述蕴含着丰富的时代文化背景和个人写作情感。

---

① 赛珍珠:《大地三部曲》，王逢振等译，人民文学出版社，2009 年，第 229 页。

② 同①，第 413 页。

③ 同①，第 637 页。

《大地》三部曲虽然不是动物文学的类型，但作品中也出现了很多的动物名称。如图 4-6 所示，在九种常见动物中，“牛”的出现次数最多，达到 105 次；“鸡”“狗”“鱼”“猪”的出现频率大致相当；“鸭”“羊”“鹅”的出现频率相对较低。

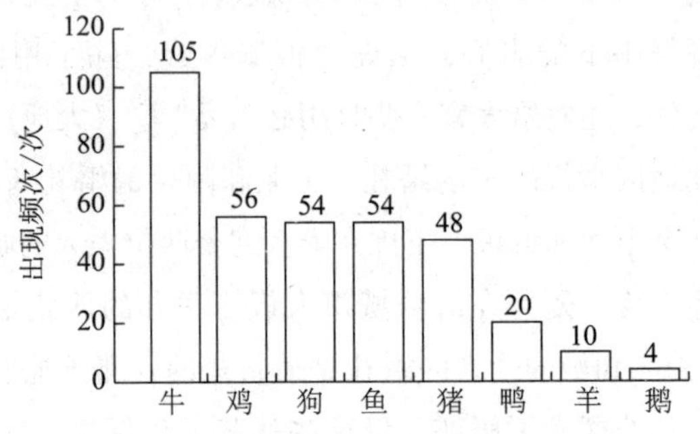

图 4-6　《大地》三部曲动物词频统计图

人力、牛力和水力是中国古代农业生产的主要动力，其中牛耕是最为重要的一种农业生产方式。在现代农业机械普及之前，耕牛一直是农民劳作时最好的伙伴。李根蟠认为，牛的驯养和利用是人类在农业生产历史上的一项重要发明。中国最早的牛耕史料可以追溯到新石器时代晚期的良渚文化，当时人们已经开始使用水牛、黄牛等家畜耕作土地。牛耕是中国古代农业生产中重要的一种方式，对中国的农业发展产生了深远的影响。

黄交军、李国英提出，耕牛一直以来是皖北农耕文化中最为典型的动物符号。《大地》中王龙耕田的牛代表了他与大地的联系，以及他对非人类世界的依赖。故事中各种动物的出现反映出人类与自然世界相互联系。王龙的日常劳作就是把牛套在耕犁上，在自己的田地里辛苦地耕作。在中国古代农业社会中，牛郎织女是男耕女织的家庭劳动力结构的典型形象。结婚之后，当他把套上犁的牛牵出去的时候，阿兰便跟在他后面犁地。① 这也被呈现为田园牧歌式的生活。耕牛是王龙在田里的伙伴，他曾经走在它后面，由着他的

① 赛珍珠：《大地三部曲》，王逢振等译，人民文学出版社，2009 年，第 24 页。

心情夸它或骂它。他早已摸透了这头牛的脾气，一主一畜建立了深厚的情感。田间劳作之余，牛还可以拉着石磨磨米粉，以供在年节时做好吃的年饼。这头任劳任怨的耕牛在当时是王龙家最宝贵的财产，受到的优待则是多喂一些稻草或一把豆秸。当灾荒降临时，王龙让“大孩子整天坐在牛背上，牵着带鼻钩的缰绳，免得被别人偷去”①。当饥荒延续，王龙一家饥饿难耐时，这头牛成了他们唯一的食物来源。王龙的父亲认为“人命关天，这可不是像牛一样，用钱可以买得到的呀”。王龙心有不忍，感叹：“怎么能吃这条牛？以后我们还要耕地呀！”② 阿兰为了全家的生存狠下心，亲手了结了这头牛的生命，一家人得以在灾年存活了下来。作为农民，王龙的心中始终有着耕牛情结，于是在从南京返乡的路上用五块金子从一位农夫那里买下了自己中意的耕牛。在世界上所有的牛当中，他非要买这头不可，他甚至觉得金子和这头牛相比算不了什么。

牛除了可以帮助耕种以外，还是珍贵的肉类来源。自春秋战国，统治者实行“铁犁牛耕”政策以来，牛便成为农耕的主力，地位和作用得到了显著的提升。“禁杀耕牛”的政策使牛肉渐渐远离了餐桌。③ 清末民初，由于政府管控力度不足，牛肉重新出现在餐桌之上。王龙结婚当日筹备的喜宴就包括猪肉、牛肉和鱼。④ 王虎的军队在作战之后，在庙里准备好了几坛酒，还准备了些生猪、家禽，关了三头肥公牛。⑤ 为了鼓舞士气，王虎向手下的士兵许诺：“我要买牛买羊，杀猪，烤鸭烤鹅，让你们吃个够。”⑥ 在王虎结婚之时，牛肉同样出现在了餐桌上。“他已下令全营上下大宴三天，杀猪宰牛、捕鸡捉鸭，凡用于婚宴的，一概由他付钱。”⑦

---

① 赛珍珠：《大地三部曲》，王逢振等译，人民文学出版社，2009 年，第 43 页。

② 同①。

③ 潘淑华：《护牛与杀牛：晚清及民国时期中国牛肉经济引起的争议》，《世界历史评论》，2021 年第 3 期，第 177–203、294 页。

④ 同①，第 14 页。

⑤ 同①，第 280 页。

⑥ 同①，第 290 页。

⑦ 同①，第 352 页。

除此之外，牛还是阿兰的命运象征。自从嫁给王龙，阿兰便像勤恳的耕牛一样任劳任怨，整天默默地付出：为王龙延续后代，操持家务，照顾老人。王龙富贵起来之后，急于脱离乡巴佬的身份，对阿兰日渐嫌弃。王龙的婶子提醒阿兰："可怜的傻瓜，你比牛好不了多少，但一向不中他的意。"① 在城里见到了妩媚的荷花后，王龙对积劳成疾的阿兰更加漠视。他"对她毫不注意，甚至还不如对一头垂下头的牛或不进食的猪那么关心"②。

鸡是《大地》三部曲中出现频率第二高的动物词汇。鸡和鸡蛋是当时普通百姓重要的肉食和营养来源，赠送鸡蛋还是表达情感的重要手段。在皖北传统文化中，有生儿子送红鸡蛋的习俗。于是王龙在有了第一个儿子后，立刻决定要买一大篮子鸡蛋，把它们统统染红后分给全村的人，让大家都晓得他有儿子了，他也有个大胖儿子了。③ 孩子满月那天，王龙全家吃了表示长寿的面条作为庆祝。王龙还把参加他婚宴的那些人请来，给了每人十个煮熟染红的鸡蛋。村里的每个人也都收到了两个红鸡蛋。当王龙决定要让孩子们上学时，他领头带着他们去学校。他用一块蓝手巾包了满满一手巾新鲜鸡蛋，到学校时把这些鸡蛋送给了那位年迈的先生。鸡是皖北农村最为常见的家禽。为了有充足的肉食来源，王龙"买了三头猪和一群鸡，用收获散落的粮食来喂养"④。

鱼和余同音。中国传统文化中一直有着年年有余的美好期盼，鱼也就成了富贵有余的象征。逃荒时，王龙一家在南京城中看到市面上有肉和蔬菜，鱼市上的桶里有活鱼，因此认为这富饶的地方绝不会饿坏人。南京城内似乎在每个角落都有吃的东西。在鱼市那条用石子铺的街上，一排排大筐装着银白色的大鱼，那是夜里在水很深的河里捕的。一些盆里放着鳞光闪闪的小鱼，那是用鱼网从池塘里捞的。一堆堆青色的螃蟹在愤怒的惊恐中蠕动着，彼此相拥相

① 赛珍珠：《大地三部曲》，王逢振等译，人民文学出版社，2009年，第114页。

② 同①，第143页。

③ 同①，第23页。

④ 同①，第94页。

夹。还有蜿蜒蠕动的鳝鱼，那是美食家的佳肴。它们全都用来喂足、喂饱那些大腹便便的有钱人。[①] 于是，在王龙的认知中，鱼和富贵建立了深刻的联系。为了讨荷花欢心，王龙特地找了一个雇工，挖了一个三尺见方的水池，周围用砖砌好，然后到城里买了五条漂亮的小金鱼放到里面。“这时，他想不出还有别的事可做，只好继续焦躁不安地等待着。”[②] 迎娶荷花时，王龙“买了猪肉、牛肉、鱼、笋和果子。他还从南方买来了燕窝做汤。他也买了鱼翅。凡他知道的精品，他都准备得十分齐全”[③]。富贵起来的王龙“从前吃白面烙饼卷大葱就非常满意，可现在却一心想吃美味佳肴。他睡到日上三竿才起，不再动手干活。他对饭菜越来越讲究，他品尝水笋、虾仁、南方的鱼、北方海里的蛤蜊和鸽子蛋等等，这些都是富人用来增加食欲的食品”[④]。《大地》三部曲到了终章时，王源回到了祖屋，看守故居的老妇人找了一块秋天腌制、贮存至今的咸鱼蒸给王源吃。对王源来说，乡野粗鄙的食物比他以前吃的任何食物都更可口，因为他从来没有吃得这样自由。王源把这些东西吃了个精光。年年有余，富贵有余，鱼在中国文化中被寄托了美好的寓意，成为贯穿整个叙事的重要线索。

六畜之一的狗在中国文化中虽然有忠诚的寓意，但在文学作品中很多时候被赋予贬义。赛珍珠撰写该系列作品时主要是面向西方读者，特别是英语国家的读者，因此狗的出现语境和传统中文语境存在一定的差异。例如，赛珍珠多次用狗来形容王龙的家人，甚至王龙本人。早晨喝到茶叶水的王龙父亲“变得似一只叼到新鲜骨头的小饿狗一样兴奋”[⑤]。把王龙年迈的父亲比作一只“小饿狗”，这在中国文学作品中是难以想象的。王龙与叔叔发生争执后，“他

---

① 赛珍珠：《大地三部曲》，王逢振等译，人民文学出版社，2009 年，第 65 页。

② 同①，第 116 页。

③ 同①，第 117 页。

④ 同①，第 176 页。

⑤ 赛珍珠：《大地三部曲》，王逢振等译，人民文学出版社，2010 年，第 4 页，https://yun.baidu.com/s/1vVI2a? _at_ = 1709106243402，访问日期：2023 年 9 月25 日。

叔叔像条被人踢了的狗一样同他翻了脸”①。灾荒降临时，王龙的叔叔像条瘦狗一样，颤抖着满街嚷嚷说村子里还有一个有粮吃的人，这人的孩子还很胖。为了保护珍贵的粮食，王龙“跳起来，像狗扑向敌人那样扑向那些人”②。王龙感觉对妻子阿兰亏欠时“心里觉得不该指责这个多年来一直像狗一样忠心跟着他的女人”③。王龙的儿子醉酒后，“像一条狗一样躺在那儿，吐了一地”④。海滨城市宴会跳舞的大厅堆满鲜花、美酒、佳肴，多得超出人们的需要。在温暖而明亮的房子里，王源仿佛步入了希望忘却的另一个世界。灰暗寒冷的街头，有很多乞丐和没有生计的穷人，他们像无家可归的野狗一样，等客人散尽后溜进那些娱乐场所，钻到桌子底下捡拾人们吃剩下的食物。很快他们就会被仆役们撵出来。⑤ 初到美国，王源感受到了种族歧视的重压。一名美国人对王源的看法甚是鄙夷，“他不耐烦地听源说，抓住了自己的帽子，然后带着极大的厌恶从自己的秃头上摘下了源的帽子。他像避一只狗一样，拿了帽子就走，还说了两个羞耻人的词语”⑥。

总体来说，中文语境有着尊老、敬老的传统，中文作家在以狗喻人时较为慎重，多用于表达对平辈和晚辈的憎恶，而极少用其形容长辈。至于文本中多次出现的“母狗”一词，更适用于英语“bitch”所适用于的语境，多指代行为浪荡的女子。王龙在提及自己的堂妹时，说：“一个闺女嫁出去的时候总该是黄花闺女，有谁听说过一条母狗在街上乱跑而不会生崽子?”⑦ 王龙常常担心，唯恐哪个野狗让她怀了孕，叫他和他的家庭落下坏名声。⑧ 当王龙为

---

① 赛珍珠：《大地三部曲》，王逢振等译，人民文学出版社，2009 年，第 44 页。

② 同①，第 52 页。

③ 同①，第 101 页。

④ 同①，第 133 页。

⑤ 同①，第 520 页。

⑥ 赛珍珠：《大地三部曲》，王逢振等译，人民文学出版社，2010 年，第 763 页，https://yun.baidu.com/s/1vVl2a? _at_ = 1709106243402，访问日期：2023 年 9 月 28 日。

⑦ 同①，第 37 页。

⑧ 同①，第 37 页。

大儿子的成长担忧时，王龙的叔叔说："你能不让一个孩子长大成人吗？你能不让一条公狗接近路上的母狗？"[①]"母狗"的比喻符合英语的表达，但是在中文的语境中比起"水性杨花""伤风败俗"等词显得过于粗俗和恶毒。此外，在描述饭菜质量低劣和粗陋时，城里黄家的看门人说："像我们这种人家，这种菜只配喂狗！"[②]但其实在皖北文化中更常用"猪食"来形容食物的粗劣。

"猪""鸭""鹅"在文本中多作为肉类食物来源出现。"羊"在文本出现了10次，其中6次是作为冬季衣物材质出现，如"羊皮大衣""羊皮袍子""羊皮袄"。

文学作品描绘的人类社会大都有动物的存在。有些动物承担着非人类叙事的主体功能，推动着叙事过程的发展。有些动物在文本中能够很好地反映特定社会形态中的历史、经济和文化特色。在《大地》三部曲中，牛是农业社会中农民的重要劳动伙伴，有着吃苦耐劳的特性；向亲戚和邻里赠送红鸡蛋是在传递儿子出生的喜事；鱼类在生活中寓意着富贵有余和兴旺发达；狗往往和卑劣的行为相关联；其他家禽和家畜则多是饮食结构中难得的食物来源。众多的动物词汇使作品的叙事更加生动而真实。

七、《大地》三部曲中的农具与武器

在赛珍珠所描述的近代中国的大地上不仅生活着手持农具辛勤耕作却贫困不堪的农民，还有手持刀枪鱼肉百姓的各路军阀。杨焕鹏认为，土匪、政府、农民三者在乡村中的博弈，一方面反映了军阀政治时期中国乡村社会秩序的混乱与无序，在无序的社会中，土匪平民化、政府强盗化及平民土匪化的现象日趋严重；另一方面这些现象也使社会异化程度日益加剧。以乱世为背景的《大地》三部曲就多次提到了各种农具和武器。

在源远流长的中华农业文明中，农具的发展和革新扮演了重要

① 赛珍珠：《大地三部曲》，王逢振等译，人民文学出版社，2009年，第137页。

② 同①，第10页。

的角色。农业现代化使一些传统农具面临逐渐退出历史舞台或被异化的命运。古今中外农民或者农村题材的文学作品中有着大量对于农具的描述。王家平、高雁聚焦作家李锐农具系列小说对大地、农人和农具命运的关注，揭示了农具书写的文化意蕴。张文诺研究了赵树理小说中的农具文学意象，认为农具意象参与了形象塑造，并隐含着一种价值倾向，显现了手工农具与集体劳动之间的疏离，从而使农村题材小说立于更为坚实的大地之上。赛珍珠的《大地》三部曲中也有大量关于皖北地区农业生活中农具的描述。图 4-7 表明,《大地》三部曲中耕种用的“锄头”出现了 29 次，而收割用的“镰刀”出现了 8 次。

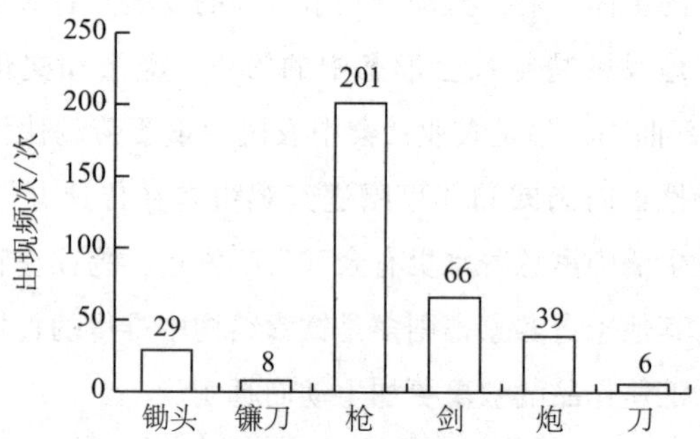

图 4-7 《大地》三部曲农具与武器词频统计图

热爱土地的王龙和阿兰都是干农活的好手。土地肥沃得发黑，在他们的锄头下轻轻地松散开来，砖头、木头一块接一块地被他们翻起来。① 夫妻二人整日在田里劳作，到了收获的季节，他们弯着腰，用短把的大镰刀将一撮撮稻子割下。② 即便到了快分娩的时候，阿兰还坚持下地干活。由于她挺着大肚子，只可以勉强地弯下腰，所以她割得比王龙慢多了。他们前后拉开，他的垄在前面，她只能一步步在后头跟着。从中午到下午到傍晚，她越割越慢。他不高兴地扭过头看看她。她停下手，然后站起身，把镰刀扔到地上。

① 赛珍珠:《大地三部曲》，王逢振等译，人民文学出版社，2009 年，第 18 页。
② 同①，第 22 页。

她脸上那种异样的神情好似预示着一种新的意义。得知王龙纳妾的阿兰感到委屈。她早上背着锄头，拿了点干粮便带着孩子出去了，一直到夜幕降临时才进了家门。[①] 王龙的孙子王源虽然向往田园牧歌式的平静生活，但是长久以来被当成军人培训，不知道该如何使用农具。“源活到这么大，双手还没有握过锄头，当他提起这把长柄的笨家伙时，觉得它很有分量，似乎难以挥动它。他把锄头举得高高的，使劲向下砸去，想翻动坚实的土地，可锄头老是打歪。”[②] 作为皖北地区农业生产中最为常见的两种农具，“锄头”和“镰刀”的词频和农业生产的描述密切相关。同时，能够熟练使用各种农具，也让王龙、阿兰和王源的土地情怀更加有说服力。

那个年代军阀割据，匪患猖獗，各种武器的名称在小说中也多次出现。特别是在以地方军阀王虎为主人公的《儿子们》中出现了诸如“枪”“剑”“炮”之类的武器名称。这些武器的词频分布和军阀的实力密不可分。文中“枪”出现了201次，去除王龙叔叔一家吸食鸦片的“大烟枪”之后有193次；常用的武器军刀出现了6次，军官的佩剑出现了66次；“炮”出现了39次，去除“鞭炮”和“连珠炮”之后有35次。彭涛、杨天宏从军事立场观察北洋时期的军阀割据，发现飞机、大炮等现代武器在战场上作用受限。

火器出现后，刀剑等冷兵器逐渐由自卫武器演变为某些国家军人的礼仪佩饰之一，形成一种独特的、延续历史的军事文化。对一名军人来说，品质卓越、精致非凡的佩剑，尤其是因军功而授的佩剑，“不仅是地位和威严的象征，还代表着一种令人敬佩的荣誉”[③]。只有高级军官才有随身佩剑的资格。野心勃勃的王虎非常重视自己的形象，回家奔丧时穿着一身军装跨进大门。他的军装是由上等的深色料子做的，镶着镀金的纽扣，皮腰带上佩着一把剑。

---

① 赛珍珠：《大地三部曲》，王逢振等译，人民文学出版社，2009年，第118页。

② 同①，第531页。

③ 李兆耿：《军官佩剑的古往今来：由武器变配饰》，《军事文摘》，2015年第7期，第56页。

身后跟着四个扛枪的士兵，都挺精神，有一个人虽然是豁嘴，但体格却一样健壮。[①] 在和士兵训话时，王虎迅速拔出剑来在空中划过。他用剑直指听他训话的士兵们，吓得他们一句话都不敢讲。[②] 初露锋芒之时，王虎在县衙以一场鸿门宴杀了当地最有实力的土匪豹子，获取了自己的第一个战利品。“他过去捡起了剑。这把剑的钢非常好，现在大概造不出这么好的剑了。它锋利极了，可以切断整匹的绸缎；它寒光逼人，像是可以切断云彩。”[③] 这把剑成了王虎战绩和威信的象征。但是后期随着父子关系的决裂，王虎丧失了斗志而接连战败，实力大不如前。王虎失去了自己珍视的佩剑，只剩下墙上挂着的插在刀鞘里的刀。王源第一次看到它，刚开始未见到它的闪光。刀鞘上的花纹积满了灰尘，虽十分精美，但红缨却褪去了颜色，伤痕斑斑，似是被老鼠啃的。[④] 王虎在临终之时仍旧念念不忘地询问自己的军刀。王虎痛恨父亲王龙和土地的束缚，离家出走踏上了军人的道路，从此各种武器伴随着他的一生。

王虎非常重视扩充自己的实力，意识到有人、有枪就能称霸一方。“我这儿有一百来个士兵，要吃、要穿、要买枪支弹药。要是不能很快地俘虏一批军队，要想扩大军队，就一定得花钱买枪买炮。”[⑤] 在当时，枪支非常宝贵。当军阀头目发不出军饷的时候，当兵的就会琢磨卖枪。成为皖北的实力军阀之后，王虎补充了更多的士兵，他唯一的难处就是缺乏枪械。“要解决枪支问题，有这么两个办法：想方设法偷运；或是攻打附近的小部队，缴获他们的枪支弹药。两条路必取其一。枪械在那时是奇货，是外国货，要从外国带进来可不容易。”[⑥] 因此，王虎委托自己的兄弟从海外走私了大量的枪支。

地方军阀的武器配置最多的就是走私的各种枪支，大炮则是难

① 赛珍珠：《大地三部曲》，王逢振等译，人民文学出版社，2009年，第222页。

② 同①，第286页。

③ 同①，第321页。

④ 同①，第648页。

⑤ 同①，第263页。

⑥ 同①，第360页。

得一见的高端武器。把势力范围扩充到一座沿江临海的鱼米之乡后，王虎确实渴望获得一大批洋枪，尤其是在这场攻城所得的战利品中看到两门大炮之后，他的这种渴望变得更强烈了。这两门炮有着前所未见的大体积、高质量。炮身由高级钢材制造，光洁无比，找不到任何气泡或小孔之类的疵点，出奇的重，没有二十多个人同时使足劲，根本就抬不起。他对这两门大炮颇感兴趣，很想弄明白如何发射，但军中无人知道，也找不到供发射用的炮弹。① 在战场上大炮的威力远非枪支可以比拟，坚船利炮的震慑力更是让人胆战心惊。王源回国后看到“那船洁净得像座雪山，高高地耸立着。源和所有挤在一起的人群，仰望着在他们之上的这艘外国船的船头以及上面高悬的红蓝相同的外国旗。当渡船缓缓地绕过去，到了它的另一侧时，人们可以看到船上有洋炮的黑色的炮筒”②。在自己的国土上看到外国的炮舰耀武扬威，王源深深地为自己的国家和民族感到愤慨和悲哀，同时也萌生了要建设强大祖国的愿望。

从某种意义来说，赛珍珠是中美跨文化交际活动的先驱，她通过长期的中国生活，真切地感受到了中国农民群体的心声，体会到了中国农民阶层的巨大活力，并通过文学作品向整个世界描绘了彼时中国的社会现实。通过探索作品中的非人类叙事，读者可以发现不同叙事主体之间的认知和表达能力的差异，同时可以更好地理解人类与其他生物和实体之间交流、理解和观察方式的异同，进一步拓展对信息和语境的认知。此外，《大地》三部曲生动地描写了皖北地区的民俗、农业、经济和文化元素，这些生活元素使作品更加生动和充实。本章运用语料库文体学的方法与词频软件统计和图表生成手段，梳理了《大地》三部曲中的常见生活元素，较为客观地发掘了该系列作品文本所蕴藏的皖北生活元素。《大地》三部曲中出现的农作物的词频高低与当时的农业种植现状基本匹配；从阴暗到明快的色调变化与王龙家族的兴旺发达一致；王龙家族服装质

① 赛珍珠：《大地三部曲》，王逢振等译，人民文学出版社，2009 年，第 409 页。
② 同①，第 642 页。

地从布衣到丝绸的变化也反映出其财富的积累过程；从王龙迎娶阿兰时所购买的寒酸迎亲饰品到为荷花赎身的奢华饰品，文本中各种女性饰品名词出现的频率和分布能够揭示王龙的心态变化。同样，从少量铜板到巨额白银的词频分布变化也反映出王龙家族财富的快速积累。总的来说，基于经典文学作品文本的关键词词频统计研究能够为读者提供较为客观的数据和视角去理解作家所展示的文学世界与真实世界。

第五章
赛珍珠皖北书写与文化海外传播

赛珍珠是美国第一位获得诺贝尔文学奖的女性作家。在她的作品中，以皖北宿州为背景的小说《大地》流传度最广，受到了西方读者的普遍欢迎。1931—1933 年，该小说在美国一直占据着畅销书排行榜榜首的位置，上至政治领袖，下至平民百姓，都对这部小说极其熟悉。此后，《大地》被翻译成多国文字，赛珍珠的名字随着这本小说的畅销被世界读者熟知，而小说中皖北农民王龙和阿兰的故事也一直被津津乐道。“根据出版商约翰·戴公司的估计，《大地》的众多版本和重印本累计起来超过了二百万册。”① 1937 年，《大地》被改编成电影，获得极大成功。据统计，大约有 2300 万美国人和 4200 万世界其他各地的人观看了此片。因此，哈罗德·伊萨克斯盛赞，赛珍珠的《大地》几乎单枪匹马地改变了大多数美国人自己想象出来的中国和中国人形象，使他们对中国和中国人有了更加真实的思考和判断。在此之前，也有人非常喜爱中国和中国人，并且试图为美国人描述和解释真实的中国和中国人，但是没有谁能够像赛珍珠那样取得如此大的成效，也没有哪一本关于中国的书比《大地》具有更强大的影响力。就像赛珍珠从小就很喜欢的作家狄更斯用文字为全世界读者创造出维多利亚时代生活在英格兰贫民窟中的人物，赛珍珠为一整代的美国人创造了生活在遥远东方的中国人。“的确，《大地》取得了为面目不清的人们提供了清晰面目的伟大功绩。”② 美国学者彼德·康在赛珍珠的传记中引用了历史学家詹姆斯·汤姆森对赛珍珠“自 13 世纪的马可·波罗以来描写中国的最有影响的西方作家”的评价，也十分赞同人们对赛珍珠及其作品的赞誉。“赛珍珠作为一个作家和个人，对美国与外国文化交往的想象力的影响之大，可以说是前无古人、后无来者的。赛珍珠整整为两代美国人塑造了中国。”③

---

① 顾钧：《赛珍珠的〈大地〉与中国形象在西方的改变》，《中华读书报》，2018 年 12 月 5 日，第 14 版。

② 哈罗德·伊萨克斯：《美国的中国形象》，于殿利、陆日宇译，时事出版社，1999 年，第 214 页。

③ 彼德·康：《赛珍珠传》，刘海平等译，漓江出版社，1998 年，前言“拂去历史的尘埃”，第 5 页。

赛珍珠对中国农村的书写一直处在争议声中。《大地》的中文译本1932年便在中国出现，得到了鲁迅“只得浮面”的评语，引起了胡风“多少提高了认识，也多少加剧了误解”的担忧，以及其他各种非议和赞誉。在冷战时期，赛珍珠在中西方都遭到冷遇，文学声誉降到了冰点。改革开放后，国内赛珍珠研究逐渐破冰。21世纪，中国赛珍珠研究出现遍地开花、节节攀升的喜人局面。在当今世界，经济全球化和信息网络化的大发展阶段，世界范围的文化冲突和融合也在逐步加剧，各国文化在相互碰撞和融合下正在形成多元共存的新局面。随着2013年“讲好中国故事”理念的提出，文化传播受到极大关注与重视，上升为国家层面的话题。2023年3月，习近平总书记首次提出全球文明倡议，呼吁不同文明包容共存、交流互鉴，共同推动人类社会现代化进程。《人民政协报》以“深化文明互鉴　传播中华文化”为题，发出了“如何推动中华文化的国际传播，在与不同文明的交流互鉴中焕发出更加强大的生命力，为人类文明的发展进步作出新的贡献”的时代提问。①

赛珍珠作为被尼克松称赞的跨文化沟通“人桥”（human bridge），早在20世纪三四十年代就通过跨文化写作和其他社会活动直接或间接地倡导了跨文化精神，大力提倡东西方文化的沟通交流、东西方文明的互鉴互赏，描绘出异质文化和谐相处、共同发展的美好愿景。姚君伟等认为，赛珍珠在三四十年代的跨文化写作和策划的跨文化交流活动具有当代价值，印证了费孝通提出的“各美其美，美人之美，美美与共，天下大同”宏伟畅想。“从这个意义上讲，赛珍珠的跨文化书写并未过时，恰恰相反，它们朝向未来，是一笔在具有对话性特征的同时也富于前瞻性的跨文化资源，因而完全值得我们在新世纪的跨文化交流事业中，结合当代现实，加以开发、研究和利用。”② 乐黛云在2008中国镇江赛珍珠国际学

---

① 谢颖：《深化文明互鉴　传播中华文化》，《人民政协报》，2023年9月25日，第9版。

② 姚君伟、姚望：《论赛珍珠跨文化书写、阐释和传播中的前瞻性与开拓性》，《南京师范大学文学院学报》，2018年第1期，第103页。

术研讨会的致辞中对赛珍珠做出了极高评价："在世界文化多元化、在中国经济腾飞的当代语境下，当我们重读赛珍珠，更加深切地感受到她在70多年前构建的这座跨文化之桥对于消除西方文化霸权、中美文化隔阂，彰显中国文化话语权、重塑中国文化的世界地位所具有的深远意义。"赛珍珠成功采用熟知的中国题材进行了跨语言、跨文化的英语母语书写，开发出讲述中国故事、传播中国文化、互鉴东西文明的有效路径，也开拓出传播中华文化、深化文明互鉴的新领域，为当今中国对外文化交流和传播的路径与实践提供了参考。

第一节　赛珍珠的皖北文化传播

作为一位在美国出生、在中国成长的小说家，赛珍珠为何能取得如此大的成功？一部以皖北农村为背景的小说《大地》因何能赢得世界的好感？美国读者一贯对中国题材的作品不太感兴趣，《大地》写的又是中国内地农村地区普通农民的家族史，却能如此畅销，取得如此大的成功，是史无前例的。彼德·康首推的是写作手法。赛珍珠非常善于讲述普通人的故事，把王龙家族的悲欢离合描绘得跌宕起伏，同时完整记录了中国乡土田园的真实生活状态，叙述风格正式、庄严，和《圣经》近似。其次是写作题材。赛珍珠生活的年代恰逢晚清民国，她见证了中国历史上的许多重要时刻，机缘巧合下选取了美国人同样熟悉的农民和土地的题材。王龙一家在皖北土地上苦苦挣扎、艰难谋生的故事引起了20世纪30年代经济大萧条时期美国人的共鸣。那时候，经济的崩溃加上天灾人祸，许多美国农民家庭和王龙一样不得不背井离乡，找寻活路，像《烟草之路》《愤怒的葡萄》等小说都描写了农民的苦难。此外，小说歌颂了王龙等农民身上勤劳简朴、坚韧奋进的美好品德，这也和美国人推崇的个人努力和简朴生活的态度一致。"简而言之，《大地》将陌生的题材融汇进流行小说惯用的主题，不经意地创造了一个光彩夺目的混血儿。就算这种杂合代表不了文学的最高成就，它能稳保赛珍珠在商业上的成功。”[①] 赛珍珠的中国书写把陌生而熟悉的东西方世界和题材融合在一起，制造出一个对美国读者来说全新的样本，这在美国人以前接触的中国文学作品中是前所未有的。

哈罗德·伊萨克斯认为《大地》是赛珍珠唯一一部取得巨大成功的著作，“这是一部关于一位中国农民和他的妻子以及他们与逆境、人类的残忍和自然界的暴怒抗争的小说”[②]。赛珍珠在皖北生活期间，亲眼见证了普通中国人生活的构成和模式，和南徐州的村妇打成一片，成为她们生活的见证人和知己。这也使她有机会把这些几乎没有人关注和描述过的题材融入自己的文学创作。哈罗德·伊萨克斯提到，人们阅读《大地》时会感受人类共通的情感，“在婚姻、为人父母、痛苦、忠诚、软弱、积极向上的共有经历方面时时刻刻的共鸣，激发了对这些人强烈的、动人的同情”[③]。这种成就在美国人关于中国的文学作品中是前所未有的。究其根源，“赛珍珠没有写处在与外国人关系之中的中国人，而是写处在他们自己相互关系之中的中国人”[④]。她没有像林语堂那样关注中国人的行事方法和处事智慧的魅力，而是下沉到中国最底层的农民阶级，去观照他们的生存苦难、喜怒哀乐，因此招来一些知识分子的不满，质疑其中国书写的真实性和动机。“然而赛珍珠真正追求的是使中国农民具有人的属性，并让他扮演可以被广泛理解的、根植于这块土壤的人的角色。”[⑤] 这就是赛珍珠中国书写在西方世界跨文化传播成功的秘诀之一。

一、跨文化传播

跨文化传播研究起源于20世纪50年代的美国，一部分原因是《丑陋的美国人》（1958）和《无声的语言》（1959）这两本书的

---

① 彼德·康：《赛珍珠传》，刘海平等译，漓江出版社，1998年，第149页。

② 哈罗德·伊萨克斯：《美国的中国形象》，于殿利、陆日宇译，时事出版社，1999年，第213页。

③ 同②，第214页。

④ 同②，第215页。

⑤ 同②，第215页。

出版造成了很大的影响。一部分原因是60年代美国和平队和各种新兴学科出现，众多美国人有机会去世界各地旅行，接触异质文化。著名人类学家爱德华·霍尔（Edward T. Hall）被认为是跨文化传播研究的奠基人，他融合了人类学、心理学与传播学的知识和理论创建了跨文化传播学的理论体系，并切实从事跨文化传播的实践活动，深入研究了美国西部的印第安人和美国国内的少数族裔群体。50年代，他曾应召培训美国国务院下属的外交讲习所的对外援助人员，主要负责跨文化沟通技能方面的培训。后来，霍尔及其负责的跨文化沟通技能培训被视为跨文化传播系统研究的起点。1959年，霍尔在《无声的语言》一书中首次将intercultural和communication合并在一起，从人类学的实践奠定了跨文化传播学（Intercultural Communication Studies）的学科基础，其《无声的语言》被公认为是跨文化传播研究的奠基之作。我国的跨文化传播研究开始得比较晚。20世纪70年代，跨文化传播学已在美国形成一门独立学科时，我国的对外传播还处在内宣和外宣不分的阶段。[①] 跨文化传播学自20世纪80年代初传入我国以来，受到外语界、传播学界的关注，相关的研究很快便发展起来。“跨文化传播”在英文中有intercultural communication和cross-cultural communication两种表述，在致力于语言文化研究的外语界被称为“跨文化交际”“跨文化沟通”，在侧重于新闻媒体传播的传播学界则被译为“跨文化传播”。我国学者对中国文化海外传播的研究主要围绕着“海外传播模式、海外传播载体、海外传播路径、海外传播的传统媒介与创新媒介、海外传播的受众分析”等内容展开，取得了丰硕成果。[②]

在英文传播学文献中，intercultural communication、cross-cultural communication、trans-cultural communication的中文翻译都是“跨文

① 关世杰：《中国跨文化传播研究十年回顾与反思》，《对外大传播》，2006年第12期，第36页。

② 许德金：《中国文化软实力海外传播研究：现状、问题与对策》，《外语教学与研究》，2018年第2期，第284页。

化传播”。Intercultural communication 主要是处理不同文化间的传播问题，cross-cultural 突出的是文化间的“交叉”和“穿越”，trans-cultural 作为英文原词的跨文化概念在中文传播学界可能相对少见。[①] 这三个词之间有重要的时空和全球政治历史含义差别，或者起码有不同的侧重。就 intercultural、cross-cultural、trans-cultural 三者之间的关系，单波提出，“intercultural”即“不同文化间的”如何平等地认识他者、审视自我，在互动中进行理解与接受；“cross-cultural”即“交叉文化或交叉文化地域”的语境下，如何在文化的多样性与交互性中实现对话与合作；“trans-cultural”即“超越文化”的语境下如何超越分裂的文化碎片，创造有生命力的公共文化空间。[②] 从基本观点来看，人之所以能够与他人交流，进行多元文化互动，根本原因在于人是自由的，有自由选择的能力，因而能尊重他人的自由选择，产生跨文化生存和自我发展的无限可能。在此基础上，跨文化交际中所有的伦理行为都是由人们超越真实自我局限的自由所驱动的。

20 世纪 50 年代，人类学家爱德华·霍尔第一次提出了“intercultural communication”这个概念，把人类学对单一文化研究扩展为置身文化互动语境之中的文化比较研究，开始关注不同文化群体之间如何互动。据单波的观点，intercultural communication 强调文化交流的核心是两种文化互动，研究偏向是文化之间的差异和跨文化适应方面。[③] 个人作为文化交流的主体，需要理解、接纳不同文化之间互动交流，以及随之带来的文化特质的改变，便是文化适应（acculturation）。当然，对于个体而言，在文化碰撞中去适应相同文化内部的变化会更容易一些。20 世纪 60 年代，乔治·加德纳（George H. Gardner）提出“cross-cultural communication”的概

① 赵月枝：《跨文化传播政治经济研究中的“跨文化”涵义》，《全球传媒学刊》，2019 年第 1 期，第 115-134 页。

② 单波：《论跨文化传播的可能性》，《广东外语外贸大学学报》，2014 年第 3 期，第 5-12 页。

③ 单波：《跨文化传播的问题域》，《跨文化传播研究》，2020 年第 1 期，第 2 页。

念，强调的仍是不同文化背景下个人或群体的沟通和交往，但这种跨文化交流更侧重于横向的文化比较层面。20世纪40年代，古巴学者费尔南多·奥尔蒂斯（Fernando Ortiz）提出的“跨文化”（transculturation）概念，更关注在文化交流中不同文化之间达到认同的过渡、转化和整合的过程。

二、皖北文化的对外传播

皖北文化是淮河文化的核心内容，而淮河文化是中华文化的重要组成部分，在中华文明的形成和发展中起到了重要作用。在中国文化“走出去”的时代背景下，淮河文化也必须走出地方，走向世界。目前学术界对淮河文化的研究基本上处于向内深入的研究阶段，淮河文化对外译介和传播尚未引起足够的重视。地域性和独特性使淮河文化在对外译介过程中面临着许多困境。在国内外激烈的文化竞争中，淮河文化不断受到其他地方文化的挤压，淮河文化学者的共同目标则是希望淮河文化发展冲破强势文化的封锁，逐渐成长壮大。

淮河文化作为中华文明的重要来源，涵盖范围广，影响程度深。由于战争、水灾等客观原因，与黄河和长江文化相比，近千年来淮河文化一直处于弱势地位，其强劲的深层文化价值和内在精神动力并未被发掘出来，传播资源严重不足，传播条件和实力较差。总的来说，淮河文化的传播存在传播主体意识薄弱、传播对象不明确、传播内容系统性不强、传播渠道混乱、缺乏战略安排和切实可行的行动方案、和地方经济发展关联性较弱等问题。① 面对淮河文化对外传播遇到的种种困难和挑战，程必定发出了疑问：厚重的淮河文化为什么缺乏软实力？他的回答是，文化之所以成为“软实力”，是以“硬实力”即经济实力为前提条件的。② 美国只有短短

---

① 樊继群：《淮河流域文化外宣翻译中的译者文化伦理意识建构》，《淮南师范学院学报》，2021年第5期，第24页。

② 程必定：《从淮河文化视角谈皖北振兴》，《安徽广播电视大学学报》，2021年第1期，第47页。

两百多年的建国历史，却因为经济强大，足以产生辐射全世界的文化。而百年前的旧中国，经济落后，被动挨打，饱受列强欺压，使流传千年的中华文化被西方世界蔑视和嘲笑。因此，地域文化特别是欠发达地区的文化在对外传播上长期乏力，甚至在文化的继承和保护上都岌岌可危。皖北地区也是如此，“软实力”不足的根本原因是经济欠发达。由于自然地理和发展基础不同，皖北地区经济发展总是滞后于全省平均水平。

区域经济发展是地域文化繁荣的前提和基础，地域文化的对外传播离不开该区域强大的经济力量作为支撑，地域文化则是区域经济发展的重要引擎。在安徽区域文化对外传播的过程中，区域经济和地域文化能够形成一种良好的互动态势。淮河流域文化在内容创新和传播渠道创新方面努力不足，缺乏贴近群众需求、紧扣时代脉搏的产品。但在当今时代背景中，淮河流域文化发展也面临不可多得的历史机遇。首先，淮河文化发展已经上升到国家战略，其发展能够获得更多国家层面的资源和政策支持。2018 年 11 月，国务院批准的《淮河生态经济带发展规划》明确提出要充分利用淮河流域悠久的历史文化优势，整合、凝练本地区传统历史文化元素、优秀文化资源，明确现代文化发展方向，丰富淮河流域文化内涵，进一步推动淮河流域文化的继承和发扬。其次，随着国际贸易活动的日趋活跃，国家“一带一路”建设的不断推进，地方文化海外传播意识在不断增强，国内地方文化可以在国际传播上越走越远。①

安徽地域文化带有明显的地方属性，在对外传播的过程中有自己的文化立场、叙事视角和叙事方式，但是要对外推介安徽地域文化，进行文化交流，提升传播效果，就必须要充分考虑、研究受众的心理需求、偏好和所属地的风俗文化，从接受者的角度来进行文化内容和表现形式的建构。此外，还要充分挖掘安徽地域文化中蕴含的能够与世界共享的价值观念。安徽地域文化对外传播就是借助

---

① 樊继群：《淮河流域文化外宣翻译中的译者文化伦理意识建构》，《淮南师范学院学报》，2021 年第 5 期，第 24 页。

互联网、电视台、报刊等平台，依托社会团体、社会组织等机构，通过音乐、电影、展览等各类形式向外传输关于安徽地域文化内容的相关信息。①

同样，要想推动淮河文化对外传播工作的开展，就需要历经长期持续的努力和众多社会群体的齐心合作。在新形势下，淮河流域的文化对外传播起步较晚，先天不足，在整体效果上依旧不尽如人意，在文化对外的传播目标、传播路径、传播效应等方面都存在一定问题，有较为明显的不足之处。即使近十年来，淮河文化对外传播工作已开始慢慢起步，并取得了一点成绩，但是淮河流域文化对外传播工作仍是淮河流域各级政府机构和相关企事业单位未来工作的重中之重。当然，地方高校和专家学者也负有义不容辞的责任，要加快构建快捷、有效、广泛的对外文化传播文化体系，加大淮河历史文化的国际影响力，加快地方文化“走出去”的步伐。

第二节　赛珍珠的皖北文化传播策略

20 世纪 30 年代，赛珍珠的《大地》在西方世界一举成名。加上诺贝尔文学奖的荣誉傍身，《大地》成为早期向世界讲好中国故事的典范。目前，学界对《大地》文学成就的研究异彩纷呈。关于为何《大地》能成功吸引西方读者，研究者已从作者的写作技巧、跨文化生活经历、双焦视野及当时国内国际历史政治环境等多方面进行了充分的讨论，但还缺乏一定的广度和深度，尤其是皖北如何能以偏居一隅的农村往事得到众多西方读者的喜爱，仍值得深究。

在《安徽文学史》第三卷中，编者提到了赛珍珠中国书写成功的关键是其独具慧眼的选材，而不只是高超的写作技巧，也就是说，赛珍珠抓住了“抓住了中国农民与土地的关系这一主线，以

① 吴石英、周莉：《“走出去”战略视域下安徽地域文化对外传播的价值与路径》，《皖西学院学报》，2021 年第 3 期，第 69 页。

当时中国最贫困地区之一的安徽宿州农村作为人物生活的主要背景展开情节"①，所以赛珍珠在小说中展示了中国之美和中国之风，"不仅为中国赢得了众多国际友人，而且能够让中国人更清楚地看到自己民族的精华，激起民族文化的认同感，从而增强民族意识、民族自豪感和自信心"②。皖北大地作为赛珍珠《大地》的主要背景地，在西方读者眼中一直充满着神秘色彩。地处淮河中游的皖北作为经济欠发达地区，经济发展一直以农业生产作为重要基础，文化产业所占资源较少，文化建设一直面临许多亟待解决的难题。20世纪80年代，皖北正式提出了淮河文化的概念。在近现代文学史上，很少有作家和作品对淮河地域进行集中的描述和展示，"本土作家对淮河流域的呈现往往存在地方概念和主题先行导致的皖北形象脸谱化、概念化等损害文学性的缺陷"③。机缘巧合，在20世纪初的革命浪潮和20世纪70年代上山下乡的时代背景下，赛珍珠和王安忆都从大城市移居到淮河沿岸的皖北农村，在此地度过了人生中不同寻常的数年，为日后的乡村书写拉开了序幕。无论是赛珍珠的《大地》《母亲》，还是王安忆的《小鲍庄》《姊妹们》，都以皖北农村为背景给中外读者勾勒出皖北大地的真实画卷。作为不同于本地作家的"异乡人"，她们对皖北的书写不仅是对本地作家书写的补充和反照，也可以作为反观和重塑地方文化的新坐标。

一、赛珍珠的多元文化身份

赛珍珠生活在中国战火纷飞、动荡不安的特殊时代，殖民主义时代的西方列强对中国肆意践踏。关于赛珍珠的文化身份，当她在中、美两国连续往返时，常会因被两个世界都看作"陌生人"而遭受双重的否定，也会因"社会距离"的加大而倍感孤独。赛珍

---

① 唐先田、陈友冰主编：《安徽文学史　第三卷（现当代）》，安徽文艺出版社，2013年，第168页。

② 同①，第175页。

③ 王飒、李长中：《"他者"视角下皖北形象的呈现与建构：以王安忆、赛珍珠的作品为例》，《阜阳师范学院学报（社会科学版）》，2019年第5期，第11页。

珠内心对于文化身份认同的焦虑一直伴随着她在中国的成长，也同时促使她选择跨文化书写这条道路去建构新的文化身份。

张宇认为赛珍珠跨文化书写成功的关键在以下方面。一是赛珍珠富有宗教色彩的家庭背景和她文学创作的历史语境。二是赛珍珠丰富的人生阅历赋予了她特有的“双焦透视”。三是赛珍珠的人生轨迹和20世纪的中国乃至整个世界的风云变幻息息相关。[①] 黄剑和涂雨晨把赛珍珠称为“文化混血儿”，这一独特的文化身份使得赛珍珠评判中国文化的眼光超越她同时代的大部分中国传统知识分子和西方学者。前者拘泥于中西文化优劣之争的一元论，后者常以西方文化本位态度审视异质文化。赛珍珠以更加客观的文化精神发掘出中国传统文化中的宝藏和糟粕。因此，其作为中国传统文化的传播者符合传播学上“信源可信性”标准。[②] 在跨文化传播的伟业中，赛珍珠肩负起传播主体和传播媒介双重角色，她以文学作品为载体，对中国的物质文化、制度文化及精神文化进行全方位的展示与传播。王恩科从小说主题、主要人物和时代背景的选择入手，发现《大地》并不以传播中华文化为目的。赛珍珠在有意无意间将“美国梦”注入小说的主题，将占人口85%的农民作为中国的真正代表，如实刻画了民国初年中国农民为生存而进行的顽强拼搏，极大满足了西方读者了解当下中国真实面貌的阅读期待。[③] 她自幼侨居中国，直到创作《大地》时仍然是美国社会的“边缘人”。这种双重“边缘人”的特殊身份，使赛珍珠在观察和描写中国农民时采取一种超然的态度，几乎不受社会主流意识形态和读者喜好等外在因素的影响。或许正因为如此，赛珍珠笔下的人物才真实可信、栩栩如生，吸引了无数的美国读者。

---

① 张宇：《子非鱼，焉知鱼之乐？——兼与“美国东方主义”视阈下的赛珍珠研究者商榷》，《外语研究》，2013年第1期，第101页。

② 黄剑、涂雨晨：《赛珍珠创作中的中国文化传播》，《江西电力职业技术学院学报》，2015年第3期，第91页。

③ 王恩科：《〈大地〉成名对妙讲中国故事的启示》，《文化与传播》，2020年第6期，第95-100页。

二、跨文化对话的语言共性

传播是通过符号进行的信息流通。符号分为语言符号和非语言符号，文字属于语言符号中的无声语言。文化具有对符号的依赖性，总是依赖特定的语言、文字、肢体图像、符号、声音等符号系统来表现和传播独特的含义。目前纷繁复杂的文化传播过程中，会出现电影、绘画、音乐、摄影、雕塑等多种传播符号，而文学作品的传播是其中极具影响力的一种方式。跨文化传播学的研究方法基本上依赖于心理学的社会科学方法、文化人类学和社会语言学的描述性方法，以及其他学科的评论性方法。从宏观上看，跨文化传播研究的核心问题涉及我们与他者如何交流、不同文化背景的人与人之间的理解和误解如何形成，以及交流如何跨越性别、国籍、种族、民族、语言与文化的鸿沟等多个层面。① 从传播学理论上讲，对外传播基本上是跨文化的传播。与同文化内的传播相比，跨文化传播中，编码是在甲文化中依据甲文化的码本进行，解码是在乙文化中依据乙文化的码本进行。甲乙两种文化的码本不一样，文化中的方方面面（例如，语言、思维方法、世界观、宗教观、人生观、价值观、道德标准、风俗习惯、法律规范、非语言符号等）都会对甲方的编码和乙方的解码产生影响。② 雷蒙·威廉斯（Raymond Williams）认为，传播是指传送和接受的过程。文化传播分为文化内传播和跨文化传播。跨文化传播是指交流的双方分别来自于两种不同的文化背景，具体信息传播过程中需要突破语言障碍和文化隔阂，主要关注文化类型和文化差异。文学传播一般可分为域内与域外两种模式。跨文化传播也是海外传播、对外传播，与域内传播最大的不同是跨文化性。美国文化人类学家和传播学家约翰·坎顿在跨文化交流领域的研究中，强调和重视透过文学艺术（尤其是小

---

① 单波、周夏宇：《新探索与内卷化：2015—2017 年西方跨文化传播研究述评》，《新闻与传播评论》，2018 年第 1 期，第 118 页。

② 关世杰：《中国跨文化传播研究十年回顾与反思》，《对外大传播》，2006 年第 12 期，第 35 页。

说和电影）的传播现象来分析不同文化类型的社会沟通。文学和艺术对于我们理解另一种文化有很大的帮助。①

在传教士家庭中成长，在中国生活近四十年的赛珍珠，充当了跨文化传播的主体和媒介的双重角色，以书写中国的英语文学作品为载体，在西方世界对中国的物质文化和精神文化进行了全方位的弘扬与传播。实际上，西方来华传教士是跨文化传播中的一个独特群体。他们从遥远的西方世界来到陌生的东方中国，长期身处在异国他乡的异质文化中。从踏上中国土地的那一刻，他们便深刻体验到了中西方的文化冲突，为了在中国扎根下来，又不得不做出各种调整。“不论是天主教传教士还是新教传教士，他们对中国形象的认知都深受西方基督教文化和宗教情感的影响，并在其与中国人的跨文化交流与互动语境中生成、变化、发展，是一个动态过程。”②

“跨文化适应必须通过交流才能实现，交流本身就是文化的交流。适应者与东道国成员的交往实际上是文化与文化的对话。在文化交流中，语言的作用首当其冲。当文化交流转向更深层次时，可能关注的就不仅仅是表象的语言沟通，更重要的是人与人之间的交流互动。”③ 赛珍珠在镇江生活时，受到家庭老师孔先生的悉心教导，熟练地掌握了汉语，因此，当她来到皖北宿州时，本身就具备了跨文化适应的优越条件——汉语语言优势，这是她不会说汉语的丈夫布克及当时很多西方来华传教上都不具备的条件。赛珍珠虽然长期生活在南方水乡，却说着一口不同于南方吴侬软语的北方口音的官话，而皖北宿州的当地人讲的也是官话。她来到此地后，只是稍微改变几个发音，就能很快与当地人交谈了。因此，赛珍珠才能陪伴布克走村串户，深入皖北城乡的内部，与当地人打成一片。

实际上，赛珍珠从出生后一直在中国生活成长，汉语算是赛珍

① 韩明莲：《文学与艺术：跨文化传播的重要途径——约翰·坎顿的文化传播理论》，《泰安师专学报》，1998 年第 2 期，第 39 页。

② 单波、王媛：《跨文化互动与西方传教士的中国形象认知》，《新闻与传播研究》，2016 年第 1 期，第 6 页。

③ 赵丽莉：《皖北文化适应与认同：“准传教士”赛珍珠跨文化书写探源》，《淮南师范学院学报》，2021 年第 2 期，第 29 页。

珠的母语之一。汉语承载的中国传统文化和价值观在与她头脑中已有的和从父母、美国学校及社会吸收的西方价值观不断对话过程中逐步融入她的内心世界，但由于父母最初的启蒙作用，她早期对外部世界的感知是在西方基督教、文艺复兴、启蒙运动、美国独立宣言、爱默生超验思想和中国元素的框架下进行的，也就是说，以英语为载体的西方世界观在赛珍珠的成长中起到了主导作用。[①] 虽然远离了美国故土，但母亲凯丽总是想方设法地亲自教授孩子们英语，为他们提供美国背景，给他们讲美国的历史人物，介绍圣经故事，让孩子们维持对美国的爱。让孩子们学习母语的目的，就是不能忘记他们虽在中国生活，但身份是美国公民。对于像凯丽一样的异乡客来说，母语是她们身份的标签，边缘化的生存空间使她们表现出很强的身份焦虑，母语的阅读和使用成为弥补与母体撕裂伤痛的疗伤手段之一。对传教事业的践行者和文化层面的离散者来说，异国生活的失语症容易使人陷入焦虑，用母语生活还原母国场景或许可以帮助异邦客随时从语言中获得故土的感觉。用母语连接祖国的血脉，是对遥远祖国的认同，更是对自我身份的认同。[②]

文化与文化相处，最根本的就是对话。对话是一种面对面的关系，并不是要求统一思想，打通思想，我打你通，让你的思想与我的思想统一，我的思想把你覆盖、同化。[③] 一种文化与其他文化相遇时会产生交互作用，会有内在的相互影响、相互借鉴。这一切都以承认文化间的差异和尊重其他文化为前提，否则，根本无从谈及文化对话和文化沟通。文化间的对话是为了更好地沟通，通过沟通进而达成某种共识和实现共同的愿景。要进行跨文化的沟通和交流，首先要有交流的工具，也就是要有双方都能理解和沟通的话语及双方都能理解和认可的交流规则。在跨文化交流的过程中，可能

---

① 张树艳：《从中国文化传播角度看赛珍珠的〈大地〉》，《内蒙古师范大学学报（哲学社会科学版）》，2015 年第 2 期，第 102 页。

② 汪文君：《赛珍珠传记作品〈异邦客〉中的家园政治观》，《江苏大学学报（社会科学版）》，2022 年第 5 期，第 120 页。

③ 乐黛云：《中国文化如何面向世界》，《商周刊》，2012 年第 17 期，第 80 页。

还存在着一个误区：只有本地人才能真正理解本地人，外来者对本地文化的理解可能会带有偏见或者局限性。实际上，跨文化的交流过程也就是本地文化和外来文化碰撞的过程，并不需要外来者像本地人一样去看待本土文化，只要按照外来者的喜好和需求去选择他们感兴趣的部分接纳和吸收，因为任何文化对外来文化的吸收都是主动选择的结果。经过自然选择后的文化渗透，才是真正意义上的文化间的相互补充和借鉴。

事实上，赛珍珠长期在中国生活，又在美国接受大学教育，对中美相互之间抱有的文化偏见和敌视态度非常清楚，甚至有些是亲身经历，但是她仍然有一种强烈的对话意识，一旦有机会，就想要表明自己的态度。① 通过对赛珍珠的跨文化写作做整体观照，我们可以发现，赛珍珠的跨文化写作具有对话性、前瞻性和矛盾性。除了塑造普通而又典型的中国人形象，赛珍珠还在《大地》等作品中提倡，在与异质文化相处的过程中采取一种跨文化态度。赛珍珠一生勤勉地从事着跨文化书写、阐释和传播活动。赛珍珠的对话内容丰富，方式多样。赛珍珠首先是位小说家，她最主要的对话方式是通过文学创作来体现的，她的对话性也最充分地体现在她的文学创作上。在她的跨文化写作中，《大地》是她的代表作，最能体现她在跨文化领域里的对话性。

英语内容在目前的对外传播中占很大比例。用英语作为语言载体进行对外文化传播是一项长期而艰巨的任务，需要考虑文化对外传播中的语言文字、思维方式和价值观念三个维度的转换和适应过程，“其中语言文字水平是对外传播取得成功的基础；符合国外受众思维方式和接受习惯是传播有效性的关键”②。在目前复杂的国际舆论环境下，如何选取真实恰当的报道内容、传播正确的价值观念，真正提升中国新闻对外传播的能力和效果，是新时期新闻对外

---

① 姚君伟：《赛珍珠助推中国文化“走出去”的方法论启示》，《英美文学研究论丛》，2016 年第 2 期，第 155 页。

② 杜国东：《语言、思维、价值观：提高英语对外传播有效性的三个层次》，《国际传播》，2021 年第 2 期，第 42 页。

传播的高层次要求，也是文化对外传播领域需要面对的一大挑战。百年前，赛珍珠在皖北书写中早就掌握了文化传播的英汉双语的工具作用。赛珍珠在构思时先用汉语思维，然后转换成简洁、清晰、生动、明快的英语句式。赛珍珠早期所有的小说都具有这样的写作特点，行文中体现了汉语的思维和写作方式，如果把它们直接翻译成汉语，几乎不需要做什么改变。廖康也提到赛珍珠作品中的英语习语运用很准确，她用英语说话的方式和中国人说汉语的方式很相似，只有具有英汉双语背景的读者才能完全体会这些英汉双语转换的奥妙。[①] 很多中国读者感叹赛珍珠这样一个外国人怎么能写出如此真实的中国题材作品，也有人觉得这本小说读起来怪怪的，和中国本土的乡土小说不太一样。这根源于赛珍珠本人的双重语言和文化背景。

传记《赛珍珠》中提到卡尔·冯·多伦对《大地》小说风格及其题材的分析和评论，他认为小说行文流畅、语言和节奏简单明快，整体就像一首现实主义的田园诗或充满人情味的传说。[②]《大地》中的真实书写与简洁风格非常和谐统一，吸引并折服了众多西方读者。西方读者虽然可能没有经历过惨烈的饥荒和水旱灾害的威胁，却能在小说中感受到中国农民对土地的珍视、对生命的热爱、对生存的渴望。这是世界上任何一个国家的人民都能够感同身受的。的确如此，《大地》中有关饥荒的描述给全世界的读者留下了深刻的印象，以王龙为代表的中国农民对土地的眷恋广泛地引起了情感上的共鸣。

菲利斯·本特利也讨论了赛珍珠颇为一致的行文特点、写作风格和人物塑造，认为其语言有《圣经》语言的魅力。赛珍珠从不套用中文词汇，也不对这些词加任何解释，如“麻将”便直接用“麻雀多米诺骨牌”（sparrow domino）表达。另一方面，赛珍珠不

---

① 希拉里·斯波林：《赛珍珠在中国》，张秀旭、靳晓莲译，重庆出版社，2011 年，第 148 页。

② 保罗·A. 多伊尔：《赛珍珠》，张晓胜等译，春风文艺出版社，1991 年，第 26 页。

使用无法直接译成中文的英语词句，她想把中文词汇变得对西方人有同样的意义。① 赛珍珠的小说在翻译成汉语后，有时略显生硬。她不仅想把汉语词汇和文化通过英语传递给西方读者，让西方读者通过英语母语阅读领略汉语文化的精妙，还试图打通母语英语和汉语的双向沟通渠道，用语言架起一座沟通东西方读者的桥梁。她在写作时会首先选用对汉语使用者具有意义的词汇，而不是直接翻译成英文或者选择英语使用者常用的词汇，如小说中的“火车”英语用的 fire wagon，而不是常见的 train。从跨文化传播理论上看，“对外传播中经常需要用国外已知的信息来诠释中国特色的内容，或者用英语国家读者所熟悉的事物、概念来解读中国的文化现象”②。例如，我们经常把《梁山伯与祝英台》和《罗密欧与朱丽叶》、汤显祖和莎士比亚等具有某些相似性的作品、作家联系起来，使中西方读者能更好地理解“他者”语言和文化。赛珍珠在英语写作中利用了中英文词汇中的相同点，开创性地使用了一些独具特色的单词，使西方读者能更好地理解中国题材的中国故事，更容易建立起两种语言文化之间沟通的可能性。因此，赛珍珠小说的阅读者和研究者最好具有英汉双语的阅读和欣赏能力，这样才能真正领略小说中别具一格的用词和行文方式。

作为一名美国作家，赛珍珠渴望跨越语言、文化、种族的鸿沟真正理解中国和中国文化，但仍不可避免会陷入某些深层次的文化隔阂。因此，从跨文化沟通和交流的优势出发，赛珍珠希望找到用英文写介绍中国的书的中国作者，既要能真实地揭露中国文化的优劣性，揭示中国文化精神的内核，又要在技巧上具有适合西方读者口味的那种幽默风格和轻松的笔调——而林语堂就具备这样的条件。③ 林语堂是和赛珍珠联系最密切的同时代的中国人，其中国文

---

① 保罗 · A. 多伊尔：《赛珍珠》，张晓胜等译，春风文艺出版社，1991 年，第 27 页。

② 杜国东：《语言、思维、价值观：提高英语对外传播有效性的三个层次》，《国际传播》，2021 年第 2 期，第 46 页。

③ 沈艺虹：《异质文化语境下的文化传播：试论林语堂的文化传播策略》，《漳州师范学院学报（哲学社会科学版）》，2007 年第 2 期，第 52 页。

化的英语书写一直被拿来和赛珍珠做比较。肖魁伟探讨了林语堂对外传播中国文化取得成功的内外部因素，其中他地道的英文写作能力和轻松幽默的语言风格是获得美国读者认可的重要原因。[①] 语言是交流沟通的重要工具，面向英语世界的读者书写中国，一定要具备良好的英语语言表达能力，要求的不仅仅是将汉语转化为英语，更要符合英语世界读者的文化规则和阅读习惯。林语堂和赛珍珠拥有的独特的双语世界里的教育和生活经历，为他们的写作打下了良好的语言基础。

在经济全球化的背景下，文化的对外传播已不仅仅是传播，更注重的是文化创新与文化传播的统一，文化的创新只能在不同文化的交流互鉴中得以实现。因此，韩震提出，要基于中国的历史文化传统和社会发展现状提炼出一套中国话语体系来推进对外文化传播和创新。中国话语和中国话语体系不仅能描述中国特殊的发展道路，体现中国人民的伟大力量，而且能展示中国当代价值，弘扬中华民族精神。同时，还要提炼出一套反映中华民族日常生活和文化传统的日常生活话语去引起“他者”的共鸣。[②] 当然，话语体系的使用和文化的传播都离不开语言的工具作用，要提高用外语讲述中国故事的能力，提升外语传播中华文化的本领。高建平提出文化之间是杂语（polylogue），而不是对话（dialogue）。来自不同文化的不同声音都应该被听到，可以被听到。[③] 中国学者要想与西方世界或学术界直接对话，在国际舞台上发出自己的声音，首先就要掌握通用的交流语言——英语，这也是如何“发出中国的声音，讲述中国的故事”最基本的前提和基础。

文化交流的作用是双向的。通过与其他文化的交流、碰撞、融合，不仅可以更好地反思和重新界定本土文化，还可以在此互动过

---

① 肖魁伟：《“他国化”策略应用及对建构文化软实力的启示：以林语堂跨文化传播实践为例》，《集美大学学报（哲社版）》，2017 年第 2 期，第 88 页。

② 韩震：《对外文化传播中的话语创新》，《中国特色社会主义研究》，2016 年第 1 期，第 68–72 页。

③ 高建平：《主持人语：走向世界的东方美学》，《东方丛刊》，2008 年第 1 期，第 1–4 页。

程中拓宽本土文化的视野。不同文化之间相互借鉴，可以丰富各民族的文化内涵，激发不同文化的创造力。就文学作品而言，如果仅仅观察本土作家对地域文化的呈现与建构，视角难免单一；如果没有边界之外他者的感知和观照，往往很难察觉自己文化边界的存在，而他者观照的缺失很可能造成自我建构的模糊，进而陷入孤立状态下的自说自话、自娱自乐。因此，淮河文化或皖北文化的自我构建和建设发展，不仅需要内部去积极开拓、创新，还需要外部的交流、借鉴、融合，在内外兼修的形势下走向地域文化的繁荣和成熟。

三、跨文化交流的文化间性

从某种意义上讲，个体与他者如何交流和沟通是传播学关注的重点问题。当这种交流要跨越不同的语言、文化、种族、国籍等鸿沟时，会困难重重。传播本就是在不同社会距离的个体之间进行的，如果只是以自我为参照物，可能无法准确理解自我，会陷入“只在此山中”的迷境。只能在与他者交流的过程中确定自我的边界在何处，然后自由地来回游离在不同群体的边缘。单波将跨文化传播定义为“不同文化背景和文化体系的个人、民族和国家之间进行的信息传播和文化交流活动”，并追问在跨文化交流中什么样的文化应该占据主导和支配的地位。① 也就是说，如何在文化交流中进行顺畅、自由而成功在不同文化界限处来回滑动，既是跨文化传播领域急于解决的关键问题，也是目前文化对外传播面临的现实难题和困境。

面对复杂的国际环境和文化竞争，我国的文化对外传播同样处在不确定的跨文化现实语境中。方维规②、郭萌萌和王炎龙③的研

① 罗新星：《跨文化传播视野下的文化软实力》，《湖南社会科学》，2011 年第 2 期，第 167-170 页。

② 方维规：《“跨文化”述解》，《文艺研究》，2015 年第 9 期，第 5-13 页。

③ 郭萌萌、王炎龙：《“转文化”：中国文化对外传播范式转换的逻辑与方向》，《现代出版》，2019 年第 6 期，第 52-55 页。

究都提出了新的理论指引和改进思路，即在多元文化社会中国际文化交往的三种最主要范式：多元文化（multiculture）、文化间性（interculturality）、转（跨）文化（性）（transculturality）。三者因意义相近，极易被误解为同样的意思。方维规做出了如下的界定：多元文化指文化并存，承认平等和相异；文化间性强调的是文化交流中的对话关系；转（跨）文化（性）在文化共存中打破界限，创造新文化的现象。这三者在跨文化传播领域的发展中第次出现，并各有合理之处，文化间性和跨文化性对多元文化进行了内涵的拓展，且两者之间意义多有重合。大多数人把 intercultural 阐释为不同文化相遇时的交互作用，也就是说，文化交流并不是文化之间自然而然地相互遇到，在遭遇中发生碰撞、变异而重组后的那部分才是文化交流最核心的意义。

（一）交流对话中的文化间性

Intercultural 也被翻译成“文化间际”或“文化间性”，更能体现出不同文化交流时交互作用的含义。社会中的个体无法静态地、孤立地在自我范畴内去完整地定义自己，需要依靠与群体中他者的交汇和碰撞来完成。每一种文化也是如此，都会在与他者文化的遭遇中显现出自己的文化特质。这才是不同文化交流中起作用的真正实际，即文化的间性问题——“在与他者相遇时或在与他者的交互作用中显出的特质”①。蔡熙把文化间性定义为“一种文化与他者际遇时交互作用、交互影响、交互镜借的内在关联，它以承认差异、尊重他者为前提条件，以文化对话为根本，以沟通为旨归”②，还探讨了文化间性的生成逻辑及文化间性与主体间性、文本间性、话语间性之间的关系。语言是文化间性产生的基础，但它是一种超越语言更多地表现为互动交流中的关联或联结。这一联结是如何产生并发生作用的呢？不同文化之间的交流互动不可能是整个文化体系间的完全碰撞，只可能是特定的某一小部分会进入并持续地引起

① 王才勇：《文化间性问题论要》，《江西社会科学》，2007 年第 4 期，第 44 页。

② 蔡熙：《关于文化间性的理论思考》，《大连大学学报》，2009 年第 1 期，第 84 页。

对方的注意进而碰撞出回响，而这些总能引起对方关注的特定部分便是不同文化之间的关联。在跨文化交流中，只有通过“他者”群体的反馈才能看清楚一种文化对另一种文化的意义交互，文化间性的出现能更真实地凸显跨文化传播或交流中真正起作用的文化基因。

文化间性和他者是相互依存的，文化交流互动的意义是在与他者文化的碰撞中产生的，而他者文化的存在是文化交流和对话的前提。文化间性对于理解流散作家、移民作家等特殊群体具有特殊意义。对于跨越语言、文化、国籍和种族的人们来说，本民族和居住地的两者文化时时刻刻在交流和碰撞，他们的文化书写在如今全球化境遇下有着不同于往日的意义。就赛珍珠中国书写在西方世界得到广泛认可和传播的实际情形，中外学者早就有过论述。多伊尔坦言，《大地》之所以能够扭转西方世界盛行的丑化和妖魔化中国的潮流，是因为西方人在这部小说中第一次发现了和他们拥有相同人性的中国人及颇令西方文化推崇的一些高贵品质。[①] 钟再强也分析了为什么《大地》能改变西方流行的丑化中国的局面。其中最关键的是，《大地》向西方读者展现了一大群个性鲜活的中国农民形象。《大地》对中国农民形象的描绘是有血有肉的，相当成功，而且展现了中国农民的土地意识、子嗣意识，以及吃苦耐劳、勤俭节约等传统观念。[②] 张树艳从中国文化传播角度看赛珍珠的《大地》，认为小说展现中国形象的目的不是要定义中国形象。我们要发现哪些中国元素首先进入西方人的视野，从而探究中国文化是怎样一步步被西方世界所了解的。首先是清末民初的中国农民。作为中国读者，都会为书中主人公王龙的故事感到震撼，感叹一个外国人何以将中国农民的故事写得如此深刻。王龙可以被看作当时四万万中国农民中自强者的典型。王龙给读者留下最深刻的印象，一是他总是

---

① 保罗·A. 多伊尔：《赛珍珠》，张晓胜等译，春风文艺出版社，1991 年，第 22-25 页。

② 钟再强：《赛珍珠〈大地〉对中国文化的展示和传播》，《南通大学学报（社会科学版）》，2008 年第 6 期，第 68-72 页。

用一种隐忍和坚毅的态度对待生活中的种种艰难困苦，既不狂躁抗争也不自暴自弃；二是他对土地有着无限的眷恋，因为这黄褐色的土地不仅养育了他家的祖祖辈辈，而且给他带来了富裕生活；三是对延续后代的渴望和使命感，因为土地永远需要兴旺的人丁来耕作。①

赛珍珠是在用英语母语向西方世界讲述中国故事。小说《大地》讲述的是旧中国农民一家三代的曲折往事，对当时的中国社会进行了白描式的精细摹写，涵盖了社会的方方面面。在西方读者眼中，以王龙为代表的中国农民形象最先进入他们的视野，引发了最有力的回响。因此，小说《大地》中的农民形象便是赛珍珠跨文化书写中文化交流的联结点，也是作品中中国文化对外传播的关键。王龙等不仅仅是来自皖北大地的普通农民，也不仅仅是中国农民的形象代表，更代表了遍布全球农民形象的集体认同。他们同在抗争和欢乐，亦同在失望和痛苦。正是凭借着这些与现实及我们自身生活经历极其相似的描写，《大地》在读者的心灵深处才引起了如此强烈的共鸣。它真实地描述了生活本身，十分令人信服。黄剑和涂雨晨分析了赛珍珠作品中独具匠心的跨文化传播策略：首先要让读者产生共鸣，其次要满足新时代美国民众对世界其他地域文化知识的渴望，最重要的是要“打通中国文化与美国文化传统之间共同的价值通道，让读者感受到人类共同的困境与欣悦”②。张树艳在《以文学为中介传播中国文化》一文中分析了同受中美双重文化影响的作家赛珍珠、林语堂和汤亭亭，他们都用英语创作了深受美国读者喜爱的中国题材小说，以文学作品为媒介向西方世界传播了中国文化符号、文学形象和中国智慧。这三位作家的跨文化书写传播了几乎无差异的共同价值、新奇的地域特色，能够引发文化震惊的价值差异（民族灵魂），包含众多文化符号，具有大众性。

---

① 张树艳：《从中国文化传播角度看赛珍珠的〈大地〉》，《内蒙古师范大学学报（哲学社会科学版）》，2015 年第 2 期，第 102 页。

② 黄剑，涂雨晨：《赛珍珠创作中的中国文化传播》，《江西电力职业技术学院学报》，2015 年第 3 期，第 93 页。

这样的文学作品是基于世界性对话和平等交流的一种非常有效的文化传播媒介。①

张树艳认为王龙身上同时还带有中国传统的原始宗教信仰色彩，如对土地爷的敬畏和延续香火的执念，这些都是与西方社会的信仰和做法格格不入的，也是让西方读者最为震撼的。“所以说，中国文化中独特的东西最先被外国读者所熟悉，而独特的元素中与西方社会形成反差的部分最先被西方作者捕捉到。”② 在跨文化的交流互动中，文化间的差异是互动产生的前提，是客观存在的事实，不同文学之间在不可避免地碰撞和融合后，通过文化互动传递了彼此认同的共同文化价值，在一定程度上形成了一种无意识的文化认同。赛珍珠的中国题材作品在西方世界受到欢迎，正是在东西方文化的交流互动中形成了一种无意识的对农民的普遍文化认同，而使《大地》富有感染力和洞察力的原因正是作品所具备的揭示人类共性的能力。

无论是作为普通民众还是作为作家，赛珍珠的精神领悟力在东方和西方两个世界的辗转中都得到充实和拓展，同情心和理解力也在随之增强。赛珍珠实际上成为东西方两个世界和两种文化的媒介，两个世界在赛珍珠身上融为一体，使她形成了更成熟的文化异同点的认知，而这是她一生都在受益也在受难的根本原点。当今不同文化之间存在着更为显现的诸多差异，而实现不同文化间的部分认同正是文化对外传播和实现文化多元化的重要路径。

（二）东西方的农本思想

赛珍珠的《大地》描述了王龙对土地生死依恋的渴望、人与土地的水乳交融的密切关系，跨越了种族和文化的障碍，向西方世界展示了中国农业社会的原始风貌、中国农民的传统价值观念，并获得了一致性的认同和褒奖。在赛珍珠《大地》的研究中，被学

① 张树艳：《以文学为中介传播中国文化》，《兰州教育学院学报》，2015年第9期，第6-9页。

② 张树艳：《从中国文化传播解读看赛珍珠的〈大地〉》，《内蒙古师范大学学报（哲学社会科学版）》，2015年第2期，第104页。

界最为津津乐道的就是中国农民身上的“土地情结”和“乡土中国”的呈现。尚营林、郭英剑把“土地情结”定义为人与土地之间的血肉相联、生死相依的关系，并赞扬《大地》极为深刻地反映了这种人与土地的水乳交融的密切关系。对于中国人来说，尤其是世代“面朝黄土背朝天”的农民来说，这份“土地情结”似乎与生俱来，因而尤为刻骨铭心。[①] 姚锡佩盛赞《大地》以淋漓的笔墨描绘了中国人炽热的土地观念和子嗣观念，二者结为生命力的原核[②]，指出赛珍珠旨在反映那维系中国人强大生命并构成东方文明和社会的原核，以及其在西方文明冲击下的裂变[③]。尚营林认为赛珍珠之所以创作出这部经典的中国农民与土地的故事，是想向西方读者展现中国传统社会中流传数千年的文明历史，而不是西方人仅仅能看到的尖锐的阶级矛盾和武装斗争，“恋土意识则能概括地反映中国农民的传统价值观，中国传统文化的基础和中华民族的民族性”。[④] 赛珍珠在作品中紧紧抓住农民依恋土地这一普适的文学主题，使得这部小说具备跨文化、跨语言、跨国界、跨时代的现实意义。

中国是传统的农业大国，自古以来，就秉承农业为民生之根本、国之基础的基本理念。“农，天下之大本也，民所恃以生也。”[⑤] 在传统农业社会中，农业是关乎国计民生、国家富强的根本大事，既保障了普通民众的衣食来源，又成为国家富强稳定、治理有序的根基。所以，以农业为本的农民对待土地是格外珍视的。因为土地是农民最重要的生产资料，理所当然地成为农民的命根子。这是赛珍珠跨文化书写中最成功的部分，她抓住了最关键的地

---

① 尚营林、郭英剑：《赛珍珠和她的〈大地〉》，《河南师范大学学报（哲学社会科学版）》，1991 年第 4 期，第 111 页。

② 姚锡佩：《从赛珍珠谈鲁迅说起：兼述赛珍珠其人其书》，《鲁迅研究月刊》，1990 年第 6 期，第 40 页。

③ 姚锡佩：《论赛珍珠的〈大地〉三部曲》，《当代外国文学》，1996 年第 3 期，第 92 页。

④ 尚营林：《恋土：中国农民的传统价值观：赛珍珠作品主题分析》，《河南师范大学学报（哲学社会科学版）》，1994 年第 2 期，第 74 页。

⑤ 司马光：《资治通鉴》，中华书局，2012 年，第 498 页。

方，那就是农民与土地生死相依的亲密关系。依靠土地，事已奉公，这是中国农业社会最典型的集体心理意识。她的作品展示了土地乃是中国家庭建构的基础，是家庭兴衰存亡的关键。如诺贝尔授奖晚宴主持人所言，由此，她赋予了西方人某种中国精神。魏兰的博士论文在已往研究成果的基础上，从赛珍珠“文化边缘人”身份出发，归纳和解读了赛珍珠主要中国农村题材作品中的“土地主题”和“土地意象”。具有人类学意义的“土地主题”之所以能构成赛珍珠“生命主题”的重心，得益于赛珍珠身上独特的跨文化视野和文化和合主义理念。在跨文化语境下探讨赛珍珠的跨国书写和文化主题写作，有极大的隐喻意义和现实价值。①

赛珍珠以“大地”为题，点出主人公近乎顽固的“恋土情结”，讴歌了中国农民对土地生死不渝的热爱，刻画了人们渴望与土地和谐相处的美好愿望、和谐关系遭到破坏时的深切忧虑，体现了近现代中国农村和农民的生态伦理主体性特征。作品展现的生态思想是朴素而自然的中国生态伦理观，并且这种中国文化主体性在中西文化交流中对西方生态环境伦理观产生了巨大的影响。② 中国农民对土地的亲近、依恋和热爱及与土地相互依存、融为一体的亲密关系在赛珍珠的小说中展现得淋漓尽致，而这两者的辩证关系同样也是现代西方现代生态思想的重要基础。小说中王龙一家即使遭遇罕见的灾荒，田里已经颗粒无收，他们也坚持不卖土地；即使逃荒到异乡大都市，还是对家乡的土地念念不忘，时刻想回到家乡的土地上继续耕种和收获。这是几千年中国农耕社会的农民与土地的天然联系，与现代西方资本主义社会的重商主义思想完全不同。在中国传统观念中，生命来源于大地，也将回归大地。这种东方生态思想与后来美国著名文学评论家劳伦斯·布尔提出的“环境正义”（Environmental Justice）相似，都认为大地养育生命，也应该受到

① 魏兰：《赛珍珠中国农村题材小说的“土地主题”研究》，博士学位论文，南京师范大学，2013 年。

② 陶丽丽：《论赛珍珠〈大地〉的中国文化主体性》，《艺术科技》，2020 年第 23 期，第 71-72 页。

生命的滋养，两者相辅相成，相互尊重，不可分割。中国农民与土地生死相依的情感体现了他们对生命的敬意、对自然的崇拜，蕴含着深沉的生命意识和科学的自然观。它不同于以人为本的人类中心主义伦理道德观，是一种主张平等对待自然物的生态整体主义伦理思想。这种超前的后人文主义土地生态伦理意识，与后来美国现代生态批评家奥尔多·利奥波德的“土地伦理学”不谋而合，即认为“土地伦理是要把人类在共同体中以征服者的面目出现的角色，变成这个共同体中的平等一员和公民，它暗含着对每个成员的尊重，也包括对这个共同体本身的尊敬”①。

皖北的宿州小城位于黄淮平原的南端。黄淮平原是黄河中下游以南地区的大片平原，淮河的主要支流大多密布于此。黄淮平原是由黄河南泛后冲刷积淤而成的沃野，遍布的淮河干支滋养了这片土地。这里交通便利，河流湖泊众多，非常适合种植稻、麦、豆及其他各类农作物，是中国历史上农业文明开始较早的地区，曾一度是富足的鱼米之乡。古有谚云：“江淮熟，天下足。”历史上，淮河流域农业发达，是极能体现中国北方农业文明的典型区域。因背靠黄河的地理优势，这一地区受到黄河流域中原文化的影响非常深。众所周知，黄河流域是中华民族的主要发源地，是中华民族的祖先们最早发现的适合生存的区域之一，因此，中原文化也是中华文化中极古老、极发达的一部分。发展相对弱势的文化圈会逐步受到周围强势文化的辐射和渗透。因交通便利，淮河流域和黄河流域交接在一起，中原文化在淮河流域逐渐渗透、蔓延，影响深远。处于黄淮交接处的皖北地区深受中原文化农本思想的影响，皖北地域文化中以农为本、倚重水土的农本意识表现突出。

淮河流域作为中国农耕文明的典型区域之一，其农耕文化和长江流域与黄河流域相比有它的独特之处，如中国农耕文明始发于此地、有影响深远的“治水兴邦”传统、古代农业经济相对发达，

---

① 陶丽丽：《论赛珍珠〈大地〉的中国文化主体性》，《艺术科技》，2020年第23期，第72页。

"共济共生、以'和'为贵的中华'农耕—生存型'文明曾在这块土地上得到过全面地发展、长足地进步"①。赛珍珠看起来在皖北宿州小城待得不久，实际上，她已经深入中国农业社会的最核心和最底层部分，接触到了中国农民最沉重的集体心理意识，其中最具有代表性的就是以农为本、倚重水土的农本思想和孝贤文化。赛珍珠在皖北宿州居住期间，有机会深入最具代表性的中国乡村社会的内部，了解和感受到中国农民身上最根深蒂固的土地情结，于是把自己对皖北土地的真情实感都倾注在文学创作中。在一气呵成的代表作《大地》里，她花笔墨着重描写了主人公王龙对土地的依恋之情。泥土塑造了旧社会皖北人的生活。和王龙一样，他们的房子是泥土砌成的、土坯盖成的，土坯是用从自己田里挖来的土做的，烧火做饭的灶台也是用自己田里的土砌成的，盛水的瓦罐也是泥土烧制的，连掌管土地收成的神灵——土地公公、土地婆婆也是用庙旁边的泥土塑成的，只不过土地庙是用土烧制的砖垒成的，远处高大的城墙也一样是用砖盖的。"正是这块地，建成了他们的家，为他们提供食物，塑成了他们的神像。土地肥沃得发黑，在他们的锄头下轻轻地松散开来。有时他们翻起一块砖头，有时翻起一小块木头。这不算什么。从前，男男女女的尸体都埋在那里，当时还有房子，后来坍塌了，又变成了泥土。同样，他们的房子有一天也要变成泥土，他们的肉体也要埋进土里。在这块土地上，每个人都有轮到自己的时候。"②

农民们的生活来源、吃穿用行每一样都要依靠土地的收成，所以农民被形容是"土里刨食"。王龙手里辛苦积攒的银钱是从田里来的，从他耕锄劳作的土地上得来的。他依靠土地生活，靠一滴滴汗水从土地收获了粮食和银钱。连他们藏银钱的地方也是土坯墙壁里挖出的一个小洞。土地只是农民最重要的生产资料，不会自动长出庄稼和产出粮食，要想从土地上获得丰厚的回报，农民们必须要

① 陈德琥：《淮河文化的主体文化特质》，《学术界》，2022年第11期，第117页。

② 赛珍珠：《大地三部曲》，王逢振等译，人民文学出版社，2009年，第18页。

付出辛勤的劳动。在结婚的第二天早上，在新婚的喜悦还未被冲淡时，王龙就迫不及待地挂念起他的土地、田里的麦子、雨后的收成。一吃完早饭，他就和往常一样干活。“他扛了锄头到田地里，耘出一行行庄稼；把牛套在耕犁上，耕好村西栽种蒜和葱的土地。”① 阿兰在生完大儿子的第二天，就下田收割稻谷。生第二个儿子时，阿兰上午慢腾腾地走回家，傍晚太阳落山前又回到了田里，和王龙一起收割完田里的稻子。赛珍珠在小说中尤为着重刻画了王龙、阿兰两人的吃苦耐劳、勤劳朴实，他俩在田里劳动的场景就像一幅幅油画展现在读者眼前。一开始，是他们两个人在田里干活，正值初夏，烈日当头。阿兰的脸上很快挂满了汗珠，只穿着遮住双肩的薄布衫，衣衫很快被汗水浸湿，紧贴在皮肤上。王龙则索性脱去上衣，光着脊背。两人在田里一直闷着头干活，不说一句话，配合默契。生了大儿子后，他们干活时，就把儿子放在一条铺在地上的旧被子上睡觉。当孩子饿哭时，阿兰就停下手里的农活，侧躺在地上给他喂奶。炙热的太阳烤着大地，晚秋的太阳不减夏日的炎热。“女人和孩子晒成了土壤那样的褐色，他们坐在那里就像是两个泥塑的人。女人的头发上，孩子柔软乌黑的头顶上，都沾满了田里的尘土。”②

美国传教士明恩溥的著作《中国人的气质》总结了他多年中国生活中对中国人性格的观察和思考，虽然书中很多总结的特征带有偏见和固化性，但他认为勤劳是中国农民的最大性格特征。和世界各地农民相比，中国农民的勤劳可能是很难被超越的。即使在冬天的农闲时节，田里没有什么活可干，农民还是一样闲不住，手里的活不断。③ 的确如此，新婚后的阿兰便是这样典型的勤快人，家里家外收拾得干干净净。她洗洗刷刷，缝缝补补，活都干完了也闲不住，拿起背筐去路上捡拾牛粪。赛珍珠在小说中的描写不仅是当

---

① 赛珍珠：《大地三部曲》，王逢振等译，人民文学出版社，2009 年，第 17 页。
② 同①，第 25 页。
③ 明恩溥：《中国人的气质》，刘文飞、刘晓旸译，译林出版社，2012 年，第 17 页。

时皖北农民的真实生活状况，而且和明恩溥提到的细节惊人地一致。这说明中国农民的勤劳特质是令这些异乡人最为震惊和印象深刻的，因此他们会不约而同地将其选为写作的题材，展示给美国同胞及西方世界的读者。

在中国农业文明中，大部分中国家庭以农业为主要经济来源，土地是最重要的财产。对于安土重迁的中国农民来说，土地是生存之根和存在之源，有着生死攸关的意义。中华文明本身就是农耕文化与儒家伦理秩序的结合，普通民众除了"力耕务农"，还要"孝养父母"，"用天之道，分地之利。谨身节用，以养父母，此庶人之孝也"①。这构成了农本思想最为深厚、质朴的民众心理基础。进而，"以农为本"的农耕文明和农业社会，又成为传统宗法人伦社会秩序的深厚根基。"丰衣足食、富足安定、敦伦教化"成为历代民众最迫切的愿望和中华民族最深刻的文化心理。② 赛珍珠在20世纪30年代的作品中了恰好展示了中国农民王龙和阿兰对土地本能般的亲近情感，展现了中国传统农业社会中人与土地的自然和谐关系和传统文化中"天人合一"的生态伦理观念。《大地》描写的中国农民与土地的天然联系和情感并不完全是西方社会人生哲学理念，而是中国乡土文化主体性的体现，是中国农民长期在儒释道思想的影响下形成的朴素的价值观和情感表现。

赛珍珠的土地书写除了缘起与皖北农民结下的深厚情谊、中国农业文明中的农本思想外，还和美国本土的重农主义思想有着千丝万缕的联系。欧美思想中重农主义传统对赛珍珠中国观的形成影响很大，20世纪30年代又恰逢美国经济危机大爆发，美国农业经济大受打击，农民群体也饱受天灾人祸的摧残，赛珍珠小说中王龙和阿兰的灾荒遭遇无形中使美国读者产生了同理心和同情心。朱骅认为这是赛珍珠有意再现西方文化传统中的"农业中国"原型，以唤起美国历史中的边疆精神、独立自强和面对灾害的顽强意志，来

---

① 石声汉：《农桑辑要校注》，中华书局，2014年，第3页。

② 方锡良：《中国传统"农本"思想及其现代思考》，《兰州大学学报》，2016年第4期，第9页。

激励和抚慰饱受经济萧条创伤的美国民众。① 经济大萧条时期的美国社会正经历着传统的手工农业生产被机器生产和大规模种植取代，农民和土地之间的天然联系逐渐在现代工业文明的侵蚀下发生异化，赛珍珠小说的出现正好唤醒了民众对传统重农主义思想的怀念和农业文明的向往。重农主义是法国经济学家魁奈创立的，深受中国古代农本思想的启发。18 世纪，中国以农业为本、土地为尊的古老文化传统漂洋过海传到了欧洲大陆，受到不少法国改革家和经济学者的推崇。周宁在《永远的乌托邦：西方的中国形象》《世纪中国潮》中都提到中国古代的重农主义思想对欧洲哲学家的影响，特别是魁奈针对当时欧洲盛行一时的重商主义精神提出的重农主义思想。杰斐逊、富兰克林等早期的政治家都是重农主义的拥趸。在美国尚在以农业经济为主体的时代，重农主义思想在美国本土的流行是非常合理和必要的。

赛珍珠本人和农业、农民及土地有着天然的缘分。她远在美国的父母亲家族的生活方式都和农业生产息息相关。母亲凯莉来自美国南部，热爱土地和劳动，对美国乡村的宁静和美好一直念念不忘，从赛珍珠孩提时就对她讲述家乡的美好生活。赛珍珠曾和父母亲返美度假，亲眼见证了美国的田园生活。赛珍珠父亲家也从事农业生产。父亲本来希望小儿子赛兆祥安心在家种田，继承家里的农场，没想到他和兄长们一样，都选择了传教事业。赛珍珠第一任丈夫布克是美国康奈尔大学农学专业出身，因此才会不远万里来到平原大地的皖北宿州，从事他心仪的农业传教事业。赛珍珠在庐山与布克相识成婚后，有机会作为农业传教士的妻子跟着丈夫从江南水乡迁居到皖北土地上，从而缔造了与中国农村和农民结缘的一段佳话。因此，横跨中美两个世界的赛珍珠本身就和农业与农民有着天然的联系。这种联系促使她创作出《大地》中具有普遍意义的"土地神话"，"也再现了 18 世纪 70 年代末 80 年代初美国的'重

---

① 朱骅：《美国东方主义的"中国话语"：赛珍珠中美跨国书写研究》，复旦大学出版社，2012 年，第 97 页。

农神话'，同时借助这一'乡土中国'形象，赛珍珠力图唤起美国读者心目中的田园梦想"①。

（三）"美国梦"和中国梦

在《大地》中，王龙由穷变富的人生轨迹一直是中国读者和学者颇为诟病的一点。鲁迅对赛珍珠书写中国"只得浮面"的评论相当程度上来自于这一看似荒唐的情节，因为这和当时中国乡土小说的主题格格不入。赛珍珠的小说没有深究旧中国农村社会中普遍的谷贱伤农和"三座大山"的盘剥，而是赞扬王龙通过勤劳的双手和凭借在南方城市逃荒中偶然获得的意外之财发家致富，难免从那时起会引起各种非议和争议。进入21世纪后，这一点依然引人关注。李云雷提到，今天看来，《大地》有点奇怪，它讲述的是一个旧中国农民从贫穷变为富有的故事。赛珍珠所描述的是千百年来中国农民的共同梦想和生活轨迹，与中国"新文学"的视角和思路完全不同，而这正是鲁迅、茅盾、胡风等人批评的原因所在。但是赛珍珠在《大地》中展示的恰恰是人生"常态"——传统乡村里的农民王龙对土地的渴望、对财富的向往，提供了一幅不同与"新文学"的文化图景。② 赛珍珠提供的这一幅陌生的乡村图景，让我们重新审视中国农村社会和中国农民，以新的视角看待传统中国农村社会中农民的生活愿望和向往的生活方式。"实际上，赛珍珠与'新文学'的区隔不是降低了创作的思想与艺术价值，而是保持甚至提高了思想与艺术价值。"③

赛珍珠的中国乡土书写与中国乡土作家们在很多方面存在着不同，主要归因于赛珍珠对中国农村的现状和出路认识的不足，不符合当时旧中国农村社会的黑暗现实和革命趋势。赛珍珠不一样的中国书写在西方世界却受到了欢迎，除了学界关于赛珍珠作品中的东

① 延缘：《赛珍珠〈大地〉中的土地观念研究》，《温州大学学报（社会科学版）》，2021年第2期，第114页。

② 李云雷：《赛珍珠：如何讲述中国故事?》，《哈尔滨工业大学学报（社会科学版）》，2015年第4期，第84-86页。

③ 孙宗广、刘锋杰：《赛珍珠：如何表现中国精神？——接着李云雷的"故事讲述"往下说》，《南方文坛》，2014年第6期，第113页。

方主义和后殖民主义倾向的批评外，这个不一样的主题恰恰是其成功的因素之一。《大地》中，王龙从最初的贫苦农民经过多年的辛勤努力成为数一数二的大地主。赛珍珠在文学文本中对中国农村生存状态的思考与美国重农主义思想中人与土地的关系屡屡有契合之处，也就是“美国梦”的物质根源，即“土地梦”。[①] 这样的主题及赛珍珠的多元文化身份和多重世界的生活经历，很容易让人联想起“美国梦”。

《大地》的传播还影响着西方的人生哲学态度与价值观，比如“美国梦”的塑造。在小说中，王龙的命运几经转折，成为富有的地主。王龙完成了个人奋斗，实现了土地梦想。1931 年，《大地》在美国问世。作品中朴素的阶级上升之道和个人的励志故事影响并激励了经济大萧条时代的美国劳动人民，他们认为个人的成功要依靠自己的努力和机遇来实现，而不是埋怨社会和阶级差别。除了经济危机，当时美国还遇到了干旱和沙暴等自然灾害，许多农民和王龙一家一样背井离乡，走上逃荒的道路。王龙和阿兰这种在苦难中坚韧奋斗、追求生存的勇气，使美国人民看到了希望。同年，美国历史学家詹姆斯·特拉斯洛·亚当斯（James Truslow Adams）在《美国的史诗》（*The Epic of America*）一书中首次提出了“美国梦”的概念。狭义上，“美国梦”就是个人只要不懈努力和奋斗，就能获得更好的生活，即人们必须通过自己的勤奋工作、勇气、创意和决心实现自身的价值。某种意义上，穷苦的中国农民王龙在土地上实现了自己的“美国梦”，他的成功故事在美国受到了前所未有的追捧和喜爱。1932 年《大地》获得普利策奖。1937 年改编自《大地》的电影获得奥斯卡奖。1938 年赛珍珠获得诺贝尔文学奖。可见，中国农民淳朴的生活哲学伦理思想，影响了美国一代人的文化传统和思想基础，在国际文化传播中发挥了重要的主体性作用。

如上述所言，赛珍珠的《大地》在很多美国读者眼中是对“美国梦”的生动诠释，但是王恩科提出，在赛珍珠进行小说创作

---

① 魏兰：《赛珍珠作品土地主题研究》，江苏大学出版社，2015 年，第 51 页。

时，亚当斯还没有提出“美国梦”这一概念，所以赛珍珠不可能也并不知道她的文学作品在为“美国梦”做诠释。而且赛珍珠从小就生活在中国，只是回过美国探亲和求学，对于美国经济大萧条所带来的悲惨现实并不能感同身受，又或者她可能都没有关注过这一事件。① 众所周知的是，小说《大地》的人物和故事来自赛珍珠曾经暂居过的皖北宿州，是赛珍珠亲身经历的真实映射。书中的人物也是她最为熟知的皖北农民的化身。因此，王恩科认为赛珍珠对小说人物命运的叙述并没有受到明显的外界影响。

从地域文化的视角来看，《大地》中王龙一门心思地想要拥有更多土地和财富的梦想可以追溯到淮河地域文化的内涵和主体性特征。房正宏在讨论淮河文化内涵与特征时提到农业文化是指“构成其文化物质基础的主导和起支配作用的方面是在自然经济轨道上运行的农业，并非说构成其物态成份中没有其他产业的产品”②。这和中国传统文化的农业文化精神是一脉相承的，中国传统文化一直以来就是以传统的农村社会和农业文化为基础构建的。在皖北这块南北文化交融的过渡地带，倚重水土的农本意识和儒家伦理道德思想是最根本的集体文化心理。在革命浪潮的冲击，这种重农贵地、重实轻虚的务实精神逐渐演变成皖北人安土乐天、安贫乐道的生活态度，“三十亩地一头牛，老婆孩子热炕头”成了历史上皖北人对幸福生活的渴望和追求。

很多人对赛珍珠在《大地》中描述的王龙的生活轨迹不满。在20世纪二三十年代这个社会急剧变化的革命时期，王龙这样的普通农民怎么能无视革命浪潮，依然想着挣了钱就买地蓄奴纳妾。“许多写小说的人所以失败而勃克夫人的《大地》所以获得世界的——连中国的在内——赞美，就为了前者单描画了中国人的外

---

① 王恩科：《〈大地〉成名对妙讲中国故事的启示》，《文化与传播》，2020年第6期，第95-100页。

② 房正宏：《淮河文化内涵与特征探讨》，《阜阳师范学院学报（社会科学版）》，2015年第4期，第15页。

形，而勃克夫人已抓到了中国人一部分的灵魂。"① 老婆孩子热炕头，可以说赛珍珠的《大地》写了一个旧时代的"中国梦"。赛珍珠的小说通过王龙这样一个普通农民在皖北大地上的人生经历，向西方世界展示了一个真实的乡土中国和20世纪初中国普通农民的心理状态。有评论家评价道："她对中国农村熟悉的程度，甚至远比同时代的生活在大城市而脱离工农大众的中国小资产阶级作家深得多，广得多。"②

赛珍珠的小说讲述了20世纪二三十年代中国普通农民跌宕起伏的命运，看起来充满偶然性和荒诞性。但事实上，偶然中存在必然，在家族命运的每个重要转折点，王龙一家的勤劳坚韧都是重要的主导因素。表面上，男女主人公王龙和阿兰的勇敢善良和西方文化推崇的美好品质有相似之处，但本质上，这些人物形象更多来自于中国文化底蕴。王龙和阿兰是"极其普通的"中国农民，他们"贴近土地和生死，迎接生活的磨难，最真实地活着"。透视这些"真实的人类"，可以追溯中国传统文化的伦理价值基础和演变路径，发掘中国文化主体性在中西文化交流中的重要作用。赛珍珠的跨文化传播使土地、劳动、灾难等在西方世界引起反响，而不是全部的中华文化范畴。当时美国人正遭遇经济危机和信仰危机，赛珍珠对劳动和灾难的共同表述无疑引起了共鸣。与此同时，赛珍珠自小便在中国侨居，即使是用英语母语创作小说，对美国社会来说她仍然是远离本土、生活在别处、很难感知的"陌生人"或"边缘人"。当然，赛珍珠也不是中国人，既不属于东方世界也不属于西方世界的她并不会过多受到主流意识形态和大众读者喜好等外在因素的影响。这种双重"边缘人"的特殊身份使赛珍珠采取一种超然的态度观察和描写中国农民。也正因为如此，赛珍珠笔下的中国农民形象才会如此真实和生动，才能得到无数美国读者的关注和偏爱。

乐黛云指出，所谓"美国梦"主要是指个人不受限制地追求

---

① 郭英剑：《赛珍珠评论集》，漓江出版社，1999年，第74页。

② 同①，第178页。

财富和积累财富。在追求“美国梦”的过程中，个人的私有财产与积累的财富被看作个人成功的标志和通向个人自由的通行证。在“美国梦”的刺激下，人们会不惜一切代价追求财富，沉迷于物质享受。“中国梦的核心是要建立一个既不同于西方也不同于中国古代的现代化的新中国，这是一个具有‘新中国精神’的新中国。”① 这是和20世纪30年代的中国完全不同的梦想和追求。回望赛珍珠讲述的中国农民的故事，从某种意义上说，《大地》的成功在于赛珍珠在一个恰当的时机用恰当的方式向美国读者讲述了一个他们内心期待的奋斗和成功的故事，尽管这个故事发生在遥远的异域。这到底是“美国梦”还是中国梦？全世界所有农民的共同梦想可能都是风调雨顺，发家致富，秋收冬藏。这些或许正是《大地》对我们如何讲好中国故事的启示。赛珍珠的中国文化传播在西方世界不是静态的、单独起作用的，而是西方世界的主动选择，起到内化作用。

跨文化传播的必由之路是跨文化对话。在对话中只强调差别而忽视联系，只承认个别而反对一般，便容易陷入文化孤立主义与文化相对主义的泥沼中。赵丽涛认为，文化间性理论的本质和核心思想是文化“差异”与文化“融合”的统一。② 也就是说，一种文化先要有最大可能地保持自身文化特殊性的前提条件，再通过与外部“他者”文化的互动和交流，逐步形成不同文化间的视域融合和意义重组，从而达到文化的发展进步。这里要明确文化之间的本质差异是不同文化对话、交流、融合的先决条件，同一文化内部是没有必要也不可能进行碰撞和消融的。因此，在跨文化交流和沟通中，要辩证地看待不同文化间的差异性和共同点。文化的不同不能被文化的相同所覆盖，真正的文化交流就是在承认差异和区别的前提下进行的。赛珍珠的中国书写从审美意义上给西方读者们呈现了宁静美好的田园中国，从现实意义上又复盘了美国社会中长期盘踞

① 乐黛云：《美国梦·欧洲梦·中国梦》，《社会科学》，2007年第9期，第164页。

② 赵丽涛：《文化间性视域下中国传统文化现代转化再反思》，《内蒙古社会科学（汉文版）》，2014年第2期，第146页。

的追逐和积累财富的梦想。因此，“复苏在‘田园中国’想象中的赛珍珠小说以及赛珍珠的中国农村题材作品中的‘乡土中国’的展现，成为中西方读者跨越异质文化而进行成功交流的范本，且预示了在全球化的语境下、在跨文化的公共区间寻找多元通融的可能性”①。

同样，淮河文化或皖北文化作为中华文明的主要发源地，蕴含着中国传统文化的共性，也展现出地理地貌、风土人情、民风民俗等方面的独特个性。它不可能与其他地域文化合二为一，混为一谈，更不可能遗世独立，自成一体。赛珍珠的跨文化书写搭建了横跨中西两个世界的文化沟通桥梁，把偏居一隅的皖北大地推向了跨文化交流的世界舞台。当然，赛珍珠的特殊文化身份和历史时代背景决定了她的文学书写不可能完全符合中国读者的预期想象，受到质疑或争议在所难免。如乐黛云所言：“我们既不能要求外国人像中国人那样‘地道’地理解中国文化，也不能要求中国人像外国人一样理解外国文化，更不能把一切误读都斥之为‘不懂’、‘歪曲’、‘要不得’，其实，误读往往在文化发展中起很好的推动作用。”② 赛珍珠的跨文化书写和文化传播策略在当今时代背景下具有更高的参考价值和实践意义。他者是自我认知的必要条件，任何文化的构成与发展必须在与其他文化的对话、交流、碰撞中升华，皖北文化的自我建构也必须继续保持着与外部其他文化的对话与交流，如皖北文化与皖江文化、徽州文化的比较，淮河文化与长江文化、黄河文化、江南文化、海派文化、京派文化的比较等。与此同时，皖北地域文化的自我认知与建构还可以在与域外文化的关联中进一步发展，如老庄思想、《道德经》、《淮南子》的对外翻译与传播。淮河文化的最大特点即由多种文化融合而成。在对外传播的历史进程中，淮河文化不仅可以为世界文明交流提供智慧和借鉴，也可以在与其他文明交流碰撞中进一步发展壮大，走向新的时代辉煌。

---

① 张莹：《超越“传统/现代”认知框架的话语实践：赛珍珠的“乡土中国”书写再解读》，博士学位论文，上海外国语大学，2014 年。

② 乐黛云：《文化差异与文化误读》，《中国文化研究》，1994 年第 2 期，第 18 页。

结　语

20世纪二三十年代，皖北地区正处在军阀混战、灾害连年、民不聊生的苦难时期，宿州小城迎来了一个金发碧眼的异乡人——赛珍珠。赛珍珠在宿州生活得并不长久，但其主要作品《大地》《母亲》《东风·西风》《群芳亭》等都是以皖北城乡地区为背景创作的，并因“对中国农民生活史诗般的描述”而获得1938年诺贝尔文学奖。百年之前，赛珍珠以偏居一隅的皖北农家的兴衰往事，向全世界展现了这片土地上的风土人情和农人们的辛勤朴实，引得全世界读者为之倾倒，使饱经磨难、穷困凋敝的皖北“恶土”成为人人向往的“福地”。时至今日，皖北地区作为赛珍珠笔下的“大地故乡”，在国内外读者的心目中仍充满神秘色彩。然而，贫穷落后、封闭保守是皖北地区给很多人的第一印象。即使在经济腾飞的今天，皖北依然常常被忽视和遗忘。

赛珍珠到皖北的第一印象是脏、乱、差。对于这灰蒙蒙的、千人一面的单调景色，她感到格外陌生。虽颇费了些时间，但她仍以多元文化主义者的平等、尊重态度客观对待，慢慢接受了这巨大的反差。多元文化主义认为人们“能学会理解他人的意象宝库，能够而且理应摆脱偏见，拨开假象，超越种族、文字、性别、年龄等障碍”。赛珍珠耳濡目染中国的“意象宝库”近四十年，她对中国人的描写基于大量的亲身经历，对多元文化主义做出了极大的贡献。[①]《大地》的出现正体现了所谓的多元文化主义。她真正融入皖北大地的乡村后，才真正感受到中国农民的伟大和辛苦。他们在土里刨食，干的活最累，挣的钱最少。为这最特殊的群体——皖北农民——也是中国农民发声成了她的写作初衷。“故事是久熟于心的，因为它直接来自我生活中种种耳闻目睹的事情，所以写起来得心应手。正是为自己直到今天仍热爱和景仰的中国农民和普通百姓而积郁的愤慨，驱使我写下了这个故事。我没让故事发生在富庶的南方城市——南京，而是把故事的背景放在了北方，这样，素材随手可取，人物都是我极为熟悉的。”[②]

百年前，赛珍珠想通过她的跨文化叙事，把她所了解到的真实的中国人和中国文化展现在全世界面前，尤其是她熟知的皖北农民和农村，从而消除当时西方人对中国和中国人抱有的偏见。中国人的日常生活与中国的文化是无法分开的，两者盘根错节地缠绕在一起。如果不了解中国文化，是不可能真正了解中国人的。[③] 如果不了解中国人的日常生活，也是不可能真正了解中国文化的。赛珍珠每到一个新地方，总会想方设法地扎下根来。她走遍了皖北宿州城乡，深入田间地头，结识了农夫农妇，“走进白人不曾到过的家庭，访问千百年来一直住在僻远城镇的名门望族。坐在女人堆中，从她们的聊天中熟悉她们的生活”[④]。在当时特殊的历史语境下，不仅外国人极少见到皖北农村的平民百姓和城里达官贵族的生活，就连当地人也没有闲情逸致去深入接触和了解。赛珍珠因缘际会来到此地，其文学创作又恰好保留了皖北地区当时的社会面貌。因此，要想真正理解赛珍珠创作的中国农村和中国农民，必须深入

---

① 彼德·康：《赛珍珠传》，刘海平等译，漓江出版社，1998 年，第 148 页。

② 赛珍珠：《我的中国世界》，尚营林等译，湖南文艺出版社，1991 年，第 280 页。

③ 姚君伟：《赛珍珠助推中国文化“走出去”的方法论启示》，《英美文学研究论丛》，2016 年第 2 期，第 147 页。

④ 同②，第 155 页。

《大地》背景地——皖北地区。只有深入调查皖北农村的社会现实和细读农民的品行特质，才能说真正读懂赛珍珠作品中的中国农民这一群体。

研究赛珍珠在中国这一课题，中国学者更有发言权。因为中国是养育赛珍珠的地方，她是以中国题材的书写来赢得世界荣誉的。与别国学者相比，中国学者显然更为熟悉中国题材。① 如果要研究赛珍珠的皖北书写，皖北学者肯定更了解地方文化，更有发言权。本书作者均是皖北地方高校的外国语学院专任教师，在皖北地区生活和工作，熟练掌握英、汉双语语言，拥有博士或硕士学位，在外国文学评论领域各有建树，年龄层次跨越了60、70、80、90年代，构建出跨年龄、跨语言、跨学科、跨院校的皖北赛珍珠研究团队。本书的作者生于斯，长于斯，被皖北的褐土大地哺育成长起来，熟知皖北的地域文化，了解皖北的民风民情，有强烈的意愿为家乡的文化建设和对外宣传尽心出力。作为新一代具有英汉双语阅读和研究能力的地方学者，我们不仅生逢其时，而且具有地缘文化优势，有着深厚的家乡情结。正如百年前赛珍珠迁居宿州、融入皖北大地、开启文学生涯一般，我们也拥有天时地利人和的绝佳条件。

本书从《大地》背景地——皖北地域文化的叙事研究视角探讨了赛珍珠与皖北大地的历史渊源，观照了赛珍珠作品中的诸多皖北文化叙事选段。

第一章讨论的是赛珍珠与皖北宿州的深厚渊源。美国传教士之女赛珍珠在江南镇江长大成人，从美国求学归来，与美国农业传教士布克在庐山相识，后来相恋、成婚，跟着丈夫来到了皖北平原上的宿州小城。虽然皖北宿州在地理环境、生活方式、民风民俗等方面与江南水乡有着天壤之别，但是赛珍珠仍然凭借着乐观积极的生活态度和深入民众的教会工作，很快融入此地并扎根宿州，在陪同布克下乡入户的农业调查中培养了对中国农民阶级的深厚情谊。皖

① 姚君伟：《文化相对主义：赛珍珠的中西文化观》，博士学位论文，上海外国语大学，2001年。

北城乡的生活为日后赛珍珠、布克二人在事业上的起飞奠定了基础，为两人代表作的撰写提供了真实详尽的素材。赛珍珠在宿州还经历了从文化冲击到文化认同的艰难过程。凭借着对皖北大地的深厚情谊，她用文学作品践行了自己作为跨文化交流的文化桥梁的伟大使命。

第二章探讨了赛珍珠作品与中国20世纪二三十年代乡土小说中的农民形象及其土地意识的区别和联系。从广为流传的鲁迅的评价入手，把赛珍珠的小说与茅盾的《春蚕》《秋收》《残冬》、萧红的代表作《生死场》、诺贝尔文学奖获得者莫言等人的农村主题小说对比，指出相较于赛珍珠对皖北农民生活的真实描绘，中国乡土作家们同样塑造了一批中国农民形象，表现了中国农民身上的土地意识，但更多地是为了展现当时中国农村社会的复杂性和多样性。无论是第一代以王龙为代表的土地的依存者、第二代以王龙的三个儿子尤其是三儿子王虎为代表的土地抗争者，还是第三代以孙子王源为典型代表的土地回归者，他们虽然是典型的中国农民的代表，但是与中国乡土小说的书写相比，赛珍珠有着不一样的观察视角、价值取向和写作目的。赛珍珠与中国乡土作家都描绘了20世纪二三十年代中国乡土社会的农民形象与农村生活状态，两者书写的差异在于创作角度、思想内涵和审美意蕴。同时，赛珍珠与中国乡土作家之间存在着依存与互补的关系，可以彼此包容和互相交流。

第三章以赛珍珠作品的皖北风土人情书写为主线，分析了赛珍珠文学创作中的皖北民俗生活、民间信仰和乡土组织关系。第一节以生育习俗、婚嫁习俗、葬礼习俗为例，展示了赛珍珠作品中浓郁的皖北地方文化和乡土色彩。第二节讨论的是赛珍珠小说叙事中的民间信仰，主要反映了皖北地区独特的土地神信仰。在过年、过节、种植、秋收、嫁娶、疾病、丧事或遭受灾难时，传统的皖北农村社会会举行带有神性和传奇色彩的土地仪式。赛珍珠作品中宿命与因果报应下的人物命运也是展现皖北乡土文化色彩的重要手段。第三节讨论的是社会组织习俗下的皖北乡土组织关系。家庭、家族和村落共同体在皖北农村社会中扮演着重要的角色，有助于维护社会秩序、传承传统价值观和保证社会稳定性。这些社会组织和习俗在皖北传统社会中具有深远的影响。

第四章创新性地采用了语料库文体学的方法，以词频软件统计和图表生成手段梳理了《大地》三部曲中非人类叙事和皖北文化元素。第一节分析了土地、洪水、动物和灵魂等非人类叙事元素和牛、乌鸦、狗三种动物的非人类叙事功能及超自然之物的灵魂叙事，客观地挖掘了赛珍珠作品中所蕴藏的真实的皖北文化元素。第二节以小说中的皖北文化中的生活元素为主体，用词频软件统计了《大地》三部曲中常见的农作物、色彩、服装质地、饰品、财富单位（金、银、铜）和动物等六大生活元素，并结合相关理论对生成的图表进行逐一分析和解读，用客观的数据说明赛珍珠小说创作中的文学想象和真实的皖北社会之间的紧密关联，为丰富目前赛珍珠小说研究提供了全新的视角和方法。

第五章是关于赛珍珠的皖北书写与皖北文化的海外传播的互动关系研究。Intercultural communication、cross-cultural communication、trans-cultural communication 的中文翻译都是“跨文化传播”，inter-cultural、cross-cultural、trans-cultural 三者之间的关系却大有不同。我国的跨文化传播研究起步较晚，文学文本中的文化对外传播有着独特的优势。目前学术界对淮河文化的研究基本上处于起步较晚的研究阶段，淮河文化的对外译介和传播尚未引起足够的重视。同时由于淮河的地域性和文化的独特性，淮河文化在对外译介过程中面临着许多困境。位于淮河中游的皖北地区作为赛珍珠小说《大地》的背景地，如何能以偏居一隅的农村故事吸引众多西方读者，在地域文化的对外传播中是值得深究的话题。第二节主要从赛珍珠的多元文化身份、跨文化对话的语言共性、跨文化交流的文化间性三个方面入手，深入探讨了赛珍珠的小说在皖北文化对外传播的过程中取得成功的根源。赛珍珠内心对于不同文化身份认同的焦虑一直伴随她的成长和写作，也促使她选择跨文化书写之路去建构新的文多元化身份。当她来到皖北宿州时，本身就具备了跨文化适应的优越条件——汉语语言优势，这才使她快速地融入了皖北城乡的工作和生活中，并有机会深入皖北乡村内部。对于百年前赛珍珠的皖北书写而言，她早就掌握了文化传播的英汉双语的工具作用。赛珍珠的代表作《大地》最能体现她在跨文化书写和跨文化传播领域里的文化交流和对话特性。第二节最后一部分是本章的重点，从交流对话中的文化间性、东西方的农本思想、“美国梦”和中国梦分析了赛珍珠小说中皖北文化海外传播的三大策略。文化间性是在不同文化交流碰撞时总能引起他者群体关注的特定部分，即不同文化之间的关联。小说《大地》里中国农民身上的“土地情结”和“乡土中国”的呈现便是赛珍珠中国书写成功的文化间性之一，展现了中国传统农业社会中人与土地的自然和谐关系和传统文化中“天人合一”的生态伦理观念，也再现了18世纪70年代末80年代初美国的“重农神话”。赛珍珠希望借助“乡土中国”，唤起身处经济危机的美国读者心目中的田园梦想。《大地》中，王龙从最初的贫苦农民经过多年的辛勤努力成为数一数二的大地主，这一颇受争议的情节在文化对外传播中恰好成为联系东西方农民梦想的结点。赛珍珠在小说中对中国农村生存状态的思考与“美国梦”的物质根源有契合之处。普通农民王龙展现的重农贵地、重实轻虚的务实精神逐渐演变成皖北人安土乐天、安贫乐道的生活态度。“三十亩地一头牛，老婆孩子热炕头”不仅是历史上皖北农民、中国农民对幸福生活的渴望和追求，也几乎是全世界农民最朴素的生活愿景。

皖北文化是淮河文化的核心部分，是北方黄河文化和南方长江文化联结、交汇、融合得极为典型的文化。本书的研究凸显了赛珍珠作品中皖北大地位于中国南北文化过渡带的地理位置、地貌特征、风土人情、生产生活方式等一系列特点，对皖北文化的自我建构和地方文化对外传播有一定的理论价值和实践意义。

从目前赛珍珠研究的学科分析，最核心的学科依然是研究成果占比达85%的外国语言文学，其构成了绝大部分的研究力量，紧随其后的是占7.04%的中国语言文学、1.33%的教育学、1.10%的工商管理、1.10%的社会学、0.86%的新闻学等一级学科，这些学科也为赛珍珠研究贡献了一定的研究成果。近二十年来较稳定的学科是社会学、教育学、考古学，近五年来研究量逐步攀升的是美术、哲学、图情学、地理学等学科。此外，赛珍珠跨学科研究中还出现了与医学和工科交叉的研究成果，如医学的公共卫生与预防、工科的食品科学与工程等。在“四新”建设的大背景下，赛珍珠研究的跨学科发展趋势越来越明显，新文科的属性特征愈发清晰，已有不同学科背景的赛珍珠研究者通力合作，深度交流，创造出一大批跨学科属性的研究成果。这便是本书诞生的学科背景。

本书跨越语言、文化和文学的壁垒，跳出赛珍珠研究中传统文学批评的角度和文学分析的方法，侧重赛珍珠作品中皖北叙事的比较文学和跨文化传播价值，以社会学、民俗学、叙事学、历史学、宗教学等多学科为基础，运用文本细读、跨文化和跨学科的研究方法，挖掘赛珍珠皖北书写和叙事的地方文化内涵，从“他者”视角重新看待20世纪二三十年代的皖北社会，拓展皖北地域文化理解的广度和深度，有利于皖北地方文化的对外传播和打造地方文化建设的新名片。

皖北赛珍珠研究作为安徽赛珍珠研究的重要组成部分，经过近半个世纪的发展，已进入了新时期，面临着新任务和新挑战。虽然客观来讲，研究成果还不够丰富，研究深度和广度都有待提高，但已形成了赛珍珠研究的星星之火，终有一日可燎原。从国内赛珍珠研究的现状来看，皖北赛珍珠研究在期刊文章和硕士论文数量上有所突破，但缺乏高质量的研究成果，至今尚无赛珍珠皖北主题的博士论文或学术专著，尚无国家社科、教育部等高级别科研项目。目前皖北的赛珍珠研究在队伍建设上有明显不足，特别因宿州学院老一辈研究者如鄢化志教授等人的退休、调离等，研究人员出现了明显的断层，同时还缺乏民间学术团体、英语学人、农学家、历史学家等群体的加入。现在，我们急需锻造一支高素质、多学科、跨专业的研究队伍，尤其是急需英语专业研究者和民间学术团体的加入，这不仅需要当地政府和高校的关注和支持，而且需要广大赛珍珠研究工作者的不懈努力。皖北赛珍珠研究不能只局限在高校的象牙塔里，赛珍珠和布克在皖北宿州的生活足迹遍布民间大地，因此需要高校和社会各界携手合作，共同挖掘赛珍珠、布克与皖北宿州的深层次联系，进一步提高皖北赛珍珠研究的深度和广度。

周金元等人指出，对于研究机构的分析显示我国赛珍珠研究主要集中在高校，以南京师范大学为重镇，华东、华中地区为主要阵地，研究地域覆盖全国各省。外国语学院的师生是赛珍珠研究成员的最主要组成部分，研究主要集中在英文专业。这说明英语水平可能是制约更多学者参与到赛珍珠研究中来的重要因素。[①] 所以，要想提高皖北地区赛珍珠研究的学术水平，英语专业的地方学人是必不可少的，或者应该是主力军。张春蕾建议，赛珍珠研究学者首先要具备一定的外语水平，有能力耐心细致地阅读赛珍珠作品的英文原文，能从整体上了解和把握赛珍珠前、中、后期的文学创作，完整地掌握她的创作风貌。其次是要有跨文化知识储备。赛珍珠本人是在中西方文化与文学传统的滋养下长大成人的，身处中国社会和世界历史重大转型的时期，曾游历过东南亚和欧美的许多国家，除辗转生活在中国的多个城市，还在日本、韩国等地暂居过。“要对赛珍珠作出准确评价，就必须对中西文化与文学传统有所知晓，了解她的文学期待和想象产生的背景，才能比较准确地还原她的创作风貌。”[②] 因此，对于赛珍珠研究学者来说，过硬的英语语言水平和跨文化的文学知识体系是必不可少的条件。只有细读赛珍珠的原文作品，才能更好地理解赛珍珠的创作意图、期待视野。本书作者毕业于国内外各大高校的英语语言文学或世界文学专业，一直在高校从事英语专业的教学和科研工作，积累了良好的语言素养和科研能力，同时拥有长期或短期的国外经历，在美国、新西兰、澳大利亚、日本、韩国、菲律宾等国家生活、学习、工作过，具备跨文化

① 周金元、王珏、邵澍赟等：《基于文献的我国赛珍珠研究现状分析》，《江苏大学学报（社会科学版）》，2017 年第 1 期，第 57 页。

② 张春蕾：《镇江市纪念赛珍珠诞辰 120 周年大会暨国际学术研讨会综述》，《镇江高专学报》，2012 年第 4 期，第 23 页。

交流的知识和意识，更具备跨文化沟通的能力。这也是新一代皖北赛珍珠研究者的最大特点，有助于更进一步、更深入地挖掘赛珍珠皖北书写的文化内涵。以《大地》为例，小说中文译本在国内有一定的流传度，对仅依靠汉语译文的读者和研究者来说，这确实提供了便利。然而，从当年鲁迅对赛珍珠中国书写“只得浮面”的评价，到后来学界纷纷扰扰关于真实性和客观性的种种讨论来看，在某种程度上，这可能和大家没有读过或读懂《大地》的英文原文有一定关系。毕竟仅看过部分中文译本，是很难从整体上把握赛珍珠中国书写的真正意愿和内涵的。我们必须“以《大地》原文为最基本的第一手材料，便于研究直接引用，或准确探究原文的真正含义，尤其是避免因缺失原文而在我们同世界交流时影响到所述观点的可靠性与说服力”①。

宿州的赛珍珠研究存在人员分散、势单力薄、成果稀少等诸多不足。在新时期的新形势下，更应该迎头赶上，奋起直追，以宿州为龙头，建成皖北大地的国际交流、对外合作的新窗口。在这方面，赛珍珠的“中国故乡”——镇江就做出了较好的示范。从20世纪80年代开始，镇江就与美国赛珍珠国际基金会建立联系。镇江市委、市政府十分重视赛珍珠在镇江的文化遗存的保护和开发。1992年10月，位于登云山的赛珍珠故居修缮完工，正式对外开放，2002年被列为江苏省文物保护单位。2007年赛珍珠纪念馆开始改建，2008年10月开馆。2009年赛珍珠故居和赛珍珠纪念馆共同组成赛珍珠文化园，2010年5月被批准为2A级旅游景区。2014年市政府开始在赛珍珠故居所在的山体上着手建设赛珍珠文化公园，2017年顺利开园，向公众开放。此外，2003年成立镇江市赛珍珠研究会，多次以研究会名义组团出访美国赛珍珠国际基金会。2004年3月，镇江市委成立镇江市赛珍珠研究工作领导小组，对外开展了多种多样的文化交流活动。2004年镇江赛珍珠文化新闻

---

① 李加强：《接受美学视野的〈大地〉文本中皖北文化》，《宿州学院学报》，2006年第6期，第52页。

交流团访问美国。2007 年，赛珍珠研究会考察了韩国赛珍珠纪念馆。

镇江的学术研究与文化遗迹保护建设、对外文化交流同步进行。2003 年镇江市赛珍珠研究会成立。1991 年，中国首次赛珍珠文学创作讨论会在镇江市召开，“会议的官方性质引起了海内外强烈反响，也标志着赛珍珠研究在中国正式起步”。此后，“历次赛珍珠国际学术研讨会，均由镇江市政府主办，体现了镇江人民对这位优秀儿女的缅怀和尊重，向世界展示了镇江市委、市政府和镇江人民的博大胸怀”①。从 2002 年至今，镇江市每隔两三年举办一届国际性学术研讨会和文化交流、纪念等活动，如 2002 年赛珍珠学术研讨会暨纪念赛珍珠诞辰 110 周年大会、2005 年赛珍珠国际学术研讨会、2008 年赛珍珠获诺贝尔文学奖 70 周年纪念系列活动、2012 年赛珍珠诞辰 120 周年纪念活动、2013 年赛珍珠文化交流活动暨赛珍珠研究论坛、2015 年纪念中国人民抗日战争暨世界反法西斯战争胜利 70 周年和赛珍珠研讨会、2015 年中国镇江赛珍珠文化交流活动和赛珍珠国际学术研讨会、2016 年赛珍珠与亚洲学术研讨会、2017 年赛珍珠国际学术研讨会、2018 年赛珍珠获诺贝尔文学奖 80 周年纪念会。镇江市赛珍珠研究会汇编出版了《赛珍珠纪念文集》、《赛珍珠学术文集》等研究资料，组织研究人员撰写多部专著。驻镇高校积极投入学术研究，组建赛珍珠研究机构。2008 年 6 月，江苏大学赛珍珠研究所和镇江高专赛珍珠研究所成立。2009 年 5 月，江苏科技大学外国语学院赛珍珠研究所成立。2015 年，江苏大学图书馆和镇江市赛珍珠纪念馆共同成立了“国际赛珍珠文献资源中心”。总之，“镇江市委市政府把赛珍珠研究和城市发展结合起来，和历史文化名城建设结合起来，和中外文化交流结合起来，走出了一条推动历史文化名人研究、促进现代化建

---

① 潘亚莉：《赛珍珠研究与历史文化名城建设：2017 年赛珍珠国际学术研讨会及相关情况概述》，《江苏大学学报（社会科学版）》，2017 年第 6 期，第 59 页。

设的新路子"①。

2002年以来，镇江市在举办国际学术研讨会、汇编出版研究论文集等方面做出了突出的贡献，收获了丰硕的成果。相对于海量的优秀成果、多元的学术载体、高端的交流平台而言，中国赛珍珠研究成果的国际传播却显得较为苍白。在这样的背景下，由镇江市赛珍珠研究会卢章平会长策划和主持、江苏大学出版社于2021年12月出版的全英文《中国赛珍珠论集》，在一定程度上填补了这方面的空白。《中国赛珍珠论集》以时间为主线，以学者的学术影响力和社会影响力为衡量指标，荟萃了陈思和、王守仁、汪应果、陆行良、姚锡佩、刘海平、姚君伟、郭英剑、段怀清、徐清、顾均、朱骅、董琇等国内一流的老中青三代赛珍珠研究专家的优秀学术成果。卢章平会长组织作者自译和译者他译，将第一批遴选出来的21篇学术论文全部翻译成英文。2021年12月12日，《中国赛珍珠论集》首发式在赛珍珠文化公园"大地翰墨"展厅举行，迅速引起了媒体的密切关注。②

镇江市赛珍珠研究会还举办了多种线上研讨活动，连续三年举办了三届赛珍珠研究青年学者研习营。2021年4月23日，复旦大学中文系副主任、博士生导师、镇江市赛珍珠研究会名誉会长段怀清以"文学的标准"与"文学的伟大价值"为题作《赛珍珠的小说中国》新书首发分享，吸引了100多名高校师生和文学爱好者参加。段怀清的《赛珍珠的小说中国》由位于赛珍珠中国故乡镇江的江苏大学出版社出版。这本书汇集了段怀清在赛珍珠研究领域的重大发现，从文学、小说的侧面切入赛珍珠与现代中国的关系，以赛珍珠著作为背景集中展现了这位挚爱中国大地的诺奖女作家的写作缘由。同时，镇江高专与市赛珍珠研究会联手，召开"学报专栏建设与中国赛珍珠研究发展"学术研讨会，段怀清、杨洪承、

① 潘亚莉：《赛珍珠研究与历史文化名城建设：2017年赛珍珠国际学术研讨会及相关情况概述》，《江苏大学学报（社会科学版）》，2017年第6期，第61页。

② 顾正彤：《跨文化研究：东西方学术话语交流的一座桥梁——评〈中国赛珍珠论集〉》，《学术评论》，2021年第6期，第65-72页。

周卫京、张春蕾、吴庆宏等对新出版的《镇江高专学报》给予了高度评价，对高专学报的高质量发展、国际化建设提出了建议。

为适应新时代赛珍珠学术研究事业发展需要，加快构建赛珍珠研究学科体系、学术体系、话语体系，培养更多的骨干研究力量，2021年8月30至9月1日，由镇江市赛珍珠研究会主办、江苏科技大学外国语学院承办的2021中国镇江赛珍珠国际学术研讨会暨第二届赛珍珠研究学者研习营，以线上会议的形式与大家见面。本次大会主题为“天下一家　和合共生”，由外语教学与研究出版社、上海外语教育出版社、《江苏大学学报（社会科学版）》协办，来自全国多所高校、科研院所的100余位专家学者参加了此次盛会。特邀的国际专家有美国赛珍珠国际CEO Anna Katz、美国圣约翰大学耿志慧教授，国内专家有复旦大学段怀清教授、中国人民大学郭英剑教授、同济大学董琇教授、上海海洋大学朱骅教授、嘉兴学院唐艳芳教授、江苏科技大学赵霞教授。研习营还邀请了上海海洋大学王蕾老师、蚌埠学院赵丽莉老师和江苏科技大学张媛老师分别做了优秀营员的研究心得分享。

2023年6月26日，镇江市人民对外友好协会、镇江市赛珍珠研究会、镇江市哲学社会科学界联合会共同主办了以“传承、弘扬、跨越”为主题的中国镇江赛珍珠学术研讨会。出席研讨会的有国内赛珍珠研究学者和淮安、宿州、南京等市代表及有关方面领导，还有远道而来的韩国富川市代表及镇江高校相关院系教师，共计120人。中国人民大学郭英剑教授、南京师范大学姚君伟教授、韩国富川市赛珍珠研究会会长崔钟库、北京外国语大学顾钧教授分别做了精彩的主旨报告。他们围绕赛珍珠“双棱镜”写作对当下的启示价值、赛珍珠主题创作的功能分析、赛珍珠与柳一韩深厚友谊的伟大遗产、赛珍珠对改变西方的中国形象做出的贡献等方面展开探讨。次日，在第三届赛珍珠研究学者研习营上，旅美学者匡霖、旅美学者徐和平和镇江市赛珍珠研究会副秘书长裴伟分别做了研究报告《中美两国近代史上不可缺少的一章》《赛珍珠对取消“排华法案”的重要贡献》《赛珍珠研究的变与不变》。

宿州、镇江两地有诸多不同，不可简单对比，但是镇江市赛珍珠研究的诸多做法确实能在具体实施思路上为宿州提供启示。在新形势下，皖北赛珍珠研究正面临着挑战和机遇，宿州赛珍珠研究的多方不足也亟待解决，如缺乏英语专业研究者加入、学术研究活动少、政府支持力度有待加大等。皖北的赛珍珠研究事业要进一步推进与深入发展，可以从以下几方面入手。

要尽快保存现存的历史遗迹，逐步提高普通民众的认知。汪应果早就警告过，由于意识形态等原因，我们在很长的时间里一直没下大力气去搜集有关赛珍珠生前在中国生活与活动的资料。如今，我们已经丧失了最宝贵的时机，因为曾经与赛珍珠同时代的或者有很多交集的人都已故去。① 对于宿州的赛珍珠研究来说，更是如此，当务之急是对赛珍珠在宿州的历史遗迹进行保护性的修缮。这需要当地政府政策、资金的大力支持，如修缮赛珍珠故居，建设赛珍珠纪念馆、纪念广场等向公众开放的基础设施等，解决历史积压的、由来已久的隔阂和误解，使普通民众有机会走近、了解这位文学巨匠和国际友人，扩大赛珍珠及其文学书写在普通民众中的认知度，至少使新一代的年轻人对这位诺奖作家有所了解。

1917 年赛珍珠和布克成婚以后，就迁居宿州。那他们到底住在哪儿？有学者认定，赛珍珠和布克夫妇一开始住在护城河东南角一座灰砖青瓦的四间中式房屋，后来还在大河南街福音堂院内和市立医院院内居住过，现在仍有迹可寻。② 作为土生土长的皖北人，2016 年暑假，笔者曾亲自寻访宿州的赛珍珠故居。宿州市人民医院内确有挂着“赛珍珠纪念馆”牌子的小楼，可是楼上房间已被划为医院的一个科室办公室，除了那个搬不走的壁炉外，再没有一样和赛珍珠有关的东西了。另一处是大河南街的福音堂，据教堂的牧师介绍说，前几年这里确实挂着“赛珍珠故居”的牌子，可是现在已被摘除。那么宿州的赛珍珠故居到底在哪儿？赛珍珠研究前

---

① 汪应果：《关于赛珍珠研究的几个有待深入的问题》，《江苏大学学报（社会科学版）》，2003 年第 1 期，第 67 页。

② 陈世魁：《拂尽尘沙现珍珠》，《宿州学院学报》，2011 年第 10 期，第 51 页。

辈邵体忠先生在文章中提到，赛珍珠夫妇到了宿州以后，“遂双栖于教堂外，同一条大河南街的南小隅口的东北角——教会职工宿舍四间中式平房”①。大约两年之后，又乔迁到宿州城南郊农事部院内的一处赛珍珠自己设计的两层西式小楼房。赛珍珠夫妇在这个城外居所，也就是今市委党校大农事部，居住到1921年秋离开宿州，共约五个年头。在赛珍珠离开宿州之后，教会因安全起见，拆除了农事部小楼，在医院附近重建了四座宿舍楼，现仅存一栋。此楼长期为市医院用作办公室，现为医院图书馆，楼内辟有“赛珍珠纪念室”。宿州因天灾人祸交困，劳苦大众长年陷于水火，城市建筑屡经变迁，赛珍珠的两处故居均已无存。

时过境迁，赛珍珠故居可能已难觅真容，但赛珍珠在宿州生活过的点点滴滴绝对留下了印记，现在保护性修缮、开发这些历史遗迹已是刻不容缓。宿州学院鄢化志教授等人早就提议，可以利用赛珍珠与布克在宿州的很多文化遗存，如故居、旧址、同事、学生、轶闻、宿州主题的作品等，打造宿州文化产业的知名品牌。鄢化志教授还建议建设一些以赛珍珠和《大地》为主题标识的人文景点，现宿州学院东校区建有赛珍珠亭、珍珠湖等景点。② 宿州的赛珍珠研究确实有极大的地缘优势，这里是当年赛珍珠和布克在皖北的生活地，也是两人日后文学书写和农业研究的起点之处，吸引着国内外无数读者和学者。我们不应仅仅局限在高等院校的学术研究上，更应该增加广大的普通民众对赛珍珠在宿州的认知度，通过各种有效的社会活动扩大赛珍珠及其文学作品在普通民众中的传播范围。

20世纪60年代起，中美关系交恶，文化交流中断，赛珍珠及其作品一度在中国受到隔离和抨击，读者一般难觅其踪。时至今日，世人对其人和其作还是不甚了解，存在着诸多误解。青年学人桂莅鑫曾就“赛珍珠在大学生中的认知度”进行网络填写和实地散发的问卷调查，发现有29%的受访者“从未听说过”赛珍珠；

---

① 邵体忠：《赛珍珠与宿州五题》，《宿州学院学报》，2007年第1期，第83页。

② 鄢化志、陈艳梅：《赛珍珠与宿州文化》，《宿州学院学报》，2010年第6期，第42页。

26%的人只知道她的简单经历，但没读过她的作品；对赛珍珠其人很了解或感兴趣的人仅占3%。“赛珍珠在中美文化交流史上是极具代表性的，特殊的成长历程铸就她成为独特的中西文化混合体，其文学成就对了解中美文化、促进中美交流和东西方文学研究具有重要意义。”① 众所周知，受语言因素影响，中国文学、文化的外译和传播一直受到制约，而赛珍珠的文学书写是中国文化早期走出去的范例。遗憾的是，我们对于这样的文化传播探究甚少。对于赛珍珠这一重要文化名人，如果宿州高校语言文学专业能重点介绍其人生和作品，其他专业能以选修的方式介绍其作品，学生或许可以更好地了解这一特殊人物，同时可以提高赛珍珠的知名度，宣传和弘扬赛珍珠身上的慈善、博爱情怀及她在文学创作上的贡献。

百年后的今天，这块苦难的土地已发生了翻天覆地的变化，现在有条件回过头来审视赛珍珠的皖北书写了。在赛珍珠获得诺奖一个甲子之后，宿州才出现了明确的姿态和发声，“意识到身为大地主人应有的姿态和回声的话语权”②。改革开放以后，皖北地区赛珍珠研究以宿州学院为中心，积极寻求赛珍珠与宿州的关联，做出了一定的探索和贡献。可是这大多是高校内部学术和科研方面象牙塔式的探索，普通民众与这位诺奖作家仍存在一定的距离，赛珍珠和她的皖北农村书写在普通民众中缺乏认知度和普及度。很多人依然不太了解赛珍珠和皖北宿州有何具体关联，对以皖北农村为背景的《大地》知之甚少。赛珍珠的文学作品为西方世界打开了一扇真正了解中国和中国文化的大门，不仅在过去为西方读者揭开心目中的“福地”——中国大地的神秘面纱，也可以在现在为国内读者普及赛珍珠文学作品与皖北大地的深厚渊源。在新的时代和历史条件下，这是皖北地方高校科研工作者义不容辞的责任和义务。我们需要通过编写关于赛珍珠的皖北乡村书写的普及性社科著作，去

---

① 桂莅鑫：《赛珍珠在当代中国大学生群体中知名度的调查研究》，《宿州学院学报》，2012年第4期，第50页。

② 鄢化志等：《赛珍珠、布克与宿州：皖北大地中美文化交流的百年印记》，合肥工业大学出版社，2017年，前言，第2页。

寻访百年前赛珍珠在皖北大地的生活印记，解读赛珍珠作品中真实的皖北乡村书写，使民众更了解百年前的皖北地区的社会现实，正视、铭记曾经的苦难历史，放眼未来，为建设美好家乡奋斗。了解为什么百年前皖北这片苦难之地能成为世界读者心目中的“福地”，有助于增强民众对皖北地方文化的理解和热爱，增强民族文化自信。这无疑也有助于中国文化“走出去”。

因历史、地理等复杂原因，皖北地区确实在社会发展、经济建设等方面与江南一带存在差距，但皖北赛珍珠研究自有优势，除拥有“大地故乡”的地缘优势和丰厚的地域文化资源外，皖北高校众多、学科齐全，有服务地方的应用型院校，如宿州学院、蚌埠学院、滁州学院、亳州学院，还有传统师范院校，如淮北师范大学、淮南师范学院、阜阳师范大学，以及安徽财经大学、蚌埠医科大学、安徽科技学院、安徽理工大学等专业院校。皖北的赛珍珠研究应充分挖掘赛珍珠、布克在皖北大地的历史遗迹，联合地方高校，在现有的研究基础上，从农学、经济、历史、卫生、宗教等各方面挖掘赛珍珠文学书写的地域文化内涵，打造一支高素质、跨学科、本土化的学术研究团队，深入开展多方面的学术研究活动。

鄢化志和陈艳梅建议，可以利用宿州作为《大地》的背景这一垄断性资源，充分发挥赛珍珠的文化影响力和品牌效应。借鉴相关城市打造文化名片的做法，如庐山有“赛珍珠故居、老别墅故事”、镇江有“赛珍珠的故乡”、淮安有“赛珍珠进入中国第一站”之称，宿州可打造“赛珍珠获诺贝尔奖小说《大地》故乡”之类的名片①，以此来向大众展示宿州独特的文化魅力，吸引世界人民关注和走进宿州，提高宿州的国内外知名度，赢得更多经济和文化发展机遇。要想打好“大地故乡”这一文化品牌，应该抓住赛珍珠研究中的皖北地域文化研究视角，充分挖掘赛珍珠中国书写的皖北文化内涵，争取把赛珍珠的“大地故乡”做成新时代皖北地区

① 鄢化志、陈艳梅：《赛珍珠与宿州文化》，《宿州学院学报》，2010 年第 6 期，第 42 页。

文化传播、国际合作的新名片。

百年后的今天，皖北地区已发生了巨大变化，但受多方因素影响，这里在社会、经济、文化、教育等层面与周边地区相比仍存在着不小的差距。随着城市化进程的推进，越来越多的农民脱离了土地和农村，这里又成为有名的“农民工”输出基地。总之，在社会转型的新形势下，以农业经济为基础、经济结构单一的皖北面临着严重的“三农”问题。赛珍珠通过自己在皖北农村的真实体验，深切感受到中国农民的喜怒哀乐，自然而然地书写了中国农村的社会现实。因此，赛珍珠的农村小说创作带有社会调查的性质，得益于当年赛珍珠和布克在皖北农村串户得到的第一手资料。① 将赛珍珠研究置于皖北地域文化的语境下，以回溯的方式，回看赛珍珠异质文化语境下对中国文化书写及中国形象的建构，通过异国文学中的皖北农业社会、农民形象的展现，透过他者目光重新审视皖北地域文化，有助于客观公正地对待皖北的历史发展，为解决现存的乡村社会矛盾和文化危机提供历史借鉴，更有利于重建地方文化自信，推进地方文化建设发展，打造地方文化对外传播的新局面。

---

① 杨学新、阴冬胜：《论卜凯在安徽宿州的农业改良与推广》，《河北师范大学学报（哲学社会科学版）》，2010 年第 2 期，第 136-140 页。

参考文献

一、英文文献

（一）赛珍珠（Pearl S. Buck）的部分专著和文章

[1] Pearl S. Buck. China As I See It [M]. New York: The John Day Company, 1970.

[2] Pearl S. Buck. My Several Worlds [M]. New York: The John Day Company, 1954.

[3] Pearl S. Buck. The Good Earth [M]. New York: Pocket Books, 1955.

（二）中外学者的英文专著和文章

[1] Barthes R. The Death of the Author [M]. London: Fontana Press, 1977.

[2] Bernaerts L, Caracciolo M, Herman L, et al. The storied lives of Non-Human Narrators [J]. Narrative, 2014, 22(1): 68-93.

[3] Clarke R. A Natural History of Ghosts: 500 Years of Hunting for Proof [M]. UK: Particular Books, 2012.

[4] Croll E. Wise Daughters from Foreign Lands: European Women

Writers in China [M]. London:Pandora, 1989.

[5] Fludernik M. Towards a "Natural" Narratology [J]. Journal of Literary Semantics, 1996, 25 (2): 97-141.

[6] Hayles N K. How We Became Posthuman: Virtual Bodies in Cybernetics, Literature, and Informatics [M]. Chicago: University of Chicago Press, 1999.

[7] Latour B. A Collective of Humans and Non-humans: Following Daedalus's Labyrinth [M]//Pandora's Hope: Essays on the Reality of Science Studies. Cambridge,Mass:Harvard University Press, 1999.

[8] Punter D. The Literature of Terror: A History of Gothic Fictions from 1765 to the Present Day [M]. New York:Longmans, 1996.

[9] Roffe J, Stark H. Deleuze and the Non/Human [M]. London: Palgrave Macmillan, 2015.

[10] Michel S. The Natural Contract [M]. Ann Arbor: The University of Michigan Press, 1995.

[11] Toolan M. Narrative Progression in the Short Story: First Steps in a Corpus Stylistic Approach [J]. Narrative, 2008(16) : 105-120.

[12] Ulstein G. "Just a Surface": Anamorphic Perspective and Nonhuman Narration in Jeff VanderMeer's The Strange Bird [M]// Nonhuman Agencies in the Twenty-First-Century Anglophone Novel. Cham:Palgrave Macmillan, 2021.

[13] Wolfe C. What Is Posthumanism? [M]. Minneapolis: University of Minnesota Press, 2010.

二、中文文献

（一）赛珍珠的部分著作

[1] 赛珍珠. 大地三部曲 [M]. 王逢振, 等译. 桂林: 漓江出版社, 1998.

[2] 赛珍珠. 大地三部曲 [M]. 王逢振, 等译. 北京: 人民文学出版社, 2009.

［3］赛珍珠.《大地》三部曲［M］. 王逢振，等译. 北京：北京联合出版公司，2019.

［4］赛珍珠. 同胞［M］. 吴克明，等译. 桂林：漓江出版社，1998.

［5］赛珍珠. 永生［M］. 唐纳，安仁，译. 上海：上海国华编译社，1942.

［6］赛珍珠. 东风·西风［M］. 林三，等译. 桂林：漓江出版社，1998.

［7］赛珍珠. 龙子［M］. 丁国华，等译. 桂林：漓江出版社，1998.

［8］赛珍珠. 我的中国世界［M］. 尚营林，等译. 长沙：湖南文艺出版社，1991.

［9］赛珍珠. 我的创作经验谈［J］. 女青年月刊，1934（3）：41-46.

［10］赛珍珠. 大地［M］. 王逢振，等译. 桂林：漓江出版社，1988.

［11］赛珍珠. 母亲［M］. 万绮年，原译，夏尚澄，编译. 上海：东方出版中心，2010.

（二）研究赛珍珠的论著

［1］彼德·康. 赛珍珠传［M］. 刘海平，等译. 桂林：漓江出版社，1998.

［2］希拉里·斯波林. 赛珍珠在中国［M］. 张秀旭，靳晓莲，译. 重庆：重庆出版社，2011.

［3］保罗·A. 多伊尔. 赛珍珠［M］. 张晓胜，等译. 沈阳：春风文艺出版社，1991.

［4］耿炜，等. 文化人桥：赛珍珠［M］. 镇江：江苏大学出版社，2009.

［5］郭英剑. 赛珍珠评论集［M］. 桂林：漓江出版社，1999.

［6］刘龙，主编. 赛珍珠研究［M］. 昆明：云南人民出版社，1992.

[7] 卢章平，主编. 中国赛珍珠论集［M］. 镇江：江苏大学出版社，2021.

[8] 鄢化志，等. 赛珍珠、布克与宿州：皖北大地中美文化交流的百年印记［M］. 合肥：合肥工业大学出版社，2017.

[9] 姚君伟. 赛珍珠论中国小说［M］. 南京：南京大学出版社，2012.

[10] 许晓霞，等. 赛珍珠纪念文集［M］. 长春：吉林文史出版社，2003.

（三）外籍学者的著作

[1] 彭达维斯，圣克莱尔. 游走在两个世界之间：赛珍珠传［M］. 方柏林，译. 上海：上海外语教育出版社，2009.

[2] 卜凯. 中国农家经济［M］. 张履鸾，译. 太原：山西人民出版社，2015.

[3] 彼德·康. 赛珍珠传［M］. 刘海平，等译. 桂林：漓江出版社，1998.

[4] 希拉里·斯波林. 赛珍珠在中国［M］. 张秀旭，靳晓莲，译. 重庆：重庆出版社，2011.

[5] 克洛德·莱维-斯特劳斯. 结构人类学［M］. 俞宣孟，等译. 上海：上海译文出版社，1999.

[6] 马克·吐温. 汤姆·索亚历险记［M］. 张友松，译. 北京：人民文学出版社，2021.

（四）中国学者的专著和文章

[1] 安徽省地方志办公室. 安徽水灾备忘录［M］. 合肥：黄山书社，1991.

[2] 安徽省方志编纂委员会. 安徽省志水利志［M］. 北京：方志出版社，1999.

[3] 水利部淮河水利委员会，《淮河志》编纂委员会. 淮河综述志［M］. 北京：科学出版社，2000.

[4] 王子平. 灾害社会学［M］. 长沙：湖南人民出版社，1998.

[5] 马世骏，等. 中国东亚飞蝗蝗区的研究 [M]. 北京：科学出版社，1965.

[6] 张秉伦，方兆本. 淮河和长江中下游旱涝灾害年表与旱涝灾害规律研究 [M]. 合肥：安徽教育出版社，1998.

[7] 费孝通. 乡土中国 [M]. 北京：北京出版社，2005.

[8] 尚营林. 恋土：中国农民的传统价值观：赛珍珠作品主题分析 [J]. 河南师范大学学报（哲学社会科学版），1994（2）：70-74.

[9] 魏兰. 赛珍珠作品土地主题研究 [M]. 镇江：江苏大学出版社，2015.

[10] 鄢化志，陈艳梅. 赛珍珠与宿州文化 [J]. 宿州学院学报，2010（6）：38-42.

[11] 姚君伟. 巴金、朱雯与赛珍珠 [J]. 新文学史料，2007（1）：157-160.

[12] 姚君伟. 关于赛珍珠的名字 [J]. 镇江师专学报（社会科学版），1994（1）：40-41.

[13] 姚君伟. 我们怎样接受一个外国作家：赛珍珠在当代中国的命运 [J]. 外国文学，1994（3）：85-90.

[14] 张宗祥. 我所知道的鲁迅 [J]. 图书馆，1961（4）：3-4.

[15] 陈辽. 还是鲁迅对赛珍珠《大地》的评价正确 [J]. 鲁迅研究月刊，1997（6）：37-39.

[16] 陈琳，陈丽丽. 淮河文化的成因与特色 [J]. 江苏地方志，2007（1）：43-46.

[17] 陈立柱，洪永平. 淮河文化概念之界说 [J]. 安徽史学，2008（3）：95-100.

[18] 陈立柱. 淮河文化研究的现状与反省 [J]. 学术界，2016（9）：153-166.

[19] 陈业新. 明清时期皖北地区灾害环境与社会变迁：以文武举士的变化为例 [J]. 江汉论坛，2011（1）：89-101.

[20] 陈业新. 近五百年来淮河流域灾害环境与人地关系研究：以明至民国时期中游皖北地区为中心 [R]. 复旦大学博士后研究工作报告，2003：10，14.

[21] 陈业新. 近五百年来淮河中游地区蝗灾初探 [J]. 中国历史地理论丛，2005 (2)：22-32.

[22] 陈业新. 清代皖北地区洪涝灾害初步研究：兼及历史洪涝灾害等级划分的问题 [J]. 中国历史地理论丛，2009，24 (2)：14-29.

[23] 董汝舟. 中国农村经济的破产 [J]. 东方杂志，1932 (7)：14.

[24] 陆勤毅，朱华东. 淮河文化对中华文明起源的贡献 [J]. 学术界，2015 (9)：194-206.

[25] 陆芹英，汪志国. 近代安徽水灾之探析 [J]. 安徽大学学报（哲学社会科学版），2003 (3)：106-110.

[26] 高时阔. 分野与交融：安徽淮河地缘文化解读 [J]. 淮南师范学院学报，2003 (6)：14-16.

[27] 顾钧. 如何理解鲁迅对赛珍珠的评价 [J]. 鲁迅研究月刊，2002 (6)：15-18.

[28] 顾正彤. 跨文化研究：东西方学术话语交流的一座桥梁——评《中国赛珍珠论集》[J]. 学术评论，2021 (6)：65-72.

[29] 郭英剑. 如何看待鲁迅先生对赛珍珠的评论？[J]. 鲁迅研究月刊，1998 (6)：47-51.

[30] 李婷. 为王龙"正名"：评析《大地》中的王龙形象 [J]. 读与写（教育教学刊），2008 (12)：162.

[31] 李家富，陈俐. 文学人类学视域下《大地》的"民俗生态学"解读 [J]. 学理论，2014 (16)：170-171.

[32] 李霞. 安徽地域文化中的儒佛道交融 [J]. 江淮论坛，2012 (3)：109-113.

[33] 刘龙.《大地》中的茶俗描写：评留美学者蒋康户教授对《大地》的指责 [J]. 河南师范大学学报（哲学社会科学版），

1994（2）：75-77.

［34］梁志芳. 中国农村生活的史诗：赛珍珠小说《大地》的文学人类学解读［J］. 江苏大学学报（社会科学版），2011，13（2）：26-31.

［35］刘竞，崔欣卉，卢章平. 基于英文文献的赛珍珠研究学术传播模式与区域特色分析［J］. 江苏大学学报（社会科学版），2021，23（3）：54-62.

［36］卢章平，邵澍赟. 中美赛珍珠主题硕博学位论文本体构建及比较研究［J］. 图书情报研究，2018，11（3）：49-55.

［37］毛知砺. 生命的关照：赛珍珠与中国生育文化［J］. 江苏大学学报（社会科学版），2005，7（5）：42-47.

［38］曹毕飞，窦艳. 叙事性艺术首饰的主题类型及解读模式［J］. 南京艺术学院学报（美术与设计），2019（5）：194-198.

［39］陈佳冀. 中国文学动物叙事的生发和建构：以新时期文学（1978—2008）为重点［D］. 上海：上海大学，2011.

［40］陈建中. 晚清民国的江南银元戳记初探［J］. 浙江档案，2014（1）：46-47.

［41］陈鑫熠，王永. 基于语料库的曼德尔施塔姆诗歌颜色词研究［J］. 俄罗斯文艺，2023（2）：94-107.

［42］陈业新. 明至民国时期皖北地区呰窳风习探析［J］. 社会科学杂志，2008（3）：27-37.

［43］段艳，陆吉康. 清末货币本位之争［J］. 广西社会科学，2019（6）：149-156.

［44］葛凯迪. 餐桌上的猪肉：羊肉曾是中国主流肉食 明代猪肉逆袭［J］. 理论参考，2016（1）：51-52.

［45］高永艳. 文学作品中的动物隐喻研究：以鲁迅作品为例［J］. 散文百家（理论），2022（4）：75-77.

［46］韩宇芳. 中日谚语的动物形象差异：以“牛”为例［J］. 今古文创，2022（48）：96-98.

［47］黄交军，李国英. 与牛共舞：徽州牛文化探秘［J］. 国

学论衡，2021（2）：141-169.

［48］蒋栋元. 论颜色及颜色词的文化差异［J］. 四川外语学院学报，2002（2）：139-142.

［49］李根蟠. 中国古代农业［M］. 北京：中国国际广播出版社，2010.

［50］李灏. 跨文化视角：狗的文化符号象征意义［J］. 中国矿业大学学报（社会科学版），2008（1）：142-144.

［51］李晋，郎建国. 语料库语言学视野中的外国文学研究［J］. 外国语，2010，33（2）：82-89.

［52］李菁瑶. 基于语料库软件分析戏剧文学《雷雨》［J］. 汉字文化，2023（4）：154-157.

［53］李凌飞. "牛"谚语的中日比较：从如何把握作为整体的牛的角度出发［J］. 湖北第二师范学院学报，2017，34（12）：38-43.

［54］李永东. 半殖民地中国"假洋鬼子"的文学构型［J］. 中国社会科学，2017（3）：137-160.

［55］李兆耿. 军官佩剑的古往今来：由武器变配饰［J］. 军事文摘，2015（7）：56-58.

［56］刘亚中. 历史时期影响安徽淮河以北地区农业经济发展的自然因素浅探［J］. 农业考古，2006（4）：63-69.

［57］卢卫中，夏云. 语料库文体学：文学文体学研究的新途径［J］. 外国语，2010，33（1）：47-53.

［58］鲁云鹏，李春玲. 技术伦理视角下 ChatGPT 对学生培养的辩证影响研究［J］. 中国大学教学，2023（7）：84-91.

［59］马加骏，吕颖. 新时期宁夏文学中动物叙事的政治与民俗文化寓意：以张贤亮和石舒清小说"狗"、"牛"意象为例［J］. 宁夏大学学报（人文社会科学版），2020，42（2）：101-105.

［60］冒绮. 从《海上花列传》看晚清时期上海女性首饰［J］. 服装学报，2019，4（5）：452-455.

［61］潘炳炎. 我国珍珠历史的考证［J］. 农业考古，1988

(2)：262-271.

［62］彭涛，杨天宏.“另类战争”：北洋时期直皖军阀的武力统一［J］. 四川师范大学学报（社会科学版），2018，45（3）：148-159.

［62］齐鸽. 乌鸦象征意义的流变：以中英两国为例［D］. 济南：山东大学，2018.

［64］曲春景，童云霞. 影视动画作品中色彩语言的表意功能［J］. 上海大学学报（社会科学版），2009，16（6）：40-50.

［65］尚必武. 非人类叙事：概念、类型与功能［J］. 中国文学批评，2021（4）：121-131.

［66］沈思涵. 李佩甫“平原系列”的灵魂叙事［J］. 小说评论，2018（4）：187-192.

［67］宋姝锦. 文本关键词的语篇功能研究［D］. 上海：复旦大学，2013.

［68］孙毅. 张之洞的铸币收入与币制改革［J］. 贵州社会科学，2017（11）：156-163.

［69］戴圣. 礼记［M］. 胡平生，张萌，译注. 北京：中华书局，2017.

［70］曹媞. 淮北汉人社会丧葬仪式过程及其分析：以淮北地区颍上县农村葬礼为例［J］. 华东理工大学学报（社会科学版），2005（3）：19-22.

［71］陈薇. 赛珍珠女性主义思想探微［J］. 湖北开放职业学院学报，2021，34（24）：195-198.

［72］邓红，陈善本. 民国时期皖北农村丧葬礼俗述论［J］. 河北大学学报（哲学社会科学版），2006，31（4）：88-93.

［73］费孝通. 乡土中国［M］. 北京：北京大学出版社，2012.

［74］高丙中. 中国民俗概论［M］. 北京：北京大学出版社，2009.

［75］胡朴安. 中华全国风俗志·下篇·安徽卷［M］. 上海：上海书店影印，1986.

[76] 黄宛峰. 汉画像石与汉代民间丧葬观念 [M]. 北京: 中国社会科学出版社, 2015.

[77] 黄燕. 从家庭伦理关系变化看中国近代社会的变迁: 赛珍珠《大地》三部曲主题解读 [J]. 湖北理工学院学报 (人文社会科学版), 2022, 39 (5): 50-56.

[78] 李青霜. 赛珍珠中国题材小说的电影改编研究 [D]. 苏州: 苏州大学, 2010.

[79] 李学晋. 解读赛珍珠《大地》中阿兰的悲剧意识 [J]. 电影文学, 2012 (18): 62-63.

[80] 刘崘. 《大地三部曲》中的丧葬习俗 [J]. 社会科学论坛, 2012 (1): 56-63.

[81] 宁业高, 宁业泉, 宁业龙. 中国孝文化漫谈 [M]. 北京: 中央民族大学出版社, 1995.

[82] 宋立中. 清末民初江南婚姻礼俗嬗变探因 [J]. 浙江社会科学, 2004 (2): 167-173.

[83] 孙宗广. 从乡土中国到现代中国: 论赛珍珠跨文化的民族国家想像 [D]. 苏州: 苏州大学, 2008.

[84] 王蕾. 论赛珍珠传记写作中女性命运共同体的建构 [J]. 江苏大学学报 (社会科学版), 2023, 25 (4): 55-63.

[85] 王小燕. 皖北农民的歌者: 《大地》与《皖北大地》之比较 [J]. 盐城工学院学报 (社会科学版), 2023, 36 (2): 59-62.

[86] 魏娟. 宿州方言中婚丧、节令等四类词语中的地域民俗文化 [J]. 宿州学院学报, 2016, 31 (10): 66-68.

[87] 魏兰. "父国"大地: "黑眼睛"和"蓝眼睛"的交会: 赛珍珠中国作品"土地情结"的艺术展示 [J]. 江苏大学学报 (社会科学版), 2012 (2): 44-48.

[88] 魏兰. 赛珍珠中国农村题材小说的"土地主题"研究 [D]. 南京: 南京师范大学, 2013.

[89] 吴秋林. 中国土地信仰的文化人类学研究 [J]. 宗教学

研究，2013（3）：148-170.

［90］杨存田. 土地情结：中国文化的一个重要原点［J］. 北京大学学报（哲学社会科学版），2001（5）：104-113.

［91］王文宝. 中国风俗学论文选［M］. 北京：中国民间文艺出版社，1986.

［92］张莹. 超越“传统/现代”认知框架的话语实践：赛珍珠的“乡土中国”书写再解读［D］. 上海：上海外国语大学，2014.

［93］赵丽莉. 皖北“大地”上的原生态画卷：赛珍珠《大地》中的生子习俗［J］. 阜阳师范学院学报（社会科学版），2017（1）：16-20.

［94］郑渺渺. 民间叙事与精神追求：闽南民间故事中的民间信仰［J］. 文艺争鸣，2006（5）：145-150.

［95］钟敬文. 民俗学概论［M］. 北京：高等教育出版社，2010.

［96］任继周. 中国农业伦理学史料汇编［M］. 南京：江苏凤凰科学技术出版社，2015.

［97］蔡熙. 关于文化间性的理论思考［J］. 大连大学学报，2009，30（1）：80-84.

［98］车英，欧阳云玲. 冲突与融合：全球化语境下跨文化传播的主旋律［J］. 武汉大学学报（哲学社会科学版），2004（4）：570-576.

［99］程必定. 从淮河文化视角谈皖北振兴［J］. 安徽广播电视大学学报，2021（1）：47-51.

［100］单波. 论跨文化传播的可能性［J］. 广东外语外贸大学学报，2014，25（3）：5-12.

［101］单波. 跨文化传播的问题域［J］. 跨文化传播研究，2020（1）：1-30.

［102］单波，周夏宇. 新探索与内卷化：2015—2017 年西方跨文化传播研究述评［J］. 新闻与传播评论，2018，71（1）：

117-128.

[103] 杜国东. 语言、思维、价值观：提高英语对外传播有效性的三个层次 [J]. 国际传播，2021 (2)：42-49.

[104] 房正宏. 淮河文化内涵与特征探讨 [J]. 阜阳师范学院学报 (社会科学版)，2015 (4)：12-16.

[105] 菲利斯·本特利. 赛珍珠的小说艺术 [J]. 董琇，译. 江苏大学学报 (社会科学版)，2020，22 (4)：103-110.

[106] 方柳青. 淮河流域历史文化对外传播及外译策略 [J]. 黑河学院学报，2018，9 (3)：188-189.

[107] 樊继群. 淮河流域文化外宣翻译中的译者文化伦理意识建构 [J]. 淮南师范学院学报，2021，23 (5)：23-27.

[108] 关世杰. 中国跨文化传播研究十年回顾与反思 [J]. 对外大传播，2006 (12)：32-36.

[109] 高建平. 主持人语：走向世界的东方美学 [J]. 东方丛刊，2008 (1)：1-4.

[110] 韩明莲. 文学与艺术：跨文化传播的重要途径：约翰·坎顿的文化传播理论 [J]. 泰安师专学报，1998 (2)：39-41.

[111] 韩震. 对外文化传播中的话语创新 [J]. 中国特色社会主义研究，2016 (1)：68-72.

[112] 黄剑，涂雨晨. 赛珍珠创作中的中国文化传播 [J]. 江西电力职业技术学院学报，2015，28 (3)：91-94.

[113] 乐黛云. 美国梦·欧洲梦·中国梦 [J]. 社会科学，2007 (9)：159-165.

[114] 乐黛云. 中国文化如何面向世界 [J]. 商周刊，2012 (17)：80-83.

[115] 乐黛云. 文化差异与文化误读 [J]. 中国文化研究，1994 (2)：17-19.

[116] 孟建，孙祥飞. 中国形象跨文化传播的三种言说策略 [J]. 对外传播，2012 (9)：38-40.

[117] 罗新星. 跨文化传播视野下的文化软实力 [J]. 湖南社

会科学，2011（2）：167-170.

［118］郭萌萌，王炎龙．“转文化”：中国文化对外传播范式转换的逻辑与方向［J］．现代出版，2019（6）：52-55.

［119］尚营林，郭英剑．赛珍珠和她的《大地》［J］．河南师范大学学报（哲学社会科学版），1991，18（4）：109-114.

［120］陶丽丽．论赛珍珠《大地》的中国文化主体性［J］．艺术科技，2020，33（23）：71-72.

［121］肖魁伟．“他国化”策略应用及对建构文化软实力的启示：以林语堂跨文化传播实践为例［J］．集美大学学报（哲社版），2017，20（2）：87-92.

［122］鲍霁．中国现代文学史上的一颗彗星：试论叶紫《丰收》等小说的成就［J］．河南师范大学学报（哲学社会科学版），1979（6）：70-77.

［123］北塔．“真相”与真相的区别：论鲁迅对赛珍珠的“偏”见［J］．鲁迅研究月刊，2022（10）：42-49.

［124］丁帆，李兴阳．中国乡土小说研究的百年流变［J］．当代作家评论，2018（1）：4-11.

［125］段怀清．论《大地》《儿子们》与《分家》之间的内在整体性［J］．江苏大学学报（社会科学版），2020，22（1）：38-48.

［126］李冠雄．赛珍珠的东方意识与叙事策略［D］．武汉：中南民族大学，2016.

［127］宋颖，李秀静．电影《大地》的中国农民主题解读［J］．电影文学，2014（5）：38-39.

［128］王娟．赛珍珠《大地三部曲》中农民与土地关系的变迁［D］．长沙：湖南师范大学，2012.

［129］王蕾．赛珍珠跨国书写中的女性口述与文化记忆［J］．江苏大学学报（社会科学版），2021，23（3）：63-72.

［130］王卫林．鲁迅评议中的赛珍珠［N］．光明日报，2005-02-04.

[131] 姚君伟. 我们今天为什么研究赛珍珠 [J]. 江苏大学学报（社会科学版），2002，4（4）：53-56.

[132] 姚望. 冲突·失落·建构：论赛珍珠《分家》中王源文化身份的三次嬗变 [J]. 当代外国文学，2021（4）：124-129.

[133] 姚锡佩. 文化冲突的悲剧：赛珍珠的几个世界 [J]. 中国文化，1989（1）：124-131.

[134] 张媛. 赛珍珠中国题材小说的通俗化特征及价值重估 [J]. 北方论丛，2017（2）：55-60.

[135] 张正欣. "感性罩壳"下的诗意：论《大地》中土地意象的多重构成 [J]. 江苏大学学报（社会科学版），2011（4）：56-60.

[136] 赵梅. 赛珍珠笔下的中国农民 [J]. 美国研究，1993（1）：137-153.

[137] 朱晓进. 三十年代左翼农村题材小说的时代特征 [J]. 中国社会科学，1985（1）：169-188.

[138] 马俊亚. 区域社会发展与社会冲突比较研究：以江南淮北为中心（1680—1949）[M]. 南京：南京大学出版社，2014.

[139] 王伟. 行游宿州 [M]. 合肥：合肥工业大学出版社，2016.

[140] 陈世魁. 拂尽尘沙现珍珠 [J]. 宿州学院学报，2011，26（10）：51-54.

[141] 戴定华. 汉语国际教育视域下安徽淮河文化的对外传播策略 [J]. 新闻世界，2019（8）：78-81.

[142] 桂莅鑫. 赛珍珠在当代中国大学生群体中知名度的调查研究 [J]. 宿州学院学报，2012，27（4）：47-50.

[143] 李加强. 接受美学视野的《大地》文本中皖北文化 [J]. 宿州学院学报，2006，21（6）：51-52.

[144] 梁香伟，姚慧卿. 不一样的救赎：宗教救赎与人性救赎:赛珍珠的《群芳亭》与多丽丝·莱辛的《野草在歌唱》比较分析 [J]. 宿州学院学报，2010，25（3）：37-39.

［145］潘亚莉. 赛珍珠研究与历史文化名城建设：2017 年赛珍珠国际学术研讨会及相关情况概述［J］. 江苏大学学报（社会科学版），2017，19（6）：55-61.

［146］邵体忠. 浅论赛珍珠对中国家族制度的赞许［J］. 宿州学院学报，2007（4）：81-82.

［147］邵体忠. 赛珍珠与宿州五题［J］. 宿州学院学报，2007（1）：81-83.

［148］邵体忠. 梁漱溟的早年佛学著作及其新儒学思想综述［J］. 宿州学院学报，2004（5）：57-60.

［149］邵体忠，丁明贤. 赛珍珠·宿州·《大地》［J］. 江淮文史，1995（1）：144-153.

［150］汪应果. 关于赛珍珠研究的几个有待深入的问题［J］. 江苏大学学报（社会科学版），2003，5（1）：63-68.

［151］卫康叔，闰华芳，陈帮干，等. 双墩大墓：掀开淮河文明的面纱［J］. 中华遗产，2008（11）：98-115.

［152］鄢化志. 文化融合标记与个人情感心结：赛珍珠的中文姓名探微［J］. 宿州学院学报，2012，27（11）：4-11.

［153］鄢化志. 宿州学院赋［J］. 教育文汇，2012（3）：62.

［154］鄢化志，赵国付. 传统文化、时代精神与孟二冬精神［J］. 赤峰学院学报（汉文哲学社会科学版），2014，35（5）：171-173.

［155］鄢化志，陈艳梅. 布克与赛珍珠视域中的宿州古城与“大地”：对布克 1916 年摄《宿州城墙、护城河与守望塔楼》照片的考释与解读［J］. 宿州学院学报，2010，25（12）：43-47.

［156］鄢化志. 对一部融通中西文化的文学巨著的寻踪与探赜：评邵体忠先生的《赛珍珠研究小札》（代序）［J］. 宿州学院学报，2008（2）：85-86.

［157］姚慧卿，梁香伟，陈艳梅. 中国的事情，总是中国人做来，才可以见真相：兼论赛珍珠与中国文化精神的隔膜［J］. 电影评介，2010（18）：100-102.

[158] 姚慧卿，梁香伟. 从《我的中国世界》看赛珍珠与中国文化的隔膜［J］. 宿州学院学报，2010，25（4）：56-58.

[159] 姚慧卿，朱顺. 不分国界　共同关注：从《大地》、《生死场》看赛珍珠、萧红对中国女性的关注［J］. 宿州学院学报，2007，22（2）：81-82.

[160] 姚君伟. 当下中国赛珍珠研究：对象与方法［J］. 江苏大学学报（社会科学版），2017，19（6）：48-54.

[161] 姚君伟. 赛珍珠助推中国文化"走出去"的方法论启示［J］. 英美文学研究论丛，2016（2）：145-159.

[162] 杨学新，阴冬胜. 论卜凯在安徽宿州的农业改良与推广［J］. 河北师范大学学报（哲学社会科学版），2010，33（2）：136-140.

[163] 张春蕾. 镇江市纪念赛珍珠诞辰120周年大会暨国际学术研讨会综述［J］. 镇江高专学报，2012（4）：19-23.

[164] 张苗，李月云，蒋月侠. 传播学视角下皖北文化与皖北高校思政教育互动发展模式构建［J］. 蚌埠学院学报，2016，5（6）：151-155.

[165] 安徽灾荒之一斑［J］. 东方杂志，1910（11）：351-357.

[166] 尚必武. 走进"它们"的世界：《自然》杂志科幻小说中的非人类叙事［J］. 英语研究，2022（2）：59-79.

[167] 周玲丽. 赛珍珠笔下中国形象的诗意化呈现：与中国二三十年代乡土小说比较［J］. 大众文艺，2018（8）：24-25.

后　记

由最初的诚惶诚恐拿出初稿，丑媳妇怕见公婆面的忐忑心情，到初审—修改—复审—继续完善—终审，这本书终于问世了。写下作者后记时，我深感欣慰。

宿州学院赛珍珠研究起源于20世纪90年代，当时宿州师专中文系邵体忠老师开创了赛珍珠研究先河。我与赛珍珠研究结缘于2003年鄢化志教授成立宿州师专赛珍珠研究室（现宿州学院赛珍珠研究所）。我作为成员之一，二十年来持续关注赛珍珠研究工作，先后赴镇江、庐山、南京、淮安等地，搜集赛珍珠研究的相关资料。2010年宿州学院赛珍珠研究标志性成果之一——赛珍珠纪念馆落成，我参与落成仪式暨赛珍珠学术研讨会策划，并担任现场翻译。多年来一直与美国赛珍珠国际基金会、韩国赛珍珠研究会、镇江市赛珍珠研究会等多家单位及国内学术界赛珍珠研究专家学者保持着有效的沟通联系，与皖北高校赛珍珠研究学者有良好的合作关系，组建了跨学科的科研团队，积极参与国内外的赛珍珠研究活动。2019年，我作为宿州市赛珍珠研究会发起人之一，担任宿州市赛珍珠研究会副会长。2022年参加韩国赛珍珠国际学术研讨会并在宿州学院设立分会场。同年策划并主持宿州学院首届赛珍珠—

布克国际学术研讨会，在国内外学术界产生了一定的影响。在多年的研究过程中，有幸结识了全球各地从事赛珍珠研究的专家、学者，深刻体会到赛珍珠研究的广度和深度是无穷的，《“大地”的风情：赛珍珠皖北叙事研究》这本书代表了我对赛珍珠研究领域皖北书写较为深入的思考，也见证了我在这一过程中的积累与收获。

这本书的诞生离不开南京师范大学的姚君伟教授，他全程给予学术上的指导，并同意把这本书收入“中国赛珍珠研究丛书”。在此向姚君伟教授和那些在这一领域做出卓越贡献的学者们表示敬意！他们的工作为我的研究打下了坚实的基础，也为我深入探讨赛珍珠提供了方向。确定撰写选题后，我打算从跨学科的角度展开研究，涉及文学、语言学、历史学、社会学等不同学科，因此组建了写作团队，包括蚌埠学院外国语学院赵丽莉、宿州学院外国语学院赵莺、宿州学院外国语学院郑科研、宿州学院外国语学院曹飞、宿州学院外国语学院宋皓。这些老师对本书相关章节的撰写做出了贡献。

本书写作团队成员年龄结构合理，从“60后”“70后”“80后”到“90后”形成梯队，老中青结合。赛珍珠研究将会文脉传承，一直延续下去。团队成员100%具有海外学习经历，研究者的跨文化经历更有助于我们理解赛珍珠的跨文化身份。团队成员擅长多种语种，掌握了英语、日语和韩语等外语的硕博士的加入，使得我们的后续研究不局限于中文的中国叙事，能将全球范围内不同语言文字中的中国叙事纳入研究视野中，研究领域更开阔。

在本书的撰写过程中，团队成员之间的每一次头脑风暴，都会让我们发现新的研究角度，都是对赛珍珠及其作品的一次深刻认知。这也使我认识到：宿州是诺贝尔文学奖作品《大地》三部曲的写作背景地，我们皖北学者在2022年的赛珍珠—布克国际学术研讨会上发出了皖北声音，我们更需要以文字的方式发出强烈的《大地》回声。文字是思想的表达，也是自我发现的工具。通过整理思路、剖析问题，我感受到了自己对这一选题的独特见解，并试图通过文字将这些想法传递给读者。希望这些文字能够在读者心中激起共鸣，引发更加深刻的思考。

我们知道，研究的道路并不平坦，充满了挑战和艰辛，但正是这些困难使得最终的成果更具有价值。在写作过程中遇到的最大困难，就是有的章节参考文献极少。我常用来鼓励大家的一句话是：这说明我们填补了空白，好好努力，我们的著作将成为他人的参考文献！感谢团队成员们夜以继日地写作，正是由于大家的全力配合和支持，我们才能克服一个又一个困难，直至本书顺利完成。

我要感谢所有在撰写本书过程中支持和帮助过我的人。宿州市委副书记任东和宿州市委宣传部常务副部长杜文涛关注赛珍珠研究并给予支持，宿州学院校领导李红书记和原任校长李福华教授（现任安庆师范大学党委书记），多次在不同场合表达了对赛珍珠研究的重视和支持，李福华教授持续关注这本书的写作进展。李红书记上任伊始，就关注赛珍珠研究，并亲自指导我申请宿州市“文化强市”专项经费，本书的出版得到宿州市“文化强市”专项经费 5 万元的资助。这本书代表了我在赛珍珠研究领域的研究心得，其撰写过程更是一次关于学习和思考的旅程。希望这些思考和发现能够为学术界及社会带来一些启示，成为未来更深入研究的基石。愿这本书不仅是我个人学术生涯的一部分，还能推动赛珍珠研究，同时为宿州地方文化发展贡献绵薄之力。

当然，还要感谢江苏大学出版社，从出版社领导到责任编辑米小鸽老师，在此过程中一直给我提供支持。没有他们的一路绿灯，这本书也不可能如此顺利地问世，在此致以最诚挚的感谢！

最后，我还要感谢我的家人们。80 多岁的老父亲和老母亲笔耕不辍，始终坚持终身学习的理念，为我树立了良好的榜样，是我的精神楷模。爱人一直在默默地支持着我，是我前行的坚强后盾。儿子正在香港求学，母子亦师友，我们互相鼓励。家人们一直以来的理解和支持，让我在做学问的路上不感孤单，是我坚持下来的最大动力。

本书是宿州学院科研平台“赛珍珠与皖北文化研究中心”（项

目编号：2021XJPT45）的阶段性成果，同时也是“赛珍珠非虚构作品中的中国话语研究”（项目编号：2022AH051351）和赛珍珠—布克皖北叙事研究（项目编号：2023xhx112）的阶段性成果。

一个人走得很快，一群人才走得更远！本书的撰写和出版，致力于赛珍珠研究皖北学派的建立，致力于讲好宿州故事，传播皖北文化，推动和活跃中国赛珍珠研究，为当代学术和文化的建设，为促进对外开放和国际文化交流做出新的贡献。

张雁凌